地心魔域 下

彼得・布雷特 Peter V. Brett —— 著
戚建邦 —— 譯

THE CORE

魔印人系列 ■書評推薦

《魔印人》好評

布雷特的處女作有著經典史詩奇幻架構、正邪對抗和喋血場景，喜愛古典屠魔設定的讀者必定會愛上。

——《出版人週刊》（*Publishers Weekly*）

想像力豐富、令人熱血沸騰的傳奇故事，只要你對史詩奇幻或驚悚故事有興趣，絕不容錯過。

——《圖書館期刊》（*Library Journal*）

彼得·布雷特是我最喜愛的新銳作家之一。

——派崔克·羅斯弗斯（Patrick Rothfuss），《風之名》作者

《沙漠之矛》好評

讀過《沙漠之矛》後，我們可以肯定彼得·布雷特正在打造一部繼「魔戒」三部曲之後最重要、最適合改編成電影的史詩巨作。啟發人心、令人讚歎、愛不釋手。

——保羅·W·S·安德森（Paul W.S. Anderson），電影「惡靈古堡」（*Resident Evil*）導演

《白晝戰爭》好評

捨棄傳統的城堡與騎士，本書世界觀令人耳目一新，高潮迭起的情節更令讀者愛不釋手，一路讀到精采絕倫的最後一章。「魔印人」系列是套卓然出眾的作品，作者筆下帶有中東味道的習俗與場景讓人心醉且充滿驚奇。

——報書者網站 Bookreporter.com

《頭骨王座》好評

布雷特以既私密又全面的角度訴說一個史詩奇幻故事。引人入勝，很可能成為他至今最棒的作品。本系列的最終大結局還需等待，心癢難耐的我們決定為此扣一顆星星。

——《星爆》雜誌（*Starburst*），9/10顆星評價

《地心魔域》好評

布雷特成功完成了非常讓人滿意、維持前面幾集高品質的完結篇。

——奇幻文學評論網站 *Fantasy Literature*

書中有許多政治陰謀策畫、劇情轉折，還有最後一幕，都將讓你忍不住不停翻頁，直到深夜。

——網站*Six Colors*「2017年度最佳奇幻」書單

布來楊伯爵的金礦
公爵的礦坑
密爾恩堡
哈爾登園
陽光牧地
提貝溪鎮
安吉爾斯堡
分界河
河橋鎮
死井鎮
安吉爾斯河
蟋蟀坡
林盡鎮
農墩鎮
牧羊谷
深淵口
黎明修道院
窪地郡
沙拉奇村
北耙村
伯格頓
碼頭鎮
艾弗倫恩惠
卡吉頓
綠牧鎮
雷克頓
亞倫的祕密塔
安納克桑廢墟
黎明綠洲
巴哈卡德艾弗倫村
克拉西亞堡
N

地圖插畫／爆野家

THE CORE

地心魔域

目次

【上冊】

第二十三章　沙羅姆嘆息號　334 AR

打從懷孕第一個月以來，阿希雅的胃還不曾噁心到這種程度。她有辦法在屋梁上一待幾個小時，能做出讓綠地吟遊詩人頭昏的翻滾特技，還可以在滾木上跳舞。

但是湖面上和魁倫停靠在碼頭旁的船上大不相同。船艙左右搖晃，持續不斷的傾斜移動讓她平衡感大亂。這座湖，就和懷孕一樣，堅定地提醒她儘管透過訓練可以控制很多事，但有些事就是掌握在艾弗倫手中。

站穩腳步才是真正關鍵。她來回踱步，閉上雙眼，試著熟悉湖面的節奏。萬一在航程中必須作戰，她可不想東倒西歪。

幸好那種機會不大。魁倫的手下在日落時分護送她登上伊弗佳公義號，趁著湖面上的波光防止任何人細看她的容貌。那是一艘三桅小船，優美又危險，搭載三十個精實的戴爾沙羅姆。這不是裝滿貨物的大商船，也不是有價值的戰艦，照理說不會有人想劫掠。

「拉維爾船長已經在這段旅途中空出他的艙房。」魁倫說。「他是個正直的訓練官。」

很簡單的介紹，但是出自魁倫口中就變得很有分量。他派遣最值得信任的手下護送她前往目的地。會有人把食物放在門口，除此之外，在抵達目的地前都不會有人來打擾她。

卡吉比她更慘。阿希雅期望船搖來搖去能讓他睡著，結果可憐的孩子臉色發白，吐在她身上。

「病病。」他趴在她肩膀上呻吟。

「對，小心肝，我知道。」她親他的頭。「是波浪的關係。你很快就會習慣了。」

她只能如此期望。

但那還不是最糟的。有個小艙孔，小到就連阿希雅也鑽不過去，但可以讓她看見湖面在星光下閃閃發光。湖面朝四面八方延伸數哩，完全看不見陸地。

更可怕的是水裡有閃光，就像雲上的閃電。每次閃光大作時，船身就劇震。

是水惡魔，在測試船身上的魔印。

阿希雅每天晚上都在對抗阿拉蓋，但水惡魔超出了她的能力範圍。擁有利齒和觸腳的噩夢生物，看不見、感覺不到。她在達馬丁的澡堂裡學會游泳，能閉氣超過十分鐘，但眼前的情況大不相同。她沒辦法在水面下作戰，也不能從遠方攻擊惡魔。她什麼都不能做，只能在腹部翻滾、小孩慘叫時乖乖坐著，希望魔印撐得住。

拜託，艾弗倫。她祈禱。光和生命的賜與者，我們以祢之名走向奈的深淵邊境。請讓我們平安抵達目的地，完成任務。

彷彿回應祈禱般，阿希雅耳朵上眾多耳環中有一枚開始震動。

達馬佳。

阿希雅僵住了。她以為自己已經遠遠脫離英內薇拉的掌握，而且心裡對這種情況有點慶幸。這是她這輩子第一次有種掌握自己——還有卡吉的命運的感覺。

阿希雅手掌微微顫抖，扭轉耳環，直到魔印在喀啦聲中對準。「達馬佳。」

「我學會強化耳環的傳送距離。」英內薇拉說。「這樣需要強大的專注力和大量魔力。我不會經常與妳聯繫。」

「我聽到也了解，達馬佳。」

「很好。」英內薇拉說。「回報。」

「我已抵達碼頭鎮，見過魁倫訓練官。」阿希雅說。「情況很危急，達馬佳。當今世上最偉大的訓練官擔心沒有援軍的話，雷克頓人將會奪回碼頭鎮。」

「我很清楚這種情況。」英內薇拉說。「我已經下令派出援軍了。」

「妳下令，達馬佳？」

「妳丈夫的情況有變。」英內薇拉說。「妳舅舅回來之前，克拉西亞完全由我統領。」

阿希雅眨眼——將她的肚子、病懨懨的孩子、水魔印的魔光通通拋到腦後。這個消息改變了一切。

「所以我……可以回去了？」阿希雅的聲音細不可聞。

沒有回應。

「達馬佳？」

「妳要完成任務。」達馬佳說。「骨骰表示得十分明白，完成任務才能回來，不然沙拉克卡可能會輸。」

「帶卡非特回去，不然就不回去。」她的語氣像是沙羅姆在說大話，如果是以前，她是真心相信這種說法，但魁倫的話在她心中迴盪。

哈席克手下有上千人——遭受折磨去勢，慘無人道。而妳要帶妳兒子，頭骨王座繼承人，前往那種地方？

沙拉克卡值得她付出性命嗎？甚至犧牲卡吉？當然。但如果要犧牲卡吉才能讓她獲勝，她不能，也不願背叛兒子。她本能性地抱緊他。

「妳現在在哪裡？」達馬佳問。

「船上，前往闇人堡壘。」阿希雅說。「我會在兩天內登陸到他們巡邏範圍外，然後開始穿越他們的防線。我會滲透修道院，確認卡非特還活著，然後展開營救。」

「他還活著。」骨骸肯定告訴了達馬佳更多情報，但除非對達到目的有幫助，不然英內薇拉從不曾主動透露他們的未來。

有多少條未來是她和卡吉、卡非特一起逃出生天的？

有多少條未來是他們三個中任何一人存活下來的？

達馬佳絕對不會說。

「失散的表親呢？」英內薇拉問。

「我相信我已經見過他了。」阿希雅說。「但我不認為他可以信任，也看不出他能怎麼幫助我們。」

「盡快告訴我。」達馬佳一貫的耐心語調中多了一絲簡潔有力的感覺。看來傳訊到數百哩外真的很耗損魔力。

「布萊爾．阿蘇．里蘭．安達馬吉．安卡吉。」阿希雅說。「他父親是……」

「我的二表哥里蘭，」英內薇拉斷聲道。「他失蹤時，我們以為他死在阿拉蓋爪下，屍體被抬走。」

「他是逃兵。」阿希雅說。「他隨一名信使北上，十年前與家人一起死於大火。據說有一個兒子存活下來，他現在是青恩反抗勢力的間諜。」

「魁倫在報告裡提到的混血。」英內薇拉猜到。

「就是他。」阿希雅說。「我在路上遇到他，他跟蹤我。我試圖抓他，但他……逃走了。」

「而且看穿了妳的偽裝。」英內薇拉說。

阿希雅微微臉紅。她不習慣回報失敗。

「是，達馬佳。但是在短暫的交手之中，他的……氣味絕對不會錯。」

「什麼氣味。」英內薇拉問。

「阿拉蓋維倫，」阿希雅說。「惡魔根。」

再一次，英內薇拉沉默片刻，儘管保持聯繫的時間顯然非常寶貴。「那是艾弗倫的徵兆。」

「什麼徵兆？我把他丟在路上了。就算我想找他，也不知道該怎麼找，而且我也看不出理由。」

耳環中傳來一陣聽不清楚的低語聲，接著是擲骨骰的聲音。

「妳不必找他。」英內薇拉說。「他就在附近，即使是現在。」

「再遇上他的話呢？」

「我……看不出來。」達馬佳告訴她。

看不出來，還是不肯說？阿希雅懷疑。

「妳要自行判斷，外甥女。」達馬佳說。「他和妳一樣，在接下來的事件中扮演一定的角色。除非他已經把事辦完了，不然不要殺他。」

照顧可憐的卡吉一整晚讓她無法靜心思考，而就連阿希雅也在黎明前不支倒地。

太陽出來後不久，船身遭受撞擊，把她和卡吉撞下船長的枕頭長凳。她本能反應接下兒子，在搖晃的船板上滾動，判斷威脅程度。

她房間的門從艙內上栓，沒有濃煙味道，也沒有船隻進水的徵兆。但是下層甲板傳來警告的叫聲，還有打鬥聲。

他們遭受攻擊。

她隨著船板搖晃動來維持平衡，到船隻在沉重的撞擊聲中穩定下來。艙孔變黑。

她迅速換上僞裝，將卡吉揹到揹架上。他臉色發白，無精打采，需要休息和水，但沒時間管那些。

「勇敢，我兒。」阿希雅低聲道。

「勇勇。」卡吉無力地說。

她的矛藏在他的揹架裡，但阿希雅還有其他武器——匕首和玻璃暗器，外加其他工具，不顯眼但是同等致命。

她開門偷看，隨即在數名戴爾沙羅姆船員跑過時迅速關門。她聽見主甲板上的騷動。船員通過時，阿希雅在他們身後偷溜出來。牆壁和艙頂過於密閉和低矮，沒辦法沿著掩護移動，但一群趕著去作戰的沙羅姆就足以讓她悄悄跟上。

甲板上已經打成一團。一艘雷克頓船艦搭上了他們的船，約莫五十名持矛青恩戰士已經登艦。對面船欄上的青恩弓箭手正掃蕩甲板，減少反抗。

阿希雅抬頭，辨識那艘船的旗幟。旗上繡著一名女子的輪廓，瞭望遠方，身後站著一個渾身著火的沙羅姆。

沙羅姆嘆息號，由惡名昭彰的雷克頓水盜黛莉雅船長領導。

阿希雅待在船艙內，沙羅姆則衝上甲板，迎向弓箭。她環顧四周，沒多久就找出了那個水盜公主。

黛莉雅的頭冠外披色彩鮮艷的頭巾，但沒有遮住面孔或披在身後的沙色大鬈髮。

她身旁有兩名護衛，身材高大，手上是用來維持主人身周安全的長矛，而他們的主人則親自領導作戰。

黛莉雅赤足在搖晃的甲板上迅速移動，平衡感好得像走在訓練室的地板上。她的短刺擊矛上的矛刃是彎的，可以近距離在對手身上留下很深的傷痕。她另一手拿著類似的彎刃匕首，鮮血在刀刃上閃閃發光。她身後躺了兩名戴爾沙羅姆。

這下阿希雅知道關於這個女人的傳聞並非誇大不實，甚至還有點不夠公正。她的榮耀無止無盡。

但脖子上掛著紅夜巾的拉維爾船長不比她差，他用盾牌擋開敵箭，砍倒所有接近的青恩。他的護甲也擋下了少數擊中目標的攻擊。

船員在他身後集結，訓練有素的戴爾沙羅姆抵擋敵人的攻勢，讓緩緩進逼的青恩用鮮血付出代價。要不是有弓箭手，他們或許能擋下兩倍人數的敵人，但在當前情況下，儘管戰技高強，還是遲早會敗給擁有數量優勢的敵人。

拉維爾宛如投出的長矛般直奔黛莉雅船長，毫不停步地殺死所有試圖阻擋他的青恩。

青恩船長並非懦夫，轉身迎上前去。「他是我的！」

「我是拉維爾・阿蘇納詹・安戴辛・安卡吉！」拉維爾吼叫回應。他的沙羅姆散開，心知不該插手這場決鬥。阿希雅心想自己或許即將見證惡名昭彰水盜船長的末日。

拉維爾的短矛不是黛莉雅那種彎刃矛，但在他手上宛如裁縫師的縫針——迅速確實。黛莉雅一上來就只能盡力招架，然後向後跳開。她轉動武器，施展一連串熟練的攻擊，但拉維爾架開攻勢，持續進逼。她的動作迅速靈巧、戰技純熟，但拉維爾掌控戰局，把她趕入甲板上一大灘血泊裡。她絆倒，他撲上前去，準備致命一擊。

但他被一名不顧榮譽的青恩護衛擋了下來，衝上前去刺出長矛。矛尖被拉維爾的護甲擋開，但訓練官卻大吃一驚。黛莉雅宣稱這是一對一的決鬥，拉維爾也報上姓名。戰士插手決鬥玷污了她的榮耀，讓她不能光榮戰死。

但青恩的看法似乎不同。拉維爾轉身，以持盾的手抓住矛柄，把護衛拉到面前，準備割斷對方喉嚨。當他這麼做的同時，另一名護衛衝了上去。拉維爾轉身面對敵人，黛莉雅一躍而起，以矛柄勾開他的盾牌，匕首插入他眼中。

拉維爾將她踢開，但另一名護衛找出他的護甲縫隙，長矛深深插入訓練官身側。拉維爾的矛也刺中了對方肺部，並隨即拔出青恩的武器，在握住黛莉雅的刀柄、拔出眼睛的同時，疾轉防禦。

因爲船長決鬥而暫時罷手的雙方船員再度大打出手，又有一輪弓箭射入沙羅姆行列之中。黛莉雅繞著拉維爾走，在他眼睛和身側鮮血狂湧時刺探他的防禦。四周的人都在激戰。

阿希雅考慮是否要出手。她還有時間衝到拉維爾身邊，殺死水盜船長。

但那並不會影響戰果。她或許殺得了黛莉雅，但絕對無法逃生。任務將會結束。卡吉也會死亡。

她不能動手，也沒辦法偷偷溜上小艇。她可以游泳，但他們位於湖心——完全看不到陸地。那對她和卡吉而言都和自殺沒有兩樣。

於是她默默等候，眼看青恩殘殺或制伏剩下的沙羅姆；眼看黛莉雅賜給拉維爾不光榮的死亡。

她趁機衝上甲板，憤怒慟哭。青恩水盜看到手無寸鐵的女人和小孩時都僵住了，任由她跑到訓練官身旁，跪倒在地。「艾弗倫！」她喊道。「引導我丈夫，祢光榮的訓練官，拉維爾・阿蘇納詹・安戴辛・安卡吉，踏上孤獨之道，讓他面對神聖的審判！」

卡吉不知道是眞的激動，還是感應到母親的情緒，總之也跟著一起哭，在阿希雅抱起屍體時尖叫。

黛莉雅船長遲疑片刻，然後試探性地踏上一步。阿希雅察覺她的舉動，連忙退縮。

「不要害怕。」黛莉雅說。「我們不會傷害妳或妳兒子。我們會帶妳回雷克頓，公平對待妳。待遇或許比妳習慣的生活更好。妳沒必要繼續遮遮掩掩。」

阿希雅小心翼翼地保持臉上那副恐懼、悲傷的表情，看著這個毫無榮譽的女人走近。他們以為克拉西亞人會蠢到相信毫無榮譽之人說的話嗎？她就和其他青恩野蠻人一樣，以為阿希雅為了在艾弗倫面前表現謙遜而戴的面巾是有待解放的枷鎖。

對她和卡吉而言最安全的做法就是向水盜投降，但乘船前往青恩城市會讓阿希雅無法完成任務。再過一會兒，黛莉雅就會接近到阿希雅的攻擊範圍。她已經想好在對方察覺危機前把水盜繳械並順勢擒獲的沙魯金。屆時她會抖出衣袖中的小刀，在船員面前插入她的喉嚨。

阿希雅見識過沙羅姆嘆息號船員有多忠心，船長比造物主的榮譽更重要，他們不會讓她送命。她可以利用這一點幫自己和卡吉弄到前往大陸的船。只要再走一步。

「黛莉雅船長。」有個聲音說道。

阿希雅轉頭望向出聲之人，看到布萊爾·達馬吉跳上船欄。他剛剛一直躲在那裡嗎？

黛莉雅也轉頭，表情隨即轉為驚訝和歡愉。

「布萊爾！」她歡呼一聲，衝過甲板，把男孩抱得離地而起。「布萊爾！布萊爾！布萊爾！感謝造物主你回來了！」

阿希雅本來打算殺死黛莉雅，還至少要痛扁布萊爾一頓，但是眼前重逢的景象令她心痛。她生命中可有任何人這麼高興見到她過呢？只有她的長矛姊妹，而她們都像風中的沙粒般散落各地。

「你為什麼在這裡？」黛莉雅問。

「魁倫派遣此船進行機密任務。」布萊爾的聲音很沙啞，彷彿低聲吼叫。

「什麼任務。」

布萊爾看了阿希雅一眼，短短一眼。「不知道。跟過來看看。」

黛莉雅的一名副手搜完船回來，低聲在船長耳邊說話。

「船艙內沒有值得一提的東西。」黛莉雅說。「只有幾名戰士，沒有多強的戰力。你知道他們要去哪裡嗎？」

「修道院。」布萊爾說。

「通過路障？」

布萊爾搖頭。「他們打算在抵達路障前派小船上岸。」

「爲什麼？」黛莉雅問。

阿希雅緊張了一下，但布萊爾只是聳肩。「不知道。我本來等著看他們會派誰上岸。」

黛莉雅微笑。「很抱歉破壞了你的行動，布萊爾，但是你能回家就值得了。猜得出他們想做什麼嗎？我還以爲就連碼頭鎮也不會和那裡那些沒老二的怪物打交道。」

布萊爾再度聳肩，故意不看阿希雅。「只有船長知道，而他死了。」

黛莉雅看向阿希雅。「或許他妻子知道內情。」

「她不會說的。」布萊爾說。「妳殺了她丈夫。只要妳一接近，她就會動手殺妳。」

水盜打量阿希雅。「她可以試試看。我想我們可以說服她。」

驕傲自大。即使布萊爾提出警告，黛莉雅還是小覷她。就算是在眼前的情況下，阿希雅也能在任何人採取行動前從甲板這頭發射玻璃鏢射穿黛莉雅的眼睛。在那個女人對拉維爾做出那種事後，這下場算是十分恰當。

「就像我們說服伊察王子那樣？」布萊爾問。

這話似乎令黛莉雅吃了一驚。「布萊爾，那不一樣。」

「沒有不一樣，」布萊爾說。「只要她有絲毫知道任何內情的可能，他們就不會罷手。」

「她是帶著小孩的女人，」黛莉雅說。「我不會任由他們——」

「那可由不得妳。」布萊爾插嘴。「船務官會把她交給拿螺絲釘的小人。」

黛莉雅雙手抱胸。「他們對我們做過更殘忍的事情，布萊爾。你比任何人都清楚。」

「對，」布萊爾同意。「而妳一直都說我們不幹那種事。不是嗎？」

「好啦。」黛莉雅說。「那把她當成普通囚犯。」

「然後送去監獄島？」布萊爾問。「把一個女人和兩百個飢渴的沙羅姆丟在一座島上？」

「那不然我該怎麼做，布萊爾？把她送回碼頭鎮？」黛莉雅雙手擋在面前。「噢，別開火，魁倫！我們船上有女人！我們送她回來，好讓你把她包起來，繼續當成奴隸使喚！」

「當然不是。」布萊爾說。「拉維爾船長在船艙裡幫她和孩子備了馬。讓我們上岸，我可以帶她回家，然後再請妳派船過來。」

阿希雅不敢相信自己的耳朵。布萊爾究竟知道多少內情？他站在哪一邊？還是不屬於任何陣營？

「怎樣，這下我們還要給她一匹馬？」黛莉雅一個手下叫道，不少人出聲附和。

「閉嘴，維克。」黛莉雅吼道，對方立刻僵住。她目光掃過船員。「所有人都閉嘴。要聽你們的意見，我會踢掉你們的睪丸！」

她回頭看他。「我一點都不喜歡這個主意。你才剛回來……」

「只是去碼頭鎮一趟。」布萊爾滿不在乎地揮手，彷彿滲透艾弗倫倉庫不是什麼大事。「一下就回來了。」

等待期間，布萊爾不太自在地看著克拉西亞女人。他不認識她。算不上認識。但他為了她欺騙黛莉雅船長，少數他真正的朋友之一。

「為什麼？」她用克拉西亞語問，以免其他人聽見。

父親的語言在他嘴裡有點生疏。「看夠折磨了。」布萊爾朝男孩點頭。「他不該在為了他族人所作所為而痛恨他的地方長大。我知道那是什麼感覺，開戰之前就知道了。」

「既然你跟蹤我，你曉得我不是艾弗倫倉庫的人。」她說。

「知道。」布萊爾說。「妳有事要去修道院。我可以帶妳去。」

「為什麼？」她又問。「你為什麼要幫我？我為什麼不一上岸就殺了你？」

「有人困在那裡，是嗎？」布萊爾問。「要進去偷偷救人？我很擅長那種事情。」

「你知道他們抓了什麼人？」

布萊爾聳肩。「有什麼差別？沒人該當囚犯。」

女人揚起一邊眉毛。「包括卡非特阿邦？」

布萊爾僵住了。他聽過這個名字。雷克頓的人都聽過。這個卡非特在克拉西亞領袖耳中灌輸毒藥。據說他一手安排了侵略雷克頓大陸領地的行動，並且在碼頭鎮之役中擊潰了他們的艦隊。

他該告訴黛莉雅。應該現在就說。但他繼續僵著。情況並沒有改變。現在他們更有理由把她丟去刑求。那個駝背老輔祭，竟然有臉穿著造物主的聖袍轉動那些可怕的螺絲釘。

但他能信任她嗎？布萊爾不知道。他本來以為可以信任史黛拉，但她比外表更危險。「我連妳的名字都不知道。」

女人皺起眉頭，但因爲戴著面巾，他沒辦法猜測她的表情。「阿希雅・娃阿山・安賈迪爾・安卡吉。我兒子是卡吉。」

「娃阿山……」布萊爾說。

阿希雅點頭。「現任克拉西亞領袖的妻子和兒子。很有價值的人犯。」

「爲什麼告訴我？」感覺她是在刺激他。

「如果你要出賣我，早就出賣了。」阿希雅說。「但我認爲你不是那種人。」

「妳不認識我。」布萊爾低吼。

「不。」阿希雅搖頭。「我不認識。但我知道艾弗倫讓我們遇上彼此，表弟。」

「表弟？」布萊爾神色困惑。

「我舅媽——達馬佳——是英內薇拉・娃卡薩德・安達馬吉・安卡吉。」阿希雅說。「你父親的表妹。你很怪，里蘭之子，有太多綠地人特質，偏偏又有沙羅姆奮鬥精神，外加一股我不瞭解的蠻勁。」

她伸手，牽他的手。布萊爾縮了一下，但沒有掙扎。「但你和我兒有血緣關係，我想多認識你一點。」

他花了點時間思考這種說法。她舅媽是他父親的表妹？這表示他們是什麼關係？眞的有任何血緣關係嗎？

你和我兒有血緣關係。

這話在他腦中迴盪，眼看著臉色蒼白、無精打采地掛在包巾裡的孩子。他需要休息。他需要水。他需要保護。她說得對。他不會出賣她。

布萊爾感覺到船駛入淺水，停在岸邊。他和阿希雅已經跟黛莉雅船長和新的護衛一起來到船艙。

「要小心。」黛莉雅拿起一包滿滿的背袋。「幫你帶了午餐。」

「不需要。」布萊爾說。「我會打獵。」

黛莉雅把背袋塞在布萊爾胸口。他本能性地伸手抱住袋子，她放手。「裡面不光是食物，布萊爾，而且你已經瘦到皮包骨了。」她微笑。「就當是幫幫黛莉雅船長，吃點麵包和乳酪。」

布萊爾揚起眉毛。「麵包？」

黛莉雅眨眼。「你喜歡的那種脆屑麵包。」布萊爾微笑，揹上背袋，打開船艙，放下船板。

「我們會趁著退潮離開，但你們最好盡快南行。」黛莉雅說。「附近的地心魔物行爲有點反常。」

布萊爾側頭。「怎樣反常？」

「數量眾多，還有我們沒見過的品種。」黛莉雅說。「殺了我們半數斥候，但是沒有攻擊修道院或闇人的掠奪部隊。」

「懼怕他們的魔印？」布萊爾問。

黛莉雅聳肩。「或許。但我從未見過聰明到懂得懼怕的地心魔物。」

布萊爾點頭。「小心點。」

黛莉雅抱得他喘不過氣。「你最好小心。我還期待你在新月前毫髮無傷地回家。」

「我會的。」這謊言在布萊爾嘴裡感覺很苦澀，他回應對方的擁抱。接著他牽起拉沙的轡頭，領著母馬走下船板，踏上沙洲。他們涉水前進，湖水濺濕他的屁股，但騎在馬上的阿希雅和卡吉都沒弄濕。

「我擔心阿拉蓋的反常行爲。」阿希雅在他們抵達岸邊，遠離船上的人聽力範圍後說。

「我也是。」布萊爾說。「或許它們打算進攻修道院？」

「那表示有惡魔王子對修道院感興趣。」阿希雅說。「若眞如此，我們將身處險地。」

「沒有必要。」布萊爾說。「妳可以輕鬆遠離這一切。前往窪地或來森堡。確保卡吉的安全。」

「你或許可以。」阿希雅說。「卡吉和我不行。不管達馬佳怎麼說，我不認爲艾弗倫恩惠還會有歡迎我回去的一天。」

「我知道那是什麼感覺。」布萊爾說。「但是窪地——」

「無法保護我長矛姊妹的丈夫。」阿希雅說。「現在她是十八歲的寡婦。窪地也無法保護我老師，他死在阿拉蓋爪下。我不會相信任何知道把我兒子當作人質可以取得多少好處的窪地人。」

布萊爾揚起雙掌。「世界很大。我們可以在小村落銷聲匿跡、跑到山裡或森林，弄塊荊棘叢確保安全。」

「就像和你同名的人物對抗夜狼的故事。」阿希雅側頭看著神色驚訝的布萊爾。「什麼？」

「我沒和人講過那個故事。」對布萊爾而言，那向來都是個很私人的故事，關於父親的珍貴回憶，安安穩穩放在腦海中的祕密。

「克拉西亞小孩全都聽過布萊爾佩契【註】的故事。」阿希雅說。「還有首歌呢。你聽過嗎？」

布萊爾感覺像是吞下一顆石頭。他僵硬地搖頭。

「今晚我唱給你和卡吉聽。」阿希雅承諾。「但不能遺棄族人，跑去森林中隱居，那是遺棄艾弗倫的自私青恩做的事。我們在沙拉克卡中都有要扮演的角色，而此刻就是我們出場的時機，必須走過深淵的邊境，相信造物主會看顧我們。」

譯註：布萊爾佩契（Briarpatch），音同荊棘叢。

第二十四章 開頭幾步 334 AR

他們一與湖泊拉開距離，布萊爾立刻帶領阿希雅前往一座有大片阿拉蓋維倫圍著一棵低垂老樹生長的沼澤。那種草甚至在樹幹上的苔蘚上紮根，直接長在上面。

「這裡。」布萊爾說。

阿希雅搖頭。「不行。太潮濕了……」

布萊爾微笑。「相信我。」

地面很鬆軟，拉沙的蹄都陷進去，但布萊爾卻像昆蟲點水般走在上面，沿路只留下淺淺的印子。樹下的土地在遠古樹根鞏固下比附近硬實乾燥，但是空間不大，剛好足以容納那匹馬。

布萊爾把轡頭綁在樹枝上。「跟我來。」

他輕鬆跳到樹上，爬進樹枝間，一下子就消失了。阿希雅凝視他消失處片刻，然後聳肩跟進。

布萊爾沒爬多遠。就在樹上，大樹分岔，然後分岔，又分岔。樹幹就像一隻手掌四根指頭的掌心支柱，布萊爾利用它們撐起一圈樹枝，看起來就像個大鳥巢。空間寬敞到足以讓他們三人舒舒服服地休息，有樹枝遮頂，樹葉掩飾身影，還有惡魔根抵擋惡魔，和任何魔印營地一樣安全。

布萊爾微笑，放下背包。「我們還有麵包呢！」

那個笑容會傳染，阿希雅也笑了，放下卡吉，把可憐的男孩從揹架中抱出來。暈船症狀一上岸就減輕了，但卡吉還是很虛弱、飢餓又脫水。

布萊爾安靜看著阿希雅幫卡吉換下髒拜多布。她用頭巾遮住身體，打開護甲戰袍，餵孩子喝奶。布萊爾發現她在做什麼後吃了一驚，連忙轉過身去。阿希雅閉上雙眼，開始唱歌。

夜狼找上荊棘叢
齒如刀，爪如矛
夜狼找上荊棘叢
但布萊爾不怕

刺很長
棘刺芒刺
撕裂惡魔肉
勾住惡魔毛

夜狼找上荊棘叢
齒如刀，爪如矛
夜狼找上荊棘叢
但布萊爾不怕

狼掙扎
肉勾住卡住

布萊爾拿石頭
舉起砸落

夜狼找上荊棘叢
齒如刀，爪如矛
夜狼找上荊棘叢
但布萊爾不怕

布萊爾努力壓抑哽咽的衝動，結果嗆到，開始抱著膝蓋發抖。阿希雅不知道是怎麼回事，於是不再歌唱。

卡吉喝奶喝到睡著，被經歷的苦難弄得筋疲力竭。她輕輕拉開他，放到盾牌裡。當她轉向布萊爾時，他已經不見了。

布萊爾跑了，但沒跑多遠。他沒想到這首歌會引起這麼大反應，但她唱歌時，他想起來了。他父親以前常唱那首歌給他聽。他怎麼會忘記這種事？感覺像是忘記了太陽。

「泥巴男孩。」他捶打自己胸口。「連他們的長相都不記得。」

他沿著附近繞圈，一邊咒罵自己，一邊照料荊棘叢。冷靜下來後，他開始朝大樹繞去。拉沙還揹著鞍具，正在吃豬根。

防禦用的豬根被吃掉讓他有點緊張，但是馬總得吃東西，而荊棘叢夠大，危險性很小，且和有豬根味的動物一起旅行也有好處。除非遭受挑釁，不然惡魔會避開。

馬在他接近時嘖嘖鼻息。馱獸通常都不喜歡布萊爾，事實上，他也不喜歡牠們。坐騎在附近有地心魔物時表現不穩定。他寧願相信自己的雙腳，也不相信動物的四隻腳。

「好了，女孩。」他拍拍拉沙的頸部，拆下鞍具，梳毛讓她躺下。

「對不起。」上方傳來阿希雅的聲音。

布萊爾繼續動作。「沒什麼好道歉的。只是……想家，就這樣。」

「我懂。」阿希雅在棲身的樹枝上輕聲說道。「我曾有過這樣的感覺。但後來發現自己渴望的是個從來不曾眞正存在過的家。」

「我的存在過，」布萊爾說。「被我親手燒燬。」

「報告裡說你家人死於大火。」阿希雅說。「但那不是你的錯。」

「是。」布萊爾說。「我生的火。我添加木柴。我忘記開啓煙道。全都是我幹的。」

「那是意外。」阿希雅說。

「妳有沒有意外害死全家人過？」布萊爾語氣苦澀。

上面安靜了一段時間。「不是全家人。」

布萊爾爬回大鳥巢。阿希雅凝視他的雙眼，目不轉睛。她沒有提供肢體上的慰藉，沒有像黛莉雅和伊莉莎那樣接觸或擁抱，沒有史黛拉那樣親吻亂摸。她就只是看著他的眼睛，讓他感覺到她的存在。

「這裡安全。」他在這段沉默拖得太長時說道。「或許妳想休息一會兒。」他知道阿希雅急著想要執行任務。事實上，他也是。但要考慮的不光只有他們兩人。

阿希雅點頭。「卡吉還受到暈船的影響，需要一、兩天休息，還需要脆皮麵包——如果你能分一點的話。」

「當然。」布萊爾說。「可以趁等待的時候四下查探。然後呢？」

「然後我們北行。」阿希雅說。「你在這附近還有其他……荊棘叢嗎？」

「有，很多。」黎明修道院在這幾個月裡都是雷克頓反抗勢力的行動基地，但布萊爾在高牆後總是渾身不自在。

「卡非特很重，」阿希雅說。「而且是瘸子。抵達艾弗倫倉庫前，我們需要很多藏身處來抵禦阿拉蓋和閹人。」

布萊爾神色一喜。「是。辦得到。我的藏身處要好幾週才能全部打理好。」

「充分準備是成功的關鍵。」阿希雅說出安奇度灌輸在她們腦中根深柢固的格言。

卡吉在布萊爾爬上樹枝時拍手。休息一夜讓男孩恢復血色，精神也好了起來。

「臭臭。」卡吉一手遮住鼻子。第一次看到兒子這麼做時，阿希雅覺得很羞愧，但沒多久就發現是布萊爾教他那個動作——還有那個字。

阿希雅笑著看布萊爾故意捏緊自己的鼻子，尖聲哀鳴。「臭臭。」卡吉笑著再度拍手。

「準備好要上馬了嗎？」布萊爾問。

「不。」這是卡吉最愛說的字。它具有別的字所欠缺的力量，而他喜歡濫用那種力量。

「想用走的？」布萊爾問。

「不。」卡吉說。

「要媽媽揹？」

「不。」
「我揹？」
「不？」
「留在這裡？」
「不。」
布萊爾微笑。「餓了？」
卡吉遲疑。阿希雅問這個問題是指她的乳房。布萊爾問時，則是指脆皮麵包。
他結巴。「麵包？」
布萊爾拿出一小塊麵包，但拿在他抓不到的地方。「你想要嗎？」
阿希雅看出卡吉內心掙扎，想要拒絕的慾望正和肚子大戰。最後肚子贏了，他伸手。「想。」
看著他們兩個，阿希雅覺得喉嚨緊繃。誰會想到青恩混血的叛徒會比她孩子的生父更適合當他父親？

濕地很大，但布萊爾熟門熟路，帶他們走能撐住拉沙馬蹄的乾地。即使如此，地面還是凹凸不平，長滿雜草，難以加快速度。結果阿希雅下來牽馬，與布萊爾並肩而行。空氣又濕又熱，樹林下的微光中到處都是蚊子。她戴著面巾，蓋在卡吉身上保護他。
布萊爾在嚼阿拉蓋維倫的莖。阿希雅已經習慣到幾乎不在乎那股臭味，但吃惡魔根的想法還是令她反胃。
布萊爾注意到她反胃的表情，於是從腰帶的袋子裡拿出一根乾淨的豬根莖，遞給她。「嚐嚐。」

阿希雅搖頭。「我不懂你怎麼吃得下去。」

布萊爾聳肩，繼續咀嚼。「獵物不夠時能塡飽肚子。能讓地心魔物保持距離，有時候能讓它們完全看不見妳。」

阿希雅記得他們第一次見面，她透過艾弗倫之光尋找他的蹤跡，但卻遍尋不著。是她看錯地方，還是別的因素？

樹下算不上全黑，不過黑到能讓阿希雅吸收霍拉中的魔力，啓動絲頭巾下頭盔上的視覺魔力。周遭環境燃起魔光。這種光芒乃是所有生命之根，在濕地中繁茂興旺。魔光在水面上鼓動，在茂盛的植物間歌唱，在古老彎曲的大樹低垂。就連泥巴也微微發光，充滿小到看不見的生命。

但皮膚、頭髮、衣服上都塗抹豬根汁的布萊爾看起來……黯淡無光。對並非處於垂死邊緣的人類而言太黯淡了些。

除了雙眼。他的雙眼明亮如黑夜裡的貓眼，掩飾其中力量。惡魔根透過某種方式遮蔽了他的魔力。

「或許我該試試。」她接過豬根莖，咬了一口。藥草很苦，但她這輩子許多經歷都很苦。安奇度教過她忍受之道。

他們逐一造訪荊棘叢已經超過一週。有些荊棘叢是位置較好的營地，對內或對外都有不錯的視野。而其他荊棘叢都是完美融入環境的大師手藝，提供安全的空間和慰藉。

全都長滿阿拉蓋維倫。

上一個藏身處是座小高地上的空地。如同布萊爾所有藏身處，乍看之下毫不特別。只是高到提供一定的視野、免除下方爛泥地的不適，但沒有高到引人注目。在空地上，阿希雅看見坡下長有惡魔根，太平整且太完美，絕不可能是自然生成。

「通常我只是躺在上面。」布萊爾說。「地心魔物看不到我，但我看得到它們。反正它們也不會接近豬根。」

「還是架設我的魔印圈。」阿希雅說。「濕地裡阿拉蓋眾多。在克拉西亞，這種無人居住的地方不會有惡魔聚集。」

「這裡也不會。」布萊爾幫她架設魔印圈。「我從不曾在附近見過這麼多地心魔物。怪惡魔。火惡魔和風惡魔。大石惡魔和木惡魔。但它們什麼都不做。甚至不狩獵。就這麼……走來走去。」

「兩天後就是月虧了。」阿希雅說。「如果阿拉蓋卡或惡魔王子進入人間，這裡就有一支大軍等著。我們最好找更隱密的棲身地等到月虧過去。」

「好，我知道一個地方。」布萊爾從背包裡拿乾木柴在坑裡生火。「要往回走一點，但是很安全。」

在奈的大軍前畏縮對我們比較安全，安奇度的手指從前經常如此評論達馬丁地下宮殿。躲在魔印之後令阿希雅氣惱。她從小就接受衝鋒陷陣的訓練。

有耐心的凱就是好凱，安奇度教過她。想獲勝，攻擊方要挑選戰鬥的時間和地點。本次月虧他們缺乏這兩種優勢。

「必要時才動手。」布萊爾在鍋裡倒滿清水和豬根，放在火堆上加熱，阿希雅抱出卡吉，放到乳房前。

「不是想動手就動手。」

「我表現得這麼明顯嗎？」阿希雅問。

「這一年裡，我經常看見那個表情。」布萊爾說。「人們迫不及待想開戰，沒辦法忍受要打不打的壓力。」

「那是沙羅姆之道。」阿希雅說。

「我不是沙羅姆。」布萊爾說。「牧師說一定要提出談和。」

「與阿拉蓋談和的人都慘遭屠殺。」阿希雅說。

「我逼不得已才會動手，」布萊爾說。「但最好還是不要被人發現。」

布萊爾用青蛙肉煮湯，雖然阿拉蓋維倫湯依然很苦，不過阿希雅還是吃了。想要完成任務，他們需要所有優勢。她已經能在自己的汗水、口氣，甚至母奶裡聞到豬根氣味。她怕卡吉拒絕喝奶，但他餓到毫不質疑奶味。

如此接近月虧，惡魔逐漸積極。透過艾弗倫之光，阿希雅看見它們在黑暗中徘徊，而他們的小營火吸引阿拉蓋的注意。惡魔大多被豬根趕走，但一隻積極進取的泥沼惡魔終於撿起樹枝來回揮動，宛如收割鐮刀般割斷草莖。

布萊爾拿起矛和盾，站起身來。

「用魔印武器殺惡魔會發出閃光和噪音。」阿希雅說。「會吸引更多惡魔。」

「讓它刮掉魔印也會。」布萊爾把盾掛在背上，放下他的矛。「我引開它。再繞回來。」

阿希雅毫不懷疑他辦得到，但心裡浮現一股不安。或許是因爲布萊爾的處世之道。

「讓我來。」阿希雅說。

「帶著卡吉？」布萊爾問。

阿希雅微笑，唱起月虧之歌。她和她的長矛姊妹曾在達馬丁訓練官的指導下唱過上千次，但她妹妹嫁給綠地吟遊詩人當天唱給沙達馬卡聽的不一樣。阿希雅當時就感應到那股力量，之後又從長矛姊妹的密函中學會更多技巧。

這首歌每段歌詞都有自己的旋律、自己的音調、自己的力量。其中一段能讓他們在惡魔眼中隱形。另一段可以趕走它們。其他段落可以欺騙或傷害它們。歌聲要傳得夠遠才有效果，但阿希雅有辦法。

阿希雅的歌聲在泥沼惡魔砍穿阿拉蓋維倫叢，逐漸靠近魔印圈時逼退它。阿希雅輕觸魔印石，啟動她的霍拉項鍊。轉動魔印改變組合可以讓她宛如死亡般寂靜，也能把聲音遠遠傳播出去。可以聽見遠處傳來的聲音，或隔離近處的聲響。

她的歌聲越來越嘹亮，將惡魔原路趕回去。當它退出惡魔根叢時，阿希雅在第一段旋律中加入另一段旋律，困惑惡魔，然後加入隱形的段落。惡魔搖頭晃腦，似乎失去他們的蹤跡，雙眼空洞地看著營地。最後它離開了，阿希雅慢慢停止歌唱。

布萊爾目瞪口呆。「我在窪地舉辦半掌葬禮時見過這種魔法。兩個克拉西亞女人唱的。」

卡吉睡著了，阿希雅把他放在盾牌凹陷的內側。「我表妹阿曼娃和希克娃。她們和她們榮耀的丈夫都受到艾弗倫祝福。我只有接觸到這種力量的些許皮毛而已。」

布萊爾注意到一點動靜。他轉身，凝視黑夜。

阿希雅走到他身邊。「怎麼了？」

布萊爾指向一隻木惡魔，比濕地常見的木惡魔高大強壯。「那隻地心魔物在跟蹤我們。」

「你確定？」阿希雅問。那隻阿拉蓋看起來不像對他們感興趣的模樣。

「確定。」布萊爾說。

阿希雅透過艾弗倫之光瞇起雙眼，試圖研究惡魔靈氣中的魔法規律。它看起來對他們不感興趣，但靈氣不是這麼說。他們是它唯一感興趣的東西。

「看來你說得對。」阿希雅同意。「我們該殺了它。待在……」

「不。」布萊爾已經提起長矛，離開魔印圈。「我來。」

阿希雅在面巾後嘟嘴。她習慣發號司令，但布萊爾不聽命於任何人。

布萊爾確實很有本事，即使阿希雅知道該看哪裡，他還是能透過阿拉蓋維倫的掩護神不知鬼不覺地溜過去。她只有在他進入樹林時瞥見身影。惡魔不管外表還是靈氣都沒有流露察覺他移動的跡象。

但接著遠方傳來叫聲。惡魔側頭傾聽，隨即轉身奔向聲音來源。

片刻過後，遠方傳來尖叫和魔光。距離太遠，阿希雅不清楚出了什麼事，但隨著魔光和叫聲持續，她不禁開始擔心。如果布萊爾成功偷襲一隻惡魔，就算是體型巨大的惡魔，都應該有能力迅速解決。沒有戰士想和那麼大的惡魔纏鬥過久。惡魔不會累。

打鬥持續，持續，阿希雅站起身來，揮手甩出短矛矛頭。她身上所有肌肉都大聲喊叫著要衝出去保護布萊爾，上前對抗阿拉蓋。但是躺在盾牌裡的卡吉把她卡在魔印圈裡。萬一阿希雅和布萊爾都遇害，他會怎麼樣？

打鬥依然持續，阿希雅做出決定。她伸手去拿卡吉的揹架。如果要面對危險，那就一起面對。

黑夜突然安靜下來。阿希雅微微顫抖，凝望黑暗。十下呼吸。二十下呼吸。她拿起揹架，開始把帶子綁上肩膀。

「阿希雅！」布萊爾從黑暗中冒出來，跑進泥沼惡魔打斷惡魔根製造出的空地。「不是普通地心魔物。妳得來看看。」他轉身。

阿希雅看向卡吉，還在盾牌中沉睡。「死了嗎？」

「死了。」布萊爾說。「路上沒惡魔，我們快去快回。」

「艾弗倫詛咒我。」阿希雅舉起她的矛，跟了上去，貼著地面矮身而行，直到在樹林中追上他。

「布萊爾！看在艾弗倫的份上，告訴我……」

布萊爾轉身面對她，他身後有股寒意，而且身上沒有惡魔根的氣味。

才剛察覺警訊，化身魔已經揮出一手，變成長長的觸角，末端宛如矛尖般銳利。阿希雅在最後關頭後退，靠著護甲逃過一劫。層層交疊的魔印玻璃擋開了攻擊，但她發現固定玻璃板的絲袍被扯裂。同一個位置再被打到就死定了。

安奇度的訓練本能性地開始反應。她利用對方攻擊的力道趁勢滾開，隨即站穩腳步。她感覺到觸角擊中身旁數吋外地面時引發的震動，但趕在觸角之前繞回去，以短矛開路。對方甩出另外一條觸角拖延她的速度，但阿希雅宛如棕櫚樹般隨風彎曲，在觸角甩過頭頂時出矛揮砍。膿汁噴灑，她在身後傳來某個死氣沉沉物品落地聲時搶到近處，提矛刺向惡魔身體。

惡魔在魔光閃爍並竄進她體內時大聲吼叫，阿希雅抬頭，以爲會看到它眼中魔光消逝，但惡魔只是在吼叫聲中朝她的臉吐火。

火唾液乃是阿拉蓋最危險的武器之一，會像樹汁般黏在人身上，燃燒的溫度比火爐還高。阿希雅本能後退，首飾上的魔印同時發動，把火轉變成一陣涼風。

惡魔趁機重新塑形，但阿希雅知道喘息的機會稍縱即逝。她看向小高地，發現數量多得恐怖的惡魔從四周樹林裡湧現。最前面的惡魔手持樹枝，冷靜又有效率地砍斷惡魔根。惡魔踏入砍斷的阿拉蓋維倫草地時放聲嘶吼，但持續向前，逼近卡吉。

阿希雅拔腿就跑，打算在惡魔多到擠不過去前衝回小高地。她才跑出幾步，一條觸角便纏上她的腳踝，將她拉倒。她雙手撐地，利用拉扯的力道轉身出矛。斷掉的觸角攤在腳踝旁，她踢開觸角，翻身擺開防禦姿式。

化身魔依然保有木惡魔的基本外型，放棄了水惡魔的觸角，改用力量強大的樹枝手臂。它們是很可怕的武器，爪子宛如銳利的木樁，但是龐大的身軀與嬌小的阿希雅比起來顯得笨重——魔法強化她的速度。她閃過幾下攻擊，來到惡魔身前，雙矛同時刺出。魔力滋滋作響，阿希雅感到有些魔力竄入體內。

她很想多享受一會兒，但沒有時間。她拔出武器，反身避過化身魔爪子。結果惡魔刺傷自己，痛得大叫。

又向卡吉跑出幾步後，她再度被迫轉身面對那頭惡魔。已經有阿拉蓋跑上高地，開始測試阿希雅魔印圈的魔印。魔印網到處閃著魔光，宛如蛛網上的露水閃閃發光。

化身魔攻勢猛烈，宛如樹木冒出新樹枝般，長滿樹瘤的雙手分岔出擊，突然變成四條手臂。阿希雅矮身閃過一條，躲過另一條，擋下第三條，但第四條繞到她身後，擊中後背。護甲擋下這一擊，但至少斷了一根肋骨。

惡魔再度出擊，這一次阿希雅的動作較快，閃過四條手臂，準備展開威力強大的反擊。但四條手臂變成八條。惡魔轉身，手臂的動作快到看不清楚。阿希雅本能反應，迅速後退，企圖打亂手臂節奏，讓它們彼此交纏。她移動位置，直到背對衝向高地的眾多惡魔。附近的惡魔轉身面對她，化身魔出擊。

低等惡魔沒有動手，純粹只是擋住阿希雅去路。她無路可退，轉守為攻，開始一塊一塊地砍掉惡魔軀體。化身魔可以治療大部分非致命傷，但沒辦法重新長回或接回被砍斷的軀體。

她可以讓它筋疲力竭。

熟悉的叫聲穿透打鬥聲傳來。阿希雅偷看一眼高地上方，發現受到打鬥聲和魔印外圍惡魔吸引的卡吉裹著毯子，滾出搖搖晃晃的盾牌。

接著他做了件宛如奇蹟的事情。

她神色震驚又微感驕傲地看著卡吉這輩子第一次搖搖晃晃地站起身來，開始穿越營地，走向閃耀的魔光。

「印印！」他叫道，阿希雅感到一股前所未有的恐懼。

她分心太久了。化身魔疾撲而上，打倒她、固定她的手臂，雙矛形同廢物。阿希雅奮力掙扎，但就連強化過的力量也沒辦法撐開對方的重量。這傢伙不是無腦阿拉蓋，是懂得打鬥的惡魔。

它張開血盆大口，下巴越撐越大，足以一口吞下她的腦袋。她眼睜睜地看著一排一排利齒，還有越來越厚的牙齦。

阿希雅深吸口氣，做了此刻唯一能做的事情。她尖叫。

並非恐懼的叫聲或痛苦的哀嚎。那是月虧之歌令阿拉蓋痛苦的基礎精髓。因爲無法唱出完整曲調，她只能高喊那些刺耳音階，宛如火把般揮來揮去。

叫聲立刻引發反應。最接近她的木惡魔和泥沼惡魔四下逃竄，就連化身魔也鬆開手，本能性地摀住耳朵。阿希雅在掙扎中放開了一把短矛，但她還是奮力踢開惡魔，跌跌撞撞地爬上高地，利用嗓音趕跑惡魔。她用沒拿武器的手拉下面巾，轉動項鍊上的魔印，在歌聲中灌注魔力。

一根宛如小孩抓一把沙般從地上拔起的樹墩，在她奔向卡吉時從背後狠狠襲來，沉重的木塊打得空氣離開她體內，試圖吸氣時又被噴起來的泥土嗆到。歌聲戛然而止。

她放鬆肢體，任由護甲吸收落地的力道，翻身滾動分散衝擊。她只花了一點時間就找回平衡，落在東倒西歪迎向災難的兒子身旁。

但那段時間已經足夠讓化身魔疾撲上來壓倒她。她吸一口氣，喉嚨疼痛，但觸角纏住她嘴巴，令她無法出聲。惡魔舉起手臂，銳利的爪子越伸越長。

化身魔的肚子爆出一支魔光耀眼的矛頭，噴得阿希雅滿身膿汁。惡魔慘叫，微微鬆手，讓她有機會吸一小口氣，但無法掙脫。

布萊爾出現了，跑到化身魔背上，以沙魯沙克鎖頭法固定它的腦袋。他雙掌魔光大作。惡魔掙扎猛咬，但沒辦法擺脫他。阿希雅看出布萊爾掌心朝惡魔頭顱送出陣陣擠壓魔力，讓它渾身顫抖。

惡魔開始失去凝聚力，抓住阿希雅的手臂逐漸無力。她扭動身體，奮力掙脫。她用矛尖連劈帶砍，惡魔已經沒有能力自我治療。

接著坡上傳來魔光和叫聲。有惡魔攻擊卡吉，撞上魔印網。阿拉蓋被震麻彈開，卡吉則往後摔倒，屁股重重落地。

「去！」布萊爾叫道。

卡吉放聲大哭，不過一看到她就不再哭泣。「媽媽！」這一次站得比之前輕鬆，再度走向魔印，朝她伸手。

然後她趕到了，一把將他擁入懷中。「我兒，我兒！我來了。」她親吻他的頭。「勇敢，卡吉。」

她把他塞入揹架，然後揹起揹架，轉動手中短矛末端，將矛柄轉成兩倍長，另一手拿起盾牌。

布萊爾叫了一聲，阿希雅抬頭看見化身魔用長角的觸角裹住他，皮膚滋滋作響，冒出惡臭蒸氣。由於無法久撐，它把男孩拋向魔印圈。布萊爾在翻滾中纏住魔印圈的繩子，勾歪魔印，在守護範圍內打開一條大縫。

化身魔趁機集結惡魔，三頭惡魔在它身邊保護。布萊爾的矛斜斜滑出它的身體，皮膚再度變硬，恢復彈性，但阿希雅看出它的魔光比之前黯淡。惡魔變弱了。

惡魔衝向魔印圈缺口，拉沙嚇得大叫。牠扯出木樁，人立而起，跳入黑夜。有一瞬間，牠看起來像是能逃掉的樣子，但接著六頭惡魔轉身追上。

拉沙被惡魔撕碎時的叫聲聽起來很像人。

首先抵達魔印缺口的是兩隻泥沼惡魔，但阿希雅瞬間解決它們，將一隻惡魔的攻擊引向另外一隻，然後趁機刺穿第二隻惡魔的心臟。她抽回矛時扭轉矛身，確保阿拉蓋心臟爛到無法在死前修復。

她用盾牌接下第一隻惡魔的攻擊，矛頭朝上刺穿它的下巴和腦袋。

但重塑形體的化身魔只是利用它們來分散注意，現在它擁有石惡魔的身軀，背上長著風惡魔的翅膀。它揮出水惡魔的長角觸角，火惡魔般的口鼻冒出火唾液的火光。

阿希雅感覺到布萊爾急忙衝向自己，但沒有矛，她不認爲他能在惡魔殺死他前接近到足以傷害惡魔。

儘管如此，他還是躍過她，翻個筋斗，將湯鍋拋向惡魔。布萊爾的豬根湯灑在化身魔身上，它放聲慘叫，皮膚宛如焦油般冒泡。

他們同時進攻，阿希雅用盾牌擋下一條抖個不停的觸角，砍斷另一條粗觸角後往回跳。布萊爾衝到近處，阿希雅看見他掌心上刺的大魔印綻放魔光。他用衝擊魔印擊中惡魔喉嚨，讓它被自己的火唾液嗆到，然後又用雙掌擊中耳朵。

惡魔絆了一跤，阿希雅再度出擊，長矛轉動，連刺帶砍。

一隻沼澤惡魔趕到她身後。她察覺它撲上，但沒能來得及閃開它攻向卡吉揹架的爪子。

卡吉大叫，但縫在兩層布中間的魔印玻璃片擋下了攻擊。兒子的叫聲讓她知道他沒事，於是她劃開沼澤惡魔的肚子，狠狠踢了一腳，眼看它體內的器官掉了滿地。

化身魔才剛站穩腳步，布萊爾已經丟了一小袋東西到它嘴裡。惡魔本能一口咬下，袋子噴出一堆惡魔根粉。阿希雅劃開它的喉嚨，布萊爾滾下山坡去撿他的矛。

更多惡魔上前接替倒地的惡魔。其中一隻還沒跑到阿希雅和卡吉面前便已倒下，被布萊爾丟過來的矛釘在地上。布萊爾也撿回來阿希雅遺失的矛，深深插進化身魔背裡。

阿希雅恢復正常呼吸，再度開始唱歌，阻止低等惡魔接近，讓她和布萊爾繼續攻擊化身魔。它的動作已經明顯變慢，治療和轉化形體需要大量魔力，而在艾弗倫之光下，它的魔光越來越暗。

他們毫不放鬆。化身魔試圖起飛，但阿希雅在它的皮翼上劃開一條大口子，並以盾牌重擊輕巧柔韌的翼骨。盾緣的魔印發光，她感覺到骨頭碎裂。另外一隻翅膀軟垂而下，布萊爾順著翅膀而上，以魔印掌抓住惡魔角，把它的頭往後拉。阿希雅趁機衝上，終於砍斷惡魔脖子。

其他惡魔則在化身魔死亡，開始融化變成爛泥時僵住。

阿希雅對它們吼叫，阿拉蓋拔腿就跑。

天空出現微光時，布萊爾開始收拾營地。阿希雅巡邏外圍，透過魔印眼搜索被黑暗和濃霧遮蔽處，尋找地心魔物蹤跡。看起來惡魔已經爲了躲避太陽的威力而逃回地心，但他們不打算在陽光照亮高地前解除魔印網。

他們兩個都沒睡，即使在魔印網復原後也一樣，對抗化身魔時吸收的魔力足以撐住不睡。布萊爾的肌肉有如船纜般緊繃，渾身充滿活力。他覺得可以揹起阿希雅和卡吉跑上一百哩。

只有卡吉睡著，在阿希雅背上的揹架安穩地打呼。他的呼吸穩定，就像布萊爾的父親——里蘭——上沙魯沙克課時教兒子的那樣。布萊爾和他一起呼吸，借用男孩平穩的情緒來穩定自己的心。

他迅速在魔印圈外收集地心魔物砍斷的豬根，把口袋和袋子裝滿。他壓碎一把豬根葉，將黏黏的樹汁擦在衣服上。

他拿了幾支豬根莖給阿希雅。「妳也擦。」

他越來越會解讀她面巾下的表情。她鼻頭微皺，露出噁心的神色。

布萊爾並不覺得被冒犯。村民在他附近總是這個樣子。有些會丟石頭，叫他小臭鬼。泥巴男孩。阿希雅沒那麼殘酷，但他聞到她身上有肥皀的味道，而即使在濕地裡度過數週，她身上的絲袍還是跟黎莎・佩伯的連身裙一樣一塵不染。她或許身處泥巴地，但卻是在皇宮裡長大的。

儘管如此，現在不是嬌生慣養的時刻。布萊爾對她搖搖葉子。「地心魔物聞到我們的氣味。得竭盡所能擺脫追蹤。」

阿希雅嘆氣，接過豬根。「你認爲辦得到嗎？」

「我還有幾樣把戲。今天要趕很長的路，但晚上可以抵達安全的地方。」

「我們需要安全的地方。」阿希雅說。「月虧還要將近一週才會完全過去。看來就連弦月也能強化奈的力量。」

這話很嚴肅，但布萊爾還是充滿自信。「那是我最好的荊棘叢。如果地心魔物在那裡都殺得了我們，那在哪裡都無所謂了。」

阿希雅凝視他片刻，然後點頭。既已拿定主意，她迅速確實地咬碎豬根葉，塗抹身上每一吋絲袍，用又黏又臭的樹汁徹底毀了它們。她放下卡吉，把豬根汁擦滿揹架，甚至抹在毯子上。

布萊爾折斷最好的葉子，混入堅果和莓果，淋上一點油，當作早餐。

「為什麼要遮起來？」

「啊？」布萊爾抬頭，發現她在看他再度用布裹起來的手掌。

「你的刺青。」阿希雅說。「你是因為怕冒犯我才遮起來的嗎？」

布萊爾想起賈莉特說過克拉西亞人對刺青的看法。據說刺青會冒犯艾弗倫，但布萊爾想不透原因。

布萊爾微微轉身，遮住手掌。「我不喜歡它們的樣子，就這樣。」

「但它們能給你力量。」阿希雅繼續問。「我不認為它們會冒犯艾弗倫。我的老師安奇度身上也有刺青，而我從未見過任何榮耀超越解放者的人。」

「我取得刺青的動機不對。」布萊爾說。

他擔心透露太多，她會堅持追問。他看得出來她很想問，但尊重他的隱私。「動機有什麼重要的？」

布萊爾伸出手掌，拉開一掌上的布條，神色哀傷地看著其下的魔印。「妳這麼認為？」

阿希雅上前伸手搭他肩膀。「我知道你不喜歡打鬥，布萊爾．達馬吉，但你為了我和我兒跳到惡魔凱身上。艾弗倫隨時都在看，就算我沒有親眼見證。你在孤獨之道彼端會受到熱烈歡迎。」

「不會。」布萊爾說。「不管怎麼做都無法彌補我曾做過的事。」

「發生在你家人身上的事並非你的錯。」阿希雅說。

布萊爾偏開目光，心知這話現在不說就永遠不會說了，但又害怕她聽了會有什麼反應。「是我的錯。我生火的方法不對，弄得滿屋子濃煙。」

阿希雅沉默了一段時間。太久了。布萊爾很想大叫，跑進晨霧中。只要能逃離她無聲的批判就好。

結果她卻輕揑他肩膀。「那是十年前的事了，布萊爾，你當時還小。世間一切都是艾弗倫旨意。」

「艾弗倫要我害死我家人？」布萊爾難以置信地問。

「或許。」阿希雅聳肩。「又或許那件事本來就會發生，祂只是沒有動手阻止。」

布萊爾回頭看她。「爲什麼？」

阿希雅伸手輕撫他的臉。「第一戰爭比世間的一切更爲重要。就像我一樣，艾弗倫用痛苦將你淬鍊成對抗奈的武器。」

「如果一切都是艾弗倫的旨意，」布萊爾問，「那我們做任何事又有何意義？」

「我的老師以前常說艾弗倫的力量來自我們的勇氣。意志乃是我們唯一可以幫助祂在永恆戰爭中與奈抗衡的力量。艾弗倫引導我們，但要選擇當個勇者或懦夫，要戰鬥或逃跑，」阿希雅伸手拍拍他胸口，「都來自我們內心。」

阿希雅的絲質涼鞋全濕透了。爲了掩飾行蹤，布萊爾帶領他們在泥沼中迂迴前進，穿越濕地，有時候跋涉水深及腰的地區。

走了大半個早上，他似乎覺得夠了，帶他們來到較乾的地方。阿希雅完全迷路，但布萊爾彷彿在自己家裡一樣，在平坦的地面上加速而行。正午時分，他們抵達湖岸，沿著崖邊逐漸上行。

惡魔凱過剩的魔力隨著陽光燒盡，但阿希雅心知他們身處險境，毫不抱怨布萊爾匆忙的腳程。她本來以爲自己和長矛姊妹的耐力頂尖，但布萊爾．達馬吉令她們相形失色。他們在太陽開始下山前趕了很多哩路。

「還很遠嗎？」她終於問。水面上的落日倒影明亮到觸眼生疼，但她知道那代表黑暗即將到來。

「那裡。」布萊爾指向懸崖一塊毫不起眼的區域，距離下方擊打崖壁的波浪數百呎高。

阿希雅很想質疑，但她看見布萊爾臉上的自信，相信他又會使出令人驚訝的本事。他走到懸崖邊，蹲下，伸手扶著崖緣。「這裡走。」

他跳下去。

阿希雅嚇一跳，目瞪口呆片刻，然後走過去看向下方的崖壁。數十呎下，布萊爾抓著一條固定在崖壁縫隙中的阿拉蓋維倫繩索往下滑。他踢離岩壁，稍微盪開繩索，然後就消失了。

阿希雅嘆口氣，拉緊揹架的皮帶，確保卡吉穩當後抓起繩索，隨之而下。約莫下降三十呎後，她眼前出現一座小山洞，洞口被阿拉蓋維倫遮住，從上面看不到。

她溜進洞裡，發現洞內遠比洞口大。牆壁和地面上都鋪滿了乾惡魔根，比天然石塊柔軟安全，防止阿拉蓋在洞裡凝聚形體。此地離湖面太遠，水惡魔無法觸及，離懸崖也很遠，陸地上的惡魔不會留意到他們。洞口太小，就算有風惡魔看穿洞口的豬根門簾，也沒辦法在展翅時鑽進去。

「妳覺得如何？」布萊爾終於問。

阿希雅邊對他笑，邊解開固定卡吉的皮帶。「很完美，里蘭之子。你的技巧與榮耀一樣無止無盡。」

布萊爾微笑，走過她身邊，像拉開門簾般拉開洞口的阿拉蓋維倫。「妳還沒見到最棒的部分呢。」

阿希雅轉身，洞外的美景令她窒息。湖面在他們面前延展開來，水平線上閃爍著最後幾絲陽光，紫色、白色和藍色填滿整片天空。

卡吉瞪大雙眼。他指向水平線。「什什？」他想知道此刻看到的景象叫作什麼。

阿希雅遲疑。這種美景該如何形容？光用「日落」遠遠不足以表達。

她跪下，把卡吉放在身旁。她雙掌貼地，他也模仿她。「這是艾弗倫，我兒。萬物的創造者，生命與光明賜予者。我們爲了祂而活，爲了祂而戰。當我們死亡，也將會是爲了祂。」

她開始唱〈來夜之歌〉給他聽。布萊爾沒有一起唱，但阿希雅敏銳的聽覺聽見他在輕聲默念歌詞，彷彿在找回塵封的記憶。

禱告結束後，布萊爾指向北方。「修道院在那裡。」

阿希雅得探頭出洞口才看得見，不過修道院確實就在那裡，一座位於突出湖面的高聳岩壁上的堡壘。高塔窗內和圍牆上火光搖曳。

湖面上也有更多燈火，標示出封鎖線上的雷克頓船艦。

「封鎖碼頭不用這麼多船。」布萊爾說。

「他們打算攻下堡壘嗎？」阿希雅問。就數量來看，漁夫很可能可以攻下碼頭，闖入堡壘，但是看著碼頭到堡壘間的山道，阿希雅知道攻擊堡壘將會犧牲很多人。

「或許是引誘魁倫的陷阱。」布萊爾說。「想把他的船引向北方。」

「他不會上當的。」阿希雅說。她帶卡吉走回洞內，餵他喝奶，在艾弗倫之光的溫暖照明下幫男孩換尿布。布萊爾眼旁沒有魔印，但他在近乎全黑的環境下行動就和大白天一樣自在。

他們沉默不語一段時間，準備冰冷的晚餐，吃飯，沉浸在各自的思緒裡。卡吉第一個睡著，沒多久布萊爾也睡了，縮在洞後的角落裡，呼吸平穩順暢。

阿希雅閉上眼，試圖進入訓練時的淺眠，儘管十分疲倦，她還是無法入睡。她心裡冒出太多畫面。卡吉第一次走路。變成布萊爾的化身魔。把拉沙分屍的那群阿拉蓋。朝她無助兒子逼近的那圈惡魔。

她的體重彷彿增加了一倍。癱倒在地，臣服在沉睡的堅持下，影像轉化爲充滿魔爪和吼叫的噩夢。她嚇一大跳，突然驚醒。她又聽見吼叫聲。剛剛不是在作夢。難道有阿拉蓋找到她們的藏身處？若眞如此，他們便無路可逃，必須堅守洞口到黎明。魔印圈擋住狹窄的洞口，他們有可能守得住。除非還有另一隻化身魔。

阿希雅拔出雙矛，翻身而起，但布萊爾已經超過她，衝向洞口查看叫聲來源。她來到近處，準備動手，他則探頭到魔印圈外，看向上方。

魔光大作，布萊爾驚呼一聲，連忙縮身，在風惡魔衝到洞口時向後爬開。風惡魔啪地一聲振開翅膀，搭上空中氣流。

惡魔下方有光源，透過艾弗倫之光，阿希雅驚訝發現它的爪子上抓了一隻火惡魔，被火惡魔雙眼和嘴裡的火光照亮。

她擺開拋矛姿勢，但卻有點遲疑。如果把矛丟進湖裡，就再也撿不回來了。

接著惡魔飛入夜空，掠過湖面，遠離山洞──沒有發現他們。

阿希雅和布萊爾回到洞口，只見夜空活躍非凡，數十隻風惡魔帶著燃燒的光源跳下懸崖，衝向湖面。

「看在深淵的分上，它們在幹嘛？」阿希雅低聲問。

「作戰？」布萊爾問。「除了石惡魔外，火惡魔和其他地心魔物都處不來。或許風惡魔要把火惡魔丟進湖裡？」

阿希雅搖頭。「風惡魔沒有丟下它們，火惡魔也沒有掙扎。它們在合作。」

「做什麼？」這個問題的答案在風惡魔同時轉向朝雷克頓艦隊飛去時昭然若揭。

阿希雅在空中繪印。「艾弗倫保護我們。」

風惡魔伸長翅膀，突然轉向，利用衝勢將爪上的彈藥投向船帆。船帆著火，火惡魔滑向甲板，朝船員和船板噴吐火唾液。它們在甲板上橫衝直撞，留下一道道火焰，然後宛如自殺般跳出船艄。

但它們沒有掉進湖裡。在天上盤旋的風惡魔俯衝而下，接住它們，飛回懸崖，完成在這場攻擊行動中扮演的角色。

攻擊轉眼結束。每艘船上都有起火的船員四下奔走，有些在甲板上打滾，徒勞無功地試圖撲熄火焰，其他人則跳入湖中，也不管底下有沒有水惡魔。

剩下的船員忙著拿東西滅火，但火唾液很黏，會黏上任何滅火工具。他們組織水桶隊，但水只有讓情況更加惡化。惡魔火溫度高到瞬間把水變成蒸氣，將火焰噴入空中，黏住所有濺到的東西。

沒過多久所有船隻都陷入火海，黑夜中好幾哩外都看得到，直到最後高溫和濃煙減弱了船身魔印威力。四周的水面冒出水惡魔，把船拉入水裡，大火一道接著一道熄滅。

「什麼？」火光照亮布萊爾的臉。

阿希雅伸手，牽他的手輕輕捏了捏。她不知道這個動作是在安慰他，還是安慰自己。

「沙拉克卡開始了。」

第二十五章 深淵口 334 AR

賈迪爾在夜空中盤旋時，月亮就只是一絲弦月銀光。他看見下方地面擠滿惡魔，在皇冠視覺下宛如火把般發光。

「親愛的。」

「我在，親愛的。」英內薇拉幾乎立刻回應。

「我們抵達了深淵入口。」賈迪爾說。「遠離人類文明，阿拉蓋難以計數。周遭魔力增強。這或許是超出卡吉之冠傳輸範圍前，我們最後一次交談。」

下方，帕爾青恩和他吉娃卡身上的隱形魔印微微發光，護送阿拉蓋卡的牢房。山娃駕駛小馬車，鋼鐵車身布滿帕爾青恩的魔印，封閉其中的邪惡，不讓外界的邪惡察覺。她父親坐在她身旁，用鎖鏈鎖在長凳上，目光空洞，凝望遠方。

如果這些防禦措施依然不夠，山娃還用歌聲籠罩他們，透過長矛姊妹送她的頸鍊強化音量。她反覆吟唱一段月虧之歌，美妙寧靜的旋律幾乎連賈迪爾都能迷惑。

從上面看，賈迪爾能看見保護地面隊伍的魔印力場。魔印在皇冠視覺下發光——魔光照射的距離就是魔力影響的範圍。山娃的魔法比較微妙，但是效果絕對不會弄錯。阿拉蓋一進入她的歌聲範圍內就會毫無察覺地自行轉向。

「我外甥女越來越強大，」賈迪爾說。「艾弗倫的計畫眞是難以捉摸。有些解放者長矛隊員與我並肩作戰二十年。我的兒子多到自己都不敢說全部認識。結果獲選和我一起步入深淵口、承受沙拉克卡重擔的，卻是這個才剛到適婚年齡的外甥女。」

「親愛的，請原諒我曾說過你妹妹那麼多壞話。」英內薇拉說。「她們的子宮孕育出阿拉史上最強的三個戰士。」

「看在艾弗倫的分上，希望這樣就夠了。」

「你有睡嗎？」英內薇拉問。

「我們在太陽高掛天際時休息了一個小時。」賈迪爾說。

「那可不夠，丈夫。」英內薇拉說。「魔法能恢復活力，但心靈需要夢境，不然會有發瘋的危險。」

「那我祈禱我們可以撐到完成使命。」賈迪爾說。「之後，一切就無所謂了。」

「當然有所謂。」英內薇拉說。

「我們明天會睡。」賈迪爾說。「明晚是月虧，我們會放出阿拉蓋卡，帶我們進入漆黑的地底。恐怕那之後就沒得睡了，直到我們戰勝或戰死。」

「你在哪？」英內薇拉問。

「帕爾青恩和我舉行多明沙羅姆那座山的北邊。這裡魔力強大，親愛的。我現在了解帕爾青恩爲什麼被吸引而來。」

「你的聲音變小了。」英內薇拉說。「最後一次對我敞開心扉。你抵達深淵口時是什麼感覺？」

「迫不及待。」賈迪爾遲疑。這是實話，但並非全部事實。「害怕。怕我會辜負妳。辜負全阿拉的期望。怕我不夠堅強，怕艾弗倫在我最需要的時候遺棄我。」

「只要奈還存在，所有艾弗倫的子民都會害怕這些。」英內薇拉說。「只是解放者的感受特別強烈。但你的一生我都看在眼裡，霍許卡敏之子。如果你無法承擔沙拉克卡的重擔，那就無人能夠承擔。」

賈迪爾嚥下喉嚨裡的硬塊。「謝謝妳，親愛的。」

「要謝我就——」

這話說到一半就斷了，賈迪爾耳中突然只剩下風聲。他不再前進，甚至飛回去想要重新建立連結，但在他膽敢遠離馬車的距離內都找不回連結。

下方，惡魔之父遭受三重束縛——第一重是皮膚上的魔印，第二重是銀鍊上的魔印，第三重則是馬車鋼牆上的魔印。

旅途遙遠，而你們只是凡人，阿拉蓋卡曾如此承諾。遲早都會鬆懈警覺，到時候我就能身獲自由。

賈迪爾絕不容許這則預言成真。他們曾兩度對抗阿拉蓋卡，而奈的親王兩度差點擊敗他們。如果他趁被放出來的機會成功求援，附近的阿拉蓋多到足以擊敗這群神選之人。

「別了，親愛的。」他對風低語，飛回去看顧馬車。

他們沿著帕爾青恩舊地圖上的古老道路而行。通過大草原和茂密的樹林，到處抄捷徑避開小村落和難民營，深入樹林丘陵。道路很快就消失了，在數百年間長滿許多雜草。有些小徑剛好可供馬車通過，但也只是剛好而已。

賈迪爾從制高點注意到一件怪事。前方的道路又出現了，看來常有人走，而且是最近。他飛到更高，看出原因。

他啟動皇冠，和下方的夥伴交談。「前方有座大村落。看好惡魔之父，我先過去調查。」

「好，我想我們看得住他。」帕爾青恩說。

賈迪爾吸收長矛的魔力，飛向遠方的村落。緩慢飛行數週之後，能夠全速前進的感覺很棒。隱藏在樹林中的村子印入眼簾，賈迪爾減速過急，整個身體都在顫抖。

村子外圍有一圈古老的尖頂石碑，每一座都有二十呎高，重達數噸。其上所刻的魔印依然強大，足以抵擋阿拉蓋。

但真正令賈迪爾震驚的是後方的村落竟是克拉西亞建築風格。沒有現代文字與建築，比較像是安納克桑那種古城。這群失聯的族人跑到這麼北的地方來做什麼？

他們去過什麼地方？

山娃搜索後回來後，跪倒在地。「沒有打鬥跡象，解放者。看起來像所有人突然打包行李，和平離開。」

帕爾青恩皺眉。「自從你們族人離開沙漠，到處揮矛以來，這種事就很常見。」

賈迪爾忽視他的諷刺。「這麼北，帕爾青恩？我懷疑他們聽說過我要來的傳聞。」

「解放者，」山娃說。「這些人會不會是安納克達爾的後裔？」

瑞娜側頭。「黑暗……之城？」

「對。」賈迪爾點頭。「卡吉帶領部隊進入深淵前建立安納克達爾，作為補給據點。」

你們會找到卡吉的東西，英內薇拉說。你的祖先留下來，在黑暗中引導你的禮物。會不會就是在指這個？解放者留給後世解放者的路標？

帕爾青恩輕吐口氣。「他們存活了三千年，結果卻在……多久？一年前毫無理由打包離開？」

「不到一年。」山娃回報。「幾個月。」

「阿拉蓋卡準備月虧攻擊行動的時候。」賈迪爾猜。

「像太陽一樣不可能是巧合。」瑞娜說。

「我們很快就會知道。」賈迪爾說。「我們現在必須休息，趁太陽還在天上。今晚我們要放出阿拉蓋卡，這或許就是這輩子最後一次睡覺了。」

牢車在可恨的晝星下十分悶熱。金屬牆就像火爐一樣，牢內的溫度高到足以燙死地表牲口。在匱乏與不適下，高溫只能算不大舒服，但還在惡魔親王的容忍範圍內。其他一切都是痛苦。原始交通工具每顛簸一下都讓惡魔晃動，扯緊銀鍊，上方魔印帶來皮肉痛楚和羞愧。每當囚禁他的人餵他吃東西時，都是用動物的心靈，只有油脂，沒有肉。鎖鏈讓他必須犧牲最後的尊嚴爬行，每一個動作都是全新的折磨，他的臉貼在噁心的血肉上，在高溫中滋滋作響。囚車裡都是那股臭味。

還有那道歌聲！

惡魔痛恨所有囚禁他的人，但他越來越恨唱歌的那個傢伙。即使透過厚重的金屬牆，她的歌聲還是魔音灌腦，啃食著惡魔親王內心某個依然原始的部分。

親王曾在歌者父親的思想和記憶中體會那些可惡的情緒——愛、驕傲、希望。惡魔因而鄙視她——想傷害她——早在聽見可惡的歌聲前就想這麼做了。

如同戰鬥魔印，那首歌乃是心靈宮廷認定早就抹除的古老魔法。它會影響惡魔最基本的情緒，而魔法受到情緒吸引。他的同類提供這首歌用以對付它們的力量。

即使知道歌曲的運作原理，惡魔親王還是想逃離那個聲音。如果人類大量使用這種力量，想要鎮壓就不容易了。在魔巢分裂的情況下，或許根本無從鎮壓。

惡魔親王想起卡夫利的大唱詩班，忍不住微微顫抖。鎖鏈在抖動中擦傷燒傷他。他不再治療受傷的皮肉，任其壞死，形成一道屏障，然後用寶貴的內在魔力於下方製造一層新的皮膚。這過程十分漫長，但是再過幾週就能侵蝕皮膚上的魔印，而那些魔印也在侵蝕他本身的力量。他不知道哪一邊會勝出。

在那之前，惡魔親王只能等在黑暗中，任由馬車顛簸搖晃。他看不見他們的路線，而身上的束縛防止他釋放心靈探測。

最令他不安的就是這一點。打從孵化以來，惡魔親王的意識就是獨立於肉體外的個體，能夠轉眼間跨越很遠的距離。他從來不曾孤獨，總是能感受到軀殼的慾望，聽見兄弟的聲音。

現在，什麼都沒有。

只有晝星高溫來來去去為他提供一點時間觀念，但那樣就夠了。新月要到了。如果不現在就讓他進入沒有意識的軀殼，展開前往心靈宮廷的漫長旅程，一切就會失去意義。再過不久，女王就會開始產卵——如果還現在沒開始的話。

如果已經開始，那他們就都完了，其中最慘的就是惡魔親王。如果還沒產卵，他們全都能從產卵前趕到女王身邊獲得好處。如果唯一接近她的辦法就是被當成囚犯，那就認了。一旦他們進入魔力高漲、軀殼眾多的地底，只要囚禁他的人稍微鬆懈，他就有機會逃脫。

一下顛簸過後，他的囚車停了。

惡魔親王在車門開啓，星光灑落時放聲嘶吼。

惡魔親王趁著沒有眼瞼的雙眼調適光線時判斷位置。剛孵化出來的心靈就會學習利用可惡的星星辨位。沒有地表戰爭歷練的惡魔不可能在心靈宮殿取得一席之地。

他們很接近通道。

囚禁他的人聚集在門口——探索者和狩獵者，大敵後裔和那個可惡的歌者。

惡魔親王的坐騎軀殼山傑特，被鎖鏈鎖在他們身邊。

「嘎！好臭！」探索者故意皺起臉，朝地上吐口水，但他的靈氣沒有那個意思。這是支配的手段，爲了激怒惡魔親王，希望他會洩露寶貴的情報。

探索者大膽伸手觸摸惡魔親王，手持滾燙的鎖鏈把他拉出囚車，丟在眾人中央的地上。晚上很涼，如此接近通道的地方瀰漫著強大的魔力。那些力量自動受到他皮膚上的魔印吸引，於是魔印開始灼燒。他任由皮膚壞死，淺嚐風中的魔力。

他有一個兄弟在這附近，肯定在看守通道。那是少數直接通往地心魔域的通道，也是數百哩內唯一大到可以驅趕俘虜進入地底的通道；如果心靈惡魔力量強大到能在其他對手前守住此地的話，是很適合建立巢穴的地點。

魔法中的痕跡告訴惡魔親王，這個心靈是他自己的子嗣。他最年長的後代，最信任的手下。惡魔親王過於寵幸他，讓他活得太久，變得太強大。強大到足以摧毀囚禁惡魔親王的人——如果能偷襲他們的話。

惡魔親王滾到他的坐騎腳下。有點想拒絕和他綁在一起，純粹爲了提醒人類他們無法控制自己，提醒他們即使在最艱困的時刻，只要他想要，還是可以輕易阻擾他們。

但他不想阻擾。此刻是爭取信任的時候，即使靠坐騎如此受限的媒介也比他自己溝通強。

他觸碰穿涼鞋的腳，有一瞬間皮膚接觸。只要這樣惡魔親王就足以控制軀殼的身體。他拉開袍子，彎腰扛起惡魔親王，放在他背上，用布袍遮蔽星光。

惡魔閉眼抵擋刺眼的星光，透過軀殼雙眼視物。鎖鏈連接在厚皮帶上，不讓他完全伸展肢體，只讓他能爬過山丘，抵達山腰。

他們進入人類繁衍地，惡魔親王幾次翻轉前爲了占領通道而摧毀的那座。由於呑噬了該地領袖的心靈，惡魔親王十分熟悉此地。

「你們進展不錯。」他用人類賴以溝通的吼叫聲恭喜對方。「很接近入口了。我帶你們去。」

「突然間迫不及待。」狩獵者說。

「就像魚急著想要跳回水裡。」惡魔親王回答。「就像妳急著想吃我的同類。」

「不急。」狩獵者的靈氣燃起怒火，惡魔親王享受那股滋味。挑釁人類很容易。

「謊言毫無意義。」惡魔親王說。「全都寫在妳的靈氣裡。妳告訴自己是爲了拯救同類而來，但事實上妳只是渴望力量。」

狩獵者握緊拳頭，周遭魔力朝她聚集而去。她不用在刺青上灌注太多魔力就足以殺死惡魔親王，但他毫不擔心。就和說好的一樣，探索者出面干涉。「不要讓他激怒妳，瑞。妳知道他們是什麼樣子。」

狩獵者的靈氣平復下來。「是。」

「這是什麼地方，惡魔？」大敵後裔揮舞武器問道，惡魔親王謹愼地看著那把武器。卡夫利之矛只是囚禁他的人能夠用以殺害他的眾多方式之一，但惡魔親王懼怕那把武器已經數千年，連他自己的父親都是死在那把矛下。「這裡有我族人的印記。他們怎麼了？」

無數謊言湧上心頭，但最尖銳的還是眞相。

「這裡是安納克達爾，黑夜之城。卡夫利部隊的備戰據點，卡夫利的帝國淪爲廢墟前的北地王座，少數人留下來看守通道。」

「他們怎麼了？」大敵後裔問。

「他們遺忘要守衛什麼，以及原因。」惡魔親王說。「他們日漸散漫，就和你們一樣，於是魔印失效。我滲透他們的防線，控制他們的肉身前往心靈宮殿，收入我的儲藏室。」這些話激怒了人類。他透過靈氣看出這點，細細品嘗那股滋味。

「這個惡魔怎麼可能知道這一切？」歌者問。

惡魔親王轉動軀殼的眼睛看她。「因爲他吞噬了他們領袖的記憶，就像他吞噬我的一樣，女兒。他就是如此得知妳那個醜陋母親第一胎竟然生下女性時我有多丟臉。我太懦弱，不敢打妳母親，但我找了個長得很像她的希莎宣洩沮喪。」

「謊言，出自謊言之父。」歌者吼道，但她的靈氣浮現懷疑和痛苦。

父親的笑聲對歌者打擊甚深。「我愛那次暴力苟合產下的私生子比愛妳更深。」

她對他尖叫，嗓音撼動他的靈氣。山傑特跪倒在地，遮住惡魔親王的耳朵，但即使在痛苦中，他還是能自歌者的憤怒裡得到樂趣。人類心靈太脆弱了。只要看準時機，就能將她擊碎。

大敵後裔一手搭上她的肩，她立刻停止攻擊。惡魔親王操縱軀殼對她微笑回應。

這下做得太過分了。大敵後裔提起長矛，釋放魔力注入惡魔親王皮膚上的魔印。

那種痛楚超越他能忍受的極限。他抓不住軀殼的背，不過軀殼的袍子把他固定在背上，但惡魔親王的控制力減弱，軀殼癱倒，壓在他身上。

接著，痛楚突然消逝。惡魔親王再度掌控軀殼的身體，慢慢站起身來。這一次換狩獵者繪製魔印，點燃惡魔親王的神經，再度讓他摔回地上。這次攻擊對他造成實質的傷害。需要寶貴魔力修復的傷害。

其他人面無表情，冷眼旁觀。

最後她吸回魔力，探索者迎上前來。

「如果你知道怎樣才是對你最好的，就會等到有人問時才開口說話。你要回答我們的問題，帶我們前往我們想去的地方，其他時間都閉上那張鳥嘴，不然我們就把你留給太陽，自己找路下去。」

「你們找不到的。」惡魔親王保證。「千年之內找不到，你們沒那麼多時間。」

「你遺走的囚犯。」探索者靈氣中閃過強烈的反感。「他們全程都是自己走？」

惡魔親王以人類的方式搖軀殼的頭。「我派化身魔帶領他們走過……比較難走的障礙，並以魔法標記牲口，讓沿路生物知道他們屬於我。」

「什麼樣的障礙？」探索者問。

「當年你們祖先下去時，路程就相當漫長艱辛。」惡魔親王說。「而卡夫利領軍下去已經是數千年前的事了。通道有的崩塌，有的淹水，有些被蝕穿或挖深。陡坡和峭壁。這具軀殼受制鎖鏈，要通過或許有困難。」

「等遇上再來解決。」探索者說。「如果我是你，就不會指望我們解開鐐銬。」

「我遲早都會重獲自由。」惡魔親王承諾。「等我自由後，我會吞噬你們的心靈。」

「或許。」狩獵者上前，靈氣大放光明。「又或許你會試圖逃跑，我們就把你殺了，吞噬你的心靈。」

她對他齜牙裂嘴。她的牙齒不像惡魔又長又尖，但惡魔親王還是不寒而慄。「你認爲我們那樣做會有同樣的效果嗎？突然間就得知你所知道的一切？」

狩獵者拔出腰帶上的獵刀。那是法力強大的武器，蘊含各式各樣情緒，會自行吸收魔力。「黑夜呀，或許我們的做法完全錯誤。或許我該現在就把你剖開，然後自己帶領大家下去。」

她上前跨出一步，惡魔親王知道自己玩得太過火了。她是眞的打算這麼做，打算殺死他，吞噬他古老的心靈，然後很可能會發瘋。

這個想法沒有帶來任何慰藉。如果無法倖存下來，惡魔親王就根本不在乎人類和他同類之後的局勢。他轉向探索者，在男人走到惡魔親王和他配偶中間時看見一絲理性。「吸氣，瑞。我們不知道那樣有沒有效果。」她的靈氣依然火熱、難以預測，但稍微放鬆下來，惡魔親王也鬆了口氣。

惡魔親王控制軀殼直視探索者雙眼。那種感覺很奇怪，凝望其他生物眼睛卻無法看穿對方心靈。人類如何在感官如此原始的情況下變得這麼強大？

「你和我可以抄捷徑，探索者。」惡魔親王輕聲說道。「我們轉眼就能抵達，可以省下數週旅程。不用讓你的配偶冒險。」

「我們一起去。」大敵後裔說。「不然就都不去。」

「他不信任你。」惡魔親王對探索者建言。「他的靈氣一覽無遺。他怕你會背叛他。背叛你們同類。」他見過兩人緊張的關係。彼此間的疑慮。他們沒有表面上那麼齊心。

他讓軀殼側頭。「你是在擔心那個，探索者？太接近地心魔域力量，可能對你造成影響？你對自己的信任只比所謂的盟友多一點點而已。」

探索者揚起一手，再度召喚魔力注入惡魔親王的魔印。軀殼倒地，他們兩個一起吼叫抽動。心靈惡魔嚐到人血的滋味，發現是軀殼咬傷了舌頭。

「我警告過你不要亂講話。」探索者說著收回魔力。「我們唯一不信任的就只有你而已。」

「而你還是要我帶領你們下去。」惡魔親王說，依然抱著倒地的軀殼。

「現在就是最好的機會。」狩獵者說。

惡魔親王考慮片刻。他可以帶他們進入通道，直接步入同類的魔爪，或許親眼看見他們身亡。但當他的對手發現惡魔親王遭受束縛，全然無助會怎麼樣？拯救他？難以想像。他會做所有面對這種處境的惡魔會做的事情——殺死惡魔親王，吞噬他的心靈，取得足夠的力量回到地心魔域，接掌父親的地位，成爲新一代惡魔之父。

「通道有惡魔看守。」他低吼道。

「如何看守？」探索者問。

「你感覺不出來嗎？我有個子嗣掌握了通道。就連深受箝制的我也能感應到。」人類僵住，全部側耳傾聽。惡魔親王本來可以利用這種分心的片刻逃跑，但他太虛弱了，不敢輕舉妄動，怕狩獵者會言出必行。

「我聽見了。」片刻過後，大敵後裔說。「夜空中的低語。」

探索者皺眉，不習慣當第二個察覺魔法相關動靜的人。他的技巧高強，但大敵後裔的法器可不是簡單的工具。即使這麼多年過去，其中依然蘊含數百萬人的信仰。

「有了。」探索者過了一會兒說。「收到。」

「我沒有。」狩獵者低吼道。

「惡魔王子隱身魔印之後，就和我們一樣。」大敵後裔說。

「吸收魔力，解讀魔流，但是不要主動找尋任何東西。」探索者說。「重點在於空無，就像路上的坑洞。」

狩獵者再度閉眼，宛如神情專注的動物般把臉皺成一團。終於，她睜開雙眼，轉身指向通道。「那個方向。」

大敵後裔轉向歌者。「山娃？」

女孩的靈氣中充滿羞愧，惡魔親王細細品味。她鞠躬。「很抱歉，解放者。你們三人都有第六感，但艾弗倫只有賜給我五感。」

「別放在心上。」探索者說。「我們三個都不會唱歌。」

他很難不讓軀殼臉上露出厭惡的表情。這些人對於周遭力量的了解程度實在太淺了。最低階的軀殼單憑本能都比最強大的人類更能掌握魔法。

惡魔親王將情緒分門別類，因爲情緒就是控制魔法的重點。儘管如此，他還是要費心壓抑自己竟然不小心被……哺乳動物俘擄的羞愧感。

但這個想法也蘊含希望。如果他們不擅長解讀魔流，惡魔親王就能神不知鬼不覺地施展一些微妙的魔法。

問題還是出在魔力源上。惡魔親王皮膚上的魔印讓他無法取用自己體內的魔力，也不能吸收外界的魔力。他可以透過軀殼施法，但儘管山傑特健康強壯，身上卻沒有魔印，意志也已潰散——在魔法的角度來看幾乎算是死人。

想要施法就要有容器，像是囚禁他的人攜帶的法器。只要引人分心，惡魔就有可能接觸一樣法器久到足以施法。透過人類軀殼可以輕易施展防禦魔印。

這個晚點再來考慮。現在有更迫切的問題。「想要穿越通道進入黑暗，你們就得除掉我的子嗣。」

探索者回頭面對惡魔親王。「我們該相信你會幫忙除掉你兒子？或許你已經通知他我們要來，準備帶我們踏入陷阱。」

「不要懷疑我會這麼做，人類。」惡魔親王說。「但若我的子嗣感應到我多虛弱，他也會毫不猶豫地殺掉我。」

「殺自己父親？」探索者懷疑問道。他靈氣中浮現強烈的厭惡感。

「我相信。」狩獵者說。

「聽你配偶的，人類。」軀殼轉頭對著大敵後裔笑。「他不是第一個企圖透過殺戮奪取父親王位的王子。」

他是瞎猜的，但大敵後裔的靈氣立刻證實了這一點。就和心靈宮廷一樣，大敵後裔高貴的後代也在他缺席期間爲了王位開戰。鎮壓地表牲口叛變的時機已經成熟。

「如果我的子嗣發現我受束縛，他會很樂於吞噬我的心靈，奪取我的力量。到時候你們就都不是他的對手。他會吞噬你們的心靈，學會一切關於你們族人的事情與計畫，然後回到地心魔域，將他的精華烙印在新一代惡魔體內。他們會迅速成熟，在你們原始大魔印抵達臨界點前弭平地表叛亂。」

人類互相對看，接著大敵後裔看向他。「回你的監牢去，謊言王子。」他釋放魔力進入魔印，軀殼再度倒地，痛苦蠕動。

探索者迎上前來，把他扯下軀殼後背，但惡魔親王幾乎沒有察覺鎖鏈灼傷皮膚。就在他跟軀殼分開的前一刻，惡魔的爪子碰到軀殼脖子上用皮帶掛垂在厚實胸肌之間的東西。

歌者犯了致命的錯誤。她以爲把淚瓶掛在父親脖子上是種象徵，但那個瓶子擁有眞正的魔力。不多，不過淚瓶蘊含她的悲傷，能夠吸收並保留魔力。

軀殼不受惡魔親王皮膚上的魔印限制，可以握住淚瓶，施展一個簡單的法術。

或許足以讓惡魔親王逃走。

亞倫將阿拉蓋卡關入鋼車，反覆檢查三次魔印。防禦魔力的威力強大，但亞倫知道心靈惡魔的能耐。如果惡魔王子發現了這輛馬車，察覺其中的貨物，要不了多久就能滲透它的防禦。

賈迪爾靈氣緊繃。「我不信任奈的僕人。」

「你沒理由信任他。」亞倫說。

「我們囚禁他好幾個月。」賈迪爾說。「他怎麼會知道我兒子的情況？」

「我想他不知道。」亞倫說。「他趁你疏於防範時以山傑特的記憶加以推測，然後透過你的靈氣確認此事。」

「又或許我們在山傑特面前說話不夠謹愼。」瑞娜說。

「我們必須更加小心。」亞倫說。「不能拖著那輛囚車一起下去。另外，瑞，我要妳和山娃守衛囚車，阿曼恩和我去獵殺這頭心靈惡魔。」

「是呀，因爲上次這樣幹的時候結果眞棒。」瑞娜說。「我們可是三人聯手才擺平知道我們來襲的心靈惡魔。」

「如果是陷阱，我們不太有機會在那麼大的魔力宣洩口上對付心靈惡魔。」亞倫說。「如果不是陷阱，妳就有必要待在這裡。」

「爲什麼？」瑞娜問。

「倘若此地遇襲，妳就得確保阿拉蓋卡沒有屍首能讓另一頭心靈惡魔吞噬。」

「惡魔屎。」瑞娜吼道。「那個交給山娃就行了。你就是不讓我跟。」

「有理由要妳跟嗎？」亞倫問。「造物主啊，瑞。妳肚子已經變大了。」

「才沒有。」瑞娜說。「只是變胖了一點而已。吃兩人份的食物。」

「我看得穿妳的肚子，瑞。」亞倫說。「嬰兒不該長這麼快。黎莎的情況也一樣。早產好幾個月。」

他話一出口就知道說錯了。吵架時提到黎莎・佩伯絕對不會有好結果。

「是呀，據窪地人的說法，她懷孕期間都在踢達馬的腦袋和殺惡魔。」瑞娜說。「你是說我比不上黎莎・佩伯？」

「麻煩找上她，她動手反擊。」亞倫說。「她可沒有跑去地心魔域自己找架打。」

「這是惡魔的話。」瑞娜說。「企圖分裂我們。削弱我們的實力。」

「並不表示這話不對。」亞倫說。「它們就擅長這樣。用眞相攻擊最痛的地方。」

「也就是你最需要抗拒的地方，帕爾青恩。」賈迪爾插嘴。「你的吉娃太強大了，不該留在後面。你知道這是實話。世界上沒有人能取代她的地位，而我們需要她的協助。我們全都必須有所犧牲。」

亞倫瞪他。「說得眞容易，阿曼恩。全世界到處都有你的小孩——你的妻子。我的妻兒都在這裡。」

「你以爲我喜歡帶我這個才剛到適婚年齡的外甥女去深淵嗎？」賈迪爾問。「我唯一的孫子揹在他母親身上，爲了卡非特闖入長矛巢穴。」

「那不一樣，你很清楚。」亞倫說。「你會帶奧莉芙・佩伯和我們一起進入深淵嗎？」

賈迪爾毫不遲疑。「如果能提高一點摧毀阿拉蓋丁卡的機會，我就會帶，帕爾青恩。我會帶我所有孩子、所有妻子進入深淵摧毀她。這就是身爲伊弗佳教徒的意義——把第一戰爭擺在一切之前。英內薇拉用你吉娃的血擲骰。她得和我們一起去，不然我們成功的機會就會比現在更低。」

他靈氣中的決心令亞倫害怕——也令他心生忌妒。如果他願意相信命運，人生會變得多單純？

「這是我的選擇。」瑞娜說。

「對，但並不表示我必須喜歡妳做的選擇。我們應該待在我爸的農場，種植作物，和世界上其他天殺的笨蛋一樣乖乖等上九個月。」

「我一輩子都盼望著那種生活。」瑞娜說。「還不是你這笨蛋逃家，開啓這個爛攤子。我們必須收尾。你爸的農場不安全，在我們完事之前，全世界沒有安全的地方。」

「好啦。」亞倫擠出這句話。「但我不記得天殺的骨骰有說妳不能在我們去開門的時候留下來看守馬車。」

瑞娜交抱雙臂。「你阻止不了我。你走我就跟，除非你要把我跟惡魔關在一起。」

亞倫捏緊拳頭。瑞根和伊莉莎在他成長過程中曾多次提起婚姻很難維持，充滿妥協，但他在親身體會前都沒能眞正理解難處何在。

亞倫一邊爬山一邊將力量注入皮膚上的困惑和隱形魔印。他感覺得到地心魔物王子透過心靈感應附近區域，但似乎不是特別針對他們。

瑞娜的做法和他一樣。直接看著她時，她的身體虛無透明，宛如玻璃窗戶的倒影。試圖看清楚細節會令他頭暈。眼角餘光幾乎完全看不見她。

她說看他的時候也是一樣。他們的魔印預設目標是惡魔，但是他和瑞娜吃掉的惡魔肉已經變成身體的一部分，所以他們也會受到些許影響。他們盡量靠近，避免失去對方蹤跡。

透過皇冠視覺，賈迪爾能夠清楚看見他們。他飛在夜空裡，看著他們接近宣洩口山洞。

賈迪爾能透過夜風聽見惡魔低語的事依然令亞倫不安。亞倫待在卡吉之冠和卡吉之矛附近的時間越久，就越尊敬數千年前製造它們的第一任達馬佳。亞倫絕對夠格自稱當世最偉大的魔印師，但如果那些法器上的魔法算是管弦樂團的音樂，他充其量不過是小孩拿鍋子亂敲。賈迪爾不會化煙，但透過持續掌握法器的魔法，他開始發現一些就連亞倫也無法模仿的力量。

他們抵達心靈惡魔在山腳四周以木惡魔爪刻畫樹幹而成的魔印網外圍。那座山頭太大了，沒辦法完全遮蔽，特別在宣洩口不斷噴出魔力時。亞倫透過正常視覺可以看見魔印網內的景象，但在魔印視覺前卻是一片濃密的光霧。

亞倫感應到這道禁忌魔印的目標是人類而非惡魔，試圖通過的人都會在魔光和痛楚中被反彈回來，讓心靈惡魔得知他們的存在。

賈迪爾也突然不再前進。亞倫看見他在魔印網外圍盤旋，從上而下打量魔印網。

瑞娜指天。「我想看看他眼中的景象。」

亞倫伸手抓住她的手。「小心點，不能讓過多身體部位變成魔霧。」

「你說過一千次了。」瑞娜說。「變太多會讓魔印失效。惡魔會感應到我們，然後就得展開意志大戰。」

「對我們兩個來說，那種戰鬥能免則免。」亞倫說。「特別是惡魔利用魔印網保護自己心靈時。」

「我會小心。」

他們把身體一部分化身魔霧，保留足夠的實體維持魔印，擺脫部分質量讓身體變得比空氣更輕。他們宛如慶典舞會上的情侶般一起踢腳，飄到天上與賈迪爾會合。

當晚萬里無雲，儘管只有星光照明，亞倫銳利的目光依然看出通往宣洩口的窄路。那座山洞比想像中小，但其中宣洩而出的魔力強大到惡魔王子無法遮掩。山洞四周有圈古老石柱，上方的魔印都已損毀抹除。

「深淵口。」賈迪爾語氣虔敬。「更多遭受阿拉蓋玷污的聖地。」

「你是軍事將領。」亞倫說。「打算怎麼進攻？」

賈迪爾考慮。「惡魔王子趁月虧進攻艾弗倫恩惠時，曾在田地上割畫大魔印，就和這裡的情況差不多。我當時利用卡吉之冠的力量滲透進去。」

「你能不被惡魔察覺地突破魔印網？」亞倫問。

賈迪爾皺眉。「我不確定。上次那個惡魔王子比較弱，魔印也沒完成，注意力在自己心裡。這個敵人有備而來。我感覺得到他的意念從藏身處擴散。」

「我可以轉移他的注意。」亞倫說。「用分散的強力魔爆點亮整個魔印網。只要算好時間，惡魔就不會發現你闖入。」

「我們一起轉移他的注意。」瑞娜說。「你一碰到魔印網，他就會展開反擊。你自己也說過，我們只要化身魔霧就等於把脖子伸長給他們砍。」

「那妳更有理由不要動手。」亞倫說。

瑞娜搖頭。「我等你動手三下呼吸後，就從山後面施放另一波魔爆。給你機會逃跑。我們輪流動手，直到賈迪爾殺死它。」

「那樣撐不了多久的。」亞倫說。

「不用太久。」賈迪爾保證。「我會和艾弗倫之矛一樣快。」

亞倫緩緩吸氣。「最好是。」

「如果你不願信任艾弗倫，帕爾青恩。」賈迪爾說，「那就信任你的阿金帕爾。去吧。」

亞倫捏捏瑞娜的手。儘管她對全世界而言都像肥皂泡泡一樣虛幻，對他來說依然具有實體。他們目光相對，瑞娜轉身飛走。賈迪爾拉緊隱形斗篷，在亞倫眼前化為殘影。亞倫開始下降，朝瑞娜反方向飛出一段距離。

接著他飄在魔印網外圍的樹上，開始吸收魔力。這附近的魔法濃厚，宛如瀑布般自宣洩口灑落。強大的魔力朝他流竄，心靈惡魔肯定察覺了異狀。他將魔力拋向魔印網，宛如天上的星座般將其點燃。

他一邊施法一邊移動，速度飛快。時間算得剛好，洞口射出反擊魔爆，瞄準他剛剛飄浮的位置。魔力炸爛了好幾棵樹頂，點燃大片樹林。

魔光剛剛消失，魔印網對面又在瑞娜動手時大放光明。

洞口再度發射魔爆，這一次射向瑞娜的方向，不過她肯定已不在原位。亞倫再度施法，魔印網並未潰散，不過這一次沒有反擊魔爆。洞裡傳來叫聲，他僵住，甚至忘記呼吸。賈迪爾已經動手了？

但是叫聲沒有立刻消失，反而越來越響亮，音調很高，難以承受。亞倫在對方衝出惡魔的偽裝力場時握緊拳頭——數百頭小風惡魔，迅速快捷。它們奮力鼓動皮翅。

越來越多風惡魔現身，轉眼已經數以千計，以整齊劃一的隊形分作兩團烏雲，朝兩個相對的方位盤旋魔印網外圍。其中有幾隻化身魔，在魔印視覺中顯得格外明亮。

「可惡。」亞倫對著風中吐口水。如果他們繼續待在附近，那麼大片風惡魔雲要不了多久就會將他們扯上天。只要有任何一隻惡魔碰上他們，心靈惡魔立刻就會得知他們位置。

「和艾弗倫之矛一樣快個拜多布。」他喃喃抱怨，疾衝而出。

他得和瑞娜會合。

瑞娜太接近反擊魔爆，腳掌有燒傷的感覺，但她很快就不再移動，反向前進，以免還有後續攻擊。現在偽裝力場中央的魔力源大放光明。惡魔開始大量吸收宣洩口的魔力。沒有生物可以承受那麼多魔力太久，但是短期來看那頭惡魔危險至極。

接著風惡魔衝出山洞。

遠遠一看，它們就像棲息在她父親穀倉裡的蝙蝠，但隨著它們逐漸逼近，她發現對方的體型和狗差不多，肌肉結實、鱗片銳利、滿嘴利齒。

她立刻起飛，但是惡魔分別從兩個方向沿著惡魔的魔印圈移動，宛如迅速擴張的巨網，要不了多久就會捕獲她和亞倫——如果他還沒被掃入空中。洞口的魔力開始激烈鼓動。

她一邊飛一邊迅速繪製風魔印，彷彿灑落圖釘般丟在身後。逐漸追上的惡魔被風魔印彈開，打亂緊密的飛行隊形，但數量太多，根本拖慢不了它們的速度。

前方，她看見風惡魔追上亞倫。他轉身，在風魔印上灌注魔力，刺青綻放魔光，明亮到難以逼視。惡魔從禁忌魔印旁彈開，在空中撞成一團。魔光消逝後，亞倫已經擺脫風惡魔，迅速朝她靠近。

惡魔雲也追上了瑞娜。她學亞倫在身上的風魔印灌注魔力，彈開惡魔，但其中之一不受影響，在空中撞到她，像蛇一樣纏了上來。

多餘的重量讓他們兩個開始墜落。瑞娜在化身魔印上灌注魔力，將那頭怪物自皮膚上推開，但對方還是繞著她、扯落她。

「瑞！」亞倫大叫，但不可能在他們落地前趕到。她將魔力灌注到肌肉和骨頭，進入她肚子裡的骨肉中，希望能夠在撞擊中倖存下來。

但接著山洞裡傳出最後一陣魔爆。魔力宛如池塘裡的漣漪般滾向外緣，包含一陣人耳聽不見的哀號。

她曾感應過那種感覺，心靈惡魔心靈死亡時產生的衝擊波。衝擊波竄過所有蝙蝠惡魔，讓它們從天上墜落，最後化身魔也鬆手。她在它側身尖叫墜入樹林時掙脫。

賈迪爾吸收宣洩孔的魔力，施放強大的衝擊魔印，發出一連串爆炸聲，粉碎形成惡魔魔印網內關鍵魔印的樹木。片刻過後，禁忌力場失效，她迅速衝向洞口，亞倫和她一起在洞外停下。他一臉嚴肅，她準備跟他繼續爭吵，但他沒有說話，全神貫注看著洞口。

儘管洞口兩側的石柱被地心魔物爪子刮爛，又經歷歲月侵蝕，但還是一眼就能認出是出自克拉西亞人之手。經過數千年風吹雨打，瑞娜還是能看出洞口岩石上刻的惡魔頭顱，魔口就是通往深淵的大門。

亞倫停在她身邊。「深淵口不只是名稱。」

「如果只是山洞的話就太令人失望了。」瑞娜降落在洞口外，吸收大量魔力，準備面對洞裡任何情況。

賈迪爾在等他們進洞，手持長矛，站在一頭心靈惡魔的屍體上。他在他們走近時壓低武器。

「有兩隻化身魔，不過和主人一起死了。」

亞倫點頭。「外面的蝙蝠惡魔也一樣。」

「可能會有幾頭化身魔活下來。」瑞娜說。「遠離心靈衝擊範圍。」

賈迪爾點頭。「我們盡快把山娃和囚犯帶來，以免倖存者有時間復元。」

「應該直接把馬車駛來洞口。」亞倫說。

「只要有化身魔對那頭心靈惡魔出爪，一切就前功盡棄了。」

「幸好我們要去的地方沒有惡魔。」瑞娜喃喃說道。

亞倫嘆氣，捏起鼻梁。「妳有更好的主意，現在就提出來討論。」

瑞娜看著心靈惡魔。「只是嘀咕嘀咕。我們都很緊繃。你們兩個去護送馬車過來。我看著山洞。」

她以為亞倫會起疑，但他似乎因為不用爭吵而鬆了口氣。無論如何，他說得都對。既然沒有更好的計畫，質疑既定計畫毫無意義。

兩個男人飛走，她轉身面對惡魔屍體。這種做法真的雙向都有效嗎？阿拉蓋卡說得不錯。她不能單憑直覺就危及整個任務。但這裡有頭新鮮的心靈惡魔，屍骨未寒……

瑞娜不再多想，直接拿出獵刀。魔印刀刃深深割入堅硬長瘤的頭蓋骨，她拔開皮膚，露出下方的骨頭。她用手掌抹掉溢出的膿汁，吸乾淨手指。

她已經不在意惡魔膿汁的那股腐敗臭味，也不覺得味道噁心，但她學會辨識細微的魔力差異。她可以分辨礫惡魔和石惡魔的膿汁，從味道認出閃電惡魔和風惡魔的不同。她印象最深刻的就是從刀身和皮膚上舔到的化身魔膿汁，那股魔力在嘴裡翻滾的感覺。

但那一切都不能與心靈惡魔膿汁帶來的快感相提並論。那種衝擊宛如跳入冰水。她顫抖，一輩子不曾感到如此有活力、如此敏銳。這是所有其他魔法口味的總和，還不只。

她用刀柄上的衝擊魔印打碎厚頭骨，然後將刀刃插入裂縫，撬開頭骨，露出裡面的魔腦。

魔腦宛如凝膠般抖動，表面覆蓋黏滑的膿汁。透過魔印視覺，瑞娜從未見過任何東西綻放如同惡魔心靈般耀眼的魔光。她切下一大塊，徒手拿起，迫不及待塞入嘴裡。

膿汁的力量完全不能與魔腦相提並論，就像地毯上的火星不能比擬閃電。她感到無比歡愉，周遭的世界以前所未有的模樣敞開在她的感官之下。每一瞬間都宛如永恆，全世界都充滿知識之光。她讚嘆凝止於空中的微塵，見證宛如冰凍瀑布噴出宣洩孔的魔法漩渦和氣流。

但這些知識入體的速度快到難以承受。本來是令她心曠神怡的清水，現在卻要把她溺斃。

魔力在她血管中滋滋作響，燒過她的神經。不是過度吸收魔力那種乾燥嗆辣的感覺，而是活生生被人丟入火葬堆裡。她慘叫，感覺宛如呼吸著火焰。

大量知識緊接而來，完全無法辨識意義。她聞所未聞的感官，宛如春季融雪的河流般載運知識湧來。毫無意義的影像。

其中也有各式情緒，但瑞娜知道那些是什麼。

邪惡。浸濕她。滲透她。污染她。

瑞娜摔倒在地——或說地面擊中她，然後整個迷失在大漩渦裡。她吐了，面前的膽汁裡摻雜黑膿汁和焦炭般的凝膠。她無法思考，感覺不到自己身體，不知道自己還有沒有呼吸。她只能感到痛苦和雜音，從皮膚到靈魂。她眼中的景象跳躍震動，她發現自己在抽搐。

然後一片漆黑。

「不能信任她，帕爾青恩！」

「這裡沒人值得信任。」亞倫說。「但是你也說過，沒人可以取代我們。」

冰水灑在瑞娜臉上，她突然坐起身來。亞倫拿著水桶站在她身前，眉頭深鎖。賈迪爾提矛站在他身後，但不是在提防外來威脅。

他的矛頭指向她。

瑞娜發抖。她試圖觀察四周，但一切在魔印視覺下生氣勃勃，肉眼看不清楚的小生物都在空中發光。她頭暈目眩，伸手扶穩自己。

「放輕鬆。」亞倫蹲在她身旁，一邊伸手扶她，一邊舀水給她喝。「妳剛剛做的事眞的很蠢。」

水裡也有生命。如此清晰，她不敢相信之前竟然沒注意到。數百萬個小生命。她感覺到它們在嘴裡蠕動，於是咳嗽，噴在亞倫身上。「非做不可。」

「不是非做不可。」亞倫抹去眼中的水。「我們有計畫。」

「瘋狂的計畫，你自己也知道。」瑞娜說。「你親口告訴我，要另想個計畫。我想到了。」

「我是說沒我的計畫瘋狂的計畫。」亞倫說。

「你老是想太多。」瑞娜說。「正常人都是跟著感覺走。」

「我是靠想太多活下來的。」亞倫說。「跟著感覺走會讓妳墜入滾水。」

瑞娜看著他，以前所未有的目光透視他的靈氣。「再提醒我一次，誰先開始吃惡魔的？」

「對，那樣做結果很棒。」亞倫說。

「讓你達成今日的成就。」瑞娜說。「你現在是想太多先生，但我在提貝溪鎮認識的亞倫·貝爾斯做事總是不顧後果。」

亞倫伸手遮臉。「要不是做事不顧後果，我或許不會陷入這種處境。」

「或許。」瑞娜承認。「又或許我們就不會有這麼好的機會撥亂反正。」

「爭論這個沒有意義。」賈迪爾說。瑞娜看著他，發現他正在凝視她的靈氣，試圖看穿惡魔的心靈有沒有腐化她時，頭冠上有一顆寶石變得特別明亮。

要是我知道就好了，她心想。她在某些方面依然保有自我，但其他方面又有徹頭徹尾的改變。

不過片刻後，賈迪爾似乎滿意了。他提起矛尖。「妳看到什麼，瑞娜・娃豪爾？妳的靈氣……」

「一片混亂。」亞倫接下去說。

「看見一切。」瑞娜說。「但又什麼都沒看見。那感覺像是窪地所有人都聚集在地心魔物墳場，然後一起開口說話。同時承受太多東西，沒辦法分辨意義。」

亞倫點頭。「我接觸惡魔王子的心靈時也是那種感覺。但我記得幾件事，可能會幫助我們獲勝，不會失敗的事情。如果妳還記得任何事——」

「不記得。」瑞娜說。「至少暫時還不記得。需要時間。」

「我們最缺的就是時間。」賈迪爾說。「最黑暗的時刻已經過去了。如果不放出阿拉蓋卡，進入深淵口，就得在這裡多等一天，喪失奇襲的優勢。」

瑞娜奮力起身，調節呼吸，找回中心自我。「路上慢慢想。出發吧。」

第二十六章 黑暗的地底 334 AR

賈迪爾離開山洞裡的帕爾青恩和他的吉娃，一個接著一個擁抱他的疑慮。那個女人懷孕進入深淵就已經夠糟了，現在她還變成不穩定的要素。難以預測。衝動。缺乏判斷力。

但是同意執行這個計畫的他又算是什麼？同意讓阿拉蓋卡帶領他們進入深淵？豪爾之女力量強大，無畏無懼，願意爲了第一戰爭犧牲她自己和孩子的性命。她不是克拉西亞人，但擁有伊弗佳教徒的精神。質疑她令他自己蒙羞。

山娃在洞外看守阿拉蓋卡的囚車。她父親依然鎖在長凳上，惡魔之王鎖在魔印鋼板後，但山娃全神戒備，矛盾在手，搜索威脅——不管是外來，還是內在。

「解放者。」她在他接近時鞠躬道。「豪爾之女沒事吧？」

「她賭命吞噬惡魔王子心靈乃是十分愚蠢之舉。」賈迪爾說，「但她會復元，此乃艾弗倫的旨意。」

「那……有效嗎？」山娃問。「她得到惡魔的記憶了嗎？」

賈迪爾搖頭。「看來沒有。我們現在就開始執行原先的計畫。」

「英內薇拉。」山娃收起她的矛，輕輕跳上長凳，把車尾轉向洞口。她解開馬匹，抹除足跡。惡魔囚車不能與他們一起進入深淵，釋放這些馬的時候到了。

賈迪爾看著馬，不知道釋放牠們是否等於送牠們去死。牠們馬蹄上刻有魔印，太陽再過幾個小時就會升起。附近惡魔大多死了，死於心靈惡魔的心靈衝擊。接下來的日子裡，這些馬生存的機率比賈迪爾和他的同件高。

賈迪爾揚起矛，對著馬繪印。魔力停留在馬身上，一方面讓牠們恢復活力，一方面在阿拉蓋爪前守護牠們。魔力會隨著黎明失效，但至少今晚能夠保護牠們。

馬同時抬頭，再度警覺。「願艾弗倫看顧，高貴的駿馬。」賈迪爾說。「我賜名爲力量和耐力。如果我能活下來傳誦這段旅程，你們的名字不會在聖典中缺席。」

他再度於空氣中繪印，發出巨響和閃光，刺激馬兒沿著古道離開。

賈迪爾走向山傑特，解開把他固定在車凳上的鎖鏈。山傑特沒有反應，和馬一樣神色茫然。賈迪爾拉下他妹夫，像是扛訓練假人般扛上肩膀。

傑夫之子、豪爾之女及山娃一起等著他把山傑特跪倒放在囚車門前。

我妹妹的丈夫，賈迪爾心想。從漢奴帕許開始和我一起受訓作戰，而我讓他跪在阿拉蓋卡面前。他低頭看著自己的老友。我以艾弗倫之光及我進入天堂的希望發誓，兄弟。時機成熟時，阿拉蓋卡會爲了對你的所作所爲付出代價。

就這樣，賈迪爾打開門鎖，拉開車門。惡魔躺在中間，以巨大詭異的眼睛凝視他。他步入魔印圈內，解開惡魔的鎖鏈，抓起惡魔頸子拖出圈外。把他丟下囚車，難看地落在山傑特身旁。

爲了阿拉好，他願意讓這怪物活著，但惡魔沒資格保持尊嚴。

阿拉蓋卡這一次毫不做作，立刻控制山傑特。戰士撩起袍子，將惡魔揹在身後，用袍子遮住。他們兩個，惡魔和宿主，凝視著心靈惡魔的屍體——頭顱宛如甜瓜般裂開，被挖出腦子。接著他們轉向瑞娜。

「豐收夜。」豪爾之女說著吸吮手指上的膿汁。山傑特似乎毫不緊張，面露微笑。「妳的子嗣會很強壯，如果他有辦法活下來的話，會比較像我的同類，而不是他懦弱的祖先。」

瑞娜的靈氣火熱到令賈迪爾得瞇眼看她。她拔出獵刀，迎向惡魔。山傑特後退，但他們圍住惡魔，完全無路可逃。瑞娜踢中惡魔膝蓋，以威力強大的刀尖貼住惡魔喉嚨。

山傑特看著她。「動手。有膽量就殺了我。如果妳的計畫成功，那顆原始腦袋有辦法理解我子嗣的浩瀚心靈，你們就不需要我，大敵後裔早在我躺在地上無能為力時就會動手殺我。」

山傑特嘴角上揚。「但妳需要我，是不是，狩獵者？殺了我就等於宣判你們族人的末日。」

「或許。」瑞娜說。「但是再敢提起我的孩子，你就會比我的『族人』早死很久。」

她不是虛言恫嚇。賈迪爾從她的靈氣看得出來。他怕她會失控，摧毀他們的計畫，但讓阿拉蓋卡恐懼是好事。如果惡魔之王覺得安全，要控制他就很困難。

如果他們現在真的算是在控制他的話。

「你的命只有在對我們有用時才有價值，謊言之王，」賈迪爾說。「伊弗佳告訴我們卡吉的部隊走了二十一天才抵達深淵。對嗎？」

「抵達深淵？」惡魔透過山傑特的喉嚨笑道。「奈的深淵是為了控制軀殼創造出來的幻想故事。根本沒有那種地方。」

那個得意洋洋的笑容激怒了賈迪爾，他得強壓下想殺了這頭邪惡生物的衝動。他在誘惑他們，低聲述說聽起來像是謊言的真相還有包含些許真相的謊言。就算無法看穿他們的內心，惡魔還是有辦法玩弄他們的情緒。他會想辦法困惑他們，讓他們放下戒心。必須時刻警覺。

「到你的巢穴要走多久？」帕爾青恩問。

「或許一次翻轉。」山傑特說著對賈迪爾眨眼。「我們會比卡夫利和他的狗更深入地底。」

山傑特期盼地看著他，但賈迪爾只是微笑。

於是卡吉就這麼做
釋放他的戰犬
將邪惡趕向沙羅姆之矛
宛如狐狸趕向獵人。

「你以爲這樣可以羞辱我，惡魔？」賈迪爾問。「羞辱我的族人？卡吉的戰犬把你的同類當成牲畜般趕回地底。」

「儘管沒有承認，但是他怕了。」瑞娜說。「不是每天都有人吃掉你兒子的。」

山傑特再度笑道：「你們除掉我最強大的對手算是意料之外的好處。感謝各位。」

「他是跑去安納克桑的心靈惡魔之一嗎？」帕爾青恩問。山傑特像生前一樣搖頭。他緊張了。

「不。他是心靈宮殿裡僅存兩個膽敢拒絕我召喚的惡魔之一。」

「包括你在內，一共有九頭。」賈迪爾說。

「我們在安納克桑殺了三頭。」山娃說。

「擄獲阿拉蓋卡。」賈迪爾說。

「這是第五頭。」瑞娜踢踢惡魔王子的屍體。「加上我們去年夏天殺的那四頭。」

「這一切開始之前共有超過十二頭心靈惡魔？」帕爾青恩問。「你們現在有幾頭？四頭？」

「有四頭成熟到能撐過交配，不會在交配完後就被吃掉。」山傑特微笑擴大。「剩下的年輕王子多到足以夷平你們的自由城邦。他們會散落各地，從意想不到的地方攻擊，建立新的魔巢，利用軀殼把你的族人趕入地底，當成牲口餵食剛出生的女王。」

「那最強的一頭爲什麼會在這裡，遠離所有人類城市的地方？」賈迪爾問。

山傑特以一副他是傻瓜的模樣看著他。他曾見他兄弟做這個表情很多次，但從未面對他做過。「這裡力量強大。我的子嗣要讓他年幼的弟弟爭奪你們的領土，然後在他們部隊實力削弱時趁虛而入。」

「你怎麼知道？」瑞娜問。

「因爲我在這幾千年裡這麼做過很多次。」山傑特說。

「這下會有其他心靈惡魔跑來占領宣洩口？」帕爾青恩問。

「一旦發現這裡沒有心靈占領，肯定會。」山傑特說。「但他們短期內不太可能深入哥哥的領地到能發現此事的程度。」

「他們何時會進攻？」賈迪爾問。

山傑特抬頭大笑。「如果我的後代已經跑來這裡，那就表示他們已經進攻了。克拉西亞。提沙。」他轉頭看向瑞娜。「或許還包括妳的提貝溪鎮。那裡孤立無援，有很多美味的空虛心靈可以大快朵頤。」

瑞娜齜牙裂嘴，但是沒有出聲，沒有動作。

帕爾青恩動搖了。「天還沒亮。我可以滑回去……」

「回去幹嘛，帕爾青恩？」賈迪爾問。「警告他們已經展開的攻擊？放棄我們的任務，去對付低等惡魔王子？」

「我不知道，」帕爾青恩說。「或許能幫得上忙。」

「我們已經警告過他們了。」瑞娜說。「這不就是你宣揚的道理？自己拯救自己？」

帕爾青恩吐一口氣。「我從來沒有在遇上麻煩時袖手旁觀。」

「無論如何，你在這裡進入虛實不定的狀態絕對是不智之舉。」山傑特說。「就連我要在這種魔流附近化身魔霧都會小心翼翼。」

「會失去自我。」帕爾青恩說。

「被吸入地心魔域就回不來了。」山傑特說。「就連我們也一樣。」

帕爾青恩轉向山傑特。「你爲什麼突然變得這麼健談？爲什麼要把開戰的事情告訴我們？」

山傑特嘲弄般地透過鼻孔深吸一大口氣。「爲了享受你們身上散發出的美味絕望氣氛。」帕爾青恩捏緊拳頭，但山傑特還沒說完。「還有給你們希望。」

「希望？」賈迪爾問。「奈的產物怎麼會懂希望？」

「我們知道你們這些猩猩有多珍惜希望。」山傑特說。「如何懷抱希望，願意爲了希望殺戮。我們知道奪走希望會對你們帶來多大痛苦。」

「這就是你的計畫？」賈迪爾問。「像逗貓一樣甩動希望，然後突然抽走？」

「當然。」山傑特說。

「你能提供什麼希望？」賈迪爾問。「你把計畫說給我們聽，告訴我們家園已經開戰。」

「隨著心靈宮殿空無心靈，我的子嗣都出門去和你們家園開戰而來的希望。」山傑特說。

賈迪爾渾身一僵。如果是眞的，那就表示他們的計畫眞的有可能成功。只要他們的族人能抵擋阿拉蓋一個月——最多兩個月——他們就有機會徹底摧毀魔巢。

但惡魔說過會奪走這個希望。難道他在說謊，還是阿拉蓋卡有事沒告訴他們？很可能兩者皆是。

「質疑的時機已過。」賈迪爾走向囚車，從儲物箱中拿起他的行李。山娃已經揹好自己的。「如果要去深淵，那就出發吧。」

賈迪爾殿後，監視阿拉蓋卡的背影。即使雙手都鎖在腰旁，山傑特還是以靈活又眼熟的動作穿越斜坡通道。這表示惡魔不光是控制了他妹夫的身體，還取得了軀殼生前的技能和知識。

山傑特是非常危險的男人。

瑞娜走在惡魔側邊，透過眼角監視。帕爾青恩位於視線範圍外，先行探路。

在漆黑無光的地道裡，賈迪爾難以計算時間。他們沒有休息，但在魔法的協助下，他們可能已經走了好幾天。

通往深淵的道路和他的想像不同。即使在遠離神聖太陽的此地，還是存在著生命。他們還沒有遇上惡魔，但潮濕的地面充滿昆蟲，皇冠視覺也看出許多肉眼看不見的渺小生物。地下溪流裡有很多魚，石壁上也有苔蘚和地衣。蜥蜴、蠑螈、青蛙。有時候還有大型生物的足跡。或許不是惡魔，但也不是他見過的東西。

地道隨著下坡結束，來到一座看不見對面的峽谷邊緣。帕爾青恩等在崖邊，倚靠著一座克拉西亞風格的拱門而立。

「橋塌了。」

「我們得往下爬到谷底，然後從對面爬上去。」山傑特說。「這具軀殼要利用所有肢體才過得去。」

賈迪爾一直看著囚犯，走到帕爾青恩身旁站定。他們一起打量峽谷。透過皇冠視覺，他看見殘破的橋墩。

「我可以飛過去。」賈迪爾說。

「或許，但瑞和我最好不要。」帕爾青恩說。「惡魔說得對。我們越深入地底，地心魔域的召喚就越強烈。要盡可能保持實體。」他瞇眼看著遠方的橋墩。「即使強化彈力，用跳的還是太遠了。」

「我可以載人過去。」賈迪爾說。

「還有惡魔？」帕爾青恩問。「你想在不必要的情況下和他近身接觸，遠離其他援手？」

「那就爬吧。」賈迪爾說。

瑞娜在他們打量峽谷時來到崖邊，只見谷底消失在魔霧中。「如果要解開山傑特雙手爬下去，我們就得先吃飯休息。」她吐口口水，看著口水無聲無息消失在魔霧裡。「除非我們想要直接踢他下去。」

賈迪爾又看了一眼山傑特。他最勇猛的手下。在大迷宮中表現英勇到讓賈迪爾把自己妹妹嫁給他的男人。他親眼見證山傑特徒手殺了惡魔多少次？

「好主意。」他說。「我的戰士之心只想繼續前進，但不能因爲飢餓和疲憊而放鬆警覺。在這個沒有光源的地方很容易忘記時間流逝。」

「最近我的肚子就是最可靠的時鐘。」瑞娜拍拍越來越圓的肚子。

他們聚集在地道口的空地上。帕爾青恩和他吉娃走向山傑特。

「跪下。」帕爾青恩下令。周遭魔法朝他流竄，附近魔光黯淡，他的靈氣則轉爲充滿力量的白色。

瑞娜拔出獵刀，身上也綻放魔光。惡魔不是笨蛋，操縱山傑特跪下，讓瑞娜把腳鐐與他的腰帶重新鎖在一起。

山娃開始在幾個大銅碗裡裝滿土。她用刀刮平表面，交給賈迪爾施法。

賈迪爾就和綠地人一樣，透過卡吉之冠吸收周遭魔力，貫注在英內薇拉教他的魔印中。泥土融化，變成魔法漩渦，然後再度穩定下來。一個碗裡充滿清水——另一個，蒸丸子。

山娃蹲下，手掌與額頭貼地，和他一起祈禱，感謝艾弗倫及其無盡的恩惠，然後重申以祂之名作戰的誓言。

祈禱完畢後，賈迪爾取出小庫西瓷杯，內鑲黃金，還有雙筷子。他以崇敬又精準的動作在小杯中倒滿清水，舉高。「起身，外甥女，讓艾弗倫的聖水恢復妳的精力。」

山娃像蛇一樣坐起，姿體彎曲，動作優雅。她低下頭，拉低面巾，讓舅舅看見容貌不會帶來羞恥。「謝謝你，解放者，艾弗倫透過你賜給我榮耀。」

她只輕啜一小口清水，立刻神采飛揚，靈氣煥然一新。

他用雅緻的筷子夾起一口蒸丸子。「吃，讓艾弗倫賜福的食物填滿妳的肚子。」

山娃再度低頭。「謝謝你，解放者，艾弗倫透過你賜給我榮耀。」她吃了一口，立刻恢復元氣，神色飽足。

「起身守衛，讓綠地人吃飯。」賈迪爾說。

山娃額頭貼地。「如你所願，解放者。」她拿起她的矛和盾，站至定位看守囚犯。瑞娜立刻飄了過去。

「黑夜呀，聞起來眞香。」

「這是神聖的食物。」賈迪爾說。「一口艾弗倫的聖水就能幫妳解渴。一口艾弗倫的聖食就能填飽肚子。」

「嚐嚐再說。」瑞娜說。賈迪爾開始用他的小杯子倒水，但女人完全不理他，順手從行李中拿出她髒兮兮的杯子，舀了一大杯聖水。賈迪爾目瞪口呆地看著她像喝庫西酒般一飲而盡，用髒手背擦乾嘴角滲出的水。

她瞪大雙眼。「噢，甜美的陽光。」她又倒了倒杯子，喝乾剩下的水，接著轉向帕爾青恩。「亞倫・貝爾斯，快過來嚐嚐這個水。」她又舀了一杯，再度喝光，然後開始動蒸丸子。

賈迪爾揚起筷子，刻意咳嗽，但瑞娜還是當作沒聽見，在行李中翻出碗和湯匙。她隨便舀起蒸丸子，灑了一些在地上，把碗裡塞滿足以餵飽一支沙羅姆部隊的聖食。

這個女人無禮到了極點，但她是艾弗倫的神選之人，也是他餐桌上的賓客，於是他擁抱羞辱，一言不發。

「謝謝。」瑞娜背靠地道岩壁，滑坐在地，把食物往嘴裡塞。

賈迪爾發現自己盯著人家看，於是強迫自己在帕爾青恩走近時偏開頭。

「不好意思。」帕爾青恩順勢跪倒，鞠躬說道。「瑞不是……」

「不要編藉口，帕爾青恩。」賈迪爾說。「我們一起用餐好幾個月了。她知道用餐前祈禱是禮貌。」

「積習難改。」帕爾青恩說。「而且她不習慣向艾弗倫禱告。」

「她可以把艾弗倫改成造物主。」賈迪爾說。「名字對全能的天神而言沒有差別。」

「請記得告訴她。」帕爾青恩偷看妻子一眼。「但不是現在。妨礙孕婦吃飯絕非明智之舉。」

「這是艾弗倫放到你嘴裡的話。」賈迪爾同意。他開始祈禱，帕爾青恩和他一起祈禱，就像從前在大迷宮作戰後一樣。

賈迪爾舀起一小杯清水。「你有祈禱。」

「嗯？」帕爾青恩問。

「你說天堂是謊言，」賈迪爾回想。「艾弗倫是謊言。那為什麼和我一起祈禱？」

「我媽說做人要有禮貌。」帕爾青恩說。「有個睿智長者曾告訴過我，我們的文化本質上就是會羞辱彼此，要克制自己不要冒犯對方，或覺得身受冒犯。」

「再說，」帕爾青恩搖頭。「我漸漸覺得不管艾弗倫是在天上還是出於你的想像都無關緊要。那是叫你採取正確行動的聲音，大多人都缺乏那個聲音。」

這話是褻瀆，但賈迪爾在帕爾青恩的靈氣裡看出真心，而他忍不住微笑。他朋友透過自己的方式向神致敬。當他們感謝聖水和聖食時，帕爾青恩一絲不苟地遵照儀式的程序。

和山娃一樣，他一口水、一口蒸丸子就滿足了，但瑞娜吃完一整碗，還飢渴地看著剩下的食物。

「這具軀殼也需要養分，如果你們要他撐過這段旅程。」山傑特說。「我也是。」

賈迪爾嘴唇扭曲，神色厭惡，但山娃看向他時，他還是點了點頭。她從行李中拿出小盤子、杯子和碗。賈迪爾在山娃的杯子裡倒了兩口聖水，在碗裡放了兩口聖丸子。

山娃走去跪在父親身邊。她動作精確優雅地放下盤子，拿出自己的筷子。

「好了，這才是我一直想要的女兒。」山傑特說。「安靜。順從。妳絕對不可能嫁給好丈夫，有妳母親那張馬臉就不可能，但妳還是可以成為令我驕傲的女兒。」

「父親以我為傲。」山娃說。「至今依然如此。你披著他的皮時不管說什麼都無法改變這一點。」

「生命最後曇花一現的驕傲無法彌補一輩子的失望。」山傑特說。「妳父親的心充滿妳帶來的恥辱。妳母親或許是他的吉娃卡，但他對最不寵愛的妻子的愛都超過對妳們兩個。」

山娃外表冷靜，但緊握筷子，彷彿正抗拒把筷子插入惡魔眼中的衝動。

儘管如此，她還是保持中心自我，調節呼吸，趕走情緒，直到靈氣平復下來。惡魔再度張口時，她伸出筷子，在他嘴裡塞滿蒸丸子。他反射性地吞嚥。山娃伸手抓住父親後腦，用力拉扯，牽動肌肉，張開嘴巴，喝下一口聖水。

餵完後，山娃帶著盤子離開。

「我也要吃。」山傑特說。

「惡魔，你沒資格吃聖食和聖水。」山娃說。

「我已經好幾個月沒吃飽了，」山傑特說。「但就連我也有極限。如果你不餵我吃東西，我就不繼續帶路。」

山娃突然起身，雙手持矛，猛刺而出。山傑特和惡魔都嚇了一跳，但他們並非她的目標。矛尖上插著一隻在牆上獵食昆蟲的盲眼蠑螈。它們感應到威脅時動作超快，但還是快不過沙羅姆丁的矛。她從矛尖上拔下蠑螈，把還在扭動的動物徒手撕成兩半。她把山傑特側身踢倒，惡魔也隨之倒下。當圓錐狀的腦袋撞上地面時，她把半隻蠑螈塞進阿拉蓋卡嘴裡。

「吃。」她吼道。「不然我就唱到你吃。」

惡魔親王一邊往下爬，一邊動嘴吹氣，試圖擺脫那隻低賤生物的臭味。血和肉可以提供體力，但蠑螈可悲的心靈卻強迫他重新體驗牠們毫無意義的一生。他本來很想吐，但儘管折磨歌者能夠享受甜美的快感，他還是不想近距離聽她唱歌。

他們放開軀殼雙手，讓他爬岩壁，這是放鬆警戒的第一步。爲什麼不呢？惡魔親王用言語刺激他們，但卻依照他們的命令行事。順從他們。

逃亡的時刻就要到了，但不是現在。他們還不夠深入，太接近地表。這裡很冷，很昏暗。人類或許覺得這裡的魔力十分強大，但與底下的魔力還是不能相提並論。就連最弱小的軀殼也不會無緣無故跑來距離地心魔域暖意這麼遠的地方。

但要不了多久就會抵達一座魔巢，數百萬年間由軀殼挖掘而成。少了惡魔親王帶路，人類很快就會迷路，不太可能找到心靈宮殿，也不太可能回到地表。想到他們將會永遠在地底遊蕩，直到全部發瘋，就讓他心情大好。到時候他們的心靈會多美味可口！驕傲轉爲絕望及瘋狂乃是世間最美的滋味。

暫時，他們還在嚴密監視他。狩獵者和歌者爬在他的兩側，探索者跟在上面。

大敵後裔飄離岩壁，手持長矛，監視惡魔親王往下爬。他們如此小心翼翼地看守感覺很有趣。他們很快就會鬆懈。人類在這方面沒有太多耐心。

快了。

軀殼爬山壁不用任何幫助。惡魔親王下達命令，軀殼利用本身的技巧執行命令，他則把能量集中在體內，將蠑螈的肉化爲己用，長出另一層皮膚，將墨水進一步推向表皮。

賈迪爾率先飄落地面，看著他們往下爬。瑞娜、山娃和帕爾青恩都與山傑特保持距離，但惡魔似乎只想要安然抵達谷底。

即使對於阿拉蓋卡而言，這也是可以理解的反應。谷底躺了三具人類骷髏，肉都被天知道什麼東西啃個精光。被阿拉蓋卡強迫進入地底的人類也得爬過這座峽谷，但並非所有人都能爬山。其中一具是女屍，頭骨在墜地時粉碎。另一具是男性，但即使以綠地人的身材來看依然嬌小，或許還沒完全長大。他在岩壁上撞碎了很多根骨頭，不過死因是頸骨折斷。他們很可能沒有受苦，由於尚未抵達深淵，賈迪爾希望他們的靈魂有辦法逃出黑暗，找到孤獨之道。

第三具是小孩。

更糟的是，骷髏完整，只摔斷了一條腿。從地上痕跡及他與其他人的距離來看，他似乎爬開了一段距離，即使身體摔壞，還是被迫執行惡魔親王的命令。賈迪爾輕輕觸碰頭顱，想要祝福他，但對方的痛楚在骸骨上烙印魔力，無聲的尖叫襲體而來。他彷彿被火燙傷般縮回手掌。

痛楚並非來自身體，或是失去自由，而是出於無法遵從惡魔指令所生的悲痛。其他人，不管是鄰居或親戚，全都受到類似的需求驅使，毫不猶豫地丟下他不管。

賈迪爾發現自己分心了，立刻轉頭看向其他人，但他們都沒事。瑞娜推離岩面，彷彿跳過最後一級台階般跳下至少四十呎高的岩壁。

她也注意到那些骸骨。「你覺得我們該埋葬他們嗎？」

「他們的靈魂已經拋開痛苦，踏上孤獨之道。」從前這些或許只是說來安慰人的話，但現在賈迪爾了解它們有多眞實。「我們繼續完成這趟神聖使命，就是對他們致敬。」

豪爾之女嘟噥一聲，但沒有不認同，只是專心注意山娃和她父親爬下最後這段路。帕爾青恩也和她一樣放手，宛如落葉般乘著魔法流輕輕落地。

谷底有象徵天堂七柱的七座石柱守衛他們的道路，不過這些石柱都已殘破不堪，地上到處都是碎石，濕濕滑滑，在無數世紀的水滴下變得光滑平坦。碎石之中還有不少石筍，有些大，有些小。

對面岩壁有更多骸骨，他們得再度鬆開山傑特的手臂，讓他爬回山壁，再度開始領路。他們在崖頂休息用餐，這一次瑞娜領聖水和聖丸子時目光低垂。她高傲如山，沒有爲自己的行爲道歉，但還是盡量配合——雖然配合得很糟——和賈迪爾一起祈禱。

再一次，他難以想像她竟然能吃那麼多，而且他覺得光這兩餐之間她的肚子似乎就變得更大了。

地道永無止盡地向下傾斜，空氣濕熱得難以承受。他們在空氣中繪印，讓環境好受一點，但他們都髒得難過；就連賈迪爾上好的絲袍都被汗水黏在身上。他吸收魔力，灌注在絲袍上繡的魔印裡，燒掉塵土和濕氣，但過不了多久又髒了。

通道再度變寬，這一次通到一座巨湖洞窟。空氣十分潮濕，洞頂垂下許多鐘乳石。令人感到有趣的地方，在於通往湖水的地面上長滿了生氣勃勃的眞菌植物。

「我們得清一條路出來。」山傑特說。

賈迪爾看他。「爲什麼？」蘑菇菌落很茂密，有些菇高到他手肘，但看起來隨手就能推開。大多能一腳踩扁。

「吹一陣風過去。」山傑特建議。

賈迪爾謹愼打量他，然後聳了聳肩，迅速繪印，朝水面送出一陣風。

無數孢子立刻炸開，空中瀰漫烏黑的毒霧。賈迪爾繪製另一道魔印，引清風吹開飄向他們的毒霧。

「看在黑夜的分上，那是什麼玩意兒？」瑞娜問。

「蘑菇菌落吸收養分的方式。」山傑特說。「孢子釋放麻痺毒素，感染所有蠢到打擾他們的動物。」

「感染？」瑞娜毫不遮掩地伸手擋在圓圓的肚子前，而她的靈氣顯示得十分明白。賈迪爾在靈氣中看見她抱著小孩，放火燒光蘑菇。

山傑特開口前，蘑菇菌落中傳來動靜，一頭之前沒看見的惡魔朝他們狂奔而來，利爪在前。

賈迪爾從未見過這種怪物。它的靈氣平淡，與四周的蘑菇菌落完美融合。鱗片間的縫隙長有眞菌絲——即使迅速移動，肉體也持續被眞菌由內而外侵蝕。

不管怎樣，只是具惡魔軀殼。賈迪爾專注片刻，啓動卡吉之冠的魔印力場，防止它接近。怪物速度變慢一陣子，彷彿跋涉深及大腿的水面而過，隨即通過力場，再度加速。

賈迪爾驚訝眨眼，揚起矛，但山娃動作更快，拋出魔印玻璃攔截惡魔。銳利的投射武器插入惡魔中心，但它毫無所覺，繼續衝向他們。

賈迪爾繪製衝擊魔印，把惡魔當成昆蟲打飛。惡魔身在空中，帕爾青恩又施展熱魔印追擊。阿拉蓋爆炸的威力猛到賈迪爾漲紅了臉。冒火的屍體墜入蘑菇菌落，引發另一團孢子毒霧，形成一大團火球。

蘑菇和眞菌絲陷入火海，但地面和空氣都很潮濕，火焰沒有如同他們期望般擴散或穿透地面。

「還有其他惡魔。」山傑特說。「孢子能感染軀殼的心靈，在它們的身體被吞噬到失去用處前保護自己。」

「它突破我的禁忌魔印。」賈迪爾說。「那怪物似乎比較偏向眞菌，不再是阿拉蓋。」

「你的囚犯是怎麼通過的？」帕爾青恩問。

「護送他們的化身魔變成火軀殼，燒出一條路，但不會毫無損失。」山傑特露出牙齒。「如果還沒被完全吞噬的話，你們有些同類可能還在服侍菌落。」

「那湖呢？」瑞娜問。「他們怎麼渡湖？」

「當然是游泳。」山傑特笑容歡暢。

「別信他。」瑞娜說。「天知道湖裡有什麼。惡魔引誘我們進入陷阱。」

山傑特聳肩。「就這條路，別無選擇。」

「我和妳一樣不相信惡魔，豪爾之女。」賈迪爾說，「但我們不能待在這裡，也不能回頭。」

「造物主呀，你們這些天殺的傢伙可以不要那樣叫我了嗎？」瑞娜大聲道。「豪爾・譚納或許不是史上最爛的男人，但是我這輩子見過最爛的人。我親手殺了他，我受夠了你們一副他的名字比我重要的樣子。」

賈迪爾張口欲言，跟著又閉上嘴，膽戰心驚。她的靈氣很狂亂，而他清楚記得妻子懷孕時情緒不穩的模樣。

但接著他聽清楚了她說了什麼。「妳承認親手弒父？」這種事……禽獸不如。他瞄向帕爾青恩，帕爾青恩正視他，山娃則繼續監視她父親和惡魔。「你知道？」

帕爾青恩點頭。「那個惡魔養的罪有應得。」

這話讓他鬆了口氣。他很清楚對方多看重人命。即便如此，還是不足以解釋這種罪行。賈迪爾轉向瑞娜，偷看她的靈氣，尋找眞相。

「這麼想知道？」瑞娜問。帕爾青恩教過他們如何掩飾內在靈氣，隱藏最私密的想法和感覺，但她暫時放鬆警覺，讓賈迪爾目睹難以想像的可怕景象。

賈迪爾舉起雙手。「沒事，瑞娜・安貝爾斯。妳在我眼中榮耀依然無止盡。艾弗倫無疑有在指引的妳的手。」

「艾弗倫八成是睡著了，才會等那麼久都沒動手。」

「沒事，姊姊。」山娃說，目光一直保持在囚犯身上。

「就連我也不瞭解艾弗倫的計畫。」賈迪爾說。「只有達馬丁知道，而她們也只能瞥見些許未來。」

山傑特大笑，不過沒說什麼回應賈迪爾的注視。賈迪爾回頭看向瑞娜，鞠躬道：「如果我們說了什麼冒犯妳的話，我道歉。我認識很多帶著父親屈辱參與沙拉克的戰士。山娃和我不會再提他的名字。」

瑞娜嘟噥一聲，靈氣依然火熱。

「無論如何，我們當前的處境還是一樣。」賈迪爾說。

「我不要游過那座湖。」瑞娜朝湖點頭。

「沒必要游。」帕爾青恩說。「我們搭橋。」

賈迪爾看著他。「我要怎麼搭橋，帕爾青恩？」

「就跟我們通過菌落的方法一樣。」他上前領路。「從上面。」

山娃將面巾在口鼻上纏了三圈，拿出第二條絲巾交給瑞娜。

「我自己有。」瑞娜從腰袋裡拿出一條潔白絲巾，和山娃一樣遮住口鼻。「阿曼娃送的結婚禮物。」

「艾弗倫無所不知，盡可能引導我們。」賈迪爾戴上他自己的夜巾，帕爾青恩接過山娃的備用絲巾，蓋住自己的臉。山娃也幫父親拉起他的白面巾。他看著她。「這或許能保護軀殼，但我——」

「最好閉上你的嘴巴，不要亂打開。」帕爾青恩幫他把話說完。

賈迪爾殿後，山娃和瑞娜在山傑特旁邊，呈鑽石隊形，帕爾青恩則開始在空中繪製冰冷魔印，冰凍孢子和菌絲。空氣中的濕氣對他們有利，所有東西都蒙上一層冰霜。

了解他的計畫後，賈迪爾和瑞娜也如法泡製，困住致命的孢子。他們踏碎冰霜，朝湖邊前進。

接著他們遭受攻擊，四面八方的蘑菇底下衝出各式各樣生物。有惡魔、夜狼、兩隻土惡魔大小的胖壯蜥蜴，甚至還有個雙眼死氣沉沉，皮膚蒼白、血管漆黑、耳朵裡長出蘑菇的男人。他們的靈氣強大，但一片空白，完美融入周遭菌落，動作中沒有任何想法或情緒。山娃拉扯鎖鏈，讓山傑特跪倒，將肩上的盾牌滑到手臂上，護住他們兩個。惡魔沒有在她從護套中拔出玻璃矛時抗拒她的守護。

「不要砍它們！」帕爾青恩警告，但沒必要浪費口舌。山傑特之女不是笨蛋。她舉著盾牌，踢退敵人，用矛柄攻擊對方，打斷手腳，阻止追殺。

其他人繼續施展冰冷魔法，凍結敵人，防止它們釋放致命的感染毒素。

第一波攻勢都被驅退或凍結後，山娃再度拉起鎖鏈，領路前往湖邊。他們又停下來戰鬥兩次，但現在他們有所防備，而無力思考的對手在他們的防備下算不上什麼挑戰。就連阿拉蓋都很虛弱，結實的肌肉都被眞菌從內侵蝕。水面越來越近……

「小心上面！」山傑特叫道，山娃舉高盾牌，及時擋住從洞頂鐘乳石落下的一大團黏液。她本能反應就是先保護父親，用玻璃盾牌擋下攻擊，但是黏液濺到她的手和背部，滋滋冒煙，腐蝕她的絲袍，滲入護甲的縫隙。

她沒有慘叫或不再前進，她的榮耀在肯定十分痛苦的攻擊前顯然無止無盡。他們加快腳步，趕往湖邊，眞菌菌落逐漸稀疏，最後終於消失，被布滿腐蝕黏液的岩石取代。

帕爾青恩燒光黏液，他的吉娃凍結殘渣，清出通往水面的道路。

山娃越來越虛弱。賈迪爾從她的靈氣中看出來，黏液在吞噬她，灼燒液化她的皮膚。那是一種魔法黏液，以難以想像的速度獵食繁衍。如果不加治療，她很快就會死去，一小時內屍骨無存。

「趁我治療她時保護我們！」賈迪爾邊叫邊脫下她的絲袍。她是他外甥女，看見她的裸體不會帶來羞辱，而且山娃也無力反抗。她手臂和背上的肉冒泡融化。瑞娜在山娃殘破的袍子上繪製熱魔印，殺死致命的寄生蟲。

「擁抱痛楚。」賈迪爾對她說。「艾弗倫看顧妳。」

「痛楚……」山娃喘息，奮力呼吸，「……只是……風。」

「不錯。」賈迪爾說，仔細審視傷口，召喚魔力，開始繪製魔印。山娃渾身抽動，猛咬破爛的面巾，但卻沒有放聲慘叫，任由他焚燒黏液，爲了保險起見，除了受感染的部分，還燒掉了些健康皮肉。當他肯定山娃體內沒有任何黏液後，改繪達馬丁數千年來用以滋長血肉的治療魔印。

山娃立刻睜開雙眼，靈氣浮現羞愧色彩。「很抱歉，舅舅。我再度成爲讓你敵人利用的弱點。」

「沒那回事。」賈迪爾說。「要不是妳反應迅速，我們可能會失去嚮導，或讓對方擊中其他神選之人。休息一下。」

但山娃搖一搖頭，掙扎起身。

「沒時間了，舅舅。我可以繼續前進。」

這是實話，雖然她原先白白淨淨的皮膚現在看起來像溶蠟，又醜又紅。她拋開羞辱，從毀掉的袍子裡取出玻璃護板，自行李中拿了件備用袍穿好。菌落中衝出另一隻眞菌惡魔，但帕爾青恩施展了一道威力強大的火魔印，直接在白光中將惡魔化爲灰燼。

瑞娜在水裡冒出觸角竄向她時大叫一聲。觸角纏住她的手臂，但她動念間啓動皮膚上的魔印，觸角立刻鬆開。她揮刀砍斷觸角，但又有更多觸角緊接而來。他們的隱形魔印在混亂中失去作用。

賈迪爾轉向阿拉蓋卡，懷疑這是不是他本來的計畫，但惡魔微弱的靈氣中透露恐懼。以他此刻受困於魔印的狀態，萬一被拖入水裡，他和他們一樣都會沒命。

帕爾青恩上前，卸除魔印中的魔力，任由觸角纏上他手臂。他站穩腳步，開始往後走，將水惡魔拖出水面。那是一頭惡夢中的產物，黏黏的觸角上布滿尖刺和吸盤，身體中央就是一張大嘴，嘴裡長有數千顆利齒。

賈迪爾毫不遲疑，衝向怪物，卡吉之矛刺入對方喉嚨，直接將其擊斃。

水裡擠滿惡魔。他將意志力集中在卡吉之冠的魔印力場上，驅退它們，轉身面對其他人。

他神色不耐，走向山傑特，強忍著動手的衝動。「人類怎麼可能游過這麼多惡魔的湖面？」

「因爲他們身上有我的烙印。」阿拉蓋卡透過他朋友說。「還有化身魔引導他們，控制低等惡魔。」

「那卡吉的部隊呢？」賈迪爾問。「他們是走這條路嗎？」

「當年沒有這座湖。」阿拉蓋卡說。「我的同類爲了防止其他入侵而建造了這座湖。」

「你們建造了一座湖？」瑞娜問。

「很簡單，只要讓石惡魔開通附近水源的流道就行了。」山傑特說。

「不游。」瑞娜又說一次。

「不必游。」帕爾青恩說。「凍結出一座橋來。」

「水惡魔來襲怎麼辦？」她問。

「卡吉之冠會逼退它們。」賈迪爾保證。他拿出聖碗，擊碎冰凍的石頭，從底下挖出泥土，裝滿聖碗，製造食物和水，帕爾青恩則召喚魔力建造橋。山娃復元狀況似乎不錯，但需要食物和水補回失去的血肉，至於疤痕則沒有多少處理可做。魔法可以把乾淨俐落的傷痕淡化到剩下一條線，但她受傷的面積太大了。

當山娃吃飽喝足，回去看守她父親和惡魔後，瑞娜·安貝爾斯像條上鉤的魚般晃了過來。

賈迪爾鞠躬。「再一次，我爲了……」

「不用道歉。」瑞娜鞠躬回禮。「你不知道。是我失控了。我以爲我能控制隨著魔法而來的強大怒氣，但是孩子讓情況變得很糟，而我在那座山洞裡吸了很多魔力。如果有人要道歉，應該是我。」

「把父親的名字擺在第一位……是我們族人的錯。」這話讓賈迪爾很難說出口，部分原因在於他自己一生有很大一塊是建立在這個謊言中。「我的父親在很年輕時就不榮譽地死去。我花了太多時間思考該怎麼幫他贏得進入天堂的榮耀，卻忽略了獨自撫養四個小孩的母親。」

瑞娜看向山娃。「看來你後來把家人照顧得很好。」

「或許，」賈迪爾說。「帕爾青恩也不喜歡別人叫他傑夫之子，雖然我過了很多年才得知原因。」

「他爸憑藉自己的力量找到救贖。」瑞娜說。「要不是他跳出前廊，單靠一把老斧頭對抗惡魔的話，今天我不會坐在這裡。」

她嘆氣。「要不是多年前我爸拿起乾草叉，收留亞倫和他父母的話，我們全都不會出現在這裡。」

「只有造物主能看清所有結局。」賈迪爾說，刻意不提艾弗倫之名，以免破壞這脆弱的時刻。「我們可以永遠執著在過去，但眞正該用心的卻是未來。」

「說得沒錯。」瑞娜和他一起祈禱，然後又吃了比所有人加起來更多食物。

這時帕爾青恩已經凝聚起難以想像的環境魔力，在皇冠視覺前明亮得宛如太陽。他開始繪印，湖面形成冰晶，一塊一塊連結在一起，向外延伸、向下增厚，變成一大塊從湖岸深入漆黑的巨冰。

賈迪爾靜靜等候，看著朋友的魔光逐漸變暗。當魔光即將熄滅時，他走到朋友身邊，輕輕伸手拍對方的背。「夠了，帕爾青恩。吃點東西，恢復體力。讓我接手。」

「好。」帕爾青恩雙手撐膝，雖然他只是站在岸邊而已，但彷彿剛打完架般氣喘吁吁。「或許是個好主意。」

帕爾青恩難得休息片刻，賈迪爾拿起矛，和朋友一樣吸魔，盡可能凝聚環境魔力，然後踏上巨冰。水不是良好的魔力導體，他覺得自己和岸上的大量魔力隔絕。湖水連在魔印視覺下都顯得昏暗，只看得到魚和水惡魔的光。

他啓動皇冠上的禁忌魔印，阻止水惡魔接近，開始往前走，以矛尖繪製冰寒魔印。冰橋迅速伸長，湖水已經低於濕熱洞穴應有的溫度。

矛上魔光黯淡，但賈迪爾繼續施法，打定主意要把帕爾青恩的橋變長一倍再休息。他肺部灼燒，肌肉痠痛，幾乎無法維持禦寒用的些微魔力，穿涼鞋的腳掌也被冰痲了。

當賈迪爾開始吸收卡吉之冠的魔力時，便知道後退的時刻到了。少了皇冠魔力，他就沒辦法應付湖裡的水怪。自尊不允許他快速奔跑，但他也不打算故作悠閒。

「該我了。」瑞娜說。她丈夫一副想要抗議的模樣，但被她瞪一眼就閉上嘴。她凝聚魔力——不比賈迪爾和帕爾青恩少——專注在皮膚的水魔印上，製造對抗阿拉蓋的禁忌力場，然後走出去造橋。

帕爾青恩表面上冷靜地看著她，但賈迪爾看見他衝上冰橋的影像不斷在靈氣中重複。只要她遇上威脅，他立刻就會展開行動。

賈迪爾相信他朋友不會放鬆警覺，於是將注意力轉向等待期間又被鎖起來的阿拉蓋卡，面露噁心地吃著山娃幫他叉來的魚。她溫柔對待父親，幫他清理、包紮手腳上的傷口和水泡，餵他吃聖食和聖飲，還梳綁頭髮。眼看山傑特目光空洞地看向湖面，她的靈氣顯得十分悲傷。

「我看見對岸了。」瑞娜回來時也氣喘吁吁。「再一個人去就行了，我想。」

「我們或許沒時間等。」山娃朝眞菌菌落邊緣點頭，無數死氣沉沉的眼睛散發控制者的惡意監視著他們。

賈迪爾轉向帕爾青恩。「我們現在出發，還是再上一個人誘惑命運？」

帕爾青恩嘛嘴。「兩個選擇我都不喜歡。」

「在湖岸上幾乎看不到冰橋對面。」瑞娜說。「跑那麼遠會孤立無援。」

「那我們待在一起。」賈迪爾指示山娃，阿拉蓋卡再度獲釋，入侵山傑特的身體。山娃拿起魔印鎖鏈，先在自己腰上纏了圈，然後將末端鎖在山傑特鐐帶的釦環上。「如果你想要逃到湖裡，我就會殺了你，就算那是我在阿拉上做的最後一件事。」

山傑特在面巾後皺眉。「我花太多時間調味妳的心靈，妳可別在我吞噬它前死掉，女兒。」

山娃舉矛。「別再那樣叫我。」

「女兒！」山傑特大笑，挺起胸膛，挑釁她動手。「女兒！女兒！女兒！」

年輕女子勃然大怒，瑞娜搭上她的肩。「只是口水和空氣，山娃。不要理他。」

「沒錯。」賈迪爾說。「讓從前不可一世的惡魔大王鬼叫他的。」

山娃稍微鬆懈，僵硬地鞠躬。「如解放者所願。我就在這個……口水和空氣之前如棕櫚樹彎曲。」

「走吧。」瑞娜說。「那些蘑菇怪讓我發毛。」

「瑞娜和我負責造橋，」帕爾青恩說。「你負責維持禁忌力場，保持魔力，應付突發狀況。」

「同意。」賈迪爾說，再度啓動力場，以之前圍著囚犯的鑽石隊形踏上冰橋。他縮小力場範圍，盡可能不吸引注意，但只要他維持警覺，奈的大軍就不可能突破力場。

他緊張地回頭看了菌落一眼，回想剛剛被感染的惡魔忽略力場的情況。他永遠不會忘記那個畫面。

他們的腳在冰上喀啦作響，漆黑的湖水溢上爲了防止波浪而特別架高的橋緣。深厚的湖岸越來越遠，但渾身水魔印大放光明的帕爾青恩跨越賈迪爾的禁忌力場，繼續搭橋。

大水怪選在這個時機動手。他們在一瞬間前警覺，知道有個力量強大的阿拉蓋即將浮出水面，但它沒有攻擊力場，而是用巨大的身體撞擊他們身後的冰橋。只聽見一聲巨響，橋面出現裂縫，宛如火惡魔般追趕他們。冰橋承受不了更多撞擊。

「跑！」賈迪爾大叫，繪製冰魔印，盡可能修復損傷。瑞娜、山娃和山傑特拔腿就跑，衝向帕爾青恩搭橋的位置。

大水怪再度出擊，撞碎冰橋，宛如突然活過來的噩夢般衝出湖面。後方橋被撞成許多大冰塊，飛入空中，朝他們砸落。賈迪爾站在原地，在夥伴狂奔閃避腳下的裂縫時繪製衝擊魔印攻擊墜落而來的冰塊。

惡魔再度折返，這一次太接近賈迪爾的禁忌力場。惡魔被彈開，但大尾巴又擊中冰橋，撞飛幾塊巨冰，碎冰和水花遮蔽了賈迪爾的視力。一塊冰擊中他面前的冰橋，他整個人陷入黑暗。

賈迪爾在沙拉吉裡學過很多技能。他能徒手對抗阿拉蓋、利用翻滾化解高處墜落的力道、帶隊衝鋒陷陣、處理可能導致截肢或致命的傷勢。

但從未學過游泳。

受困於黑水中，分不清上下左右，只感覺得到冰塊觸體和肺部尖叫。帕爾青恩教他魔法幾乎無所不能，但卻不能取代寶貴的呼吸，而賈迪爾落水前沒來得及吸多少氣。

他感覺額頭上的卡吉之冠變鬆，拚命伸手抓它。萬一弄丟那樣寶物，他的性命外加全阿拉的希望，也會隨之而去。他另一手也同樣死命握著卡吉之矛。萬一它們沉入這座可惡的湖底，他可不指望有辦法找回來。

然而水惡魔卻沒有這些限制。它們身處本身屬性的環境，賈迪爾看見它們在四周繞行。有些是大水怪，有些體型較小，長有觸角，但全都打定主意要摧毀他。它們從四面八方進攻，猛擊禁忌力場中央。它們沒辦法直接打他，但他在水裡感受得到每一擊，以難以想像的力道捶打，令他搞不清楚方向。

他的肺在尖叫，賈迪爾知道自己撐不了多久。他擁抱衝擊和恐懼，釋放感官，尋找下方阿拉蘊含的力量。他短暫接觸到力量，但有隻水惡魔打得他身體旋轉，放開力量。

有頭大惡魔折返而來。

如果要死，讓我死在阿拉蓋爪下，他心想，而不是在驚慌失措中溺斃。他用力壓下皇冠，撤掉禁忌力場，以爲會撞上力場的惡魔朝他衝來，直接撞上矛尖。

他在矛尖深入惡魔體內時感覺到對方身體劇震，接著抓緊長矛，隨著惡魔奮力擺鰭，衝出水面，終於吸了一口氣。

他用力拔矛，企圖擺脫對方，躍入空中，但長矛卡住骨頭，片刻過後，他又回到水裡。惡魔旋轉而下，竭盡全力擺脫長矛，賈迪爾再度分不清東西南北。

阿拉蓋再度聚集在他身邊。

接著一陣魔光閃過，惡魔四下逃竄。賈迪爾看見帕爾青恩朝他竄來，魔光耀眼，在手腳大力揮動下迅速逼近。

賈迪爾一腳踏住惡魔，拔出長矛，在惡魔身上留下一道不規則狀的傷口，希望永遠不會復元。他本能反應是要殺了它，但謹愼戰勝了榮耀，於是他重新啓動皇冠的禁忌力場，在帕爾青恩伸手抓他時逼退惡魔。

接下來幾天彷彿永恆般漫長，跋山涉水，沿著狹窄的通道滑行。他們在不到兩呎高的通道中匍匐前進超過一哩。悶熱難當、汗流浹背，等待阿拉蓋卡最終的背叛。

至於惡魔之父，他似乎和他們一樣悽慘、筋疲力竭。長時間控制山傑特消耗大量體力，而皮膚上的魔印肯定還是與帕爾青恩刺上去當天一樣灼燒難耐。

旅途遙遠，你們會鬆懈。

賈迪爾捏緊拳頭。這眞的是通往深淵之路嗎？英內薇拉的骨骰說他會帶領他們下去，但既然已經深入阿拉地底，或許還有其他途徑。他會不會故意帶他們走最危險的通道，期望能削弱他們的實力，讓自己有機會逃走？他不可能知道。惡魔王子擁有數千年掩飾靈氣的經驗。誰知道他哪句話是實話，哪句話是謊話？

賈迪爾一開始以爲他們只要擔心阿拉蓋就好，但潛伏在黑暗地底的威脅似乎不光只有奈的僕人。

當通道變寬，他們可以直立行走時，亞倫並沒有因而鬆懈，但他已經在這段可惡的旅程中學會要盡可能讓自己舒服一點。

牆壁上有著古老的克拉西亞石柱，讓他們確信自己走的是克拉西亞部隊的老路，但石柱上的魔印早已刮花。亞倫一直走在隊伍前面，只要一有機會就會加以修補。想讓嚮導通過，他就不能修復心靈魔印，但修復其他魔印似乎是明智之舉，以免他們存活到要逃回地表，而屆時很有可能全地心魔域的惡魔都會追上來。

但是寬敞順暢的通道前方突然出現坍方。沉重到連他都推不動的巨石坍落而下，擋住通道。巨石下方積蓄了一池水。亞倫透過魔印視覺謹慎打量，但是沒有看見惡魔，或許是因爲太淺了。不過水裡有生物，水面下的地板有珊瑚生長，天知道是吃什麼過活。

他在等其他人跟上時爬上巨石。有些縫隙供魔法流通，如果他敢化煙的話就得以穿過去探索。但地心魔域的召喚隨著他們深入地底而越變越強，正在他體內鼓動，成爲除非情況危急，不然他不確定自己有辦法抗拒的呼喚。

如果不化煙有人會死，他就願意冒險，但不到那個地步不行。反正不管怎麼樣，只有他和瑞娜能化身魔霧。想要繼續前進，他就得想別的辦法。看起來坍方很久了，石頭疊在一起，已經出現水滴蝕穿的痕跡。如果阿拉蓋卡的囚犯是走這條路，那就一定有辦法通過。

亞倫隱約知道會是什麼辦法，片刻過後，山傑特確認了他的疑慮。

「從巨石底下游過去。」惡魔透過沙羅姆的嘴說。「肺部最虛的人類也游得過去。底下的水道中間有空隙能呼吸。整段路程不超過一哩。」

「黑夜呀。」所有人都和瑞娜差不多反應。就連賈迪爾的靈氣也透露恐懼。之前落水雖然最後逃出生天，但他還心有餘悸。

亞倫毫不遲疑。「我去。」

山娃鞠躬。「請見諒，帕爾青恩，應該是我去。我是最可以犧牲的人。」

亞倫皺眉，英勇無懼的女子靈氣中浮現色彩。「我不想聽那種話，山娃。我們都不能隨便犧牲。如果遇上麻煩，我是最有機會脫身的人。就算遇上最糟的情況，我還可以化身魔霧。」

瑞娜伸手搭他的肩。「你有聽見呼喚？」

亞倫搭著她的手。「有。現在比較像是命令，不是呼喚。」

「像是激流中的小樹枝。」瑞娜說。「除非別無選擇，不然別那麼做。」

山傑特大笑。「你的配偶說得沒錯，當然。你的心靈太脆弱，難以抗拒，不然我們幾個月前就能在心靈宮殿裡了結這場愚蠢的使命。」

他沒說會怎麼了結那場使命，但亞倫知道即使現在這種情況，惡魔袖子裡還是暗藏把戲，最後的絕招，會是他們全都料想不到的手段。要做好準備。

瑞娜拔出腰帶上的獵刀。「拿著。」

亞倫瞪大眼睛看著這個禮物。瑞娜恨透了她父親，但這把獵刀是她最寶貴的東西。比科比・費雪送的溪石項鍊還要寶貴，比他送她的魔印婚戒還要寶貴。想到她把刀給他，他就覺得喉嚨緊縮。

「瑞，我不能——」

「你可以也必須接受。」瑞娜插嘴。「那裡沒有空間使矛，而情況很容易惡化。」

「我有匕首。」亞倫輕觸腰帶上的武器，但六吋長的刀刃完全比不上瑞娜一呎長的鋒利獵刀。

瑞娜輕哼一聲。「那玩意兒用來抹奶油或削木棍還差不多，要打架可派不上用場。」

她對他眨眼。「女生或許會告訴男生大小不重要，但那是爲了讓他們好過一點。」

亞倫輕笑，把小匕首套取下腰帶，換上瑞娜的沉重獵刀。

她捧起他下巴，轉過來親吻。「不過我要它完好如初回到我手上。你也一樣。」

「如果這裡有太陽，我就對太陽發誓。」亞倫又親她一下，然後脫到剩下拜多布和腰帶。山娃打量他的身體片刻，接著突然回神，偏開目光。亞倫看了瑞娜一眼，但是平常很善妒的女人只是輕笑回應。她和山娃最近走得很近。

亞倫不再浪費時間，步入冰冷水池時連續大口吸氣，最後憋住呼吸，沉入水中。他發抖。水裡很黑，似乎沒有魔法。沒有水惡魔和水底生物出沒的跡象。

他朝皮膚上的光魔印灌注魔力，照亮水道。他用力划水，來到石頭之下，努力不去想頭上數以噸計的坍方岩石。

岩石都卡在那裡上千年了，不會剛好這個時候坍塌。他心裡知道這想法合理，但對逐漸加深的恐懼感沒有絲毫助益。

接下來的一分鐘宛如永恆，不過正如惡魔承諾，他找到了一處換氣的氣穴。

亞倫本來以爲至少頭和肩膀可以浮出水面，但氣穴空間深度大多不足兩吋——只夠他仰頭把口鼻伸出水面，吸一口氣，然後又沉回水裡。

儘管如此，水道看起來很清澈，只有他通過時弄濁的積土，還有下方延綿不絕的珊瑚。珊瑚在他通過時朝光源彎曲，就像花朵正對太陽。

他來到第二個氣穴，然後是第三個。再度下潛時，光魔印似乎變暗了，於是他又灌注更多魔力。

再度踢水時，有東西纏住腳，他猛然停下，咳出寶貴的空氣，差點還喝了口水。

他轉身看見地上的珊瑚中冒出一隻蠕蟲，纏住他的腳，末端宛如水惡魔觸角上的吸盤般吸住小腿。蠕蟲綻放魔光，亞倫感覺自己的魔力離體而去。

四周的珊瑚彷彿紛紛活過來，朝他轉來。珊瑚口裡冒出蠕蟲嘴，像是吸奶的小孩般吸吮清水。每隻蟲都魔光耀眼，他本身的魔光則逐漸黯淡。

太遲了，他看出情況危急。他本能地吸魔，補充失去的魔力，但附近沒有任何環境魔力。這些生物靠吸食魔力過活，而他這麼做只引發了更多蠕蟲反應。最接近的蠕蟲同時朝他移動。

他伸手到腰帶上拔瑞娜的獵刀，但蠕蟲動作快得超乎想像，伸展超過巢穴好幾倍的長度，纏住他四肢。其中一條纏住他的腹部；另一條扣住他喉嚨。牠們宛如沙蛇壓扁老鼠般奮力擠壓。

魔力流失的感覺變得像黎莎的眞空幫浦，宛如吸血般吸走魔力。他的超自然力量轉弱。魔印變暗。

現在他只是亞倫・貝爾斯，在漆黑的水底溺水，頭上還有百萬噸巨岩。這個想法令他發毛，有一瞬間他在被蠕蟲往下拉時不再掙扎。

接著，就像往常陷入這類困境時一樣，傑夫・貝爾斯打破沉默。*每次都要做你做不到的事情，亞倫・貝爾斯。*這是二十五年前亞倫在魚洞學游泳時，傑夫說過的話。*你本來就是去溺水的，還是打算游泳？*

「游泳。」亞倫怒氣沖沖咳出回應，就和很久以前一樣。他從刀套中扯出獵刀，刀身緊貼前臂扭轉，刺穿纏在上面的蠕蟲。

豪爾・譚納的獵刀宛如罪孽般銳利。他劃開蠕蟲，大部分蟲身脫落，只剩下幾吋肉塊還纏在手上。他感覺得到蠕蟲還在吸取魔力，但因為沒有接觸地面，吸力變得微不足道。

不過還有其他蠕蟲在狂吸他的魔力，而亞倫知道自己快被吸乾了。要是被吸乾生命最後的火花會怎麼樣？

他的魔印視覺變得模糊，儘管蠕蟲體內蘊含大量魔力，水底還是越來越黑。它們應該像太陽一樣耀眼。

他集中精神，利用自己的吸魔力量與牠們對抗。那感覺像是逆流游泳，但是魔力流失開始趨緩。

接著他釋放另一條手臂，將蠕蟲扯繃，一刀砍成兩截。又是一道吸魔的力量消失，而他已經開始從還在吸魔的蠕蟲身上吸回一些魔力。

他用空出來的手掌抓住纏繞胸口的蠕蟲。蟲身完全由黏膩的肌肉組成，粗到手指無法握緊，強到難以徒手扯開。但既然已摸到目標，他再度出刀切穿蟲身。他感覺刀身切過蟲肉、劃破自己的皮膚，不過難以判斷傷口多深，此刻擔心那個毫無意義。

半條蠕蟲脫落，他瞄準剩下那半條奮力吸魔，在扯下牠時奪回部分被吸走的魔力。

魔印視覺恢復，現在其他蠕蟲宛如紙燈籠般發光，照亮積泥地面。四周的水被他的血和蠕蟲的黏液染得混濁不堪。

亞倫下潛，感覺蠕蟲微微鬆脫，然後對著水底奮力一踢，狠狠撞到頭上的岩石，聽見鼻梁斷裂的熟悉聲響，但在蠕蟲又把他扯下去前，他還是趁機換了口氣。

他懷抱復仇之心回到水裡，砍殺綻放魔光的蠕蟲，現在能搞清楚目標就好辦了。

他擺脫雙腳的束縛，但就和其他蠕蟲一樣，這些蟲似乎不會死，即使斷成兩截，依然扭動吸魔。他眼睜睜看著蟲身斷口封閉癒合，而留在地上的半截又長出新的蟲嘴，就連被砍下來的蟲身落地後也再度於積泥中扎根。

黑夜呀，我在增加牠們的數量。

擺脫它們的過程中，又有更多蠕蟲遞補而來。亞倫被迫放棄防守，衝向水面匆忙換氣，三條蠕蟲趁機纏上。

這一次他開始筆直劃開蠕蟲，掙脫牠們，強迫牠們利用魔力治療，而不增加數量。

這樣還是必輸無疑，是浪費力氣。他凝聚僅存的力量，往原路游回去。他要爬出水面，補充失去的魔力，掐掐心靈惡魔的喉嚨，擬定通過水底寄生蟲的新計畫。

蟲床在他游過時反應太慢，除了換氣時根本來不及抓他。

即使在換氣時，他也早有準備，注意獵人動向，在牠們接近時出刀砍落。他開始認爲自己可以游回安全的地方，直到第三次換氣時才發現自己不可能游在回頭的路上。剛剛在黑暗中的掙扎打亂了方向。

惡魔說要游一哩。他游到半路了沒？到底往哪個方向比較近？

他無從得知，而且不打算回頭面對已經被他激怒的那些蟲。至少他此刻通過的蠕蟲都只感應到他的存在，探出黏黏的嘴淺嚐水裡魔力。他加快速度，在肺部的劇痛所能允許的範圍內盡力游泳。

他大吼一聲，從坍方巨石另一端破水而出，氣喘吁吁走最後幾步路上岸。蠕蟲抓住他的腳踝，但淺水區的蟲體型較小，而肺裡的空氣和前方的乾岩替他帶來全新力量。他繼續前進，將蠕蟲連同珊瑚一起扯出積泥，帶出水面。

蠕蟲被他拉下腿時瘋狂扭動，宛如離水的魚般亂拍，渾身綻放竊取而來的魔光，而他身上的魔光像餘燼般黯淡。

他還沒想清楚自己在做什麼前就已經拉緊一條蠕蟲，狠狠咬下。肌肉外層很硬，但底下的無骨蟲肉柔軟，他一邊咀嚼一邊吸收魔力。他把蟲殼像橘子皮般丟在旁邊，抓起另一條，只覺得越吃越餓。

那是屬於獸性的時刻，吃或被吃，打從安納克桑那天晚上飢餓的原始慾望戰勝理性，迫使他做出改變一生——及提沙境內所有人的命運——的決定後就不曾有過的感覺。

這一頓大快朵頤不只重新補足魔力。他的肚子已經空虛數週了，每天就只吃一口賈迪爾的聖丸子。世界上沒有任何食物能比那口丸子美味，但一口食物，不管有多營養，都不可能眞正塡飽空蕩蕩的肚子。只有瑞娜吃滿一餐的量，但她是幫兩個人吃。

亞倫還不滿足，當他吸光蟲殼裡最後一塊肉後，他又涉水下去，扯出更多天殺的蠕蟲。珊瑚硬殼鋒利，刮傷他的手掌，但他無視痛楚，壓碎珊瑚，緊握其中的蠕蟲，把牠們拔出淤泥。

他把蟲抽離水面，丟在地上，捲成一團，讓牠們沒有辦法在窒息前找路回到水裡。

「看看你們喜不喜歡那種感覺。」他吼道，又扯開一個珊瑚殼。他一直扯到坍方這一側的環礁湖被清空才停手。

接著他開始吃，全世界都消失在嘴裡的蟲肉和魔法的滋味中。

他過了好一陣子才恢復理智，塞滿蟲肉和魔力。溢出的魔力在靈氣中鼓動，幾乎容納不下。除了站在大魔印裡，他從來沒有感到如此強大。所以他過了一會兒才發現耳朵裡有一組魔印在抖。朋友在聯絡他。

亞倫在空氣中繪印，得灌注大量魔力才能突破空氣中的環境魔力、貫穿坍方的地道，與瑞娜、賈迪爾和山娃建立穩定連結。

「你沒事吧？」連結一建立，瑞娜的聲音立刻傳來。

「沒事。」亞倫回到水裡，清洗手上的黏液。「惡魔沒說謊，但也沒有完全吐實。」

「你有危險嗎，帕爾青恩？」賈迪爾的聲音如同繃緊的弓弦。

「現在沒有了。」亞倫在臉上潑水，洗淨黏在嘴唇和下巴上的蟲汁。「壞消息是，水裡都是像水惡魔觸角一樣糾纏不休的大蠕蟲，像水蛭般吸魔力。」

「黑夜呀，好消息呢？」瑞娜問。

亞倫站起來伸展背部。「無比美味。」

瑞娜哈哈大笑，亞倫轉頭打量四周。

「造物主呀。」他輕聲道。

「怎麼了？」瑞娜問。

「怎麼了，帕爾青恩？」賈迪爾在他好一會兒沒出聲後又問。

「亞倫．貝爾斯，你——」

但亞倫沒在聽，他瞪大雙眼。

環礁湖位於一個高隘口上，俯瞰一座大石窟。下方的石壁上有許多地道和路，有大有小。但是令亞倫說不出話來的還不是那個。石窟內的高地上有座大克沙——具有護牆的克拉西亞堡壘，牆內都是石造建築。在沙漠中，克沙裡住的是大型家族，甚至有可能是整個村落，防止沙羅姆掠奪部隊入侵。

但眼前這座不是單純的村落。石柱護牆高聳，打磨過的巨石上刻有很深的魔印，經年累月下來依然威力強大。透過高牆，亞倫看見沙利克霍拉的尖塔和圓頂。

那座護牆……亞倫雙腳痠軟，跪倒在地。護牆是個大魔印，與他和黎莎爲窪地設計的很像。但和克沙優美的魔法流相比，護牆的魔印感覺十分粗獷。

整個地方彷彿正以魔法高歌，一首令他眼眶濕潤的魔力交響樂。

「阿曼恩。」亞倫試圖讓聲音不要發抖，但是失敗了。「我……想我找到阿拉之矛了。」

第二十七章 盟友 334 AR

「他們到了，女士。」亞瑟說。

黎莎在接見廳湯姆士的王座上坐立難安。她討厭這張大王座，只有在舉行儀式時才會使用。王座給她一種女孩坐在父親椅子上的感覺。

安吉爾斯人的平均身高是自由城邦裡最矮的，而貴族喜歡用大型家具彌補這個缺點。實心金木大王座沉重到就連加爾德都無法一聲不吭就推動，上方飾以林白克家族的藤木圖案，大量漩渦紋路，完全沒有魔印。這個王座只有一個用途——高高在上。

但黎莎不能否認王座確實產生了這個效果，而今晚她對此特別慶幸。她換上一副親切笑容，就這麼掛在臉上。

「請他們進來。」

汪妲指示門旁的守衛，他們打開門，迎入克拉西亞人。代表團早上抵達，此刻已是傍晚，她不能繼續拖延。

讓客人等又是一個黎莎不喜歡的貴族把戲，但她還是施展了這個把戲，派遣加爾德去護送他們進入窪地。克拉西亞人喜歡加爾德。聲名遠播的戰士——他們能了解的人。

依照之前的協議，他們前往阿曼娃爲羅傑建造的宅邸。那裡的僕人本來就是克拉西亞人，沒有抗議戴爾沙羅姆戰士上牆站哨，拆下吟遊詩人的小提琴徽章旗幟，升起了克拉西亞旗幟——落日前兩把交叉長矛——宣稱那裡是他們的領土。

這個舉動讓許多窪地人——克拉西亞征服南境行動的難民——感到不自在，但卻無可奈何。黎莎不會讓歐可、藤蔓王座或自己的人民強迫她違背犧牲了這麼多東西締結的同盟。

她給克拉西亞人幾小時安頓、熟悉環境，將會面延到日落過後。這樣既能展現權威，又不會冒犯對方。所有男人在夜晚都是兄弟，乃克拉西亞處世格言。在夜裡會面是停戰象徵，提醒他們有著共同的敵人。

這樣做也能讓克拉西亞人在坐肩輿前來黎莎宮殿時見證窪地大魔印威力。又是另一種實力展示。

不算戴爾沙羅姆，代表團共有五人。三名達馬丁、一名凱丁，還有最麻煩的——一名達馬。黎莎趁加爾德帶他們進入幾乎淨空的接見廳時仔細打量對方靈氣。

汪妲和妲西站在王座右邊，約拿和海斯站在左側。亞瑟待在王座後方、地上一個魔印圈旁。站在那個圈子裡的人講話就只有她能聽見。

雙方靈氣都蓄勢待發，隨時有可能發生衝突。

根據克拉西亞習俗，地位最高的男性總是第一個發言，但黎莎很驚異地看著他和其他人待在後面，讓一名年長的達馬丁上前一步。

這個老太太讓黎莎聯想到布魯娜，在歲月的影響下皺成皮包骨。但她背脊挺直，目光銳利。她的靈氣是黎莎這輩子見過最老的，但卻很強大。歲月並沒有奪走這個女人的力量。

「妳好，黎莎·娃厄尼·安佩伯·安窪地，窪地部族族長。」達馬丁鞠躬表達敬意，但卻沒有順從之情——位高權重的女人在低位低下女人家中行的禮。「我是法娃達馬丁。達馬佳是我學生。」

「妳大駕光臨令我們蓬蓽生輝，法娃達馬丁。」黎莎點頭剛好點到不至於羞辱人。她不想和這個女人對立，但也不願被小覷。

「她們是莎賽兒達馬丁、潔雅達馬丁及蜜佳凱丁。」法娃朝女人的方向揮手。「應阿曼娃達馬基丁承諾，來此支援妳的藥草師和家人。」

介紹很簡短，甚至有點隨興，但黎莎看得出來達馬的靈氣很氣惱。光是有個女人比他先說話也就算了，她竟然還先介紹其他女人！

她微笑，在法娃介紹他前插嘴。「非常歡迎貴代表團。我一直認為永久性的使節團能為我們……雙方部族的和平與合作有所助益。」

達馬耐性終於耗盡，於是上前一步。他只有微微點頭。「我是哈爾文達馬。我和沙達馬卡一起在沙利克霍拉受訓。」

「阿曼恩沒提過你。」黎莎說，「但我想他那幾年與很多人一起受訓。」

達馬眨眼。這話不光貶低了他的氣勢，黎莎直呼阿曼恩本名的親暱用法也顯示出她不是普通青恩，他和阿曼恩的關係對她而言不算什麼。

用甜食配苦藥，布魯娜從前會說。「請容我對安德拉之死表達哀悼。在登上頭骨王座前，阿山達馬基曾與我們的族人並肩對抗阿拉蓋，也與約拿牧者一起在餐桌上祈福，」黎莎朝約拿揮手，「然後才開始用餐。他去世的消息令我深感遺憾。」

「確實。」哈爾文鞠躬鞠得比較恭敬了。

「哈爾文達馬將會管理窪地郡的伊弗佳教徒。」法娃說。「他還會為表現優異、試圖取得白面巾的戴爾沙羅姆擔任翻譯和沙魯沙克訓練官。」

「歡迎你，達馬。」黎莎透過眼角看見約拿和海斯的靈氣騷動，但她不理會。「去年來窪地的沙羅姆大多死於化身魔把卡維爾和安奇度訓練官送上孤獨之道的月虧之役。」

哈爾文在空氣中繪印，所有人都低頭片刻。

「剩下的被伐木工吸收，歸加爾德將軍管轄。」她向男爵點頭。「許多寡婦和孩子也被同化，有些人參加約拿牧者，我們的……達馬基，以及他的副手海斯裁判官的布道儀式。」兩個男人在被介紹時點頭示意。

哈爾文達馬以勉強容忍的態度對其他牧師鞠躬。「如果他們迷途了，我會帶領他們回歸艾弗倫。」他的靈氣明白表示他不打算提供太多選擇。

「他們現在窪地部族的人了，達馬。」黎莎說，語氣變得比之前嚴厲。「自由人民。你得尊重他們信仰的選擇。」

「唯一的自由就是臣服於艾弗倫的意願。」哈爾文吼道。

「在窪地不是。」黎莎說。「我們不強迫人民信神。如果你不同意，我們歡迎你回艾弗倫恩惠。」

約拿和海斯的靈氣在哈爾文嘴巴開開、啞口無言時顯得得意洋洋。她轉向他們。「至於你們，牧師，也要尊重想要成為伊弗佳教徒的窪地人的意願。」

這下輪到牧師張口結舌，哈爾文則忍住笑容。「我看到妳在建造新的神廟，女伯爵大人。我要淨化那片土地和建築，才能在那裡布道。」

約拿牧者上前一步。「好了，先給我天殺地等等！如果你認為……」

約拿是黎莎的童年玩伴兼好友，但她揚起一手，他立刻閉嘴。

海斯裁判官就沒有那麼好管了。「如果異教徒覺得我們的大教堂不合用，可以回自己的教堂。」

黎莎瞪向他，裁判官也以堅定的目光回瞪。「我不知道你在過去幾分鐘內成為伯爵了，牧師？」

「當然沒有——」海斯開口。

「造物主就是造物主，」黎莎打斷他。「不管叫不叫艾弗倫。窪地郡大教堂是克拉西亞人和提沙人的聖堂。」

她轉向哈爾文。「那塊土地已經用伊弗佳儀式淨化過，用我們的族人在夜裡灑的血，那裡被稱作地心魔物墳場不是沒有理由的。阿曼恩親口宣稱那裡是聖地。這樣你滿意嗎？」

哈爾文鞠躬。「既然沙達馬卡稱之爲聖地，那就是聖地。不過關於神廟……」

黎莎嘆氣。「你們又有什麼淨化要求？」

「祈禱。」哈爾文說。「焚香，還有英雄的骸骨。」

「那些也做過了。」黎莎說。「阿曼娃達馬基丁以她榮譽的丈夫——羅傑・阿蘇傑桑・安音恩・安窪地的骸骨保佑神廟。」

哈爾文鞠躬。「那只是開始，女士，但還不夠。每個英雄的骸骨都能爲神廟增添庇護。」

「太野蠻了！」海斯吼道。「要我們展示陰森的骸骨玷污榮譽的死者和神廟——」

「聽起來也沒那麼糟。」所有人轉向加爾德，看得他有點臉紅。

海斯眨眼。「男爵，你當然不是認眞的。」

加爾德聳肩。「爲什麼不？我們的墳場位於聖堂的土地上，墓穴就在聖堂下面。我去艾弗倫恩惠時見過沙利克霍拉。站在那裡，四周都是像我這種戰士的骸骨，爲了對抗地心魔物犧牲性命，讓我覺得自己參與了某種更崇高的使命。信仰不就是爲了這個嗎？」

黎莎眨眼。加爾德・卡特向來是個木腦男孩，但卡特男爵每天都令她刮目相看。

「骸骨具有魔力，女伯爵大人。」法娃說。「惡魔的，人類的。妳以爲我們用英雄骸骨建造神廟純粹出於藝術考量嗎？霍拉會吸收魔法，羈絆在逝者靈魂的信仰中。如果他們爲了守護族人而死在惡魔手中……」

「……神廟就會吸收魔力，用於同樣用途上。」黎莎把話說完，開始思考這種說法。

她轉向亞瑟。「這位是亞瑟領主，我的第一總管。哈爾文達馬及牧師會和他一起坐下來，針對淨化聖地和分享大教堂等事宜討論出雙方都能接受的做法。」

「我們要怎麼……！」海斯吼道。

黎莎不管他，轉向約拿。「去想辦法。我不在乎你們要分時段，還是討論經文，找出可以同時布道的共同點。總之，取得共識。下次提起此事時，你們三個最好都已心滿意足。聽清楚了嗎？」

約拿深深鞠躬。「一清二楚，女伯爵大人。妳不必再為此事煩心。」

黎莎鬆了口氣，回頭面對法娃。「趁那些男人吵架的時候，我可以請各位喝茶嗎？」

法娃的靈氣難以解讀，臉又遮在面巾下，但現在她鞠躬得比之前深。「謝謝妳，女伯爵大人。那樣很恰當。」

黎莎轉過轉角，看見大肚子的伊羅娜在她辦公室門外等待，心裡隨之一沉。汪妲和妲西就跟在後面幾步外護送其他女人。

「妳來做什麼，母親？」黎莎快步走到伊羅娜身邊，低聲問道。

「要聽眞話？」伊羅娜問。「妳眞的以為我會待在房裡，錯過這一切？」

黎莎苦苦哀求她那麼做，還派守衛和僕人確保她那麼做，但該知道沒人阻擋得了她母親。向來只有別人怕伊羅娜，沒有伊羅娜在怕人的。

「快點。」伊羅娜眨眼。「別在客人面前鬧笑話。」

黎莎沒得選擇，只能配合她，點頭指示守衛開門。門才剛關上，她立刻抓住伊羅娜手臂，用力一抓。「我對造物主發誓，母親，如果妳在會議中藐視我的權威，妳就給我搬回爸的紙廠去。」

伊羅娜毫不退縮。「不要威脅我，孩子。我是少數妳信任到可以幫妳小孩換尿布的人之一。妳才沒有蠢到把我丟去看不見的地方。」

黎莎眼角瞥見塔麗莎的身影，她擺好茶具後便安安靜靜待在房裡，靈氣顯示出事不關己，但肯定都聽見了。

什麼都逃不過塔麗莎的耳朵。

片刻後，汪妲進房，彷彿在戰場上般掃視房內、搜尋威脅。她目光在伊羅娜身上停留片刻，不過沒說話，走到坐慣的椅子和育嬰房入口之間的位置站定。

法娃站在門口，研究育嬰房門周圍的魔印。魔印在魔印視覺下大放光明，從大魔印及房間四周內鑲的強大霍拉中吸取力量。

「雖然手法拙劣，」法娃說。「但了不起。我很高興看到奧莉芙公主受到嚴密的保護，但我要親眼確認她健康無慮。」

「或許，」黎莎說。「先等我滿意。」

法娃側頭。「要怎麼樣才會滿意？」

「可以先從拿下面巾開始，」伊羅娜插嘴。「這裡都是女人，不是嗎？」

黎莎咬牙。「法娃，這位是我母親——」

「伊羅娜・娃厄尼・安佩伯・安窪地。」法娃鞠躬鞠得比對黎莎還深。「全克拉西亞宮殿的人都聽過妳的名字。」

「是這樣嗎？」伊羅娜雙手扠腰，在靈氣得意洋洋時擺出謙虛模樣。「那沒什麼。」

「確實，妳說得對。想要信任彼此，取下面巾是個好開端。」法娃輕拉頭巾，她的白面巾宛如輕煙般落到脖子上。老太太的臉骨瘦如柴。「不然怎麼喝茶？」

其他女人都鬆了口氣，拉下面巾，黎莎則走過房間，率先在布魯娜的老搖椅上就座。這張搖椅依然披著老女人的舊圍巾，是黎莎把布魯娜小屋交給姮西、徹底搬入宮殿居住時唯一保留的家具。那張椅子一點也沒有安吉爾斯風格，木面平整，沒有特別打磨，在長年使用下光滑明亮。沒有椅墊，搖晃時會吱嘎作響。

偶爾在獨處時，搖椅的聲音能提供慰藉，讓她想起老師。想起她可以把那種吱嘎聲變成令病患或請願人放鬆下來——或緊張氣餒——的穩定節奏。吱嘎聲可以打破拖延過長的沉默，或在別人長篇大論前打斷對方。

「歡迎。」她攤開雙掌，開始達馬丁的茶敘儀式，事實上，和安吉爾斯的茶敘差不了多少，座位順序代表一切。黎莎和姮西反覆排練很多次。姮西坐在她右側，法娃和她的人坐在左側。這樣可以明確表示姮西在黎莎心目中的地位，同時也讓克拉西亞人處於強勢地位，不會受到冒犯。

但在黎莎完成前，伊羅娜已經直接走過去坐在黎莎右邊。在克拉西亞人眼中，那等於公開宣告她是房裡第二重要的女人。

黎莎遲疑，轉向姮西。在賓客之前安排太多座位有可能造成羞辱。她比向左邊。「法娃。」

老達馬丁接受安排，在黎莎身旁坐下，朝莎賽兒和潔雅彈指，兩人走向法娃座椅旁的沙發。沙發大到足以容納三個人，但她們兩個把位置占滿。

姮西終於在伊羅娜旁邊的中央沙發坐下後，房間裡就只剩下蜜佳站著。身材高大的姮西幾乎一個人就把沙發坐滿，整個人聳立在達馬丁之前。

蜜佳站在原地，目光低垂，宛如謙遜的典範，不過她冷靜專注的靈氣呈現另一番風貌。當時，蜜佳的注意力放在汪妲身上。黎莎看不出來她是敬重對方，所以不打算在汪妲就座前坐下，還是把她當成目標打量。汪妲似乎感應到對方目光，於是改變站姿，蓄勢待發。

「夠了。」黎莎拍手。「我不能讓卡吉部族的公主在大家都坐下時站著。拉張椅子，孩子。妳也一樣，汪妲。如果我們要和平相處，就不能只拉下一張面巾。」

黎莎輕輕指示塔麗莎斟滿她的茶杯。女士的僕人緊接著又幫法娃倒茶。伊羅娜想抗議，但她知道不能造次。塔麗莎又幫伊羅娜和其他窪地人倒茶，然後輪到其他克拉西亞人。她擺出奶和糖，但只有窪地人伸手去拿。克拉西亞人看著黎莎。黎莎沒在茶裡加料，她們也不加。

「今晚我們是陌生人。」黎莎說。「但我非常希望茶具收掉時能與各位成爲朋友。月虧將至。」

法娃舉起茶杯。「在那個詛咒的夜晚，光當朋友不夠。我們要成爲姊妹。」

黎莎用和老女人一模一樣的手法舉起茶杯。「姊妹。」

悶不吭聲喝茶拖得有點太久，於是黎莎用搖椅的吱嘎聲打破沉默。她直視法娃雙眼，審視她的靈氣。「妳或妳帶來的人打算傷害我的孩子嗎？」

「看情況。」如果這個突如其來的尖銳問題有令法娃吃驚，她也完全沒有表現出來，不管是表情還是靈氣都很平靜。「妳計畫利用孩子的血緣奪取頭骨王座，推翻達馬佳嗎？」

黎莎神色惶恐。「當然沒有！」

法娃瞇起雙眼，黎莎這才知道老女人也在解讀她的靈氣。「那妳的孩子就不必懼怕達馬丁。」她的靈氣眞誠，但卻有點語焉不詳。「達馬呢？」

「哈爾文自視甚高。」法娃說。「但把阿曼恩．賈迪爾當成兄弟看待。骨骰說他不會傷害朋友的孩子。」

「沙羅姆呢？」黎莎逼問。

法娃聳肩。「我不能幫克拉西亞所有男女老少擔保。我只能告訴妳達馬丁會把妳……女兒當作自己的女兒來保護。」

黎莎搖回搖椅。又來了，語焉不詳。「我想該是正式介紹的時候了。阿曼娃承諾會派一個達馬丁來取代她。結果來了三個。」

「阿曼娃達馬基丁建議達馬佳派遣至少一位。」法娃說。「睿智的達馬佳決定最好派三個達馬丁來為窪地部族服務。」

老女人伸出纖瘦的手指指向身旁的年輕達馬丁。「莎賽兒達馬丁和達馬佳一起在達馬丁地下宮殿受訓。」

那就是不年輕了，黎莎心想。英內薇拉比阿曼恩還大，至少已經四十來歲。黎莎曾以為達馬佳是靠化妝品保持皮膚柔嫩。現在她知道達馬丁年輕的祕訣在於霍拉。

她目光回到年邁的法娃身上。這個女人究竟多老了？

「莎賽兒會在妳的藥草師學院教課。」法娃說。「她要有個符合身分地位和課堂重要性的頭銜，而且只有她能挑選學生。達馬丁的祕密不是可以隨意流傳的戴爾丁藥草學。」

黎莎深吸口氣，撐大鼻孔。「我會指派她為克拉西亞課程的首席老師。她會有個書記，可以從阿曼娃已經開始指導的學徒中挑人出來指導。」

法娃點頭。

「她還要準備基礎克拉西亞醫藥、繪印和沙魯沙克課程。」黎莎說。

「當初說好的條件沒有包含沙魯沙克。」法娃說。「達馬丁的……」

黎莎搖椅向前，用吱嘎聲打斷老女人的話。老女人的靈氣浮現怒意，但黎莎開始用紓壓的節奏來回搖晃，讓她難以宣稱受辱。

「我對於打傷和殺害人類的那些殘暴手法不感興趣。」黎莎說。「我曾親身體驗過。我只要我的藥草師在必須前赴戰場治療傷兵時有能力避免受傷。」

法娃和黎莎對看一段時間，靈氣逐漸冷靜。「很好。莎賽兒會處理。」

黎莎點頭。「她只要向我及妲西院長回報就好了。」

「我死也不會讓沒受過教育的母牛對我下令。」莎賽兒用克拉西亞語對法娃嘶聲說道。她說得太快，伊羅娜、汪妲和妲西都沒聽清楚，但目光從頭到尾放在黎莎臉上的法娃看得出來她聽得懂。

「不能接——」

黎莎的搖椅聲再度打斷老女人。她轉向莎賽兒，攫獲她的目光，不過嘴裡的克拉西亞語卻是對著法娃說。「她會對妲西院長回報，不然她可以帶著穿絲袍的屁股滾回克拉西亞，去向阿曼娃解釋她覺得自己太過高貴，不用在乎達馬基丁對我許下的承諾。」

莎賽兒沒戴面巾的臉上流露憤怒之情，但靈氣慘白，充滿恐懼。「如果妳質疑我的做法，可以申訴。」黎莎流暢地轉回提沙語，讓其他人都聽清楚，「但妳會發現我對女人和對男人一樣沒什麼耐心。新月距今不到一週。沙拉克卡凌駕一切。」

依照習俗，克拉西亞女人全都在聽到這話時低頭鞠躬。包括伊羅娜在內的提沙人通通模仿她們，重複這句話。

「沙拉克卡凌駕一切。」

「潔雅達馬丁。」法娃指向最年輕的女祭司。「阿曼娃達馬基丁和我在達馬丁地下宮殿一起穿拜多布長大。她經常對我表示她有多深愛並尊敬你們族人。」

潔雅鞠躬。

那就是約莫二十歲，黎莎猜測。潔雅外表嬌柔，透露眞正的年輕，不像莎賽兒和英內薇拉那種不太自然的三十歲長相。她和阿曼娃一樣，靈氣寧靜——平穩。一個從來沒有眞正當過女孩的女人。

「潔雅與哈爾文達馬一樣，是來爲居住在窪地的克拉西亞女人提供醫療和指引的。她只會向我回報。」

伊羅娜嗤之以鼻。「她的工作可棘手了。」黎莎瞪她一眼，但傷害已經造成。

法娃點頭。「我想這表示事情有點……複雜？」

黎莎好奇究竟是骨骰還是羅傑家的僕人告訴她的。「許多新月之役的寡婦都曾見證亞倫・貝爾斯飄上天空，召喚閃電擊斃惡魔王子。在經歷失去丈夫的痛苦後，不少人改稱他爲解放者。她們帶著孩子加入……一群想法差不多的人。」

「所謂的魔印之子。」法娃說。「妳那些莽撞的魔法實驗中……最嚴重的失敗作之一。」

「或許，」黎莎承認。「但我得說，如果再來一次，我仍不太可能採取其他做法。魔印之子力量強大，也承諾會在月虧時保護我們。沙拉克卡凌駕一切。」

她以爲克拉西亞女人會鞠躬重複這句話，不過看來這把戲只能玩一次。法娃揚起眉毛。「或許。」

黎莎無法爭論。瑞娜說過下次新月時能仰賴魔印之子，但她記得史黛拉狂野的目光中仍存有疑慮。

「窪地中其他克拉西亞女人都聽莎瑪娃的。」黎莎對潔雅道。「她的克拉西亞大市集和旅店雇用了大部分克拉西亞女人。」

「我們非常清楚卡非特的妻子和她的用處。」法娃隨手一揮，指向蜜佳。女孩以克拉西亞的標準來看有點矮，屁股很寬。她臉上的年輕是眞的。「蜜佳・娃阿曼恩・娃塔拉佳是妳女兒同父異母的姊姊。她是來照顧孩子的。」

塔麗莎在茶具台上發出瓷器輕碰的聲響，但對這個向來無聲無息的女人而言，那跟摔爛茶具沒兩樣。所有提沙女人都在對方提起奧莉芙時緊張起來。

黎莎轉頭面對蜜佳雙眼，但女孩迴避她的目光，滑下座椅，跪倒在地，低頭，雙掌貼地。

黎莎毫不掩飾她對這種戲劇性的順從舉動有多厭惡。「妳幾歲，孩子？」

「可以結婚了，如果遇上夠資格的人選。」法娃說。

「如果想幫人相親的話，請和我母親談。」黎莎凝視蜜佳，轉回克拉西亞語，以命令的語氣說道：「坐回椅子上，孩子。正視我的雙眼，自己說話。」

蜜佳立刻回到椅子上，正視黎莎。順從的意味蕩然無存，取而代之的是能讓任何家貓驕傲的冷淡目光。「十六歲，女伯爵大人。」

「叫我女士。」黎莎說。「妳照顧過小孩嗎？」

蜜佳靈氣中的自信開始消退。「沒，女士，但我學得很快。」

「妳是沙羅姆丁？」黎莎問。蜜佳遲疑，看向法娃，但黎莎用搖椅的聲響打斷她，又轉回克拉西亞語。「不要看她。看我。如果要讓妳接近我的孩子，我就是妳的主人，蜜佳。不是法娃。不是英內薇拉。我。妳聽清楚了嗎？」

蜜佳又滑回地板上，但這一次的順從不是裝出來的。「聽清楚了，女士。我對艾弗倫和我進入天堂的希望發誓。我是凱沙羅姆丁。」

「妳和希克娃一起接受安奇度教導。」黎莎猜。

蜜佳點頭。「我表姊現在是沙羅姆丁卡，她親自挑選我執行這個任務。絕不會有人能傷害我同父異母的妹妹。」

「說得一點也沒錯。」汪妲吼道。「她是我的責任，不是妳的。」

蜜佳抬頭看她，一臉專注。她鞠躬。「即使是妳也沒辦法日以繼夜保護我們的女士和她孩子，汪妲・娃弗林・安卡特・安窪地，史上首位沙羅姆丁。能與妳共事是我的榮耀。」

汪妲本來神色不善，但這話似乎起了安撫作用，而蜜佳靈氣中的真誠也令黎莎安心。

黎莎點頭。「我不在場時，妳就對汪妲和塔麗莎回報。」

法娃忍不住爆發。「奴隸？」

塔麗莎弓起背脊，目光堅定如鋼。「妳說什麼？」

「提沙境內沒有奴隸。」伊羅娜說。「在那個女孩學會同時單手換尿布，單手拿奶瓶，還能一邊搖搖籃一邊唱歌之前，不准接近我外孫女。」

「塔麗莎是我家中員工的總管。」黎莎補充。「如果達不到她的標準，我就會請希克娃改派其他長矛姊妹。」

蜜佳額頭抵地。「是，女士。」

「妳不能向任何人回報發生在我私人住所裡的事情。」黎莎說。「不能向達馬丁回報，不能向達馬佳回報。被我發現妳這麼做，我就立刻開除妳。」

蜜佳沒有掩飾她的靈氣。她不喜歡這些條件，但會遵守。「是的，女士。」她再度鞠躬。「上面還命令我去找坎黛兒・惡魔歌。」

這倒意想不到。「妳唱歌和希克娃一樣好聽？」

蜜佳微笑。「我們以前戲稱希克娃是顫聲歌者。誰也沒料到她的歌聲會成為艾弗倫長矛姊妹唱歌的標準。」

「我就當那是『是』的意思。」黎莎說。「坎黛兒是我的傳令使者；妳會經常見到她。如果妳的歌聲和妳說的一樣好，妳就會發現歌聲在夜裡比妳的武器更加強大。」

黎莎轉向法娃。「所以妳的責任是指導我使用阿拉蓋霍拉。」

所有克拉西亞女人都有受過隱藏情緒的訓練，但這話讓比較年輕的女人靈氣轉寒。法娃沒告訴她們這部分。

「我在影之殿中指導過達馬佳。」法娃說。「全克拉西亞沒人比我花更多時間研究骨骰的祕密。」

「非常好。」黎莎說。「我們立刻從阿曼娃教到的地方繼續。我看過預言卷軸，有些問題……」

「我傾向不訓練妳。」法娃繼續。「阿曼娃無權做出這個承諾。」

黎莎感覺自己緊握茶杯。「不管怎麼說，妳的達馬基丁和我達成協議。」

「達馬佳有權推翻的協議。」法娃說。「阿拉蓋霍拉不是給閒著沒事幹的女人玩的解謎箱；而是預見未來的能力。達馬丁為了淺嚐它們神聖的力量，就從小接受訓練。」

黎莎放下茶杯，抗拒雙手交抱的衝動。

「英明睿智的達馬佳決定信守女兒的承諾。」法娃說，「所以我會教妳，但要從奈達馬丁的訓練做起。妳得摧毀自己的骨骰，開始刻劃新的泥骰。」

黎莎微笑。「然後是木骰？象牙骰？最後在黑暗裡待幾個月，用惡魔骨刻骰？」

法娃點頭。「看來我們取得共識了。」

「恐怕沒有。」黎莎推開杯盤，將潔白的餐巾鋪在桌上。她伸手進裙子口袋，取出七枚骨骰。

她拿了一支手術刀，在手上劃開一道傷口，讓骨骰染血。「造物主，光明與生命的賜與者，祢的子民需要答案。」她看向法娃。「法娃．安卡吉達馬丁會不會信守阿曼娃對我的承諾，包括精神上和字面上；還是會明天一大早帶著她天殺的代表團返回艾弗倫恩惠？」

骨骰開始發光，當魔光亮到極致時，黎莎擲骰。三名達馬丁訝異地看著外人執行儀式，但又都忍不住湊上去看著在不自然力量下停止轉動的骨骰。

「我想我能解讀答案，高貴的達馬丁，」她說。「但還是請妳告訴我，妳透過珍貴的智慧看見了什麼？」

法娃咬牙切齒，目光轉向兩名年輕女祭師。「非常好……女士。我看過孩子後就開始教妳。」

黎莎打量老女人的靈氣一段時間，然後點頭。

黎莎的馬褲在她下令停止前進時發出嘎吱聲響。她知道許多女伐木工對這種褲子讚不絕口，但黎莎向來不喜歡，甚至不喜歡窪地女人慣穿的褲裙。

但窪地大魔印外圍邊境用走的要走很久，特別是帶著老法娃一起上路。藥杵——阿曼娃隨代表團送來的友誼贈禮之一——是匹身材壯健的純種克拉西亞戰馬。受過戰鬥訓練的戰馬會被裙子迷惑，但對穿褲子的騎師反應良好，只要輕輕動腳就能驅使牠跳躍或奔跑。

黎莎的藍色騎裝外套很長，內鑲魔印玻璃護板。從高領到逐漸變窄的腰部看起來有點僵硬，下半部展開披在馬背上提供保護。外套上眾多口袋也是用刀槍不入的玻璃縫製，存放藥草和霍拉。她的魔杖插在腰帶上，隨時可以取用。

汪妲和加爾德坐在承諾和坍方身上，像大樹般聳立在她身後。妲西騎著藥杵的配偶——研缽，走在她身邊。那匹母馬比藥杵矮上一個手掌，但妲西．卡特還是比黎莎高一個頭。

儘管如此，左手邊的克拉西亞人依然令她緊張。法娃不是會穿馬褲騎馬的人。有六個身穿沙羅姆黑袍、手腕和腳踝鎖著金鐐銬的閹人扛肩輿載她穿越窪地。男人步伐一致，輕易跟上馬的速度。放下肩輿，爲老達馬丁拉開門簾時，他們連大氣都不喘一下。法娃利用這六個奴隸挑釁黎莎，讓她知道自己不接受脅迫，就算得同意黎莎的條件也一樣。

窪地沒有奴隸，有人告訴過法娃，但她在窪地人面前展示奴隸，公然挑釁。

黎莎知道不能隨便上鉤。這些遭受達馬丁閹割奴役的男人並不想要自由。確實，他們的靈氣充滿驕傲。除了女主人的體重外，他們還攜帶魔印矛盾，天知道身上還暗藏了多少武器。如果黎莎或任何人想要解放他們，場面一定會十分血腥。

她吸氣，放下這股羞辱，翻身下馬。前面有群工程師在建造新的武器，克拉西亞風格的巨蠍弩和投石器。

「你們族人適應得很快。」法娃說。「艾弗倫恩惠因爲缺乏巨蠍弩，輕輕鬆鬆就被我們打下來。」

「賈陽王子的部隊也是敗在缺乏火器。」黎莎提醒她。「戰爭有辦法帶出我們最醜惡的一面。」

和工程師一起工作的厄尼看見他們，揮手招呼，一邊走過來一邊擦乾手上的油墨。

「父親，這位是法娃．安卡吉達馬丁。」黎莎說。

厄尼順勢鞠躬，表達深深敬意。「歡迎，達馬丁。很榮幸見到妳。」他的克拉西亞語進步得很快。

「是我的榮幸。」法娃說，再次鞠躬鞠得比對黎莎深。「克拉西亞人提起你的名字都會語帶敬意。厄尼·安佩伯·安窪地。」

厄尼讓她捧得渾身舒坦，親切友善地用克拉西亞語和達馬丁交談，黎莎讓他享受那種感覺。

「你高貴的女兒說我們是來見證你全新改良的神奇大魔印的。」

「啊，是呀。」厄尼改變站姿，「其實大多是我的黎莎和亞倫·貝爾斯的功勞，最初的大魔印是他們設計的。」

「我父親太謙虛了。」黎莎說。「今晚的一切都是他一個人的功勞。」

「請解釋。」法娃說。

「惡魔在月虧之役時拿巨石和樹幹擊潰防禦，抹除大魔印形狀，把威力減弱到足以穿越禁忌魔印。」

「你們的『大魔印』缺乏高牆功能。」法娃說。

「原先缺乏。」厄尼的語氣轉硬。他可以容忍針對個人的羞辱——與伊羅娜共度一生燒光了他的自尊——但絕不允許別人羞辱他的工作。「現在我們可以抵抗大部分投擲攻擊。」

「大部分？」黎莎問。

厄尼轉身，對位於禁忌力場外的投石器隊下達指示。一隊伐木工圍著他們，面對樹林，尋找蠢到膽敢接近的惡魔。

工程師回應訊號，鬆開配重塊，投石臂疾甩，以極高的角度射出柴房大小的巨石，對準大魔印內一塊空地而來。

但是大魔印在接觸巨石時綻放魔光，擊碎巨石。

法娃眨眼。「你們加了衝擊魔印。」老女人瞇起雙眼。「你們的人可以輕易穿越禁忌力場。公式怎麼寫的？」

這下輪到厄尼眨眼了。他向來就連最基本繪印技巧都不太會解釋。他回過神來，拿出一塊寫字板，寫下能控制衝擊魔印大小和空間，只影響在特定速度下通過的大型物體的公式。

「除非要對付飛刺。」法娃說。

「我們不認爲惡魔會使用巨蠍弩，就算在新月時也一樣。」厄尼說。「比較要擔心的是碎石。」他指向尚未完全落地的碎石，還有一大塊躺在魔印內的空地上。

「碎石只會落在禁忌力場外緣，」黎莎說。「我們可以清空那些區域。」

厄尼點頭。「魔印師和工程師部隊隨時準備清理可能減弱魔印威力的碎石。」

法娃繼續研究魔印公式。「魔力需求很大。」

「對。」厄尼吐一口氣。「大魔印能提供足夠的魔力，大部分。」

「又說大部分了。」黎莎說。

厄尼拿回寫字板，在第一個魔印公式下面畫了另一道公式。

「這是想耗盡大魔印魔力每小時所需石頭的預估數字。」

黎莎感到左眼後傳來劇痛。「如果發生的話呢？」

厄尼舉起雙手。「窪地所有魔力就會突然斷絕。或許一秒，或許一分鐘，如果地心魔物繼續進攻的話，可能還會更久。」

「造物主呀。」黎莎說。

「不會發生那種事的，黎莎。」加爾德說。「火力隊在飛刺和石頭上刻了印。我們會讓窪地軍除掉任何大到丟得動木桶的石惡魔和木惡魔。」

他在伐木工護送武器回到魔印內時揚起斧頭，以道格和梅倫．布區爲首的伐木工走了過來。「帶新人來給妳看。其中一個身材比我還高大。幾乎算得上是石惡魔。」

伐木工在黎莎等人路過時排隊立正站好，出拳捶打木甲胸口。隊伍成員來自各地——矮小的安吉爾斯人、瘦長的來森人、弓形腿的雷克頓人，還有……

黎莎停下腳步，看著那個高大的伐木工，像拿掃把般拿著一把巨大鶴嘴鋤。她心臟緊縮。

「我就是說他。」加爾德毫無所覺。「沉默瓊不大說話，但他殺的惡魔比同隊隨便五個人加起來還多。」

壯漢本來凝視前方，但在聽見他的名字時，轉頭面對黎莎的目光。

她立刻就認出他，因爲他的長相永遠刻劃在她心裡。當年在道上強暴黎莎的啞巴巨漢——還壓住羅傑讓他朋友強暴她——出現在窪地裡。

黎莎渾身僵硬，突然怕得發抖。那種感覺很荒謬。她曾對抗過心靈惡魔，但在這個男人面前竟然全然無助。話說回來……攻擊她的其他強盜都死了，在亞倫和羅傑取回他們的攜帶式魔印圈後死在地心魔物爪下。但那些屍體裡沒有這個啞巴。之後黎莎以爲自己見過他上百次，隱身在這個影子或那個樹叢裡，玻璃窗的火光中也會反射出他的面孔。

他臉上也浮現認出她的表情，隨即轉爲懼怕和震驚。他轉身就跑。

「汪妲，阻止他！」黎莎大叫。絕望、驚恐的哀號，但在此刻，黎莎毫不在乎。

汪妲化為殘影，兩個起落就追上對方。她抓住他的手腕，猛力一扭，對方手指抽動，放開鶴嘴鋤。巨人大吼，用另一隻手推她，但汪妲已經出腳，勾住巨人的腳，把他絆倒在地。

加爾德和其他伐木工衝上前去，但汪妲不用幫助，慢慢壓制對方，他倒在地上無力反擊，任由她持續施壓，截斷通往腦部的血流。巨人滿臉通紅，當他不再掙扎、即將失去意識時，汪妲鬆手，讓他吸一口氣。

「黑夜呀，」加爾德喃喃說道。「他幹了什麼？」

黎莎發現自己屏住呼吸。她強迫自己吐氣，然後吸氣，感覺心臟再度猛烈跳動。

「他是那些強盜之一……」黎莎口乾舌燥，吞嚥口水，「……我們和亞倫回來前在道上洗劫我和羅傑的強盜。」

「不想傷人！」巨人叫道。他說話沒有氣，聽起來含糊不清，黎莎這才知道他根本不是啞巴。只是……智能障礙。

「就很快射一下！」巨人叫。「唐說女人就是那個用途。」他開始哭。「就是那個用途。」他開始前後搖晃，重複這句話，直到汪妲緊扣手臂，逼他住口。

黎莎又僵住了。她不曾透露當年遇襲的細節，雖然窪地向來流傳一些十分接近事實的猜測。現在事實赤裸裸地呈現在法娃和她的沙羅姆面前，更別提黎莎最信賴的盟友、工程師、魔印師，還有新成員。巨人的話開始在眾人心裡發酵，四周的目光和靈氣都開始轉暗，呈現出黎莎從未見過的顏色。

汪妲拿出一支長匕首。她抬頭，面對黎莎的雙眼。「要我殺了他嗎，女士？」

她是認真的。黎莎環顧四周，發現所有人都是認真的。妲西、法娃、布區、沙羅姆和伐木工、工程師。就連厄尼的靈氣中也沒有絲毫慈悲。這些人全都願意爲她殺戮，而且不只針對惡魔。

這個想法令她噁心，雖然連她自己的雙手都曾染過鮮血。她在道上對自己的沙羅姆護衛下毒，也在賈陽部隊攻打安吉爾斯城門時使用雷霆棒。她還記得葛佳達馬的脊椎在她腳下折斷的感覺。

但那都是生死一瞬間的事。傷害他人的決定都是爲了直接拯救其他人，而不是殺害完全受制於汪妲的智障。

黎莎回頭看向男人，面對他的雙眼，回想他對她做的事。他隨手制止她的反抗，令她動彈不得。他在她體內射精時最後幾下猛烈的抽動。之後還有女人承受過那種痛苦嗎？如果讓他活下來，未來還會有女人受難嗎？不管是不是智障，這個巨人都有能力犯下這種罪，就連窪地最高大的女人在這種體型和力氣的男人面前都和小孩一樣。她翻滾的腸胃溢出膽汁到喉嚨裡，眼睛後面的疼痛加劇。汪妲會下手。她會直接動手，而窪地不會有人批判她們。之後汪妲還能安穩入眠，而黎莎不能否認在心知最後一個強盜從世界上消失後，她或許也可以。

黎莎掌心微痛，低頭發現自己緊握著霍拉魔杖。「讓他起來。」

黎莎以爲汪妲會爭論，但女人立刻放手，翻身而起，在沉默瓊有機會起身前退開。他本來可以去撿他的鶴嘴鋤，但結果他手腳伏地，渾身顫抖，淚水劃開臉上的塵土。

她用魔杖指他。「我希望那時候地心魔物連你也殺了。」

厄尼聞言抬頭，靈氣出現變化。隱現慈悲。黎莎還記得他多年前說的話，她希望地心魔物殺死母親的那天晚上。不要那樣說。對誰都不要。

「動手。」加爾德手持斧頭。「不然讓我來。」沉默瓊和加爾德．卡特比起來沒有那麼巨大。他非常樂意效勞。他想動手，殺害任何膽敢染指她的人。黎莎抬高魔杖，但手在顫抖。

「此人身負血債。」法娃說。「攻擊達馬丁是唯一死罪。」

這話又勾起了另一段回憶，亞倫去找曾經試圖謀害他的卡維爾和克里弗對質。我們之間存有血債。

我本來可以今天就讓你血債血償，但我只殺阿拉蓋。

亞倫和她在夜裡親吻時，曾對她說過多少次這話？我們只對抗阿拉蓋，黎莎。對抗其他人都算失敗。

但就連他也曾爲她違背那個承諾。

「不。」黎莎放低手，垂下魔杖。「這裡不是絞刑台，我們也不是劊子手。」

「我去拿鎖鍊。」汪妲說。「把他關進牢裡。」

把攻擊她的男人鎖在自己睡覺的宮殿地底下並不能讓她好過一點。她微微揚起魔杖，朝畏縮的巨人跨一步，檢視他的靈氣。

「你祈求寬恕？」她問。

「對！」巨人嗚咽。

「新月將至！」黎莎叫道，迅速繪製把聲音遠遠傳出去的魔印。「你是否發誓會在黑暗降臨，惡魔來襲時保護窪地？」

「是！」巨人嗚咽。「是！是！是！」他的靈氣和智力一樣單純清楚、一目了然。他是眞心的。

她轉身面對伐木工，包括新人和老手。「地心魔物不在乎我們做過什麼。它們會找上門來，爲了摧毀我們團結一致。我們得攜手合作，團結起來！」

「是！」窪地人大聲回應，舉起拳頭和武器。就連法娃的閹人——少了陽具也少了舌頭——都舉矛敲擊他們的盾牌。

黎莎看回依然怕得發抖的沉默瓊。她壓低音量，解除強化聲音的魔法。「你每週要向妲西院長回報三次，討論女人是……用來幹什麼的。」

瓊連忙點頭，妲西則捲起衣袖，雙手扠腰。「在我滿意前，你最好別碰女人。」

「是。」瓊再度以沒有起伏的聲音說道。

黎莎將魔杖掛回腰帶，彎腰舉起巨人的大鶴嘴鋤。「現在歸隊。」

巨人遲疑，然後接下武器，連忙跑回原先的位置。現在兩邊的人都離他遠遠的，但是沒人抗議。

我們對抗地心魔物。對抗其他人都算失敗。

黎莎深吸口氣，弓起背脊，以能讓阿瑞安公爵夫人驕傲的優雅姿態走向她的馬。

法娃仔細檢視黎莎的骨骰。黎莎知道老達馬丁會挑剔任何缺點，不管多微不足道，然後要求摧毀骨骰，重新雕刻。

最後她只是嘟噥一聲，交還骨骰，從一副牌中挑出三張。反面朝上。「擲骰，告訴我妳看到什麼。」

黎莎割手染骰，感覺骰子在她搖骰時逐漸變暖，並在擲骰時大放光明。眼看它們在不自然的轉動中停下，她心裡感到一陣興奮。

法娃司空見慣，根本不把這種景象當一回事。「怎麼樣？妳看到什麼？」

黎莎不用多少時間。「水三、矛五、沙羅姆之盾。」她信心十足，骨骰顯示得十分明確。這是骨骰學最基本的技巧。她解讀自己看著紙牌結果的未來，而那個未來在紙牌挑好之後就已註定。

法娃翻開紙牌，在黎莎的預知成真時沒有任何評論。她又洗一次牌，把整副牌放在她面前的地板上。「現在告訴我接下來該挑哪三張牌。」

這是最難的測驗。她不可能知道法娃會從上面還是下面抽牌、會連續挑選三張，還是隨機挑選三張。黎莎擲骰，在超過十萬種可能中搜索。

「頭骨達馬基丁，」她過了很長一段時間說。「矛七。卡非特。」

法娃目光下移，親自研究骨骰，然後隨機抽牌，取出黎莎預見的牌。她嘟噥一聲。「紙牌的排列只有數千種。生命的未來有無限可能。」

黎莎點頭。「如果我有機會在影之殿裡學習幾年就好了，可惜沙拉克卡近在眼前。」

法娃收起紙牌。「現在問個眞正的問題。」

黎莎拿起一小瓶伊莉莎的血，染紅骨骰。「生命與光的造物主，祢的子民尋求答案。讓我預見伊莉莎・娃瑞根・安信使・安密爾恩的命運。」

他們出發前往山城已經好幾週了。密爾恩取消了常態性的外交使節，而離開河橋鎮以北超過一天距離的信使都沒有回來。

黎莎擲骰，這一次法娃在骨骰停下後仔細檢視。她們兩個都湊上前去，解讀結果。岩魔印和風魔印交錯而過，黎莎伸手一比。「山。」

法娃側頭。「朝北的話要倒過來看。是谷。」

「密爾恩城位於兩座高山的山谷之間。」黎莎說。

「妳在解讀骨骰，還是在為自己的解讀辯解？」法娃問。

黎莎皺起眉頭，再度專注在骨骰的排列上。「所以妳不接受可洛娃達馬丁的教誨，宣稱骨骰應該由北往南解讀，而接受娃可洛達馬丁的說法，相信應該要從中間往外圍解讀？」

「妳從一個字裡解讀出這種結論？」法娃發出類似吐口水的聲音，不過乾燥的嘴唇沒有濺濕。「達馬佳說妳傲慢到極點眞是毫不誇張。」

黎莎往後退。「我沒有冒犯的意思。」女人的語氣讓她想起布魯娜。

「可洛娃是我祖母。」法娃說。「娃可洛是她妹妹。我小時候就一直聽她們吵來吵去。」

黑夜呀，妳究竟多老？黎莎好奇。她再度想起布魯娜，智慧宛如重量般累積在她的年紀裡。

「她們兩個都很肯定自己解開了宇宙之謎。」法娃繼續說。「十分肯定艾弗倫只有對她們開示。」

「爲什麼不？沒人能夠否認她們兩個都有天眼。我的姨婆在死前一百年就預見了自己的死期，而我祖母單靠在街上絆倒一個男人就阻止了一場馬甲政變。她從小就知道要在某個時間點上出現在那裡。她們各自擁有忠誠的擁護者。冥頑不靈的笨蛋，完全不肯考慮對方的成就。但是她們兩個學派都培養出一腳踏在阿拉上，另一腳踏入永恆的先知。」

法娃揚起手指。「妳以爲宇宙之謎乃是可以解開的公式。但未來並非公式。而是故事。同一個故事可以有很多不同講法。」

黎莎鞠躬，鞠得比在公開場合深。「妳說得對，達馬丁。我道歉。我只是……求知心切。」

法娃輕哼一聲，伸指比向骨骰。「解讀，孩子。」

「空氣在水面上，」黎莎說。「是雲……不，有閃電。暴風雲。」

「暴風雲宛如霧氣圍繞在……山谷之城四周。」

法娃眨眼的速度快到讓黎莎以爲自己眼花。她伸手揮過一組位於骨骰邊緣的惡魔符號。「大量阿拉蓋圍住他們的城牆。但北地人……」她指向一個一個符號。

「傲慢。」黎莎翻譯。她伸手摀住嘴巴。「他們沒有發現！我們必須……」

「或許我們什麼都不能做。」法娃指向另一個符號。

「孤島。」黎莎說。「他們孤立無援？對外通道都被截斷？」

「幾乎所有未來都一樣，」法娃說。「時間河流中的石柱。」

「我不能因為孤島符號指向山谷就不派兵救援。」黎莎說。「如果不能改變，預見未來又有什麼意義？」

「又有什麼意……」法娃眼珠突起。「傲慢，白痴！妳花五分鐘凝視謎題，猜出一點線索，然後就要下結論了？妳以為我祖母都是看一眼就做出預言的嗎？她常常會經歷一週，不吃不喝地思索骨骰的意義，考慮每次重大擲骰的各種排列組合。」

「我沒有一週時間面對一組骨骰餓肚子。」黎莎說。「明天晚上就是新月，我有一整個郡要治理。」

「所以五分鐘與一週之間就不能取個折衷？」法娃問。「當然，就連偉大的佩伯女伯爵大人也能從赦免沙羅姆強暴犯和餵飽飢餓的嬰兒中間抽出一個小時。」

黎莎瞪著她，但老女人的靈氣很平靜。法娃一手揮過骨骰。「沙拉克卡已經開始，這一把骨骰裡包含了上千個血腥故事，黎莎．娃厄尼。妳不該只是匆匆一瞥。」

「女士，妳不考慮回首都嗎？」亞瑟問了不下千次這個問題。第一總管身穿木甲看起來很不搭調，他擅長用筆，而非使矛。

阿拉蓋將於今晚進攻窪地北境，黎莎和法娃在凝視黎莎最後擲出的骨骰後一起得出這個結論。她們也找了莎賽兒和潔雅進來研究骨骰，並在黎莎或法娃都沒有提示下得出同樣的結論。

黎莎拍拍腰帶上的霍拉魔杖，感應魔力鼓動。「這裡需要我。」

藥杵像座黑曜石雕像般站著，但黎莎感覺得出牡馬的緊張，隨時準備展開作戰。牠的銀馬蹄鐵刻有魔印、鑲惡魔骨，速度飛快，不會疲憊，一腳就能踢爛木惡魔腦袋。

她手下的窪地槍兵隊及隊長的馬配備都差不多，騎的都是安吉爾斯大馬斯譚馬和壯健的快馬。牠們踏腳踱步，反映出背上騎師焦躁的情緒。

黎莎身處史達林恩牧場，窪地郡大魔印的最北端。儘管此地居民不多，史達林恩牧場占地遼闊，所有窪地騎兵賴以成軍的強壯馬斯譚馬和快馬都出於此地。

雖然占地遼闊，牧場的大魔印還是全窪地最弱的一環，大多是用木籬笆和中央少數建築物組成。史達林恩男爵雇用了數百名手下，但他們還是會在市政廳領取配給糧食，比較像是普通人家，而非男爵的部隊。

惡魔會攻擊這裡是很合理的決定──只要幾塊岩石丟得夠準，加上幾根石惡魔慣用的大樹幹，便可以在大魔印裡打開夠多缺口。失去這裡將會剝奪窪地最重要的資源之一。

黎莎命令史達林恩的平民，以及太小或野性太重，不能加掛馬鞍的馬匹撤退到內緣區域。隨著太陽逐漸西落，瓊剩下的手下都上馬巡邏大魔印邊境，或持弓藏身草地。

加爾德和黎莎一起待在她挑選的山丘制高點上。最頂尖的伐木工和窪地槍兵在丘底等待，準備聽他號令支援各個突破點。

「妳親自來意義重大，女士。」瓊．史達林恩騎在高大的棕馬斯譚馬上，聳立在她身邊。「希望只是浪費時間。」

骨骰預見，今晚將會血流成河。

黎莎再度拍拍魔杖。「我也這麼希望。」

日落後，氣氛開始緊張。黎莎騎藥杵在丘頂繞圈，透過魔印眼鏡凝視黑夜，但卻沒有惡魔聚集的跡象，也沒有任何不尋常的情況。巡邏隊平安巡邏邊境，派出禁忌力場外的斥候也定時回報。

「不對勁。」加爾德喃喃說道。

黎莎同意。上次惡魔趁新月進攻時，是先從建造類似攻城引擎的大魔印做起。那可不是能不被發現，祕密製造的東西。

但此刻一片死寂，只有蟲鳴鳥叫。就連正常夜晚三不五時傳來的惡魔聲響都完全缺席。黎莎輕扭耳環。耳環的效力在大魔印外傳不出多遠，但在窪地郡內可以即時溝通。

「女士。」姮西在她耳中說道。

「回報。」黎莎說。「史達林恩牧場沒有任何惡魔活動。」

「藥草師樹林裡也沒有。」姮西說。「隊長剛剛回報。到處都沒有動靜。」

黎莎一個接著一個連絡所有區域，大家的情況都一樣。他們巡邏踱步，精神緊繃，但直到黎明來臨都沒事發生。

阿拉蓋將於今晚進攻窪地北境，她們全都同意這一點。出了什麼問題？黎莎的骨骰確實有缺陷嗎？她回想排列圖案，經過幾小時解讀已經刻畫在心。它們眞的是那個意思嗎？還是因爲她們主觀認定惡魔的目標是窪地？

阿拉蓋將於今晚進攻，窪地以北。

黑夜呀。

「亞瑟。」黎莎感覺眼後隱隱作痛。「幫我個忙，派蓋蒙隊長和窪地槍兵北上。」

亞瑟揚起眉毛。「女士？」

「汪妲，隨他們去。帶坎黛兒一起。」

汪妲驚呼：「女士？」

黎莎緊握拳頭，氣自己竟會如此傲慢，但她保持平靜的語氣。「我怕安吉爾斯遭受攻擊了。」

第二十八章　阿瑞安的故事　334 AR

亞瑟和妲西跟在黎莎身後，等她檢查地心魔物墳場的準備工作。「回報。」

「分類帳篷都已經擺滿物資，準備完畢。」妲西揮手比向舊城中廣場上的帳篷。「診所和學院裡的手術房也都備妥。」

黎莎點頭。她換下扮演女伯爵時慣穿的禮服，穿回多年藥草師生涯的藍色連身裙和口袋圍裙。今天沒有茶會。她手上只會出現手術刀、縫針和鮮血。

「後勤馬車裡都裝滿食物、清水、肥皂和衣物。」亞瑟說。「臨時茅廁也架設好了。」

「我要有人專門負責定時消毒和換水。」黎莎說。「我們不能……」

亞瑟一臉輕蔑，她越說越小聲。他已經知道了。他當然知道。

「伐木工……」黎莎開口。

亞瑟又是那個表情。「已經開工了，幫新難民清理土地。」

黎莎吐出一大口氣。「我們不知道該怎麼應付數千難民擁入窪地彷彿還是昨天的事。」

「熟能生巧。」妲西說。

「問題是……」亞瑟開口。

黎莎和妲西看他。「什麼？」

「我擔心沒有數千人。」亞瑟說。「信使回報的難民數量很少。」

「不可能。」黎莎說。「蓋蒙報告安吉爾斯失守了。」

亞瑟點頭。「沒錯。」

黎莎頭痛加劇。「安吉爾斯的人口超過四萬。外圍村落的人口也有將近一半。」

「至少。」亞瑟同意。「但報告說蓋蒙槍兵帶領的難民只有數百。我們要準備面對最糟的情況。」

黎莎看向她的人民，在魔物墳場忙進忙出，準備照顧絡繹不絕的倖存者。「我以爲我們已經準備好了。」

妲西伸手搭她的肩。「這次不是克拉西亞人，黎莎。惡魔不會饒過舉手投降的人。」

黎莎一手摀嘴，只能竭盡所能忍住淚水。死太多人了。

沒過多久，蓋蒙和他的窪地槍兵——血跡斑斑、損傷慘重——騎馬抵達廣場。他們身後跟著看不到盡頭的難民車隊，由少數林木士兵和山矛士兵守護，身上大多有染血的繃帶。

蓋蒙自己的手也吊在吊帶裡，拿下魔印頭盔後，頭上也裹著血淋淋的布塊，被汗水染黃。汪妲和坎黛兒在他兩側，衣衫也很髒亂，不過沒有受傷。他們三個都臉色鐵青。

「他們凝視過奈的深淵。」法娃說。

三人護送一輛本來十分華麗的馬車。現在車輪大小不一，一扇門用木板釘住，上面繪製魔印。神色萎靡的駕駛拉停馬車。形容憔悴的男僕跳下車，放置木階。

「黑夜呀。」黎莎說。她直到此刻才意識到比瑟公爵本人也是難民之一。嚴格說來，窪地依然屬於他的轄地。他會不會想從黎莎手中奪走統治權？窪地人會任由他這麼做嗎？

她想像加爾德的反應，心知絕不可能。如果安吉爾斯陷落，窪地就自由了，不管林白克家族怎麼想。

但是馬車上下來的人不是比瑟公爵，也不是羅蘭公爵夫人。而是詹森總管的小兒子包爾。男孩跳下馬車，擺好木階，又爬回去協助眼眶深陷的老公爵夫人下車。

「它們甚至沒有費心攻打城牆。」阿瑞安手掌顫抖，握住茶杯和茶盤。黎莎在茶葉裡添加了溫和的鎮定藥草。「它們穿越木板而來。在我們城底挖掘地道。」

「比瑟？」黎莎問。「羅蘭呢？」

「死了。」阿瑞恩目光遙遠。「全都死了。」

她輕啜一口，臉色一變，輕輕把茶吐回茶杯。「在我茶裡下藥？妳真是布魯娜的小混蛋。」

「我加了那麼多蜂蜜，妳還能嚐出半朵天花草的味道？」黎莎問。

阿瑞安神色不屑。「黎莎·佩伯會在茶裡加蜂蜜肯定有問題。」

「喝下去。」黎莎說。「妳經歷嚴厲的考驗。這茶會幫妳放鬆，讓妳說出事情的始末。說完後，妳可以睡個好覺，恢復元氣。」

「謝謝妳，但是不用。」阿瑞安看向包爾。「換個杯子來。自己泡茶。」

「是，老媽。」男孩走過去拿她的茶，但黎莎揚起手指阻止他。

「喝下去。」黎莎直視阿瑞安堅定的目光。「藥草師的指示。」

「哼！」阿瑞安偏開目光，喝茶，但如此獲勝令黎莎不安。她所認識的阿瑞安不會這麼容易認輸。她等阿瑞安喝完一杯茶，才指示汪妲開門讓法娃進來。

「這是什麼意思?!」阿瑞安看起來像是受驚的貓。

「法娃達馬丁是窪地裡地位最高的克拉西亞使節。」黎莎說。「請她進來聽，我就不用再轉述一次。我們站在同一陣線。」

「正如厄尼之女所說。」法娃說。「不管……我們的族人白晝有何恩怨，在沙拉蓋卡前都微不足道。克拉西亞願意為妳的人民提供避難所，出借我們的矛為你們復仇，如果有機會復仇的話。」

「我有四個兒子，達馬丁。」阿瑞安說。「一個死在地心魔物手裡，其他三個都是克拉西亞人殺的。如果妳要借兵給我報仇，可以先把矛頭指向自己人。」

她轉向黎莎。「我不會把國安祕密——」

黎莎重拍她的椅臂，就像從前布魯娜受夠了應付笨蛋時一樣。她沒想到這樣拍會那麼痛，不過痛得值得，因為房內迴盪的敲擊聲讓老公爵夫人閉嘴。

「安吉爾斯沒了。」黎莎說。「沒有國安祕密要保護了。如果地心魔物打算消滅人類，我們就不能繼續自相殘殺。」

阿瑞安透過鼻孔吐了一大口氣，不知道是出於理智還是天花草藥效，總之她決定讓步，沒有抗議，任由法娃走到她對面的沙發就座。如果有什麼值得一提的，就是屋內多了敵人似乎讓她比較冷靜，比較像她自己。

「一開始我們以為可以困住它們。」阿瑞安說。「山矛軍包圍突破點，但石惡魔出現了，火器對它們毫無作用。石惡魔擊潰山矛軍，固守突破點。」

「然後就開始了。」

黎莎毛骨悚然。「什麼開始了？」

「叛變。」阿瑞安說。「城門的工人攻擊守衛，開啓城門。用魔印武器的民兵團聚集起來，轉而攻擊士兵。一開始我們以為是平民造反……」

「但不是。」黎莎說。「有心靈惡魔潛入城牆內。」

阿瑞安點頭。「一隊林木槍兵本來在窄巷中屠殺惡魔，直到他們隊長脫下頭盔擦汗。他殺了兩個副官，手下才把他拉下馬。他們還沒制服他，一群木惡魔就衝了過去。」

阿瑞安指甲輕敲茶杯，塔麗莎立刻幫她倒茶。「那樣的報告一整晚不斷傳來。城內的避難所大多沒被攻陷，彷彿人民並非惡魔眞正的目標。」

「皇宮。」黎莎猜。

「我們的圍牆很厚，透過魔法強化，上下皆然。」阿瑞安說。「這一次不是挖地道。它們從信使大道進攻，派遣大批田野惡魔和木惡魔，但當時已近黎明，我們很肯定能夠撐到天亮。」

「木惡魔全都攜帶小石頭。」公爵夫人攤開雙掌，比畫不比甜瓜大的尺寸。「但他們的準頭可比吟遊詩人的飛刀。不是爲了擊破高牆……」

「而是爲了抹花魔印。」黎莎說。

「皇宮裡所有守衛都有心靈魔印頭盔。」阿瑞安說。

「皇室成員和大多僕人也有，但那無關緊要。一個洗碗女工拿菜刀殺了三個林木士兵，守衛就跑來帶我們前往皇宮堡壘。我在路上看見一個廚房小廝拿擀麵棍衝向有人看守的樓梯。那孩子還不到八歲，但他的動作可比達馬，閃過守衛的攻擊，鑽過他們的腳，沿路打傷很多人。」

「我們終於弄清楚發生了什麼事，於是在所有遇上的人額頭上繪製魔印。堡壘安全了，比瑟、羅蘭和我躲在牆壁很厚的房間裡，只能從裡面打開。守衛透過門孔向我們回報狀況。」

阿瑞安深吸口氣。「比瑟本來在喃喃自語、拉扯頭髮，但卻突然……冷靜下來。我本以爲那是好事，但當我抬頭，卻發現他沒戴皇冠。他彷彿在逛花園般走向羅蘭，接著拔出匕首，想要割她喉嚨。」

黎莎震驚到忍不住吸了一大口氣。

「她被割了很深的傷口，但卻抓住他的手。」阿瑞安說。「羅蘭比比瑟重很多，兩人展開纏鬥。在那段時間裡，比瑟，我最虔誠的兒子，開始說些……最可怕的話。」

「什麼話？」黎莎問。

「『我寧願割斷自己的老二，也不會再去插妳那個臭洞。』」阿瑞恩的聲音低沉刺耳，「『也不要看妳肚子裡的爛蛋坐上王座。』」

「然後，」阿瑞安小聲道，「他踢她肚子，一直踢到她咳出血來。我拿枴杖打他，但他隨手接下，然後踢我屁股。我爬起來時，他已經割斷了她的喉嚨，朝我走來，手裡還握著那把匕首。」

阿瑞安的聲音又變尖。「『我有什麼理由在這裡住手，母親？我除掉歐可派來脅迫我的女人，卻不解決脅迫我一輩子的女人？』」

「黑夜呀，」黎莎低聲道。「妳怎麼逃掉的？」

「我年輕時也學過幾樣藥草師把戲，孩子。」阿瑞安說。「在空心手環裡暗藏盲目粉。包爾趁他嗆到時絆倒他，然後扶著我一跛一跛離開。我在門口回頭看了一眼，發現我兒子把匕首插入自己喉嚨。」

「艾弗倫保佑我們。」法娃低聲道。

「走廊上的守衛都死了，但是沒有地心魔物的蹤跡。」阿瑞安說。「地上都是頭盔。他們自相殘殺。」

阿瑞安喝完她的茶，遙望遠方。「我想心靈惡魔沒把我當成非除去不可的威脅。」

「阿拉蓋王子會後悔犯這個錯的。」法娃說。

「我懷疑。」阿瑞安說。「我們走祕密通道回到女人側廊，那裡還有幾個守衛活著。每條走廊上都在打鬥，我們被迫經由妓院通道進城。」

「天亮了，惡魔返回地心魔域，但是皇宮裡剩下的守衛關閉宮門，不讓我們進去。當我命令他們開門時，他們派山矛軍站崗，還對我們開槍。」

「在白天？」黎莎驚呼。

「我們很快就知道城門守衛也被控制了。」阿瑞安說。「他們關上城門，打壞絞盤，宣稱那是唯一阻止惡魔出去的辦法，不在乎那樣也等於不讓我們進去。」

「不是所有守衛都被控制，」阿瑞安說。「但是受控制的都沒有顯露癥兆。他們在陽光下行走，戴著有心靈魔印的頭盔，照料自己的傷勢，保養武器，從各方面來看都很正常——直到有人想離開。『公爵的命令。』他們說，彷彿例行公事般擋住他們去路，也沒聽見有人說公爵閣下已經死了。直到有信使企圖爬牆出城，山矛軍開槍擊中他的背部，我們才知道情況有多危急。我們試過硬闖，但他們把自己關在裡面，派山矛軍看守圍牆。」

「受困，就像大迷宮的阿拉蓋。」法娃說。

「我們能做的都做了，」阿瑞安說。「城內所有人都在額頭上畫了心靈魔印，我們還用雷霆棒炸坍地心魔物的地道，但似乎已經無關緊要。皇宮守衛拉上所有窗簾，把窗戶塗黑，我們終於明白。惡魔不用回到城裡。它們根本沒有離開。」

「第二天晚上，惡魔開始把皇宮四周的木板地拆成大魔印，越來越多市民開始攻擊同伴。到處都有平民遇襲——多到足以讓所有人疑神疑鬼——內牆和外牆的守衛也越來越多。」

「我不懂這樣做對阿拉蓋有何好處。」法娃說。

「他們截斷我們對外聯繫。」黎莎說。「阻止密爾恩來援。」

「我不是笨蛋。」法娃說。「但是慈悲——自制，那些都不是阿拉蓋的做法。占領城市卻留活口是什麼意思？」

「因爲它們不想摧毀那座城。」黎莎說。「它們要的是食品庫。」

兩個女人都沒有對此反應，這樣或許也好。黎莎沒理由認爲英內薇拉是爲了對抗惡魔才讓法娃來輔佐自己的，而越少人知道亞倫和賈迪爾在做什麼越好。

「妳怎麼逃出來的？」黎莎問。

「包爾。」阿瑞安拍拍男孩的手。「他知道所有皇室通道，還……在城裡認識有辦法偷運我們出城的人。」

黎莎看著男孩，對方畏縮。「如果你能帶公爵夫人出來，能不能偷帶人進去？」

「少數人，或許。」包爾說。「大規模的部隊不行。」

「進去？」阿瑞安問。「妳瘋了嗎？」

「我絕不能把幾千個人留給心靈惡魔。」黎莎說。「只要還有機會救他們，就必須在下次新月前攻破城牆。」

阿瑞安癱坐在椅子上，天花草和疲憊感終於開始發威。

「或許現在輪到妳作主了，林白克家的血脈已經斷絕。」

「沒那回事，」黎莎說。「老公爵夫人還活著。」

「老了，又沒有子嗣。」阿瑞安說。

「在我看來，妳還年輕。」法娃說。「妳打算放棄人民，等待孤獨之道爲妳開啓？」

阿瑞安看著達馬丁，但已經無力頂嘴。她似乎完全崩潰，符合外表的年紀。

「最好等妳醒來再回答。」黎莎搖鈴，梅兒妮走了進來，流亡的年輕公爵夫人依然身穿樸素的家政圍裙和連身裙。法娃看她一眼，見是僕人打扮就不放在心上。

「這位是梅兒妮，藥草師學徒。」黎莎說。「她會擔任你們家老夫人的侍女。她肚子裡有個壯健的男孩，但還要幾個月才會出生。她做事很勤奮。」

阿瑞安不動聲色，看著媳婦走向自己。

包爾扶老夫人起身，他們兩人一起伸手讓她扶著，走向門口。

阿瑞安轉身看黎莎最後一眼，目光含淚。

「謝謝妳，女伯爵大人。」

第二十九章　狼　334 AR

英內薇拉透過馬車的魔印玻璃窗，看著身穿骯髒黑袍的沙羅姆在道路兩旁的樹叢和山丘間移動。艾弗倫之狼已經跟蹤他們幾個小時了。

與阿希雅遠距離通訊讓她頭昏了好幾天，但是很値得，因爲之後擲骰的結果透露出些許阿拉蓋王子的計畫。

倉庫比恩惠弱。

艾弗倫倉庫。這個地名涵蓋克拉西亞在濕地上的所有領土。那裡兵力空虛，領袖遇害。如果阿拉蓋奪走濕地，就能在艾弗倫恩惠門口建造大魔印。

那表示接下來的目標就是碼頭鎭——唯一——剩下的防線。

如果阿拉蓋摧毀碼頭鎭，就沒有任何東西能防止它們屠殺小村落裡的濕地人，奪取大片領土。

阿拉蓋卡都在監視。

都在監視。複數。下次月虧會有很多惡魔王子出手。即使是現在，他們也透過軀殼眼睛監視地表。

投入太多戰士會導致勢分力弱。

有時候英內薇拉和阿曼恩一樣討厭骨骰含糊不清的語義。多少戰士算太多？她能派遣多少戰士支援碼頭鎭，才能不讓惡魔察覺，改變攻擊目標？

達馬佳得擔任誘餌。

於是她親征。所有英內薇拉待在艾弗倫恩惠的未來都對艾弗倫倉庫的未來不利。她遠行期間就由阿曼娃坐上英內薇拉的枕床。她和她哥不太容易分享權力，但骨骰說他們能取得平衡。

英內薇拉帶了三個妹妻同行——坎金的烏莎拉、蘇恩金的賈絲雅，還有沙拉奇的夸莎——幾名沙達馬和達馬丁，還有阿希雅及其長矛姊妹親手訓練的五百名沙羅姆丁。這些女人沒有眞的戰場經驗，比較像是使節車隊，而非援軍。

英內薇拉祈禱這種規模不會吸引惡魔注意。

阿曼娃不喜歡與妹妻分開，特別是她們兩人都有身孕，但此事勢在必行。沙羅姆丁卡必須出征。希克娃孕期不到一半——她的肚子還小，穿護甲袍根本看不出來。她和阿蘇卡吉及英內薇拉同坐一車。她的外甥悶悶不樂，傷好後靈氣就充滿羞愧和悔恨。他凝望馬車窗外，知道自己是爲了被當成脅迫阿桑的人質而來，並非要在碼頭鎮展現領導能力。

「他們包圍我們了。」他說。

「賈娃說他們會這麼做。」希克娃說。「艾弗倫之狼仰賴掠奪綠地維生，就和他們的稱號一樣狂野。祖林不會在無人保護下現身。」

狼已經無人看管太久。

「祖林迷失了，」英內薇拉說。「他是阿曼恩最初的解放者長矛隊裡，唯一還活著的凱沙羅姆。他身爲沙羅姆的榮耀無止無盡。」

「如此榮耀的戰士應該趴在地上迎接我們。」阿蘇卡吉說，「而不是用手下威嚇我們。」

英內薇拉搖頭。「對女人？對一個他幾乎不認識的白袍男孩？祖林是眞正的大迷宮之子，只對沙羅姆領袖效忠。阿曼恩和山傑特前往深淵。賈陽死了。霍許卡敏尙未證明自己的實力。他本來服從哈席克，但哈席克已經成爲放逐閹人。還有哪個戰士的榮耀能與他媲美？」

「我是他的達馬基！」阿蘇卡吉握拳。

「他從小看著你喝奶長大的。」英內薇拉說。

「那或許我今天會向他證明實力。」阿蘇卡吉說。

「你不會。」英內薇拉說。「我來應付祖林。」

「達馬佳，」希克娃在阿蘇卡吉回去繼續悶悶不樂後說，「祖林手下有超過三百名菁英戴爾沙羅姆。妳這樣做太危——」

英內薇拉看她一眼，女孩立刻閉嘴。阿希雅不在了，但她的自負似乎透過白頭巾傳承給了希克娃。

「從艾弗倫恩惠帶太多戰士同行會讓阿拉蓋猜出我們的計畫。」英內薇拉說。「而我們沒有其他援兵。想活過下次月虧，我們需要祖林和他的手下。」

「據說哈席克在黎明修道院有上千名沙羅姆兵力。」阿蘇卡吉說。「或許該把時間花在他們身上。」

「或許我們現在就該去找哈席克。」阿蘇卡吉說，「趁月虧之前，提醒他曾發過的誓言。」

「你姊在處理。」英內薇拉說。「但此事不能洩露出去。」

阿蘇卡吉驚呼。「阿希雅？妳派她北上?!我兒子在哪裡?!」

英內薇拉甩他一巴掌。他對她眨眼，一臉震驚。這個一輩子養尊處優的小鬼挨過巴掌嗎？希克娃打量她指甲上的魔印，彷彿沒有看見。

「你外甥和他母親在一起，走在深淵邊緣，因為你想殺她，轉動她的命運之骰。此時此刻，她正逼近哈席克。她會從他手中救出卡非特。」

「卡非特？妳讓我姊姊和解放者唯一的孫子——妳唯一的孫子——冒生命危險去救那個吃豬的胖

子？」

「他們是為了沙拉克卡冒險。」英內薇拉說。「骨骰預言卡非特還能在沙拉克卡中發揮作用。」

阿蘇卡吉冷靜下來，滑下長凳，跪倒在馬車地板上。「或許我也還有作用。派我去，達馬佳。我會北上解救我姊和……外甥。」

英內薇拉伸手搭上他肩膀。「你終於表現出一點敬意了，達馬基，所以我懷抱敬意告訴你，你受過的訓練和技巧都不足以應付這個任務。濕地很遼闊，食物和清水都很稀少，就算知道該上哪去找也一樣；濕地裡充滿沼澤和泥沼惡魔，隱身在泥濘腐敗之中，朝毫無所覺的獵物噴吐酸液。」

阿蘇卡吉抬頭，面對她雙眼。「你把我姊和嬰兒派去那種地方？」

英內薇拉點頭。「他們不用你這種人解救。阿希雅看到你沒動手就算你走運。如果沙拉克卡沒有用得到你的地方，解放者也不會治好你。要有耐心，艾弗倫會揭露你的命運。」

阿蘇卡吉找回中心自我，鞠躬說道：「如妳所願，達馬佳。」

轉過下一個彎，有將近一哩路都是筆直向上通往山丘。英內薇拉看見賈娃及祖林和他的副手一起在丘頂等待。絕佳的埋伏地形。艾弗倫之狼在他們上丘時圍了過來，擋下其他馬車和沙羅姆丁。

阿蘇卡吉和希克娃先下車，在木階兩側站崗，等候英內薇拉下車。她的絲袍鮮紅如血。

祖林和他手下遠比騎快馬的賈娃高大。不出所料，艾弗倫之狼忽略女孩，把注意力放在英內薇拉、她的閹人護衛、阿蘇卡吉和希克娃身上。

「達馬佳。」祖林恭敬鞠躬，但是缺乏在此頭銜前的順從意味。英內薇拉料到這種態度，但那股傲慢和不敬還是令她不滿，她外甥也一樣。

「祖林。」她沒有鞠躬。「很高興見到你。」

「在妳的沙羅姆丁婊子砍斷我手下手掌後，我還願意見妳算是很給面子了。」

英內薇拉在面巾後偷笑。「若眞如此，他肯定是把手放在艾弗倫禁止他放的地方。」

祖林發出類似駱駝的笑聲，沒有繼續這個話題。

「艾弗倫倉庫需要你。」英內薇拉說。「帶你的人北上，假裝和我們分道揚鑣，然後從陸路繞回去與我們會合。到了之後找魁倫訓練官回報。」

她轉身要走，希望單靠命令就足夠的未來能成眞。

「如果我不願意呢？」她才轉到一半，祖林已經問道。

「在沙拉克卡前，你個人的意願有何意義？」英內薇拉問。

「沙拉克卡！」祖林叫道。「矇騙戰士的鬼話。我們在綠地灑血送命是爲了沙拉克卡嗎？賈陽戰死安吉爾斯是爲了沙拉克卡嗎？還是單純爲了人類的榮耀？」

「我對沙拉克卡的興趣向來沒阿曼恩那麼大。」祖林轉身，走向丘頂。「倒不是說他問過我對什麼感興趣，或像對哈席克和山傑特那樣表揚我的戰功。我只是稀粥隊伍中一個不夠偉大的空位罷了。」

「還有機會爭取榮譽，祖林。」英內薇拉說。

「榮譽是油燈的煙絲，達馬佳。會從想要抓它的手指間飛走。榮譽是抓不住的，用不了的。」祖林揮手比向丘頂的景觀。「綠地很大。男人虛弱，女人嬌柔。他們的村落豐饒，搶之不盡。告訴我，我的人和我爲什麼要回去爲榮譽犧牲？」

「如果不服從，克拉西亞或窪地都不會歡迎你的艾弗倫之狼。」英內薇拉說。「你在兩大勢力之間能夠存活多久？」

「綠地還有其他勢力。」祖林說。

「哈席克？」英內薇拉大笑。「變成閹人要怎麼享受嬌柔的綠地女人？」祖林依靠他的矛。「聽命於又醉又瘸，爲了嘲笑卡非特而把我從二十呎高丟下大迷宮的訓練官會比較好嗎？」

「那時候阿邦還不是卡非特。」英內薇拉說。「他是你的奈沙羅姆弟兄。」

祖林朝他腳邊吐口水。「卡非特永遠都是卡非特，就算天性尚未揭露也一樣。」

「沙羅姆狗！」阿蘇卡吉搖晃拳頭。「跪下祈求達馬佳寬恕，不然我就……」

祖林發出駱駝般的笑聲，他的副官揚起曲柄弓。從前卡吉沙羅姆認爲遠程武器有失榮譽，但艾弗倫之狼不太在乎榮譽。

「你要命令手下攻擊他們的達馬基？」阿蘇卡吉問。英內薇拉很難相信這個男孩竟然天眞到會對此事震驚。

祖林再度駱駝笑。「我早在阿山趾高氣昂地插你那個醜陋母親前，就已經和解放者一起在大迷宮裡對抗阿拉蓋。我要殺你這種流鼻涕的普紋丁可不用手下幫忙。」

「那就叫你手下放下弓。」阿蘇卡吉揚起鞭杖吼道。

祖林嗤之以鼻。「這裡沒人在乎你的命令，小鬼。爬回家去吸你媽的奶。」

英內薇拉迎向戰王。她的動作宛如枕邊舞者般優雅，凸顯臀部的線條，吸引祖林的注意。

「阿曼恩或許敵不過妳的美色，達馬佳，但我可以。」戰王說，「妳的惡魔魔法白天沒用。」

英內薇拉攤開空掌。「稀粥隊伍前面已經沒人了，祖林。」她繼續緩緩前進，讓絲袍緊貼身體，凸顯線條。「阿曼恩和山傑特失蹤。哈席克去勢放逐。魁倫腿瘸了，還效忠卡非特。沙羅姆需要眞正的領導人——如果你能把野心擴大到掠奪青恩村落以外的話。」

英內薇拉繼續逼近，祖林有生以來第一次鼓起勇氣正面看她。「艾弗倫詛咒我，當年妳穿透明絲袍挑逗沙達馬卡，玩弄他的宮廷時，我竟然沒看穿眞相。」

「什麼眞相，凱沙羅姆？」英內薇拉問。

「我們全都以爲妳是用惡魔魔法迷惑阿曼恩，但或許只是女人的魔力。」祖林伸手撫摸她的頭髮。

英內薇拉握住他的拇指，拉直手臂，輕輕一扭，把骨頭扣至定位，隨即施展蠍尾式，腳從後方踢過她的頭頂，擊中他胸口。

祖林重重倒地，但他是解放者長矛隊的高手，立刻反應，利用撞擊的力量反彈起身，提起長矛。

英內薇拉沒有繼續攻擊，拉撐絲袍，掩飾之前凸顯的曲線。「你還有一個機會，祖林，跪下，額頭貼地。」

祖林再度露出駱駝笑，轉頭看向副官手上的曲柄弓。英內薇拉微微側頭，賈娃立刻在馬背上伏身，跳到一名副官身上，一腳踢碎他的髖骨，把他撞下馬鞍，奪過武器。

其他人有機會反應前，賈娃舉起曲柄弓發射，箭矢插入第二名副官沒有護甲保護的胯下。他慘叫一聲，丟下武器，抓住把他釘在馬鞍上的箭尾。

希克娃宛如破空之箭迅速移動。她的玻璃鏢擊中一名戰士的手掌，曲柄弓脫手，箭矢擊發，沒有射中任何人。另一名戰士舉弓瞄準她。賈娃跳過三匹馬的馬背，踢開對方套在馬鐙裡的腳掌，把他推下馬。對方另一隻腳勾著馬鐙，小腿直接扯斷。他垂在馬側，腦袋離地只有數吋，賈娃則在他身邊落地。

剩下的副官大吼大叫，揮動武器，企圖攻擊動作飛快的女人。賈娃在馬匹之間奔跑，轉眼不見蹤影，希克娃則拋出長矛，射中另一人的肩膀。

有個人瞄準了她，但阿蘇卡吉甩出阿拉蓋尾，打落他的武器。

又是一聲叫喊，後方有個戰士落在不停踏步的馬腳之間，鞍帶遭人割斷。最後一名戴爾沙羅姆手忙腳亂地在馬中間尋找賈娃的身影，但她卻從他身後現身，輕易從馬後上馬。對方還沒發現，她已經扣了他，以玻璃匕首架住他喉嚨。

「把弓指向你的凱。」她斬聲說道。

戰士眼中充滿恐懼，轉移抖動的武器指向祖林。片刻過後，祖林轉向英內薇拉。

「現在你的人生就只剩下這個使命，祖林。你的手下都在看。」英內薇拉開始引述一句沙羅姆古諺。「唯一離開大迷宮的方法——

「——就是穿越迷宮。」祖林張牙舞爪，撲上前去，刺出長矛。

他很高強，還沒正式交鋒就在預測英內薇拉的防禦和反擊招式。英內薇拉架開長矛，但矛柄重重擊中她的前臂。這一次祖林料到她的蠍尾踢，一邊閃躲，一邊把背上的盾牌滑到手上。

祖林不是對阿蘇卡吉吹牛。阿曼恩親自訓練副手，祖林的沙魯金技巧高超。在他的矛攻盾守之下，幾乎沒有任何破綻。

但就像大多戰士，祖林從未應付過達馬丁。她近身肉搏，讓他的長矛無用武之地。

他動作夠快，擋下她的拳腳，犧牲不重要的部位防守要害。英內薇拉一有機會就戳向他的能量匯流點。虎肋勢。蛇抖勢。他渾身刺痛，但戰士迅速擁抱痛楚，轉動盾牌撞擊她後背。

英內薇拉迎上前去，滾過圓弧狀的盾牌，移動到他身後。他頭盔下方有道縫隙。英內薇拉雙手交握，憤怒出擊。

倘若落手精準，這一擊就會像鞭子般擊中脊椎，能讓對手癱瘓數分鐘，很慢才能恢復行動能力。

但若稍有閃失，就會直接擊斃對手，或是永久癱瘓。

祖林抽口涼氣，側身摔倒，動彈不得。他的矛脫手而出，沉重的盾牌在死氣沉沉的身上轉動。

英內薇拉踢開他的頭盔，抓住凱沙羅姆油油的鬈髮，扭轉他的腦袋，面對其他和他一樣躺在地上，不過神智清楚，親眼目睹他被擊倒的副官。

她湊到他耳邊，輕聲說道。「你記得多年以前，阿曼恩在眾人面前對哈席克做了什麼？」

祖林吞口水，那是他唯一有力氣做的反應。「記得，達馬佳。」

「你需要同樣的教訓嗎？」英內薇拉問。

解放者長矛隊都學過忽略痛楚的技巧，但任何人面對向來聽話的身體突然動彈不得時都會驚慌失措。祖林目光含淚，奮力掙扎。「不，達馬佳。」

「你打算怎麼做？」英內薇拉問。

「我會率領艾弗倫之狼北上，假裝分道揚鑣。」祖林說。「然後從陸路繞回艾弗倫倉庫，與妳會合，向魁倫訓練官回報。」

「很好。」英內薇拉像對寵物般摸摸他的頭髮。「那就只剩下你的笑聲要解決了。」

祖林目光再度驚恐。「我的……笑聲？」

「你那個噁心的駱駝笑聲之前就給你惹過麻煩。」英內薇拉把他推得背部貼地，提起他動彈不得的腳，頂在自己的肩膀上，讓戰士看到。「魁倫訓練官把你丟下高牆，摔斷你的腿時就是我治好的。當年摔斷的位置是……這裡。」

她一拳下去，祖林放聲大叫。他沒有任何感覺，但那並不能化解再度看見骨頭插出自己大腿的恐懼。

「我隨手就能治好這種傷。」英內薇拉放開斷掉的腳，「可惜你太聰明了，堅持要大白天會面。」

祖林不再慘叫，但他咬緊牙關，忍不住出聲呻吟。

「你就趁白天好好想想。」英內薇拉說。「天黑後，你再重新向我宣示效忠。到時候，我或許會治好你的斷骨。」

黃昏時分，祖林及副手斷手斷腳地爬來向她宣誓效忠，英內薇拉信守承諾，治好祖林的腳，指示她的妹妻治療他受傷的手下。

她的魔印阻止阿拉蓋過度進逼，片刻過後，祖林和他副手帶著艾弗倫之狼落荒而逃。他們跟她的沙羅姆丁展開零星衝突，不過雙方都只有入戲太深的人受了點輕傷。

「阿拉蓋間諜只會看到分裂的族群裡，另一個失敗的聯盟行動。」英內薇拉說。

「我們能確定不是嗎，達馬佳？」希克娃問。「妳眞的認爲祖林會回來？」

英內薇拉伸手摸摸霍拉袋。「未來有無限可能。有些未來他會回來，有些不會。我已經盡可能影響世局了。不管他們來不來，我們都必須守住艾弗倫倉庫。」

第三十章 艾弗倫倉庫 334 AR

碼頭鎮圍牆印入眼簾時，賈娃又在道上等候。這一次她坐在她哥哥沙魯——阿曼恩四子——和魁倫訓練官身旁。道路兩旁站了幾排沙羅姆，嚴守紀律，完全看不出他們臨時被人從崗哨或寢室抓出來迎接沒人知道要來的達馬佳。很多人坐在馬背上都顯得不自在，因爲他們比較習慣搖晃的戰艦，而非馬鞍。隊伍在沙魯、魁倫和賈娃騎馬來到英內薇拉的枕車前時不再前進。閹人打開車門，讓外面的人看見躺在枕頭上的英內薇拉。

儘管裝了金屬義肢，訓練官還是與年輕的賈娃及沙魯一起翻身下馬，三人都以膝蓋和手掌著地，低頭行禮。「達馬佳。」

「歡迎駕臨艾弗倫倉庫。」英內薇拉不用打量沙魯的靈氣就知道他害怕。從聲音和微微顫抖的肢體都看得出來。「妳傳信說要派遣使節團時，並沒有提到會親自帶隊。」

英內薇拉微笑，讓他繼續膽顫心驚。賈陽違背頭骨王座的旨意，進攻安吉爾斯時，沙魯支持同父異母的哥哥。現在那個計畫失敗了，阿桑成爲沙達馬卡。沙魯基於血緣統領碼頭鎮，但缺乏經驗，眞正發號司令的人是魁倫。男孩無足輕重，他自己也很清楚。

「我不想走露風聲。」英內薇拉終於說。「你的訓練官會派太多人馬淨空道路。」

「那是明智的做法。」魁倫說。

英內薇拉微笑。魁倫和任何沙羅姆一樣高傲，但他有資格高傲，而且一直忠心耿耿。「那就會讓阿拉蓋看穿我們的底牌。」

「當然。」魁倫懷疑地看著在他們後方列隊行進的五百名沙羅姆丁。「但我只是個卑微的沙羅姆，看不出五百名……戰士對我們的底牌有何助益。」

他沒提那些戰士是女人，但英內薇拉知道他和沙魯都是這麼想的。確實，五百人和碼頭鎮的兵力相比微不足道。

「我並非只有帶戰士來。」英內薇拉說。「從現在起，艾弗倫倉庫由我指揮。」

男人神色遲疑。英內薇拉不是單純造訪而已。他們迅速恢復冷靜，額頭抵地。「如妳所願，達馬佳。」

「這座濕地船廠有什麼地方可以當成宮殿使用？」英內薇拉問。

「青恩燒燬賈陽的宮殿後，卡非特的倉庫就變成他的基地。」魁倫說。「那是城內最安全也最奢華的地點，有可以看見湖面和道路的景觀。」

沙魯咳嗽。「我哥出征後，我就一直住在那裡，但若妳想——」

「我想。」英內薇拉說。

沙魯再度低頭。「如妳所願。我會派人清出我的東西，準備迎接妳入住。」

阿邦的「倉庫」和他本人很像。一棟低矮醜陋的建築，雜亂的一樓擺滿各式貨物。但卡非特居住和工作的二樓則比最厚顏無恥的達馬基宮殿還要奢華。

這裡有噴泉、彩絲、羊絨、黃金。有助於霍拉擲骰的厚掛簾，窗戶和牆壁都已用魔法強化——阿莎薇回艾弗倫恩惠暗殺英內薇拉前留下的最後禮物。

最大的房間裡有能俯瞰街道和碼頭的大窗，很適合用來架設英內薇拉闍人扛上樓來的枕頭王座。王座骨架是用一半英雄、一半阿拉蓋的骸骨建構而成。頭靠是用阿山安德拉和阿雷維倫達馬基的頭顱夾著一顆惡魔王子頭顱所製。整個骨架都有繪印，包覆珍貴的琥珀金，外鑲寶石。

枕頭王座不像眞正的頭骨王座那麼古老強大，但在心靈惡魔的頭顱加持下，王座會於方圓一哩內釋放禁忌力場，足以涵蓋碼頭和城內多數區域。超過惡魔丟石頭或從天上精準投彈的距離。

「碼頭鎮的駐軍超過一萬七千名沙羅姆。」沙魯說。魁倫在枕頭王座前攤開一條大地毯，展開艾弗倫倉庫及周遭區域的地圖。

他說話時，沙魯的目光不斷飄向綁在希克娃頭盔上的白頭巾。他的靈氣散發熟悉的色彩——無法了解女人的地位與男人相等之人首度遇上實力比自己高強的女人。沙魯是解放者之子，但他妹妹賈娃也是解放者之女，差別在於他的面巾是白的。

「七十三名凱沙羅姆、兩千兩百零六名戴爾沙羅姆、六千一百七十名卡沙羅姆，還有約莫九千名青沙羅姆。」魁倫說，順勢從腰間的袋子裡拿出代表各式兵種的模型，放在碼頭鎮地圖的地毯上。

「另外，我們還有三十二艘戰艦、十五艘貨船、六十艘小船組成的艦隊。」魁倫在地毯上大片藍色區域上放置小船模型。

「看得出你爲什麼和卡非特處得來，訓練官。」英內薇拉對魁倫微微一笑。

「我的主人將會歸返乃是艾弗倫的意志。」魁倫說。他們沒有提起阿希雅。沙魯八成不知道他堂姊進過城。

英內薇拉點頭，轉向沙魯。「你的手下超過一半是青恩。他們忠心嗎？」

「晚上肯定忠心。」魁倫在沙魯遲疑時回答。「白天嘛……」他聳肩。「艾弗倫恩惠徵召的兵員與艾弗倫倉庫的漁夫屬於不同部族。他們彼此看不順眼，收到命令會開打，但雙方都不希望開戰。」

「這些……漁夫有足夠的資源奪回碼頭鎮嗎？」英內薇拉問。

沙魯搖頭。「只要繼續封鎖湖域，雷克頓人就沒辦法進攻碼頭鎮。」

魁倫仰賴刀腳輕鬆移動到標記哈席克修道院的位置蹲下，放上許多漆有雷克頓旗幟的小船。

「雷克頓艦隊有超過半數都包圍著修道院碼頭。我們相信他們計畫奪回修道院，然後兩面夾攻我們，但哈席克的出現打亂了他們的計畫。」

「漁夫控制他們城市附近的水域。」魁倫指向位於湖中央的小島，圖上縫了數百艘船連在一起。他放上巡邏湖域的戰艦模型。

「湖剩下的部分歸我們所有。」魁倫在雷克頓外圍放上標示克拉西亞交叉矛旗幟的船艦。「我們的私掠船阻止漁夫從大陸運送物資到他們的漂浮城市。我們已經在湖岸找出其他碼頭，加以摧毀。他們已經無路可逃了。」

「你讓他們別無選擇，只能進攻。」希克娃說。

「我們本來只要守過冬天，撐到賈陽北上，」沙魯說。「他回來就可以在船艙裡塞滿戴爾沙羅姆，攻入漂浮城市，強迫他們部族臣服頭骨王座。」

「你承認參與賈陽王子的叛變，堂弟？」阿蘇卡吉問。

「我們能怎麼做？」沙魯急著為自己辯解。「忽略解放者長子指派的職務？坐視漁夫逃出我們布下的天羅地網？」

「當然不是。」英內薇拉說。「你們在艱困的處境下表現得很好。」

沙魯鬆了口氣。「那妳為什麼……」

「跑來你的城鎮，卻沒帶足以攻下湖心城的兵力？」英內薇拉問。「骨骰預見碼頭鎮將會面臨黑暗月虧。」

剛剛離開沙魯靈氣的恐懼感瞬間十倍返回，英內薇拉很想原諒這種反應，他很年輕，歷練不足；但他是解放者之子，其餘戰士以他馬首是瞻。

「從即刻起，你聽命於沙羅姆丁卡。」英內薇拉告訴他。

沙魯再度望向魁倫，但訓練官揚起一手，終於站直身子。「不要看我，孩子。鞠躬行禮，告訴達馬佳你了解命令。」

沙魯轉身，兩人同時鞠躬。「如妳所願，達馬佳。」

他們轉而打量還在研究地圖的希克娃。她拿出一條金絲繩，在地圖上圍成正圓，涵蓋港灣和半座城鎮。「枕頭王座會在這個範圍內釋放禁忌力場。訓練官，月虧前把你最頂尖的船艦駛入港灣這塊區域內，保護它們。」

「那樣漁夫就有機會重新集結，溜出我們的包圍網。」魁倫說。

「別無他法。」希克娃說。「我親眼見過心靈惡魔的能耐。只要一隻阿拉蓋卡月虧時出現在碼頭鎮，水阿拉蓋就會開始使用工具。」

魁倫驚呼。「萬一它們鑿穿船殼就束手無策了。謹遵號令，沙羅姆丁卡。」

「月虧時在城牆上加派三倍兵力，」希克娃說。「但我們得假設城牆會淪陷。」她指向金圈。「沿著禁忌力場建造第二道防線。」

「如果阿拉蓋攻到那裡，王座不能抵擋嗎？」沙魯問。

「力場不能阻止它們丟石頭或燃燒的樹枝。」魁倫說。「它們不進來還是能摧毀城鎮。」

「王座的魔力不是無窮無盡。」英內薇拉說。「也不是像外圍魔印那樣從惡魔本身吸取魔力。只要同時進攻的阿拉蓋夠多，力場就會削弱，它們會慢慢進逼，像是逆流游泳一樣。惡魔王子知道這一點，會想辦法找出力場的弱點。」

「我們要在它們抵達禁忌力場前拖延、設陷阱、盡可能殺死最多阿拉蓋，確保力場能維持威力。」希克娃研究金圈和城牆之間的區域。「我們有一週時間把街道變成新迷宮。」

「水位很低。」魁倫在月虧之夜，天色漸暗時說道。

英內薇拉已經盡可能強化碼頭鎮的防禦，但萬一阿拉蓋全力進攻的話，這點努力似乎微不足道。下方的倉庫區都被清空，洗刷乾淨，鋪滿白布，她和她的妹妻等待傷兵被抬進來。

而祖林還是沒有現身。

「呃？」英內薇拉問。

魁倫指向窗外的碼頭。「那些標記應該位於水面下。」

「如果阿拉蓋突破防線，淺水將對我們不利，會讓水惡魔容易進攻。」英內薇拉輕扭耳環。「希克娃。回報。」

「城牆沒有動靜，達馬佳。」希克娃立刻回報。「沙羅姆正監視所有區域，預備兵力等著應付突破點。大迷宮已經準備好了，隨時可以啓用。禁忌力場處還有第三道防線。」

「阿拉蓋？」英內薇拉問。

「目前還沒看到，達馬佳。」希克娃說。「但是霧氣很濃。它們可能會利用濃霧逼近。我可以下令放箭……」

「艾弗倫的鬍子。」魁倫說。

「先等等。」英內薇拉說。

「如妳所願，達馬佳。」

「我們必須出去。」魁倫說。

「呃？」英內薇拉轉身看著訓練官，只見他再度指向窗外，這次指著地平線。

「我們必須出去，立刻！」魁倫叫道。

英內薇拉聚精會神，利用艾弗倫之光看見超越自然視覺極限的景象。湖水正在迅速退出港灣，船身下沉讓碼頭吱吱作響。但她看見遠方水面逐漸上升，形成宛如艾弗倫之掌般足以粉碎碼頭的巨浪。

英內薇拉觸碰耳環，任由賈娃和魁倫帶著她衝向門口。「希克娃。吹號疏散碼頭。」

「遵命，達馬佳。」

她跑到走廊上時，號角聲已經響起。魁倫揮手指向通往倉庫後門的樓梯。英內薇拉轉向她的妹妻及閹人護衛。「隨魁倫前往鎮中廣場。」

「妳要去哪裡？」夸莎問。

「妳們待在我的影子下太久了，妹妹。」英內薇拉說。「今晚，妳們得自行發光。去。立刻。」

「如妳所願，達馬佳。」夸莎、烏莎拉、賈絲雅同時鞠躬，轉身跟著閹人逃下樓梯。

英內薇拉往樓上走。她聽見身後傳來魁倫的咒罵聲，但他和阿蘇卡吉還是跟上。賈娃一聲不吭地跟隨她，上前開門，確保屋頂安全。

風很大，扯開英內薇拉的面巾。她沒有動手拉回面巾，而是面對在微光中持續高漲的水影，舉起她的霍拉魔杖。

她手腕打直，魔杖宛如手臂的延伸，而她把魔杖當作筆刷，在空中繪製銀光魔印，形成環環相扣的衝擊魔印金字塔。巨浪太龐大，不可能擊潰或摧毀，但或許能像沙魯沙克一樣轉移它的力量。衝擊金字塔在她灌注魔力後瞬間擴大，朝巨浪直衝而去。

魔力擊中巨浪，發出震耳欲聾的聲響，宛如手術刀切開皮膚般切開波浪。

至少生效了一會兒。大浪分開，但是湖水持續進逼，但即使她消耗了大量魔力——魔杖裡的一半魔力——還是無法阻擋數百萬加侖的大水。巨浪擊中碼頭前再度合而為一，不過威力終究是減弱不少。

或許多出來這片刻救了幾條逃離碼頭之人的性命，但卻沒有拯救那些船，或待在船上的少數船員。也沒有拯救待在碼頭末端的梅寒丁巨蠍弩兵。

片刻前還在下沉的船艦突然騰空而起，船身相撞、化為碎片，成為一根巨大的水木攻城鎚，撞爛碼頭，把沿岸建築物當成沙堡般摧毀。

就連阿邦的倉庫也猛烈搖晃，但倉庫地基甚深，內鑲魔法骨架和魔印玻璃。英內薇拉宛如風中的棕櫚樹般彎曲，站穩腳步，眼睜睜看著艦隊被徹底摧毀。單靠一擊，阿拉蓋王子就貫穿她的魔印，擊潰克拉西亞才剛開始成長的水軍。

四周水花噴濺，掃過屋頂，濺濕、撞倒所有人。

「達馬佳。」魁倫衝到她身邊，不敢碰她，但從他的靈氣看出他很想。「我們現在就得離開。」

英內薇拉搖頭。「房子還撐得住……」

「不是那個問題。」魁倫指向地平線。湖水已經開始後撤，新的巨浪逐漸聚集。「我們會受困。落如敵人網中。」

「艾弗倫的睪丸！」英內薇拉啐道，但她不再浪費時間，朝樓梯跑去。他們全都吸收霍拉的魔力，以非人速度及動作衝下已經淹水的台階。

英內薇拉的耳環開始震動，她腳下不停，轉動耳環對齊魔印。

「達馬佳！」英內薇拉聽見希克娃身邊的碎石撞擊和戰士慘叫聲。「惡魔開始攻牆了！」

「多少？」英內薇拉問。

「全部！」希克娃叫道。「我們守不住！」

「告訴守牆的戰士艾弗倫在看。」英內薇拉說，「帶沙羅姆丁到鎮中廣場。我和妳們在那裡會合。」

阿蘇卡吉首先跑到樓梯平台，水濺到他大腿。貨物殘骸和白布被水沖過去堵住倉庫門口，但年輕達馬揚起霍拉法杖，炸開一條通路。

英內薇拉奔入碼頭鎮街道，紫絲袍全濕，貼在她身上。她的面巾已經被風吹走。

鎮上一片混亂。他們原先以為妥善安置的男女老幼都在拚命往高處跑。現在水深及膝，一股吸引力拉扯她的重心，掃蕩街上的碎片殘骸和屍體。

死了好多人，而太陽才剛下山。

「往鎮中廣場去！」英內薇拉利用胸衣上的魔印寶石強化音量，在街道上遠遠傳開。「幫助鄰居！別帶行李！艾弗倫在看！艾弗倫會保護我們！」

她吸魔加持，人和建築物都在她通過時化為殘影，在水面上留下一道供人跟隨的曳跡。她擔心魁倫的刀腳不好在水裡行走，但她沒時間浪費，如果訓練官跟不上腳步，他可以另想辦法幫忙。

片刻過後，她抵達鎮中廣場，廣場上已經擠滿了人。她才在妹妻身旁停下腳步，阿蘇卡吉、賈娃和魁倫都已出現在她身邊。

英內薇拉先聽見希克娃的聲音才看見她，她透過喉嚨上的頸鍊強化音量，帶領五百名沙羅姆丁吟唱月虧之歌。

「唱歌，艾弗倫之子！」英內薇拉聲音宏亮。碼頭鎮上害怕發抖的鎮民，不管是克拉西亞人，還是青恩，都能輕易跟上希克娃口中這首每天晚上都在沙利克霍拉中吟唱的歌。他們一開始有點遲疑，接著在拚命找尋希望下越唱越大聲。「唱歌，因爲奈在聽！」

希克娃跳下她的馬，但她的戰士繼續帶領群眾唱歌。每個女人都佩戴著霍拉胸針，沒有英內薇拉和希克娃的威力強大，但還是足以蓋過喧囂。

「達馬佳。」希克娃語氣冷靜，但靈氣背叛了她。這是她第一次眞正指揮部隊，而她已經戰敗了。

「城牆淪陷了。」英內薇拉說。

「我離開時突破點還在控制下，」希克娃說，「但不斷有阿拉蓋突破外圍魔印。很可能已經有惡魔進入大迷宮。」

英內薇拉點頭。「那我們就去大迷宮。」她轉向妹妻。

「帶妳們的沙羅姆丁往東、西、南方趕去。守住大迷宮。」

「如妳所願，達馬佳。」女人說，指示她們的戰士大步離開。

「我去大迷宮北區。」英內薇拉說。那裡的迷宮路徑最直，阿拉蓋肯定最多。

英內薇拉在田野惡魔跳下牆壁，朝她撲來時伸出魔杖繪印。

但即使是以心靈惡魔尺骨爲核心的魔杖也有極限。它的魔力耗盡，英內薇拉連忙出掌打偏惡魔的大嘴，順勢翻滾，抓住阿拉蓋，保持在近處，但又躲在對方爪子抓不到的位置。

英內薇拉從腰帶上拔出彎刃匕首，劃開惡魔柔軟的腹部。黑膿汁濺在污穢的絲袍上，趁惡魔的魔法癒合傷口前將魔杖插入其中。她手指調整骨頭上的魔印，猛力吸魔。

吸走血管中膿汁內的魔力，補充魔杖力量，在艾弗倫之光下看起來就像怪物整個被翻出體。她把惡魔留在地板上抽動，轉身面對另一頭惡魔，但惡魔被魁倫訓練官一矛刺穿，而他上前以鏡盾掩護她。

賈娃防守另一側，彷彿在修剪樹枝般有條不紊地砍斷泥沼惡魔的手臂。它對她噴吐唾液，但賈娃用盾牌甩開。唾液擊中一面石牆，冒出白煙。

整個伏擊點都在激戰。一名沙羅姆丁推進兵把一群惡魔趕入臨時惡魔坑，一個單向魔印的魔印圈——只要魔印圈沒被攻破，裡面的惡魔會被困到天亮。

阿蘇卡吉轉動他的粗霍拉法杖，以上方的衝擊魔印打爆惡魔頭。他的指節上都是魔印戒指，中拳的惡魔如受雷擊。一頭木惡魔闖過推進兵防守，阿蘇卡吉在空中繪製魔印，將它趕回惡魔坑。

困住這群惡魔後，英內薇拉釋放感應，推擠空氣中的魔力。感受它們。

「這邊走。」她用魔杖指向。希克娃騎著黑色戰馬跟在她身後，與賈娃一起引吭高歌。歌聲對環境魔力的效果與魔印造成的不太一樣，但威力毫不遜色。她感覺到魔歌在身邊形成隱形力場，對身後的沙羅姆丁也有同樣效果。

闖入鎮上的惡魔大多是常見的那幾種，跟隨本身暴力的渴望行動，沒有心靈指引。但還有其他惡魔，從深淵深處爬上來的阿拉蓋，古老、魔力強大。兩頭這種巨型惡魔在前方一座小廣場屠殺了整隊青沙羅姆。

英內薇拉及手下隱藏在希克娃的隱形歌聲下，直到動手時才在惡魔面前現身。阿蘇卡吉法杖繪印，地板爆炸，惡魔東倒西歪。希克娃壓低長矛，衝向其中一頭，算準它摔倒的勢道刺中它腹部。

二十呎的巨型惡魔跪倒在地，但照理說能殺死普通石惡魔的攻擊對它來說似乎只是搔癢。希克娃試圖拔出長矛，但它阻止她，趁她遲疑的片刻出爪攻擊，擊中她胯下戰馬。

希克娃及時跳開，落地翻滾，起身時舉起她的盾牌和短刺矛。她宛如殘影跳回戰團，閃避惡魔猛烈的攻擊。她一次又一次刺出玻璃矛，朝惡魔釋放魔光和痛楚，但這些攻擊似乎只有激怒對方。

阿蘇卡吉一直用衝擊魔印捶打另一頭惡魔，直到惡魔被青沙羅姆拋擲鎖鏈絆倒。魔印在強大惡魔掙扎測試鎖鏈強度時發光繃緊。

賈娃和沙魯衝上前去，兄妹並肩作戰，猛砍惡魔胸口。惡魔揮出一條大手臂，甩倒數名沙羅姆。它猛踢雙腳，拚命拉緊鎖鍊的戰士像是緞帶上的鈴鐺般噹噹作響。

儘管如此，賈娃和沙魯仍持續進攻，用盾牌保護彼此，算準時機精準出擊。

就和希克娃一樣，這些攻擊似乎沒有造成永久性效果，直到沙魯最後一擊刺穿惡魔胸殼，矛頭上的岩魔印啓動，吸收阿拉蓋本身的魔力形成禁忌力場。魔印越來越亮，筆畫融爲一體，震碎惡魔胸口。

剩下的戰士像是螞蟻看見甜瓜皮般衝向最後那頭惡魔，把強大的惡魔砍成沒那麼強大的殘骸。英內薇拉走向它的夥伴的屍體，把魔杖放進它胸口的傷口，開始吸魔，補足魔力。

她的手臂灼燙，手掌劇痛。人體只能承受一定程度的魔力。她的眼睛已經乾枯，喉嚨和鼻翼灼燙，肌肉宛如火燒。

但她沒時間考慮極限的問題。沼澤惡魔擁入街道，城牆已經完全坍塌。他們打多久了？還有幾個小時天才會亮？她在戰鬥與狩獵中忘了時間。帶兩百名沙羅姆丁離開鎮中廣場感覺已經是幾天前的事了，在那之前的一切彷彿都是上輩子。

惡魔太多了。

「所有部隊停止交戰，退回禁忌力場！」英內薇拉利用耳環把命令下達給她妹妻，然後傳達給她們的凱沙羅姆。

希克娃在號角響起時抬頭。「三隊沙羅姆受困在第三層。」

英內薇拉從惡魔胸口一把抽出魔力幾乎補滿的魔杖。「帶路。」

英內薇拉手臂沉重，霍拉魔杖魔力耗盡。她下令時喉嚨灼痛，打鬥奔跑時肌肉尖叫。戰士沒有感覺——每當魔力武器擊中敵人就會補充魔力——但用霍拉魔法的人每次施法都會消耗本身的精力。阿蘇卡吉靠著法杖而立，靈氣黯淡到危險。

「你撐不下去了。」她對他說。「用法杖和戒指打鬥，不要繼續施法。」

「那妳呢？」阿蘇卡吉問。「妳的靈氣也逐漸黯淡，達馬佳。」

「我施法的時間比你久多了，外甥。」英內薇拉說，但她很清楚他說的對。

「我們徒手作戰改變不了戰況。」阿蘇卡吉說。

確實，情勢持續惡化。身處能俯瞰戰場的小高地，英內薇拉看見粉碎的城門裡擠滿要闖進來的惡魔。大迷宮失守，阿拉蓋緩緩逼退守軍，削弱枕頭王座的魔力。港灣裡都是水惡魔。

但接著號角聲劃破夜空，隨之而來的是陣陣雷鳴。城牆外魔光大作，三百把長矛從後方闖入惡魔陣營。

祖林帶著艾弗倫之狼趕來斷惡魔後方退路。

達馬丁在太陽焚燒阿拉蓋前監督回收已經死亡但仍充滿魔力的屍體。他們把屍體拖入穀倉和倉庫，砍成碎片，裝入泥漿缸。

依據傳統，惡魔的皮肉會用強酸腐蝕，然後處理骨頭，準備拿來刻印，但他們沒時間這麼做。枕頭王座的魔力必須盡快補充。沙羅姆深坑魔印師利用惡魔肉提供大迷宮新陷阱的魔力。

王座會在晚上自行吸收環境魔力，但備用魔力幾乎耗盡，自然補充可能要好幾個月才能充滿。英內薇拉下令遮蔽王座廳窗戶，讓阿蘇卡吉手下的達馬用霍拉加速充魔。

達馬丁在賈陽毀於大火的宮殿地窖搭設新的手術房，於完全漆黑的環境下透過艾弗倫之光開刀縫線。她們用膿汁在傷口旁繪印，加速治療本來會復元得比枕頭王座還慢的傷勢。

英內薇拉親上手術台，提供妹妻意見，處理最棘手的傷勢。她們全都筋疲力竭，只清洗了手臂、換上乾淨的袍子，就從戰場直接進入手術室。

不管她多想專心在眼前的傷患上，英內薇拉還是沒辦法不透過眼角瞥見靈氣。筋疲力竭的達馬丁靈氣黯淡。傷患的靈氣搖曳不定。有人的靈氣永遠消失時所留下的空洞。其中很多人都是前解放者長矛隊的成員，與她丈夫一起屠殺阿拉蓋超過二十年的男人。

艾弗倫之狼損失慘重。祖林帶領三百名精力充沛的戴爾沙羅姆衝鋒陷陣讓他們得以撐到黎明，艾弗倫之狼瘋狂進攻所造成的混亂打亂了阿拉蓋卡精心策畫的行動。

但阿拉蓋已經摧毀了他們的第一道防線，大幅降低能夠作戰的人數，肯定會在月虧第二夜的黃昏時回來。就算有人能活到天亮，月虧第三晚也是他們的死期。

門簾旁有添加羽毛撢子，還有好幾層厚厚的絨布，防止任何陽光灑入達馬丁施展治療魔法的房間。

「說。」英內薇拉說。

「達馬佳，碼頭需要妳。」希克娃用魔法頸鍊把聲音傳入她耳中。

英內薇拉讓人接手傷患，穿越門簾來到擦手間，立刻開始脫去血袍。

「回報。」

「漁夫來了。」希克娃說著交給她一塊肥皂。

「艾弗倫的睪丸。」英內薇拉對著擦手槽吐一口血。「多少?」

僕人已經趕上去用毛巾擦身,幫她換上乾淨的深藍絲袍。

「全部。」希克娃說。

英內薇拉走出臨時影之殿,在明亮的陽光下眨眼。太陽高掛天際,在湖面上閃閃發光。湖面水位很低。港灣裡擠了數百艘船,在克拉西亞艦隊的殘骸間漂浮。英內薇拉從沒想過世界上有這麼多船。

「骨骰不是應該先警告這種事嗎?」阿蘇卡吉問。

「如果我問了,它們或許會說。阿拉蓋霍拉不會主動提供答案,外甥。我過去一週都只針對阿拉蓋和我們的防禦擲骰,沒有去管漁夫的動態。」

這些話已經透露太多祕密,揭穿她靈氣中不會犯錯的假象,但是男孩有資格學這堂課。達馬已經在實驗預知魔力的用法了。

「就算我們的戰士筋疲力竭,還是能讓他們付出慘痛代價。」希克娃說。「但是漁夫在數量上具有壓倒性的優勢。」

阿蘇卡吉對湖面啐道:「他們和奈的僕人一樣爛,趁阿拉蓋削弱我們實力時進攻。」

「我們在碼頭鎮之役時也是這麼做的。」魁倫說。「讓阿拉蓋削弱敵人實力,然後進攻。如果入夜前能把雷克頓人困在港灣上的話,或許還能故技重施。」

英內薇拉搖頭。「不。不能再做那種事了。當你踏上孤獨之道，艾弗倫會拿那天晚上的事情審判你，訓練官。你最好有很多榮耀能夠彌補。」

魁倫下跪，長貼木板。「我已經準備好面對艾弗倫的永恆審判，達馬佳。」

「確實。」英內薇拉知道雖然執行計畫的是魁倫，但擬訂計畫的卻是卡非特。這不是第一次，她懷疑自己為什麼要為那個卑鄙無恥的傢伙冒這麼大風險。「如果事情走到那個地步，我們就放棄濕地，退回艾弗倫恩惠。」這話說得十分苦澀。「我不能讓部隊為了一座廢墟慘遭殲滅。」

但雷克頓人沒有派船攻擊碼頭。只有兩艘大船離開大隊，開到近處，放下掛了白旗的小船。

英內薇拉的臨時宮殿依然健在，宛如廢墟中的孤島。一樓倉庫毀於大水，但樓上還是乾的，毫髮無損。

她坐在枕頭王座上，滿意地看著王座再度綻放魔光。他們耗盡了大量霍拉注滿它的魔力。

敵人艦隊派出兩名使節，一男一女，來和他們談判。那個女人可以從懸賞海報輕易認出身分。

「歡迎，黛莉雅船長。很榮幸見到妳。沙羅姆嘆息號之名擁有無盡的榮耀。」

她目光飄向男人，他靈氣強烈，身穿看起來過於沉重的華服，彷彿不習慣它們的重量。「請問你是？」

男人大步上前。「我是雷克頓的伊桑公爵，今天早上由船長議會推選而出。」

「李察德公爵死了？」英內薇拉問。

「死於黑夜。」伊桑說。

「我們族人說你們漁夫都是懦夫，但你親自前來是很英勇的表現，伊桑公爵。」英內薇拉對他點頭致敬。「你們對數量優勢這麼有信心？」

「我非來不可。」伊桑說。「我要直視妳的雙眼。」

英內薇拉揚起一邊眉毛。「噢？」

「碼頭鎮惡魔——」公爵以克拉西亞語說。「賈陽・阿蘇・阿曼恩・安賈迪爾・安卡吉之母，我全家人都死在他手上。」

「伊桑……」這個姓很耳熟。

「伊桑・阿蘇・馬登，」公爵說。「妳兒子扒光我父親，壓在地上，把他的陽具踢成爛泥，然後在我母親和他的朝臣面前殺了他。」

「伊桑・阿蘇・伊莎杜兒。我父親屍骨未寒，賈陽・阿蘇・英內薇拉就強迫我母親簽訂婚約，結果被筆插入眼中。他把她血淋淋的屍體掛在旗桿上示眾。」

「伊桑，馬蘭之弟。妳的訓練官，」公爵朝魁倫側頭，「在我哥哥的船上灑焦油，水惡魔把他和上百人拖入湖底。」

魁倫的靈氣中充滿羞愧，但他沒有吭聲。英內薇拉站起身來。「我的訓練官讓阿拉蓋對付你們的做法是在艾弗倫之前犯罪。」英內薇拉說。「造物主會審判他。」

她開始走下台階。「我兒子對你犯下滔天大罪，艾弗倫至今還在審判他。」

她踏上地板，朝伊桑走去，所有人都神色緊繃。「但是下令攻擊你們族人的人是我。」

「為了搶奪收成稅。」伊桑說。

「爲了俘擄你們。」英內薇拉說。「爲了讓你們和我們聯手對抗奈。」她現在離他很近。伊桑一副想要後退的模樣，但他站在原地，直視她雙眼。透過艾弗倫之光，她看見藏在他外套下的刀。

「是我要爲發生在你和你族人身上的事情負責。」英內薇拉攤開雙手，在薄紗下毫無防禦。「你打算爲他們砍第一刀，即使當阿拉蓋卡出沒黑夜時也要讓雙方族人再度開戰？」

伊桑瞪大雙眼，手掌抽動，移向短刀。即使在這個情況下，英內薇拉還是能夠阻止他——在他拔出武器前就能扭斷他的手腕——但公爵似乎找回了中心自我，手掌回到原位。

「現在你直視過我的雙眼，雷克頓的伊桑公爵，」英內薇拉說。「你看出什麼？」

「我看出妳不是地心魔物，」伊桑說。「我看出妳擁有湖畔唯一足以庇佑我所有人民的避難所。所以我得親自試探妳的說法。妳眞的想與我們聯手？」

「以艾弗倫爲證，我想。」英內薇拉說。「我們會誠心誠意協商條件，但是今天晚上，我們的避難所就是你們的避難所。」

伊桑僵硬鞠躬。「謝謝妳……達馬佳。」

「告訴我怎麼回事。」英內薇拉說。

「惡魔沉寂了數週，」黛莉雅說。「但昨天傍晚深水開始擾動。一開始，我們不以爲意，但接著大型水惡魔開始躍起又下沉，製造陣陣大浪，每一道都爲之前的浪頭增強威力。」

「終於察覺巨浪來襲時，我們幾乎沒時間拉響警報。沙羅姆嘆息號迅速趕往雷克頓，但我們在巨浪之前又能做什麼？」

「大水席捲湖心島。」英內薇拉說。

「島完全被淹沒了。」伊桑說，「但島只是雷克頓的一小部分，雷克頓有三分之一是由數百艘船艦組成，以島為中心拴在一起，用木板和小橋聯結通道。」

「我們拚命砍斷繫船樁，盡可能解開停泊的船隻。然後我們被猛烈的巨浪打散。」

「損失多少人？」英內薇拉問。

伊桑攤手。「誰知道？有些船直接停靠在碼頭上，盡快讓難民上船然後駛離——有些船已經超過百年不曾出航。撐過巨浪的船隻就被水惡魔追殺一整個晚上。」

「你們燒燬了其他碼頭，」黛莉雅說。「惡魔摧毀封鎖湖域的船隻，很可能也攻下了修道院。我們沒有別的地方可去。」

第三十一章　哈爾登園　334 AR

「最後一座驛站淪陷了。」瓊恩主母宣布。

最後一座，瑞根心想。這表示其他驛站都淪陷了，但卻沒有告知宮廷朝臣。瑞根回來後，就再也沒有聽過南方的消息。所有深入淪陷驛站區域的信使都再也沒有回來。

宮廷裡的人都在竊竊私語，發現沒人發言後，瑞根上前鞠躬。歐可嘆氣，但還是揮手。「說。」

「公爵閣下請晨郡新伯爵發言。」瓊恩敲擊杖柄，所有人立刻肅靜。

「生還者呢？」瑞根問。

「無人生還。」歐可的嘴抿成一條直線。驛站是他將勢力擴張到分界河以南的工具。安吉爾斯除了名義上外，早已落入他的掌握，而克拉西亞人也被他的火器逼退。他差點就能實現成為提沙之王的夢想，現在夢想卻漸行漸遠。

瑞根謹慎挑選用字遣詞。「公爵閣下，現在或許該考慮撤離哈爾登園的人民。」

「荒謬。」布來楊伯爵步入走道，站在瑞根身旁。「南向道路封閉，哈爾登園就是密爾恩最大的糧食來源，而他們的作物才剛發芽而已。你要我們就這麼棄守？」

「作物重要還是哈爾登園的人命重要？」瑞根知道對許多投資哈爾登園的朝臣而言，答案是作物，但如他所料，沒人敢大聲說出這種冷血的想法。「過幾天就是新月，如果地心魔物打算在新月進攻城牆，就會先剷除哈爾登園。我們必須撤離居民。」

「胡說八道。」布來楊說。「哈爾登園安然度過上千次新月。那裡魔印威力強大。」

「沒有公爵閣下的驛站強大。」瑞根說。「山矛軍沒有攜家帶眷，不必保護作物，但還是失守了。哈爾登園居民有什麼指望？」

「放棄冬季糧食的話，我們又有什麼指望？」布來楊問。「再說誰能收留他們？哈爾登園的人口超過五百，新任伯爵。晨郡要收留他們嗎？」

翠莎雙臂交抱，瑞根知道他無權決定，但伊莉莎上前掐她一下。

翠莎伯爵夫人看她女兒片刻，然後用同樣陰鬱的神色掃視宮廷。「如果其他郡都不願意分享物資，晨郡願意承擔責任，讓造物主評斷。」

「晨郡伯爵夫人很慷慨。」歐可說。「但現在說那個還太早了。黃金伯爵說得對。我們不能毫不抵抗就棄守哈爾登園。」

布來楊交抱雙臂，一臉得意，瑞根則咬牙切齒。「公爵閣下，布來楊伯爵的話聽起來或許有理，但我不認為沒有親眼見過的人能了解地心魔物在新月時會變得多恐怖。」

「同意。」歐可用臂套敲打王座的金屬椅臂，金屬撞擊聲響迴盪在宮廷中。「晨郡新伯爵將會領軍防守哈爾登園。」

瑞根看看歐可，看看布來楊，感覺陷阱開始收口。這就是他們原先的計畫，而他送自己入虎口。

「我不是軍人，公爵閣下。」

「你是晨郡新伯爵。」瓊恩主母說。「你有義務在王座徵召時出兵。」

「或許新伯爵打算派他年邁的岳母代替自己。」布來楊說，四周傳來一陣笑聲。

瑞根僵硬鞠躬。「我可以統帥多少山矛兵？」

「兩百。」歐可說。

「公爵閣下……」瑞根開口。

「需要更多人就徵召你的郡民。」歐可說。「或是更好的做法，徵召哈爾登園居民。」

「不錯，」布來楊說。「就像你養子在安吉爾斯那樣。據說他率領不到一百人守住了伐木窪地。」

瑞根深吸口氣，慶幸楊沒有在場聽到這種話。「如公爵閣下所願。」

他們離開公爵皇宮時，楊就在馬車前等候。

「我跟你去。」馬車一啓程，伊莉莎就說。

「妳不能去。」瑞根說。

「你需要我。」伊莉莎說。

「去哪裡？」楊問。

瑞根不理他，繼續看著伊莉莎。「密爾恩更需要妳。這只是開頭。惡魔會圍城，要有人留下備戰。」

「喂！」楊大叫。「可以讓其他人知道究竟怎麼回事嗎？」

「驛站全被毀了。」伊莉莎說。「再過三天就是新月，而歐可派瑞根去守哈爾登園。」

「守？」楊問。「新月絕不可能守住那種地方。必須撤離那裡的居民。」

伊莉莎瞪著瑞根。「你可別給我死在外面。」

瑞根吐出一口氣。「妳要我說什麼，莉莎？我不是造物主。遲早有一天會有東西殺了我。或妳。但那並不能阻止我們活著的時候做對的事情。哈爾登園居民此刻需要我，而晨郡需要妳。法律說我們可以徵召民兵。楊和他的伐木工可以留下來訓練——」

「說什麼鬼話。」楊插嘴。「我們不會讓你自己去哈爾登園。」

「此事與你無關，楊。」瑞根說。

「有關。」楊說。「和所有人都有關。解放者親口說的。就算你要進攻地心魔域也無所謂，只要我還在，伐木工就會支持你。」

瑞根想要進一步爭論，但他知道這個男人不會退縮，而他也不否認開打時有楊・葛雷在身邊，讓他安心不少。

「這樣不夠。」伊莉莎說。「兩百名山矛軍和十幾個伐木工守不住哈爾登園。」

「我已經找人支援了。」瑞根在馬車停入他們大宅時說。

馬爾坎公會長站在五十名信使和一百名車隊護衛前，努力擠入他已經二十年沒穿過的護甲。他們全都身穿明亮護甲，攜帶魔印鋼矛。

德瑞克和二十名魔印師站在一起。他們比較習慣安靜的工作室，而不是寬敞的道路和裸夜。魔印師持矛的模樣很笨拙，但瑞根知道只要做好工作，他們的貢獻會比戰士還大。

沃倫小隊長和蓋恩斯中士站在一起。

「你確定要去嗎，老兄？」瑞根問。「你好不容易才活著回來。」

「我們能活著都要感謝你。」沃倫說。「歐可要山矛軍自願出征。所有隨你回來的人都要一起去。」

瑞根在宮廷休息時和這些人談過，料到他們會來。

他沒想到會看見奇林。

但傳令使者也在庭院裡，身旁有一群還在練習半掌複雜樂譜的學徒。瑞根朝他走去，奇林要學徒停止演奏。

「我們沒有多少時間排練，公會長。」

「要是歐可知道，他會開除你的……」

「我辭職了。」奇林說。「我要跟你去。」

瑞根覺得喉嚨裡卡了硬塊。不到一個月前，他還鄙視這個男人。現在……他望向學徒。不少人也眼眶含淚。「他們準備好了？」

「連我自己都不知道準備好了沒有。」吟遊詩人說。「我妻子認爲我瘋了。但十五年來，我一直在搶亞倫·貝爾斯的功勞。黑夜呀，我還爲了他對觀眾說出眞相而派學徒去打他。」幾名學徒低頭看腳，但沒有否認。

「我在道上看見你看見的事實。」奇林說。「惡魔要來了。當年我們一起把亞倫·貝爾斯帶出提貝溪鎮，開啓了現在這個局面。好的故事會要求我們一起收尾。」

「沒有收尾。」伊莉莎說。「如果新月第一天過後，你們認爲守不住，就帶那些人離開，回到密爾恩來。我不在乎他們吃光我們家產。」

「我不是殉道烈士。」瑞根說。「我可不打算爲了歐可的自尊送命。」

「瑞根，」阿蒙·葛洛弗說。「感謝造物主你們來了。惡魔好像抽了潭普草般測試魔印。在一號驛站被毀之後，半數鎭民都想撤離了。」

瑞根點頭，但沒有下馬，騎著黎明舞者四下走動，掃視附近區域。「或許還是得要撤離，阿蒙。」

老人驚呼。「你帶來的士兵幾乎和全鎭人數差不多。這樣還不夠？」

「聰明的做法是開始打包行李，以免我們必須匆忙撤退。」瑞根說。「別帶重的東西。食物和衣物就好。如果要撤離，我們必須在一天之內抵達密爾恩。」

「黑夜呀。」阿蒙喃喃說道。

「那還不是最糟的。」瑞根滑下馬背，從鞍袋中拿出一份地圖，攤開給阿蒙看。

「作物才剛發芽。」瑞根說。「這讓我們的工作輕鬆一點。我們需要鎮民在田地裡犁出大魔印。」

阿蒙湊上去，瞇起黏黏的眼睛，然後突然瞪大。「這樣半數作物都毀了！」

「據我估計，百分之二十七。」德瑞克說。

「是噢，只有二十七？」阿蒙揚起雙手。「那眞是太好了，是不是？」

「不損失百分之二十七的作物，就不會有人活下來吃作物，阿蒙。」瑞根說。「我不是來和鎮議會商量的。我有一份歐可的命令，徵召你的鎮民強化鎮上的防禦。幫我們兩個的忙，不要刁難我，好嗎？我們在浪費陽光。」

阿蒙看看楊還有所有士兵。「我沒多少選擇，是吧？」

「這樣就對了。」瑞根說。

田地和果園上間距相等的魔印樁很適合當作測量標記，魔印師迅速規劃大魔印，指引鎮民的犁。馬爾坎的車隊護衛拿鏟子跟在後面，在溝道裡鋪石灰岩，白色石頭和深色土壤形成強烈對比。他們盡可能小心謹慎，但瑞根看得出來他們對於作物損失的估計太樂觀了。

沃倫小隊長和山矛軍在外圍籬笆內側挖掘壕溝，好從相對安全的地形射擊。如果他們被迫轉進內牆，那高度剛好適合開槍。

他們忙了三天，每天晚上都全神備戰，期待一場一直沒有到來的攻擊。

它們在等新月，瑞根知道。

第三晚是月虧輪迴的開端，太陽下山時，瑞根和楊爬上哈登溝聖堂的鐘塔環顧所有防線。大魔印清楚俐落，很強的禁忌魔印，但這樣就夠了嗎？

「我知道那種感覺。」楊看著瑞根來回踱步說道。

「啊？」瑞根問。「我都不確定我是什麼感覺。」

「癢卻搔不到。」楊說。「擔心接下來的事情，一心只想趕快結束的感覺。」

「有點。」瑞根承認。「但萬一地心魔物根本不在乎哈爾登園？萬一它們直接進攻密爾恩城牆，而我們卻在外面苦等不存在的威脅呢？」

楊聳聳沉重的肩膀。「那種話幫不了任何人。我知道你在擔心什麼，但此刻鎮上的人都聽你的。」

瑞根再度往下看。不是看防線，而是固守防線的男男女女。不只一個人抬頭看他。

他站直，強迫自己擺出輕鬆自在的模樣。「亞倫這個時候會怎麼做？」

楊輕笑。「發表他那些激勵演說，告訴鎮民大家都是解放者之類的惡魔屎。」

「你不相信他的說法？」瑞根問。

楊再度聳肩。「貝爾斯先生向來都很謙遜，鎮民都很欣賞這一點，喜歡有人告訴他們能改變世界，因爲造物主知道他們能。但解放者只有一個。」

最後一絲陽光消失，瑞根頭盔上的魔印啓動，他雙眼進入魔印視覺，看著惡魔開始現身。

「我向來不擅長演說。」瑞根轉身走向樓梯。「大家都知道該做什麼。」

「閃！」瑞根大叫。

山矛士兵四下閃躲，一名年輕魔印師繪製衝擊魔印，在巨石抹花大魔印前將其擊碎。幾名守軍沒有及時閃開，被震波波及，又被碎石擊中。

瑞根看不出年輕魔印師還能怎麼做，但她震驚地看著被自己法術波及的人，沒有意識到另一頭惡魔正對她丟石頭。

「卡拉！」瑞根揚起魔印筆，但還沒畫好魔印，她就被砸扁了。魔印師逐漸適應施展霍拉魔法，但都沒有臨陣迎敵的經驗。

有東西疾撲而來，撞得空氣離開瑞根身體，摔倒在地。頭上傳來一陣石頭掠過時的氣壓。

楊從他身上爬開，輕易拉起身穿鋼甲的瑞根。「你最好遠離前線。惡魔已經鎖定你了。」

確實，每當瑞根露臉，地心魔物似乎就會全力對付他。它們知道要集中火力在魔印師身上，但就連德瑞克也不會吸引到針對瑞根的那種猛烈攻擊。他用魔印斗篷裹住自己，緩緩後退，回到奇林及學徒在內牆中演奏音樂的保護區域內。

哈爾登園外圍有三處大魔印遭摧毀，三個彼此相連。惡魔正在剷除他們的防禦，開啓寬敞的攻擊戰場，而非適合防禦的狹窄走道。它們不打算對鎮牆展開全面進攻——還不打算——但守軍已深感壓力。

山矛軍不再射擊，節省彈藥防禦內牆。半數士兵裝上刺刀，展開近身肉搏，剩下的人則轉進內牆。

數百名鎮民跟在戰士後面，用魔印農具打死受傷的地心魔物。

有些人身上已經出現魔力反饋的威力。阿蒙．葛洛弗不再倚靠草耙。老人揮耙砍死倒地的田野惡魔，就和年輕時奮力鏟土一樣。耙尖上的穿刺魔印劃破惡魔的肚子。

年輕鎮民在黑夜力量的影響下變得過度自信，開始踏入眞正的戰場。瑞根很想說他們勇敢，但他知道那是恐懼、腎上腺素和惡魔魔法混合的影響力。如果沒有堅強到足以掌握這種力量，鎮民就有可能被力量害死。

一陣魔法衝擊波震倒了一群守軍。沒人受重傷，但當他們掙扎起身，有少數人渾身僵硬，然後開始將武器指向同伴。大多是山矛軍，開始對馬背上的信使開槍；而普通鎮民也開始拿草耙和鋤頭攻擊他們認識一輩子的人。

瑞根看出動手的人都失去了保護心靈的頭部護具。他環顧四周，沒有心靈惡魔的蹤跡。但光是這麼一瞥就讓他頭昏……困惑。

他搖頭，舉起魔印筆繪製魔印，召喚狂風，吹向大魔印溝道中的石灰岩粉。狂風吹起一陣粉末，粉末中央有個人形，年輕男子體型，擁有圓錐形的大頭。

「心靈惡魔！」他大聲吼道，繪製電擊魔印，灌注魔印筆中大部分魔力。

閃電正中目標。心靈惡魔摔倒在地，身旁的扭曲力場消失。德瑞克和三名魔印師開始狂轟，但有頭田野惡魔撲上前去，身體逐漸變大。它的鱗片變成石惡魔硬殼，擋在主人前，在他復元前承受攻擊。

「集中火力！」瑞根大叫。箭和曲柄弓矢把化身魔射成刺蝟，魔印師則繪製冰凍魔印。山矛軍的子彈在冰凍的硬殼上打出蛛網裂縫。

瑞根耗盡筆裡的魔力，射出最後一道衝擊魔印，擊碎化身魔的硬殼，但是已經太遲了。化身魔的殘骸後已經沒有它主人的影蹤。

心靈惡魔逃走了。

惡魔立刻出現明顯變化——戰術又從有組織的攻擊變成動物的殘暴本能，對奇林和其他樂手的抵抗能力立刻下降。

吟遊詩人朝被攻陷的田地演奏困惑曲調，楊、馬爾坎和沃倫立刻配合攻擊，短暫離開大魔印的守護，打傷或打死毫無抵抗能力的惡魔。

這一招幫他們爭取到時間，但還是不夠。沒多久心靈惡魔復原，再度組織惡魔進攻。又過了一小時，他們被迫退入內牆。

德瑞克在他穿越鎭門時走過來。「我讓魔印師去休息了。他們沒辦法撐太久。」他手指顫抖，揚起魔印筆。「我們也不行。」

瑞根點頭。他也感受到施法過度的灼燒感。他拿出錶。天色還要一個小時才會開始轉亮，趕走心靈惡魔。兩小時後，就連最大膽的惡魔都會開始化煙。

「守住內牆！」他繪印強化音量，來回奔跑大叫。「天快亮了！為你的家園、你的家人撐下去，我們就能看見明天的太陽！」

「石惡魔！」一名守衛叫道。瑞根跑上牆頂，看見石惡魔準備投石。他揚起魔印筆，但一陣暈眩讓他畫錯魔印。石頭砸中鎭門，打彎鋼架，擊碎一道鉸鏈。鎭門半開半闔，垂向一側。

山矛軍在地心魔物衝向魔印缺口時開火，但他們撐不了多久。

「去鎭門！」瑞根喊。他把魔印筆塞入護甲下口袋，有人將裝備有矛和盾的黎明舞者牽到他面前。奇林及學徒趕來，但衝鋒的惡魔不受音樂威嚇。它們攻擊殘破的鎭門，利用體重衝撞剩下的鉸鏈。

他們改變曲調，這一首充滿尖聲尖調、不諧調音階的曲子，讓惡魔失去平衡，守軍連忙進攻。

瑞根在戰陣中忘了時間。鎭牆上出現越來越多缺口，他騎著黎明舞者趕往各個突破點，集結守軍。當他們被迫棄守鎭牆，撤退回魔印還沒失效的鎭中廣場時，天色開始轉亮。在這麼狹窄的空間裡，吟遊詩人的音樂威力強大，而身處魔印建築間窄道上的惡魔成為容易獵殺的目標。

但接著有頭礫惡魔拿起一塊碎石，正中瑞根胸口。他的護甲擋下衝擊的力道，但他整個人被打下黎明舞者，落地時撞得肩膀脫臼。

他耳鳴不已，掙扎起身，高大的戰馬人立而起，忠心護主。但接著，在一切混亂之中，他聽見了這輩子聽過最美妙的聲音。

雞鳴。

天亮了。

瑞根緊咬皮革，在馬爾坎和德瑞克的固定下掙扎，楊用力一抽一扭，把他的肩膀頂回肩窩。

瑞根吐出棉皮手套，嘴裡滿是油脂和汗水、鮮血和膿汁的味道。「黑夜呀，楊。你藥草師的技巧是多久前學的？」

楊聳肩。「沒學過。全家都是男孩就會對接骨有點研究。」

「造物主啊。」瑞根哀號。

「有他在算你走運。」馬爾坎說。「哈爾登園的藥草師和學徒現在都有點忙。」

「我們幾時可以出發？」瑞根問。「沒時間耽擱。」騎馬的信使可以黎明從哈爾登園出發，午餐過後抵達密爾恩，但哈爾登園人都精疲力竭，傷痕累累，而且大多步行。能在天黑前抵達就很幸運了。

「我們在把傷兵抬上車。」馬爾坎說。「你能騎馬嗎？」

瑞根點頭。「我盡量。」

「好傢伙。」馬爾坎說。「你那匹巨馬看起來還是精力充沛。如果全力衝刺，你就可以先……」

「不。」瑞根說。「我不會把這些人丟在路上。黎明舞者不是唯一能用魔印踹踐踏惡魔的馬。派兩名信使上路。一個去找公爵，一個去找伊莉莎。告訴他們我們要棄守哈爾登園。」

瑞根率領狀況淒慘的車隊上路，行李只有飲水和衣物。他們居住好幾代的家園殘破不堪，變成燃燒的廢墟。

太小的孩子和動作太慢的老人就想辦法掛在傷兵車輛上。瑞根盡可能催趕車隊，但天色還是在他們剛看見密爾恩時逐漸轉暗。

密爾恩城牆還在，只是殘缺不全，地上都是碎石。魔印師掛在牆頂垂下的挽具上，修復受損的魔印。空氣中瀰漫著陽光燒爛地心魔物的臭味。

聽見遠方傳來晚鐘聲響，瑞根轉向疲倦的難民。「加把勁。天黑後他們不會開門放任何人進去。」

「城門要關了！」城牆守衛在瑞根領頭騎入城內時叫道。

「你不放他們進來，我就把你丟下城牆！」瑞根吼回去。哈爾登園人擁入城門，但路上滿滿都是疲憊的難民。天黑得很快。

「歐可的命令，新伯爵。」守衛說。

瑞根吐口水。速度最慢但最有價值的人都在後面，但城門擋在中間，他沒辦法騎黎明舞者出去幫忙。他忘記手臂受傷，在馬鞍上迅速轉身，結果痛到放脫韁繩。

楊伸出粗壯的手臂扶他。「放輕鬆。」

「帶鎮民回我家。」他對德瑞克和楊說。「會有點擠，但可以安置他們一晚，明早再從長計議。」

「你要去哪裡？」楊問。

「回去幫忙。」瑞根說。

「手傷成那樣能幫什麼忙？」楊問。

「或許不能。」瑞根說，「但晨郡新伯爵在城外，或許能讓守衛不敢在難民全部進城前關門。」

瑞根擠過城門內的人潮。守衛企圖阻擋他，但楊把他們像小孩一樣推開。

城外的鎮民開始慌了。騎馬的士兵、馬爾坎的信使、德瑞克的魔印師和沃倫的山矛軍都先行進城，盡可能把女人和小孩帶進去。但馬車並非針對長途旅行設計，行進的速度很慢。其中一頭拉著傷兵車的母馬累倒了，擋住整個車隊。

楊割斷挽具，花了點時間揮動斧頭，送那頭可憐的動物上路。接著他把皮帶綁在自己胸口，在眾人震驚的神色中開始拉車。

瑞根隨隊伍前進，盡可能催促鎮民。有個老人躺在路上，一個不到六歲的男孩拉他，哀求他起身。

「去吧，」男人對男孩說。「進城找你母親和姊姊。」

「那可不行，老先生，」瑞根說。「我們不會丟下任何人。」

「我腳踝扭傷。」老人說。「帶我孫子進去，求求你。」

瑞根皺眉，看著男孩。*你的手沒辦法邊抱他邊扶老人。*他蹲下，轉成哈爾登園人的腔調。「爬到我背上，孩子。像松鼠一樣，立刻。」

「我不要丟下爺爺！」男孩大叫。

「我也不要，但不聽我的話，我們都會被吃掉！」瑞根叫道。

男孩躍起，爬上他的背。瑞根沒受傷的手伸過老人腋窩。

「我沒辦法——」老人開口。

「閉嘴，起來。」瑞根用和男孩說話的語氣打斷他。那語氣對老人產生一樣效果，瑞根嘟噥一聲，同時提起兩人。

「啊！」老人大叫，皺眉踏出一步。

「等我們進城後再倒下。」瑞根說。其他人都跑過來幫忙，但太陽已經落下地平線。惡魔隨時都會現形。但看向城門，他的手下，就連沃倫和山矛軍，都在阻擋守衛關門，等候最後一批難民緩慢前進。

地面上開始冒出魔物，凝聚成型。「跑！」瑞根叫，恐懼為他受傷的手臂帶來全新力量。他跌跌撞撞奔跑，半拖半拉著老人，直到卡爾和諾娜．卡特趕到。卡爾從他背上接過男孩，諾娜把老人當成一袋蘋果般扛到肩上。

城牆守衛吹響號角，拚命關門。瑞根邊跑邊回頭看——現在小型地心魔物已經完全成形，田野和火惡魔衝向開啓的城門。他從護甲的暗袋裡拿出魔印筆，止步片刻，在空中繪製一連串魔印。

那是他今晚施展的第一道法術，但魔法在他皮膚上已經像是滾水般灼燒。他咬緊牙關，灌注大量魔力，心知他們的生死取決於此。

惡魔宛如撞上磚牆般撞上力場。力場撐不了多久，但足以讓剩下的鎮民入城，並且關閉城門。

瑞根遣走其他人，隨沃倫、蓋恩斯和楊爬上城牆。高處看下去場面十分險惡。現在石惡魔完全成形，在碎石中尋找大到可以丟的石頭。魔印強化了石牆，但並非沒有極限。夠多石頭就能擊潰防護。

山矛軍不給它們那種機會。進入投石範圍就表示地心魔物也進入了城牆重砲的射程。鐵砲彈上鑄有魔印，瑞根看到一顆砲彈擊穿石惡魔胸口，打得它摔倒在地。對方依然在魔印視覺下發光，但是靈氣平淡——死了。

瑞根看著砲彈存量。砲彈不多，其中不少表面有缺口和焦痕，顯然是回收昨晚用過的。

又有一隻石惡魔準備投石，但砲彈組匆忙瞄準，錯過目標。瑞根等待惡魔高舉石頭，接著謹慎繪製衝擊魔印，灌注剛好能把石頭打落爪子的魔力。儘管如此，他感覺還是像被魔力一拳捶中肚子。

惡魔絆了一跤，接著轉身取回石頭，讓下一組火炮兵有足夠時間射一顆二十磅重的鐵彈在它背上。

但惡魔數量眾多，不斷出現，遠比摧毀哈爾登園的惡魔多很多。瑞根轉向楊。「回我家去。」

黎明舞者和楊的馬斯譚巨馬輕易趕上難民。地心魔物無法從加工過的石頭上現身，而房舍屋頂的魔印也能有效對抗風惡魔。他們在石板地街道上應該會很安全，但四面八方都開始傳出號角聲。

「怎麼回事？」楊問。

「城裡有惡魔。」瑞根說。

「怎麼可能？」蓋恩斯問。「我們才從城牆那裡過來，城牆還撐得住。」

「我不知道。」瑞根說，「叫手下戒備。」

沃倫點頭，大聲下令。他的手下都和鎮民一樣疲憊，而且彈藥耗盡，如果遭遇惡魔，就得用刺刀和肌肉應戰。

越來越多號角響起，到處都有惡魔測試城內房舍與建築產生的魔光。

「看在黑夜的份上……」瑞根話沒說完，面前的街道突然坍塌。鎮民和士兵隨著石塊、泥灰、塵土一起摔倒。瑞根、楊和沃倫及時停下，馬匹人立而起，避免摔入洞中。

地心魔物從地洞裡擁出，撲到不幸的人身上，把他們扯成碎片。

「它們在舊水道裡！」瑞根叫道。

「不是封閉又有魔印保護嗎？」沃倫問。

「對，」瑞根說。「上次惡魔這麼搞的時候就處理過了。要不是歐可拒發維修經費，不然就是心靈惡魔想到辦法避開那些防禦。」

德瑞克和馬爾坎位於難民群另一端。

「繼續前進！」瑞根叫道。「我們會趕上！」

惡魔開始擁出地洞，瑞根用力拉舞者的韁繩，騎入一條側街，繞道去跟德瑞克會合。隔壁街上也有地洞，地心魔物不斷湧出。

瑞根把韁繩纏在受傷那手手腕上，用腳指揮黎明舞者。他拔出魔印筆，繪製魔印在地洞頂端製造臨時力場。力場效果令他頭昏眼花，但他踢踢黎明舞者，戰馬躍向前，以魔印蹄踩扁擋路的兩隻田野惡魔。

惡魔企圖攻破個別建築物的魔印，但瑞根的公會善盡職責。沒有石惡魔和木惡魔摧毀牆壁和門扉——它們體型太大，無法通過下水道——小型惡魔攻勢受阻。

但那並沒讓情況好過多少，因爲地心魔物很快就發現攻擊建築是浪費力氣，於是轉向容易得手的獵物——正朝瑞根希望算是安全的山丘大宅前進的難民。

至少沒有心靈惡魔出沒的跡象。惡魔都是出於殘暴獸性獵食，而非冰冷的算計。地心魔物王子似乎不打算在城內還有這麼多防禦機制運作時露面。

一隊山矛軍趕來，輪流擊發火器，讓同伴有時間重新裝塡武器。沒有繪印的子彈打穿惡魔，殺死幾隻，但多數地心魔物被激怒的程度遠大於受傷。這些士兵不像沃倫的手下擁有對抗地心魔物的經驗，他們浪費彈藥攻擊不致命的部位，而且不少人的流彈射中難民。

「瞄準頭部和中央！」沃倫大叫。他指示自己手下用刺刀攻擊受傷倒地的惡魔。

但火器激怒了惡魔，山矛軍無法應付它們殘暴的攻擊。士兵戴了頭盔，但傳統護甲與火器比起來顯得過時。他們的藍灰色制服紛紛染爲血紅。

田野惡魔和火惡魔爬上牆壁，有的吐火，有的跳入士兵之間。士兵沒時間上刺刀，在被惡魔抓咬時放聲慘叫。一個人整條腿都被扯下來；另一個渾身著火，惡魔火的高溫點燃彈袋上的火藥。他們被火藥炸開，血淋淋地摔在地上，但火惡魔抖抖身子，再度起身，士兵卻再也爬不起來。

瑞根抽空繪製潮濕魔印，射向那隻惡魔。魔法令他頭昏眼花、噁心想吐，但看到惡魔鱗片開始滋滋冒煙，魔法吸收周遭環境水份時，這點不適很值得。瑞根踢踢座騎，在惡魔開始扭動慘叫時揚長而去。

他們在街上狂奔，繞回德瑞克帶難民走的路。他們看見騎馬的信使趕著鎮民，繞過惡魔最多的街道。奇林盡量用音樂護盾掩護他們。附近有不少建築都有損傷，惡魔全力進攻削弱的魔印。

一男一女慘叫逃離一棟屋子，兩人手中都抱著孩子。他們後面跟著一群流口水的田野惡魔。

「楊！」瑞根叫。

「去了！」楊踢馬回應。卡爾和拉瑞跟上，三名伐木工衝散田野惡魔，讓那家人有時間加入難民。

他們就這樣邊打邊逃，最後瑞根的大宅終於映入眼簾。惡魔攻擊圍牆，但被強大的魔力一再擊退。即使身處車隊最後，瑞根還是看見伊莉莎站在圍牆頂，渾身綻放魔光，以魔印筆繪製銀光魔印，打散地心魔物，幫他們清空道路。

大門開啓，瑞根的僕人拿著魔印長矛湧出。他們保持防禦隊形，刺退惡魔，幫難民開路進入庭院。哈爾登園鎮民、信使、魔印師和士兵幾乎把圍牆內每一吋土地都擠滿，但大門在他們身後關閉，他們終於安全了。

瑞根任由自己摔下馬背。

「它們還在進攻！」圍牆守衛叫道。

瑞根試圖甩開眼前的黑暗，奮力起身，但伊莉莎繪印治療他的手臂，把他推回地上。

「沒時間照顧我了，莉絲，」瑞根說。「我必須……」

「你必須休息，不然幫不了任何人。」

儘管不願承認，但伊莉莎說得沒錯。庭院在旋轉，他的肌肉因為施展太多魔法而宛如火燒。儘管如此，瑞根還是抗拒。「魔印或許抵擋不住這麼多惡魔。如果它們挖垮外面的街道……」

伊莉莎用力壓他。她魔力滿溢，對付他就和對付小孩一樣。「我來就行了。」

她喚來瑪格莉特。「紗布。全部拿來。越白越好。」

瑪格莉特沒有質疑這個怪命令，雖然瑞根看不出那些東西有何用途。

伊莉莎用筆繪製聲音魔印，強化自己的音量百倍。「所有人看腳下！不要劃過地上的線條！如果你在魔印區域內，請高舉雙手！不是的請坐下！」

大家驚魂未定，沒人質疑指令，石板地上的大魔印迅速成形。伊莉莎和魔印師散入庭院，把人們推拉至定位。

僕人從屋內拿出白布時，大魔印已經開始發光。

「站著的人，拿布舉在頭上！」伊莉莎叫道。就這樣，大魔印迅速發光，吸收環境魔力，照亮沿線所有人的靈氣。疲勞一掃而空，他們站直身子，進一步強化魔印。

牆外，惡魔在魔光增強時大叫，接著又被禁忌力場驅退，逃入城中尋找容易得手的獵物。

第三十二章　冰暴和地震　334 AR

瑞根再度自黑暗中醒來，但這是一次對方輕輕推他。他睜開雙眼，看見伊莉莎，沐浴在晨光之中。儘管頭痛欲裂，他還是展顏微笑。

「多久了？」

「你睡了一整晚，親愛的。」伊莉莎伸手拉他鬍子。「我希望你能多睡一會兒，但歐可傳喚我們入宮。」

瑞根肌肉還是僵硬痠痛，但他翻身下床，奮力起身。他依然穿著襯墊短衫和護甲，散發血與汗的味道。

「我有時間洗澡嗎？」

「恐怕沒水了。」伊莉莎說。「鎮民已經把食物吃完，井水也喝乾了。」

「我們沒別的地方可去，莉絲。」

伊莉莎溫柔撫摸他的臉頰，親吻他。「當然沒有。你做得對，但我們自己沒辦法收留這麼多人。」

「必要的話，可以再收留一晚。」瑞根說，「就算我們全都沒有食物、水，也不能洗澡。」

伊莉莎點頭，比向門口一個小托盤。「瑪格莉特倒是想辦法幫我們留了點食物。吃吧。」

瑞根坐在托盤前，拿起水壺喝水，往嘴裡塞麵包。他在伊莉莎走向門口時轉頭。「妳要去哪裡？」

「歐可命令主母議會和朝臣分開議事。」伊莉莎說，「以免晚上全都困在同一個地方。」

「哪裡？」瑞根問。

「布來楊伯爵府。」

瑞根和楊抵達時，德瑞克及馬爾坎在歐可的堡壘庭院等他。

「他們甚至不讓我進去見她。」德瑞克吼道。「我自己的妻子！我天殺的兒子！布來楊把他的堡壘鎖得比瓊恩主母的屁眼還緊。」

瑞根和馬爾坎左顧右盼，看來沒有人聽見。瑞根湊上前去，楊和馬爾坎擋住他們的身影。「小聲點。我知道你擔心家人。我也會。但現在我們無計可施。布來楊的圍牆是密爾恩最堅固的圍牆之一。史黛西在那裡非常安全，而伊莉莎也正趕去開主母議會。她會見到史黛西，確保她和傑夫沒事。」

德瑞克皺眉，但閉緊嘴巴，僵硬點頭。瑞根拍拍他的肩膀。

今日不比平常，歐可淨空王座廳，只讓最有權勢的領主和公會長坐上他的小議會桌。

「新伯爵，」公爵在瑞根和德瑞克入座時嘟噥道。「你可以請你的……助手在外面等。」

「我已指派德瑞克為副會長，」瑞根說。「他今天會負責全城魔印師的協調工作。他最好直接聽取你的指示。」

「好了，給我等等！」文辛說。「你不能──」

「我能，也做了。」瑞根拿出一張滿是簽名的捲軸。「既然你拒絕召開公會會議，公會大師便不透過你直接投票表決。我已經重新出任魔印公會長。」

文辛轉向歐可。「公爵閣下！此人該入獄，不該領導守城！守衛說他昨晚差點放地心魔物進城！」

「那你昨晚又在哪裡？」瑞根問。「我在街上對付惡魔時，你就把自己鎖在家裡？」

「夠了！」歐可敲擊他的手環。「公會投票表決了，文辛。除非你的公會長讓你說話，我不要再看到你那油膩膩的山羊鬍子亂動。」

文辛的臉垮了下來。瑞根知道自己應該享受那個表情，但他享受不來。想要活過今天，需要城內所有魔印師攜手合作。

「文辛說得確實有理，瑞根。」歐可說。「你昨晚爲了少數幾個農民的英勇表現，讓全城百姓陷入危機。」

「七百人，包括魔印師、信使和公爵閣下的山矛軍。」瑞根說。「再說又有什麼差別？惡魔都從下水道出來了。」

布來楊伯爵張口欲言，但歐可揮了揮手，讓他閉嘴。「如你所言，那是改天要解決的問題。這個……月虧今晚還會繼續？」

「至少，」瑞根說。「心靈惡魔只有新月時才能現形，但他的將領——化身魔——似乎不受此限制。它們會攻擊我們最弱的地方，繼續削弱防禦。就算這次月虧密爾恩沒有淪陷，下次也未必能撐過。」

歐可往後靠，十指交抵。「我們可以弄垮下水道嗎？防止它們再度經由那個管道進來。」

「內城或許可以。」布來楊說。「但那會消耗火砲的火藥。」

「爆炸的威力會削弱房屋牆壁和地基的魔印。」瑞根說，「而且不會有用。石惡魔或許塞不進下水道，但土惡魔和礫惡魔可以。它們能像田鼠逛花園般在殘骸中鑽洞。」

「那該怎麼辦？」歐可大聲問。「我們不能放著惡魔入城的途徑不管。」

「當然不能。」瑞根同意。「必須派人到地下去繪製新的魔印。我已經下令我的工作室製造模板，收集城內所有染料。我們在太陽燒光惡魔屍體前收集了少量霍拉。應該可強化禁忌力場，形成封印。」

「那樣夠嗎？」歐可問。

瑞根聳肩。「當年封印下水道的魔印師做得很好。但願我們能補強不足之處，封閉昨晚的突破點。比較要擔心的是，下水道淨空了沒。」

歐可臉色發白。「你說淨空是什麼意思？」

「下水道許多區域都已經上百年沒有照過陽光了，」瑞根說。「誰知道惡魔計畫此事多久？有沒有逃回地心魔域，還是待在地表下面？」

「黑夜呀，」歐可說。「如果它們入侵……」

「我們可以用鏡子。」馬爾坎說。

「呃？」歐可問。

「信使的老把戲。」瑞根說。「把光反射進地道，驅退它們。」

「那得要城內所有鏡子。」布來楊說。

「還不夠。」瑞根說。「我們還需要山矛軍，武裝保護魔印師。」

「我需要部隊固守城牆。」歐可說。

「他們昨晚守過城牆，」瑞根說，「但街上還是有惡魔。我們得盡量撤離居民，不光是徹入內城，還要撤入圍牆堅固的宅邸和堡壘。這裡、我家、布來楊伯爵和翠莎伯爵夫人的堡壘及大圖書館。」

「我寧願死也不要讓乞丐進入我的圖書館和圍牆，新伯爵。」歐可說。

「我們可以拴住圖書館門，公爵閣下。」朗奈爾說。「守護者石像能阻止地心魔物上丘。萬一它們突破力場，人們可以去大教堂避難。如果得逃入圖書館……」他聳肩。「書頁上沾到指紋會是我們最不用擔心的事。」

「全城人口不到六萬，公爵閣下，」瑞根在歐可沒有回應時說道。「能作戰的人都該拿起手邊的武器。但剩下的人沒理由不能在皇室堡壘的圍牆後面窩一晚。」

「好啦，好啦。」歐可轉向他的侍從。「派人去找瓊恩。要她負責撤離下城的事。任何家有私人圍牆的人家都要盡量收留人民。沒有例外。」

「公爵閣下……」布來楊開口。

歐可怒眼瞪他。「你後面要接『遵命』嗎，伯爵？」

布來楊畏縮眨眼，不過迅速回神鞠躬。「當然，公爵閣下。謹遵號令。」

「我不會毫不抵抗就放棄城牆。」歐可說。「我們家族在地心魔物之前守護密爾恩三百年。我不會一次月虧就拱手讓人。」

「太過分了。」翠莎在馬車駛上黃金郡首府大山丘時抱怨道。到了丘頂，穿越一道寬敞裂谷，就是布來楊伯爵的堡壘。「我的圍牆和布來楊的一樣堅固。瓊恩有什麼權利……」

「那有什麼差別，母親？」伊莉莎大聲道。「現在不是政治角力的時候。」

翠莎神色不屑。「不要讓我後悔任命妳爲繼承人，孩子。隨時都是政治角力的時候，特別是時局艱困時。」

「那我們就先從釋放史黛西主母和她兒子做起。」伊莉莎說。「他們應該和德瑞克一起住在我的圍牆後。」

「據說妳的圍牆昨晚差點撐不住。」翠莎指向布來楊堡壘的後牆，座落在懸崖上，岩壁刻滿威力強大的魔印。唯一的出入口就是由克里特和鋼混造而成的拱橋，橋墩形成強力魔印的線條。

「他們在這裡暫時比較安全。」

「希望妳說得對。」伊莉莎說。「妳的魔印師——」

「檢查了下水道三次，還在我美麗的庭院和花園裡亂畫魔印。」翠莎插嘴。

「還是會很美。」伊莉莎說，「只要妳在草地上鋪碎石道保持大魔印的形狀就好。」

「最好是。」翠莎說。「這座可惡的城市裡已經夠多石頭了。花園是我最後的樂土。」

「打仗總要做點犧牲。」伊莉莎在她們過橋時看向窗外的裂谷。

堡壘大門開啓，身穿布來楊伯爵制服的僕人在庭院中迎接她們。翠莎和伊莉莎立刻被帶往其他主母等候的會議廳。

瓊恩和瑟拉主母上前招呼，但伊莉莎看見史黛西在房間對面，於是繞過其他女人去找她。她冷落了她們——其他三名年長女士都很可能要她付出代價——但能和年輕女子獨處片刻就相當值得了。

「伊莉莎！」史黛西叫道，伸手摟住她。

「很高興見到妳，親愛的。」伊莉莎說著熱情擁抱她。從前德瑞克在卡伯魔印店裡工作的美好時光裡，這兩個女人經常作伴。即使在母親面前失寵，伊莉莎身為主母，還是與她地位相等，不至於鬧出醜聞。「他們對妳好嗎？德瑞克擔心死了。」

史黛西嘆氣。「他們對我和從前一樣，只是現在我不能過橋。」

「妳想離開嗎？」伊莉莎問。「帶小傑夫一起去和德瑞克住？」

「噢，伊莉莎主母，妳知道我想。」史黛西說。「那是我唯一的心願，如果父親和布來楊舅舅允許的話。」

「我知道，親愛的，但我要聽妳親口說。」伊莉莎捏她肩膀，注意到瑟拉主母與瓊恩和翠莎一起朝她們走來。「現在時機已經成熟。德瑞克受命成爲公會副會長，還取得了魔印交換所的席位。」

「我不敢相信亞倫・貝爾斯把席位留給他。」史黛西說。「那個男人打從一開始就在照顧我們，代價只是幾根雷霆棒。」

「亞倫的忠誠不是你們買得到的東西，」伊莉莎說。「那是你們兩個贏得的。」瑟拉已經快走到她們面前了。「妳願意在妳舅媽面前於議會中發誓妳想要離開嗎？他們利用妳箝制瑞根的權力，不會輕易放妳離開。」

「如果有必要，我會在塔上大叫。」史黛西說，但當她高貴的舅媽走近時，聲音變得細不可聞。

「妳在這兒呀，親愛的，」瑟拉主母說著伸手搭上史黛西的肩膀。「或許妳應該回房。主母議會就要開始了。」

伊莉莎對女人露出牙齒，不過擺出最純眞的微笑。「史黛西主母是男爵之女，有權在議會上投票。」她的聲音不大，但足以讓其他女人聽見。

「她當然可以留下，」翠莎立刻插話。「今天我們要聽所有人的意見。」

瑟拉眼角抽動，但騎虎難下，而她也很清楚這一點。這裡或許是她家，但翠莎統領議會。伊莉莎知道不能趁勝追擊——暫時不能——但當議會成員聚集、會議正式開始時，她一直待在史黛西身邊。

她們在研究昨晚損傷報告、組織撤退和補給事宜中度過幾個小時。動用金錢和資源，不像往常那樣激烈爭辯。她們簽署票據，讓公會能在沒有利息放款時借貸。橋上不停有信差來來去去。

伊莉莎終於挺直身子，放下文件，伸手搓揉後腰，放鬆肌肉時，太陽已經開始西下。路上肯定十分擁擠。如果要回家，她得盡快動身。她站起身來，突然雙腳一絆，失去平衡，癱倒在地。

一開始她以爲是自己腳麻，但接著她發現所有女人都躺在地上。牆壁顫動不已，一聲巨響傳來。

「怎麼——?!」

伊莉莎突然住口，看見翠莎動也不動地躺在地上，腦袋浸在血泊裡。「母親！」

她衝向翠莎，伸手拿她的銀筆，但在窗口依然灑落陽光的此刻，她什麼都不能做。

「去找藥草師！晨郡伯爵夫人需要救治！」

凱特男爵夫人看著窗外尖叫。「橋坍了！」

這話在伊莉莎抬起母親的頭，清理氣道，順暢呼吸時緩緩沉入心底。她用手帕輕擦母親腦側的傷口。翠莎的脈搏緩慢不穩，不過還測得到。

「母親！」她大叫。「母親，妳聽得見嗎？」

翠莎呻吟一聲，但看不出來是在回應她，還是因爲移動和壓力導致傷口疼痛。瑟拉領她的私人藥草師過來，學徒則去幫其他主母分類傷勢。

「她死了嗎？」瑟拉大聲問。

伊莉莎在藥草師握起翠莎手腕時轉頭瞪她。「還活著，但短期內不可能領導議會。」

「那就由我接任。」瑟拉說。

伊莉莎揚起下巴。「我是翠莎的繼承人。」

瑟拉嗤之以鼻。「妳或許是，孩子，但妳才參與議會一個月。妳威望不足以服眾。」

伊莉莎想爭，但瑟拉說得不錯。爭論此事不會有任何好處。

「往下一點，一點就好。」瑞根看著楊和卡爾壓低沉重的銀鏡，將陽光反射到地洞裡的另一組鏡子，接著投入深處。

「看起來安全！」德瑞克叫道。

「該你們了。」瑞根對一群拿手鏡的工人說。他們緊張兮兮地互相對看，然後爬入洞中，舉起鏡子，反射光線照入通道。發現沒有反應後，他們又派更多人下去，把光線反射到更深處。魔印師準備裝備，跟著進去，開始工作。

然後慘叫就開始了。

剛剛入洞的工人丟掉沉重的鏡子，爬回街上，把還在下水道裡的人留在黑暗中。

瑞根毫不遲疑，腎上腺素將疲憊一掃而空，跳入地洞，滑過一堆碎石，落在鏡子旁。鏡子有華麗的銅框，沒被工人砸碎，但那玩意兒的重量超過兩百磅，他獨自抬得很吃力。

卡爾和拉瑞・卡特跟著跳下，扶起鏡框，輕鬆調整到再度反射陽光的角度。

下水道裡都是屍體，鮮血流入髒水中。其中一人被惡魔握在手裡，而惡魔在陽光照射下起火燃燒。其他惡魔慘叫逃跑，少數工人逃出生天。

「可惡。」瑞根罵道。他們已經找出並封閉惡魔通過城牆的地道，但顯然還有很多惡魔根本沒有離開，在漆黑狹窄的地道中幾乎不可能清除它們，更別說日光已經逐漸黯淡。

「公會長！」上方有人在守衛深入地道，抬出倖存者和屍體時叫道。

瑞根爬出地道，拉住楊的手。高大的伐木工輕鬆拉他出洞，只見信差等在旁邊。

「公會長！」男孩叫道。

「什麼事？」腎上腺素已經消退，瑞根比之前更加疲累。他不認爲自己能承受更多壞消息。

「受困？」德瑞克問。「看在黑夜的份上，那是什麼意思？」

「意思是惡魔在橋墩下挖了地道。」瑞根說。

德瑞克捶打沉重的書桌，但如果打痛了他的手，也沒有表現出來。「可惡！我早該炸開那地方的大門！」

「然後把所有人留給惡魔？」瑞根問。「要是它們以為可以輕易突破圍牆，就不會動手毀橋。它們要截斷主母議會的領導。」

「或許，」德瑞克說。「又或許它們打算今晚進攻堡壘，不希望有援軍壞事。」

瑞根咬緊牙關。他心裡也是同樣的想法，但必須表現冷靜，尤其是現在。天就快要黑了，如果惡魔能在太陽還沒下山前攻擊黃金郡，那就表示沒有任何眞正安全的地方。

「我們不能，我不知道，丟條繩索過去之類的嗎？」楊問。

「如果我們有克拉西亞巨蠍弩，或許。」瑞根說。「就算是你也沒辦法把繩子拋過那座裂谷。就算可以，然後呢？叫那些老女人徒手爬繩子四分之一哩？」

「我想不行。」楊說。「但不能坐視不管。」

瑞根沉默一段時間。撤離行動在他家圍牆後塞入更多人，他們洗淨毯子，染成白色，擠成一團強化大魔印。現在他是晨郡新伯爵了，不是瑞根信使，不是魔印公會長。他得對子民負責。

但惡魔困住了伊莉莎。

「不，」他終於同意。「我們不能坐視不管。」

「是惡魔幹的嗎？」瑟拉伯爵夫人在她們站在廢橋邊緣往下看時問道。數不清噸重的克里特殘骸至今尙未完全落地。

「今天有很多人在橋上來來去去。」伊莉莎說，「但我不認爲新月出這種事會是巧合。我們必須假設今晚會有心靈惡魔來襲。他們知道我們在這裡開會，想要除掉領袖，削弱反抗能力。」

瓊恩主母臉色發白。「公爵閣下——」

「可能身處險境。」伊莉莎插嘴。「但我們有自己的問題。」翠莎被送到陰暗的房間裡讓伊莉莎療傷，但還是沒有恢復意識，也看不出何時——或能不能——醒來，就算醒來也不知道情況如何。

她回想安奈特女士的話。不是什麼傷勢都能單靠魔法解決。

她轉向瑟拉伯爵夫人，閉緊嘴巴，拉開裙襬，行屈膝禮。「主母。我爲挑戰妳的權威道歉。這裡是妳家，議會在我母親康復前都該由妳主導。但我請求妳，讓我接手指揮妳的魔印師和防禦行動。妳家的人肯定技巧高超，但我有他們無法比擬的實戰經驗。」

瑟拉看向瓊恩，兩個女人似乎用眼神進行了一番討論。在一段彷彿永恆的時間過後，瑟拉轉回來輕輕點頭。「我們能做什麼？」

「召集僕人和所有記得主母學校教的魔印學的議會成員，」伊莉莎說。「我們需要墨水、染料、堡壘中所有白布，還有任何可以當作武器的東西。掃把、撥火棍、擀麵棍……能找到什麼通通拿來。」她邊說邊打量牆頂魔印。堡壘高出密爾恩的魔印網，牆上有風魔印，避免惡魔晚上從天而降。一個想法逐漸成形——很可怕，但或許有效。

「掃把對惡魔有什麼用？」瓊恩問。

「反饋魔力會強化物品。」伊莉莎說。「掃把用來打人或許會折斷，但掃柄上有衝擊魔印的掃把經過魔印充能會硬如鋼鐵。任何夠長的東西都能搭配穿刺魔印削尖，用來阻擋惡魔。」

「妳期待主母近身肉搏？」瑟拉難以相信。

「希望不會走到那個地步。」伊莉莎說。「但最近期望很少成眞。如果它們突破外圍防禦，我們就沒有時間假裝女人不能動手拯救自己。現在，有人能帶我前往地窖嗎？」

伊莉莎湊出黃金伯爵府的圍牆，在日落時分看向深邃的峭壁。瑟拉主母、史黛西和瓊恩也湊上她身旁的牆垛。

透過魔印視覺，她看見惡魔在谷底夠暗後立刻出現，但卻不是魔霧聚形，而是從坍橋廢墟的縫隙中鑽出來的。

「它們一整天都待在城裡。」這個想法讓伊莉莎心口緊繃，她努力保持呼吸沉穩。

「黑夜呀。」史黛西低聲道。

「如果妳的養子眞是解放者，伊莉莎，」瑟拉說。「現在就是他該現身的時候。」

「我很樂意證明我對他的看法錯誤。」瓊恩同意。

「我不會指望他來。」伊莉莎說。

地心魔物持續爬出裂縫，數十隻變成數百隻，直到谷底擠滿惡魔。惡魔開始攀爬峭壁，但壁底刻有很深的魔印，魔光閃爍，逼退它們。

最後爬出地道的是半打大型石惡魔。它們毫不浪費時間，舉起坍橋碎石往峭壁上砸。峭壁被岩石砸裂，削弱魔印的威力，惡魔再度湧上，這一次爬了幾下才被震退。

「我們得阻止那些石惡魔。」伊莉莎說著看向操作布來楊和歐可那引以為傲火砲的守衛。「射得中它們嗎？」

「不好意思，主母，射不中。」一名守衛說。「火砲是用來瞄準裂谷對面的，不是裂谷底下。瞄那麼低的話，砲彈會直接掉下去。」

伊莉莎看著堆在火藥桶旁的十六磅魔印鐵球。她舉起一顆，看向下方的石惡魔。她後退幾步，開始助跑，丟出鐵球。

伊莉莎眼看鐵球消失在視線範圍外，加速落入數百呎下的惡魔群中。她在鐵球擊中惡魔，綻放魔光，打爛一群田野惡魔時又看見它。這一球距離目標甚遠，但還是讓她感到滿足。

她看向守衛。「地心引力不一定是我們的敵人。」

守衛咳嗽。「是，主母。我們把話傳下去。」

「那些鐵球阻止不了石惡魔。」瓊恩的語氣和平常不同。恐懼、絕望。伊莉莎轉頭，在瑟拉主母、史黛西，還有圍牆守衛臉上看見同樣的表情。

伊莉莎從口袋裡拿出她的銀筆，將木端的鎖鏈纏上手腕。「石惡魔交給我。」她的音量大到讓好幾組火砲兵聽見。

所有人的目光集中在伊莉莎身上，看著她在空中繪製銀光魔印。連結好最後一個符號後，她押開筆頭，灌注魔力，瞄準兩頭石惡魔。

魔印的線條宛如刀刃竄出，沿路持續擴大、變亮，最後宛如尖鐵穿石般刺穿惡魔。石惡魔外殼粉碎，兩隻惡魔摔倒，直接死亡。

「造物主在上！」瑟拉叫道。

伊莉莎得意片刻，隨即感到一陣暈眩。她爲了確保一擊必殺灌注了太多魔力。她身體搖晃，但史黛西抓住她的腰帶，在差點墜牆前把她拉了回來。

「妳沒事吧？」史黛西壓低音量。

「沒事。」暈眩感已經開始消退。謝天謝地，似乎只有史黛西發現。附近其他人都盯著她看，目瞪口呆。

後面有人開始指指點點，伊莉莎知道此事很快就會傳開。這樣做很值得，能在守軍心中燃起希望，但她不能一直這樣施法。

「回到崗位！」她繪印強化音量，守軍信心大增，將注意力轉移到谷底，開始舉起沉重的鐵球丟向惡魔。

「主母，」伊莉莎看著瓊恩和瑟拉說。「妳們已經看過城牆上的景象了。我想妳們最好先回屋裡去。」

女人遲疑片刻，接著瑟拉振作精神，點了點頭。「當然。來吧，史黛西。」她轉身就走。

伊莉莎握住史黛西的手臂。「恐怕我需要小主母的協助。」

瑟拉一副想要抗議的模樣，但她剛剛才看見伊莉莎用筆把兩隻石惡魔撕成兩半。瓊恩拉拉她的手，兩個女人迅速離開圍牆。

史黛西又探頭看下面。「我不知道該不該謝妳，主母。」

「我不要妳謝。」伊莉莎拿出第二支魔印筆，比她的樸素，但威力同等強大。是在魔印公會已經有模板，也在哈爾登園大量使用的魔印筆。「我要妳幫忙。妳是這座堡壘裡唯一夠格使用魔印筆的人。」

史黛西伸手接筆，然後又縮了回去，摩擦手指。「我在卡伯大師的店裡工作已經是很久以前的事了。」

「我敢說妳記得基礎，親愛的。」伊莉莎把筆塞入史黛西手裡，直視她雙眼。「如果我們不阻止那些石惡魔，堡壘所有人都會死。我需要妳。主母需要妳。妳兒子需要妳。」

史黛西點頭。「是，主母。這筆怎麼用？」

伊莉莎迅速指導她開啓筆尖的魔印，以及調節魔力的方式。「試試簡單的魔印。」

「衝擊魔印？」史黛西問，看著一頭被魔印光照亮的石惡魔。

「熟練之前最好不要。」伊莉莎看向正往牆下丟砲彈的守衛，想到一個主意。她挑了最接近那顆砲彈的石惡魔，繪製磁力魔印。

砲彈離開了她們視線範圍，接著綻放魔光，偏離自然墜落的路線，轉向擊中石惡魔胸口。惡魔後退幾步，還活著，但受傷了。

史黛西點頭，繪製磁力魔印。她灌注過多魔力，牆上有半打砲彈被吸往同一隻惡魔，直接將之擊斃。伊莉莎準備要扶年輕女子，但她似乎不受法術影響。

「噢，二十五歲眞好。」伊莉莎嘆道。

「什麼，主母？」史黛西問。

「沒事。繼續，親愛的。」

她們沿著牆頂走動，幫守衛瞄準砲彈，但不管殺死幾隻石惡魔，都有更多取而代之。惡魔一點一點地往上移動，慢慢爬上岩壁。再過不久就會有足以令魔印網超載的惡魔爬上圍牆。

「風惡魔！」監視哨的守衛大叫。

風惡魔飛掠而過，帶著比較小的石塊從天空投下。有些石頭砸到牆垛，或把守衛撞下圍牆。幸運的掉在二十呎外的庭院石板地上；不幸的人則落入惡魔堆裡。

伊莉莎知道遲早會有人死。「造物主呀。它們在瞄準魔印！射它們！」

守衛舉起山矛，火器宛如慶典煙火般擊發，射穿風惡魔。優雅滑翔的地心魔物突然開始肢體抽動，有些過早放開石塊，其他則開始失速，撞上堡壘的魔印網。

幾小時前，風魔印形成的力場可以讓惡魔屍體懸空待在魔印網頂，直到太陽將之焚燒殆盡。活惡魔會被彈開，疼痛發火，但不會受傷。

伊莉莎在魔印網中添加切割魔印。風惡魔撞上禁忌力場時，會被劃成碎片。膿汁、皮翼還有依然抽動的肉塊宛如雨滴墜落庭院，在石板地上的大魔印中灌注魔力。

有惡魔看見伊莉莎，轉向朝她飛來，爪子上抓著一塊沉重石頭。她揚起魔印筆繪製衝擊魔印，留意尺寸，保持鎚頭大小。衝擊魔印擊中地心魔物左翼肩窩，風惡魔失控，東倒西歪，最後被魔印網割碎。

庭院裡的守衛用魔印戟解決所有還會動的東西。接著又有魔印師出來將屍塊平均注入大魔印，然後收集霍拉幫自己的魔印充能。這對平常只會使用墨水和雕刻工具的男女而言是很危險的工作，空氣中瀰漫著嘔吐物和惡魔膿汁的臭味。伊莉莎沾濕一條圍巾，遮住鼻口，但她自己也在反胃。

他們用水桶收集惡魔內臟和膿汁，運往地窖強化下水道魔印。如果惡魔有能力摧毀橋墩，它們很可能已經挖到堡壘地底的下水道，準備破土而出。

惡魔在峭壁方面的進展不快，但很穩定。就連強大的石惡魔也沒辦法把石頭丟到峭壁最上層。它們開始攀爬，一手從岩面上挖開石頭，然後往上丟。這種做法很緩慢，但遲早都會爬到峭壁頂部，開始攻擊圍牆。

伊莉莎看向一隊火砲兵，砲彈存量迅速減少。

「把火藥桶丟下去。」

「火藥不是那樣用的，主母。」一名守衛說。「不會爆炸。」

伊莉莎揚起魔印筆。「我想我能引爆。」

守衛微笑，和手下一起抬起火藥桶，丟出牆外。伊莉莎看著桶子墜落，在火藥桶於視線範圍內消失之前繪製熱魔印。火藥桶爆炸，震飛惡魔，墜落深谷。地心魔物能自癒大部分傷勢，但伊莉莎懷疑它們從這麼高的地方摔下去還能不能存活。

守軍大聲歡呼，再度掀起希望，但接著一陣天搖地動，庭院坍陷了一大塊。既然沒辦法爬牆，惡魔就從地下挖。隨著地面坍落，庭院大魔印力場直接消失。

「惡魔入侵！」伊莉莎感覺到地基粉碎造成圍牆猛烈搖晃。士兵和魔印師奔向樓梯，但不知道是倒楣還是有意，圍牆開始往裂谷傾斜時，伊莉莎和史黛西都離圍牆出口很遠。

伊莉莎僵住，但史黛西臨危不亂，在她們面前繪製風魔印，抓起伊莉莎，一起跳向庭院。史黛西的魔印啓動，減緩墜落的勢道，但她們還是重重摔上石板，空氣離體而去。伊莉莎明天早上——如果能活到那個時候的話——會渾身瘀青。

要不是用鎖鏈纏上手腕，她的魔印筆早就掉了。她再度拿起筆，吸收一點魔力恢復力氣。兩隻礫惡魔爬出圍牆地基。跟在它們身後的不是伊莉莎想像中的田野或火惡魔，而是只有在故事裡聽說過的怪物——

雪惡魔，它們的白鱗片在魔印光下發光，宛如冰雪風暴。伊莉莎提筆繪製熱魔印，但惡魔不理會她和其他守軍，跑向沒有受損的圍牆噴吐冰唾液。克里特在伊莉莎焚燒惡魔的同時被冰霜染白。配備火器的守衛組成火線，許多雪惡魔慘叫倒地，但傷害已經造成。礫惡魔也一樣忽略火器和熱魔印衝向圍牆，以撼動整座堡壘的力道撞擊冰封的石頭。

冰暴和地震。亞倫說過。預言在礫惡魔撞穿圍牆，讓庭院暴露在黑夜前時應驗成眞。地心魔物發出尖叫，從裂縫中闖入庭院。

「退回屋裡！」伊莉莎莉用魔法強化音量，但她根本不必費心。少數重新裝填彈藥的士兵開始掩護同伴穿越庭院進屋。

動作靈巧的雪惡魔開始攻擊逃命的男女，伊莉莎從未見過如此混亂的局面。

「待在大魔印裡！」伊莉莎轟然叫道。確實，庭院有些地方依然綻放魔印光，追趕進入魔印範圍內的惡魔都被彈開。

伊莉莎和史黛西沒有那麼幸運，她們落在石板坍塌的位置。

史黛拉眼角察覺動靜，及時轉身繪製衝擊魔印，擊退一頭穿越魔印網缺口而來的風惡魔。要不了多久就會有其他風惡魔如法炮製。

一群雪惡魔同時轉頭，瞪大黑眼看著伊莉莎。她朝它們繪製熱魔印，但惡魔散開，從好幾個方向奔向她們。

「跑！」伊莉莎撩起裙襬，和史黛西一起跑向房子大門。惡魔動作很快，但她們繪製雪魔印，震開它們。正當她們以為有機會進屋時，一頭礫惡魔擋住去路。

她們匆忙停步，舉起魔印筆，但一頭追趕而來的雪惡魔吐出冰唾液，擊中伊莉莎雙腳。她慘叫，摔倒在地，腳上傳來前所未有的劇痛。

「伊莉莎！」史黛西大叫。

「跑！」伊莉莎一手撐地，揚起魔印筆，抖動中繪製熱魔印，在焚燒雪惡魔的同時灼燒它的臉。

「我才不跑！」史黛西用保護魔印阻擋礫惡魔，矮身架起伊莉莎手臂。她奮力使勁，撐著伊莉莎一起起身。伊莉莎一腿灼痛難耐，但還是撐住自己體重。另一條腿完全痲痺，只能一拐一拐小步前進。

她們跌入一個大魔印裡，但礫惡魔扯出一塊石地板，丟向她們。史黛西轉身，匆忙甩開伊莉莎，但動作沒有快到足以阻止石塊。石塊擊中她的胸口，她和伊莉莎一起倒地。

「史黛西！」伊莉莎繪製衝擊魔印，將僅存的魔力大部分灌注其中。礫惡魔被打倒在地，外殼布滿蛛網裂痕。

伊莉莎試探脈搏。史黛西胸口一半凹陷，滿臉鮮血。

四周傳來慘叫聲，男男女女還有惡魔都在垂死邊緣，但許多惡魔的傷口都已經開始癒合。它們抓搔大魔印的禁忌力場，爪子勾出銀光，在力場中搜尋弱點。不遠處，伊莉莎看見另一頭礫惡魔舉起一塊石頭，開始瞄準她。

全庭院裡的惡魔都轉向她。她感覺到數百道目光，附近肯定有心靈惡魔。

伊莉莎放聲怒吼，掙扎起身。一腳搖晃顫抖，另一腳僵硬得像木頭。她發射衝擊魔印，打掉惡魔的石頭，朝門口一拐一拐走去。

兩名守衛迎向她，扛起她雙臂，把她提離地面，朝房子跑去。

惡魔衝向他們，但大魔印魔光大作，注入屋牆的魔印裡。魔印明亮刺眼，從大量惡魔身上吸收魔力。一隻石惡魔朝房子投擲石塊，但石塊在魔光下粉碎，牆壁完好如初。

大魔印因爲吸收大量惡魔魔力充飽到臨界邊緣，彼此間的力場層層交疊，圍住房子。惡魔試圖強行突破，但只有進一步強化禁忌力場。

它們宛如小孩貼著玻璃般推擠魔法力場，屋頂的守衛則發射砲彈和火器，將庭院變成屠宰場。

「動作快！」瑟拉主母親自站在門口，一手持矛，另一手伸出去拉伊莉莎。她被拉入屋內，門在她身後緊緊關閉。

伊莉莎隱約知道自己被拖到一張沙發上。她在火堆前蓋上毯子，但卻沒辦法停止顫抖和哭泣。史黛西血肉模糊的胸口在她心裡揮之不去。

有人在她手裡放了個茶杯，她拿了就喝，也不管茶有多燙。她躺在那裡發抖，任由藥草師撩起她的裙子，但她毫無所覺。

「黑夜呀。」藥草師驚呼。

接著藥茶開始生效，伊莉莎閉上雙眼，陷入沉睡。

伊莉莎驚醒時，天色依然漆黑。她渾身冒汗，頭痛欲裂，喉嚨乾燥。灼燒感不斷來襲。外面，惡魔還在繼續進攻。

「現在幾點？」

「她醒了！」有人叫道。「去找瓊恩主母！」

伊莉莎搖晃身體，試圖坐起，但是失敗。她拉著沙發椅背，奮力抬頭，看見藥草師來到身邊。「放輕鬆，伯爵夫人。」

伯爵夫人？她嚇了一跳。她母親死了嗎？

片刻後，瓊恩趕來。「伊莉莎。感謝造物主。」瑟拉主母跟在她後面，看起來沒那麼高興。她有什麼理由高興？

伊莉莎從她手中搶走史黛西，結果害死了年輕的女人。

「我母親？」伊莉莎問。

「活著，」瓊恩說。「但還沒醒，藥草師說拖得越久，她能正常康復的機會就越低。在她復元前，妳就是晨郡伯爵夫人。」

「惡魔呢？」

「妳的大魔印和我剩下的守衛擋住了它們，至少暫時如此，」瓊恩說。「但堡壘底下有挖掘聲，我們不知道該怎麼辦。」

「我必須親自去看看。」再一次，伊莉莎試圖起身，但起不來。「藥草師……我的腳沒有感覺。」

藥草師空洞的目光透露真相，伊莉莎伸手去抓毯子，扯開來看她的腳。

「伯爵夫人！」藥草師出手阻止，但伊莉莎拍開她的手，終於看見自己的腳。她的腳隨著動作抽動，但她毫無所覺。皮膚慘白，灰一塊白一塊。

伊莉莎感覺淚水回到眼中，於是咬緊牙關，擠回眼淚。「能治嗎？」

藥草師再度目光空洞，但伊莉莎冷冷瞪著她。終於，藥草師攤開雙手。「肉都凍僵了，伯爵夫人。壞死了。過一段日子，或許會好一點，但我不認爲妳這輩子還能走路。」

伊莉莎摸摸身上，發現衣服都不見了。「我的魔印筆呢？」

「妳的身體狀況不適合——」瓊恩開口。

「拿給我。」伊莉莎插嘴。「除非妳要地心魔物擁入地窖。」

瓊恩一臉受傷，從口袋裡拿出一支用絲帕裹起來的物品，一副好像拿著滾燙鐵鍋的模樣。

伊莉莎從她手上搶走筆，解開絲帕。筆裡的魔力已經少了大半，但她祈禱剩下的魔力還夠，手指抵著讓她直接吸收魔力的魔印。

她在魔力入體時吸了一大口氣。頭痛開始消退，終於擺脫幾小時來頭昏腦脹的感覺。她恢復了點力氣，企圖將腳移動到身體底下，但腳並沒有依照她的意思移動，纏在一起，扭曲得有點難看。

「伯爵夫人……」藥草師警告。伊莉莎不理她，拿筆直接在腳上繪印，開啓筆尖釋放筆內所有剩下的魔力。

魔印發光，開始有些感覺，白色和灰色的斑點微微消退，但與她過去那些完全癒合的治療結果不能相提並論。

不過就像沃倫的傷一樣，有時候光靠魔法是不夠的。

伊莉莎拋開那個想法，再度試圖起身。她撐起了右腳，但左腳拖在後面，站直時沒辦法完全支撐。她顫抖地靠一隻腳平衡身體，然後又摔回沙發。

「別呆呆站在那裡。」她大聲道。「誰去幫我拿支枴杖來。」

每次聽見隆隆聲響，伊莉莎就精神緊繃。牆壁和天花板不斷震落灰塵，空氣中瀰漫著惡魔膿汁的味道。

伊莉莎的魔印師在地板上繪製大魔印，利用地心魔物的屍塊灌注魔力。伊莉莎用同樣的方法補充魔印筆裡的魔力。她扶著瓊恩主母穩健的手臂，凝視牆壁，備妥霍拉筆。

看來惡魔遲早會突破一個封印的古老下水道入口。照理說惡魔應該不能接觸強大的禁忌力場，但岩石碎裂的聲音還是不斷傳來。

接著，突然間，一切安靜下來。伊莉莎屏住呼吸，看著牆壁凝結白霜。牆面在中間的濕氣化爲實體時發出尖銳的聲音，接著一陣衝擊撞倒所有人。伊莉莎雙腳交纏，在石板地上撞痛屁股。牆壁粉碎……德瑞克走出磚塊堆。

「挖穿了！」德瑞克掃視房內，看到她時神色一喜。「我看到伊莉莎了！她還活著！」德瑞根連忙跑進來，推開困惑的魔印師，跪倒在她身旁。「莉莎，妳還好嗎？」

她很想告訴他眞相，但這時眞相似乎無關緊要。她伸手摟他，緊緊抱住。「我還好。你們怎麼來的？」

「和惡魔一樣，走下水道。」瑞根朝楊和沃倫點頭，他們帶著一隊山矛軍走出磚瓦堆。「火器在狹窄地道裡非常有用。」

德瑞克看見瑟拉主母跟瓊恩站在一起。「史黛西呢？」他大步走近。「我兒子呢？」

「你不——」瑟拉開口，但德瑞克揚起魔印筆，指向她鼻子。

「不能繼續躲在妳的頭銜後面了，伯爵夫人，」德瑞克吼道。「今晚不行。帶我去見我妻子。現在。」

「不然怎樣？」瓊恩問。「你要在眾目睽睽下殺害黃金伯爵夫人？」

德瑞克把筆指向她。「不要測試我，老太婆。」

「史黛西死了。」瑟拉說。「礫惡魔殺的。」

德瑞克後退一步，神色痛苦。接著他再度上前，舉起霍拉筆。「都是因爲妳！」

瑟拉主母後退，被德瑞克逼得摔倒在地。「不。是因爲她。」她指向伊莉莎。「因爲伊莉莎主母要她在城牆上作戰，而不是和其他主母一起待在屋裡。」

德瑞克看向伊莉莎，她不能對他說謊。「史黛西今晚救人無數。」

德瑞克張口結舌，接著緊閉雙眼，猛力搖頭，轉身拿筆指向瑟拉。「要不是妳囚禁她，她根本不會在這裡！現在帶我去找我兒子。」

「我才不會帶你去——」

德瑞克迅速繪印，伯爵夫人身邊的地板碎裂。她大驚失色，站起身來。

「跟他們去，楊，好嗎？」瑞根說。「確保德瑞克……」

「……不會幹蠢事。」楊把話接完。「交給我。」

「我要把那個笨蛋關進牢裡。」瓊恩等他們離開後說。

「妳有比痛失愛妻、一心擔心獨子安危的男人更嚴重的問題。」瑞根說。

「歐可的堡壘失火了。」

第三十三章　邪惡降生　334 AR

「用力。」黎莎說。

「笨蛋！」伊羅娜雙腳抬在產桌上，頭髮上全是汗。「妳以為我在幹嘛?!」她已經陣痛好幾個小時，仍然沒有要生的跡象。

「黎莎只是想幫忙，親愛的。」厄尼想握伊羅娜的手，但她拍開他。

「出去。」

厄尼臉色一沉。「但……」

「閉嘴！」伊羅娜叫道。「你在這裡和在床上一樣是廢物！我們兩個都知道這孩子不是出自你那根小殘幹！」

「親愛的！」厄尼滿臉通紅，左顧右盼。妲西和法娃目光低垂，假裝沒聽見。

「出去！」伊羅娜尖叫。「出去！出去！出去！」

黎莎握住她父親的手肘。「爸。」

厄尼不用進一步指示，任由她領著自己離開產房。

「她不是那個意思。」

厄尼癱在外面一張長椅上。「噢，黎莎。她當然是那個意思。」

黎莎嘆氣。假裝看不出如此明顯的事實一點意義也沒有。「你何不回房間去？她可能還要生幾個小時。結束後我派人去找你。」

厄尼搖頭。「孩子可能是我的，也可能不是，但無論如何，妳媽是我的。我在這裡等。」

黎莎捏她肩膀。「她配不上你，爸。」

厄尼輕笑。「配不上，但我永遠達不到她的期待。我已經認命了，但遇上了還是會痛。」

「沒那回事。」黎莎說。「母親用眞相傷害你是爲了不讓你看穿眞相。你給她機會離開你去找史帝夫，但她沒有把握。她永遠不會離開你。你一直比其他人好，你有權利要求她善待你。男人的價値不能只看大小。如果她不懂這一點，或許應該自己撫養那個孩子。」

厄尼搖頭。「我愛她，黎莎。一直愛，永遠愛。這個世界上沒有其他適合我的女人。我哪兒都不去。不會離開這張長凳，也不會離開這場婚姻。我們發過婚誓……」

「只有你遵守。」黎莎說。

厄尼看她。「一定要別人也信守承諾，不然就不必遵守承諾嗎？黎莎？我可不是這樣教妳的。」

「對，爸。你不是。」黎莎微笑，彎腰親吻他的禿頭，然後回到產房，關上房門。

「用力。」妲西取代黎莎，站在她媽兩腿中間。

「我在用力，妳這頭蠢牛！」伊羅娜吼道。

「妳不夠用力，妳這惡毒的老巫婆。」妲西喃喃道。

「好像妳會知道生孩子有多痛一樣，」伊羅娜叫。「看到妳那張酸糊臉，男人大樹都枯了。」

妲西滿臉通紅，但明智地決定不要回嘴。她很習慣威嚇別人，但伊羅娜·佩伯是最能越吵越凶的人。不管她說什麼，黎莎的母親都能說出更惡毒的話。

「化身棕櫚樹，讓風吹過妳。」法娃建議。「艾弗倫不會審判在產房裡說的話。」

「如果妳以爲我媽只有在產房才說這種話，妳顯然和她不熟。」黎莎說。

法娃似乎還有話說，但伊羅娜聲如熊吼，妲西大叫一聲。「我看見頭了！」黎莎衝過去，輕輕推開心懷感激的妲西。看到了，孩子黃褐色的頭髮，終於出現了。她開始幫忙按摩。「時候到了，母親，最後再……」

「妳如果說用力，我向造物主發誓，我要——」

「我不管妳怎麼做，反正妳給我用力。」黎莎大叫。伊羅娜咬緊牙根，臉上血管畢露。接著孩子的頭出來了，身體緊接而出。

「生出來了！」黎莎伸手清理孩子的口鼻，但沒有必要。孩子在她手中掙扎，放聲大哭。她發現自己深受感染，眼淚直流。「我永遠聽不膩這個哭聲。」

「給我……」伊羅娜喘氣，「……一點時間，」她又喘氣，「我們就都會……聽膩。」

黎莎不理她，輕輕觸摸小孩，檢查心跳、膚色、動作力道、呼吸頻率。法娃上前，熟練地打結臍帶，用鋒利彎刀切開。

黎莎進一步打量，透過魔印視覺觀察孩子的靈氣。她嗚咽。不管伊羅娜說過、做過多可怕的事情，這個孩子，她妹妹，都是尚未承擔人生重擔的靈魂。

「怎麼了？」伊羅娜看著她的眼淚問道。「有問題嗎？」

黎莎搖頭。「噢，不。一切都……很美。」

「不要吊我胃口。」伊羅娜說。「是男孩嗎？」

黎莎搖頭。「女孩，強壯完美。」

「黑夜呀，又是女的！」伊羅娜一拳打在產桌上，但黎莎的心思飄向遠方，回想起阿曼娃幾個月前幫加爾德新娘擲骰時所說的話。

她會幫他生下強壯的兒子，但眞正繼承父業的卻是女兒。

不管伊羅娜有多失望，還是伸手要抱孩子。黎莎幫她包好乾淨尿布，然後把她貼身放在母親胸口。

「取什麼名字？」法娃問。

「瑟蓮，我媽的名字。」伊羅娜臉上流露黎莎不曾見過的表情。難道是愛？

「強壯的名字。」法娃說著走去處理臍帶。黎莎看著她，在老女人轉身背對產桌時跟過去，看見一絲魔光。

她在老女人用臍帶血擲骰時來到旁邊。這是侵犯隱私的舉動，但黎莎的好奇心戰勝了冒犯感，湊上去看著骨骰停止，符號對齊。

木魔印與切割魔印交錯。

「伐木工。」她輕聲道，妲西和她母親都沒聽見。

法娃點頭。「男爵的吉娃卡會很高興她是女孩。」

不會太高興，黎莎心想，但沒說出口，研究剩下的骨骰。

「喂！」伊羅娜叫道。「別以爲我蠢到猜不出妳們在那裡幹嘛！我也要看！」

法娃一把抓起骨骰，塞回袋子。「讓一個青恩看聖骰就夠糟糕了。我絕不忍受第二個。」

「怎麼樣？」伊羅娜在黎莎走回身邊時問。厄尼在黎莎回答時突然開門。

「是加爾德的。」

黎莎回到辦公室，發現阿瑞安坐在書桌前彎腰處理一堆文件，亞瑟領主、包爾、塔麗莎隨侍在側。

梅兒妮抱著奧莉芙坐在房間另一側的沙發上。

她的心腹的忠誠就這樣而已？阿瑞安才回來兩天，就已經取代黎莎的地位了。她張口要叫，剛滿三個月大的奧莉芙突然伸手抓住梅兒妮的領口，在她腿上站了起來。

「造物主呀！」黎莎衝向她們，怒氣全消。

「我知道！」梅兒妮笑道。「她一個早上都在練站！」奧莉芙轉身，面對黎莎的雙眼，露出開心的笑容。

黎莎知道她該擔心奧莉芙不尋常的發展——多數小孩至少要九個月才站得起來——但她還是忍不住笑意。奧莉芙・佩伯一點都不正常。

女孩在梅兒妮的大胸脯彈出領口前放開她，朝黎莎伸手。她站立一段時間，接著小腳一彎，屁股著地，然後又開始笑。

黎莎抱起她來親。「我今天看到妳阿姨了。這樣下去，她還沒翻身妳就會跑啦。」奧莉芙的反應是伸手捏她鼻子。

黎莎聽見翻閱文件的聲響，回頭看向房間對面。阿瑞安繼續閱讀文件，對著仔細做筆記的包爾輕聲交代。至少亞瑟和塔麗莎還知道要表現一點罪惡感。

「女士。」第一總管在黎莎抱著小孩，大步走過去時說。「我們以為妳不會這麼快回來。」

「這是你違背誓言的唯一藉口嗎？」黎莎問。「你發誓窪地的帳本不會外流。」

「去！」阿瑞安終於抬頭。「妳自己也說過已經沒有國安祕密了。」

「你們國家，」黎莎說。「這裡是我的國家。」

「我沒有給她看任何敏感的文件。」亞瑟自我辯解道。「老公爵夫人說要幫忙處理她的難民的問題……」

阿瑞安輕揮手掌，亞瑟立刻閉嘴。「妳不能期待我會整天閒坐，揉梅兒妮肚子，黎莎。我在戰場上幫不了妳。我不會繪印、治療病患或助產。但這些事情我會。」

黎莎吐口氣。她有權對這些人生氣，但不能否認自己需要幫助，而世界上沒幾個人在治理城市方面比老公爵夫人經驗更豐富。

「妳有何看法？」

「妳的志氣遠比金庫大。」阿瑞安說。「妳發給所有進城的乞丐那麼多福利，窪地至今還沒破產眞是奇蹟。」

黎莎瞇起雙眼，轉向亞瑟。「沒有敏感的文件？」男人一副想要沉入硬領底下的模樣。黎莎確實需要幫助，但一點也不想讓阿瑞安發現窪地的經濟在戰事四起的情況下有多脆弱。

「不用天才都能看出妳在短短兩天內爲我的人民做這麼多事，會有什麼後果。」阿瑞安說。「妳花卡拉幣的速度比印幣上漆的速度還快。」

「我們好幾個月前就不上亮漆了。」奧莉芙拉她衣服，黎莎拉出一邊乳房給她。亞瑟發出窒息般的聲音，轉身轉得快到黎莎怕他扭傷脖子。

「即便如此——」阿瑞安揮揮文件。

「妳要我怎麼辦？」黎莎問。「讓妳的人民在我家門口餓死，就像妳在來森人到你們城門哀求幫助時那樣？」

「當然不是。」阿瑞安說。「我是在稱讚妳，孩子，如果妳能住口片刻，讓我把話說完的話。妳站在刀鋒上跳舞，而窪地郡裡還是沒人餓肚子。」

老女人搖頭。「我父親去世時，林白克一世故意把安吉爾斯弄到破產，確保安吉爾斯的領主讓他登上王座，妳知道嗎？」

「羅傑提過一次那段往事。」黎莎說。

「吟遊詩人就會加油添醋。」阿瑞安說。「他怎麼說的？」

「林白克一世發明了印卡拉幣的機器。」黎莎說，「每印五枚就留下一枚。」

阿瑞安嗤之以鼻。「他留下的可多了。即便如此，在爲了保住王座支付完所有賄賂後，老笨蛋就死了，給他兒子和我留下一座只有債務帳本和霉味的金庫。我的林白克對打獵和召妓比較感興趣，那讓詹森和我在城市重回軌道前花了好大的工夫守住金庫空虛的祕密。」

老女人伸手，乾枯的手掌以驚人的力量握住黎莎的手。「妳表現得比我當年更好，孩子。妳該驕傲。我的城市丟了——或許永遠回不來。我不要妳的王位，不管是爲我自己還是梅兒妮的孩子，我在這方面幫得了妳，如果妳願意接受我幫忙。」

房內充滿陽光，黎莎無法解讀老公爵夫人的靈氣，但她的目光誠意十足。

「阿拉蓋卡。」黎莎說。

「不要一廂情願到忽略旁邊的符號。」法娃說。

黎莎瞇眼，側頭從各個角度觀察。「新。」她指。「新生。」

黎莎思考片刻。「剛孵化？年輕心靈惡魔？」

法娃點頭。「這把骰子告訴妳什麼？」

黎莎知道老女人已經做出自己的結論。和往常一樣，這是測試。有時候她們在同一把骰子裡做出同樣的解讀。有時候黎莎會犯錯。

還有時候，她們會看見截然不同的未來，可能都是對的，端看分歧點而定。

黎莎研究散落的符號，像拼圖般拼湊起來。

「控制安吉爾斯的心靈惡魔派剛孵化的心靈惡魔前往窪地，困住我們，讓它鞏固權力。」大魔印外圍的攻擊事件的確逐漸增加，集中在魔印較弱的地區。要是心靈惡魔趕來，將殘暴的攻擊行動變成精確攻擊會怎麼樣？

法娃鞠躬。她現在鞠躬已經沒有數週前那麼不甘願了。「我同意。如果妳打算在月虧前派遣任何規模的部隊過去……」

「就要盡快。」黎莎把話說完。

第三十四章　阿拉之矛　334 AR

「阿拉之矛完整嗎，帕爾青恩？」賈迪爾問。「依然聳立？」

「對。城門關閉。」聲音有點哽咽。帕爾青恩在哭嗎？「很完美，阿曼恩。造物主呀，明亮宛如太陽。」

「我要過去。」賈迪爾說。「立刻。」

「當然，舅舅。」山娃說。「我們看好囚犯。阿拉蓋卡逃不掉的。」

賈迪爾點頭，她走回惡魔和她父親身邊，他則開始脫掉戰袍，準備游泳。

「好了，先給我天殺的等一等！」瑞娜叫道。「在你跑掉把我和山娃留給阿拉蓋天殺的卡之前，先向我解釋解釋——阿拉之矛是什麼？」

「史上最雄偉的克沙。」賈迪爾告訴她。「根據伊弗佳記載，那是卡吉親手在深淵中建造的戰備補給據點。」

瑞娜眨眼。「噢。」

賈迪爾繼續脫袍。「所以妳了解我爲什麼非去不可。」

「不了解。」瑞娜說。「你自己說過不能放鬆警戒，說過要待在一起。誰也不能與惡魔獨處。」

「姊姊，」山娃說。「那是阿拉之矛……」

「我不是笨蛋，山娃。我知道那是什麼，知道重要在哪裡。」瑞娜轉向賈迪爾。「但它已經聳立在那裡三千年，接下來兩個小時不會跑到別的地方去——如果我們要兩個小時確保安全無虞的話。」

賈迪爾眨眼，目光飄向阿拉蓋卡和山傑特。即使受制於鎖鏈，惡魔還是得意洋洋的模樣。他利用卡吉之冠隔絕談話的內容，但那傢伙肯定能讀唇語，猜得出他們在講什麼。

這就是阿拉蓋卡在等的機會嗎？讓賈迪爾滿腦子只想到阿拉之矛，就會對囚犯放鬆警戒？賈迪爾記得惡魔上次試圖逃跑的情況——他突然發難，儘管早有防備，他還是擄獲山傑特，差點幹掉他們四個。

他轉向瑞娜，深深鞠躬。「我道歉。妳說得當然對。阿拉蓋卡是我們最主要的責任。謝謝妳提醒我，要把第一戰爭放在個人慾望前。」

「嗯。」瑞娜本來氣燄高張，準備吵架，他突然讓步令她氣勢受挫。「不客氣，我想。」

山娃只戴頭巾、面巾和拜多布，深入水池採集蠕蟲。賈迪爾忍不住對那些蟲身上累積的魔力量感到佩服，但他不耐地在池畔踱步。

山娃的靈氣最黯淡，不容易吸引蠕蟲注意。明智的做法就是讓她開路，而他和帕爾青恩的吉娃看守囚犯，但賈迪爾肌肉緊繃，奮力呼喚他打爛數不清的岩石，趕往阿拉之矛。

「造物主呀，」瑞娜一邊吃蟲一邊叫道。「比你的蒸丸子還好吃。」

賈迪爾相信她。她吃蟲時靈氣轉亮，吸收蠕蟲體內的魔力。或許明智做法是等路徑清空後，大家一起吃點蠕蟲，但就算賈迪爾吃得下這些受到深淵污染的地底生物，他也毫無吃東西的慾望。只有趕去阿拉之矛的慾望。

其中一條蟲死命想回水裡，於是竄出它的殼，溜向飢渴地看著它的阿拉蓋卡。山娃把大部分武器放在手邊岩石上，賈迪爾拿起一支玻璃鏢，在魔力飽滿的蠕蟲接近惡魔爪之前把它釘在岩石上。

阿拉蓋卡的靈氣黯淡，而為了所有人好，他們得維持這個情況。水面濺起水花，不過上來的不是山娃。帕爾青恩一邊喘氣一邊走上岸。他皮膚上有淺淺的割痕、紅腫，但魔力強大，傷痕都已開始消失。

賈迪爾看著他朋友，但帕爾青恩眼裡只有惡魔，宛如跟蹤獵物般一直看著。他粗魯地一把抓起惡魔喉嚨，拖到鎖住山傑特的位置，把惡魔靠過去。

「我還活著。」帕爾青恩吼道。

山傑特的眼睛飄向濕淋淋的他。「顯然是。」

「那是殺我的伎倆？」帕爾青恩問。「你知道水裡有蟲。」

山傑特微笑。「你每個問題我都據實以告，探索者。問得不夠多是你的問題。我是你的囚犯，不是朋友。」

「惡魔沒朋友。」瑞娜吼道。

「那讓我們更強大。」山傑特看賈迪爾。「不會把時間浪費在愚行上。」

「朋友的勸告讓我打消愚行的念頭。」賈迪爾說。「你講這話影響不了我。」

山傑特對他眨眼。「這一次。」

帕爾青恩挺直背脊，深吸口氣，鬆手放開惡魔。他轉向賈迪爾。

「迅速游過去就好了，剩下的蠕蟲沒時間纏上你。只有一條直路。」

賈迪爾點頭。他脫下斗篷，步入水中，只戴卡吉之冠、穿拜多布、兩手握住長矛。

矛一碰到水，他就感覺到了——大克沙的呼喚與他的靈魂產生共鳴。他吸收矛裡的魔力，潛入水中，和在空中一樣輕易利用魔法飛越水底。

賈迪爾混身滴水，走出水池，毫不在乎赤腳踏碎帕爾青恩丟在岸上的有刺蟲殼。除了阿拉之矛，他什麼都不放在心上，也沒有任何感覺。古城在黑暗中發光，在榮耀的力量中歌唱。他在古城前下跪。

是眞的。

伊弗佳中神聖的記載引導他的族人數千年。這些年裡肯定有祭司在經文中加油添醋，吹捧原本就榮耀非凡的內容，或謀取政治利益；但他和族人的核心信仰都是眞的，證據就在眼前。卡吉到過眼前這個地方，建造對抗黑暗的堡壘，經歷三千年依然屹立不搖。

古城呼喚他，就跟帕爾青恩口中地心魔域的呼喚差不多。卡吉之冠在他頭上脈動，如同迫不及待想打開太久沒開過的鎖的鑰匙。進入圍牆後，他的力量將能與艾弗倫之手相提並論，任何企圖阻擋他的敵人都將苦不堪言。

沒多久山娃也破水而出，到他身旁跪倒，毫不在意兩人衣不蔽體。「解放者。」她的聲音細不可聞。

賈迪爾牽她的手，輕輕一握。「外甥女。」他可以多說幾句，但言語如何形容他們的感官此刻正傳遞的訊息？她的嘴唇無聲禱告，他隨她一起禱告。

艾弗倫，若我是祢挑選的僕人，在接下來的日子請賜給我力量和價值。賜給我完成卡吉未盡之事的力量。若非透過兵力……他再度輕握山娃的手……那就透過身邊夥伴，祢挑選的人的信任和支持。

他身後的水面盪出漣漪，山傑特和背上的阿拉蓋卡一上岸立刻站定。惡魔嘶吼一聲，在阿拉之矛前偏開目光。面對艾弗倫的力量，惡魔不像之前那麼大膽了。

片刻過後，瑞娜．安貝爾斯浮出水面。「亞倫在拉行李。待會就來。」

賈迪爾點頭，走向阿拉蓋卡。「你對此地了解多少？」

「詛咒之地。」山傑特說。「鬧鬼。這裡沒有喘息的空間。」

「你少給我說謊掩飾眞相。」賈迪爾吼道。「城門還鎖著，我從這裡就能感應到堡壘依然聳立。怎麼會這樣？」

「我們等，」惡魔說。「等候大敵——你們的卡夫利，回到地表，召集更多軀殼前來作戰。」

賈迪爾緊握長矛，指節泛白。「然後呢？」

「我們的力量影響不了你祖先克沙的大魔印，」山傑特嘶聲道，「但我們凝聚法力，坍陷部隊行軍的通道。摧毀橋梁，破壞補給。卡夫利的部隊回到宣洩口時，路已經斷了，我們把他們隔離，把戰士困在下面。」

「噢，他對我們抱怨連連！他拚命想回去找他們，想……」山傑特笑容邪惡，「解放他們。但他註定失敗。」

「那裡面的人呢？」賈迪爾問。

山傑特聳肩，彷彿他們無關緊要。「缺乏補給下，軀殼就只能嘗試奪回或弄垮底層通道，減少行動，直到虛弱得無法繼續作戰，永遠封閉城門。」

賈迪爾胸口緊縮，他發現他忘記呼吸。「所以可能還有倖存者。」

「他們很久以前就餓死了，或被戰犬吃掉。」山傑特露出牙齒。「這兩種都是毫無榮耀的醜陋死法。或許他們聰明到直接舉矛自盡。」

「有可能吃聖丸度日。」賈迪爾知道希望渺茫，但就是忍不住這樣想。

山傑特嗤之以鼻。「吃五千年？」

「如果有女人……」克沙裡至少會有擲骰預言的女祭司。

山傑特發出殘酷笑聲。「就連傳說中的達馬丁妓女也成就不了這種事。」

褻瀆言語令山娃握緊矛，但賈迪爾擁抱怒意。「都是你在說，謊言之父。我們會親自進去瞧瞧。」

帕爾青恩終於步出水池，拖著他們的行李。他環顧四周，觀察情況。「黑夜呀。」

他的語氣令賈迪爾不安。「怎麼了，帕爾青恩？」

帕爾青恩掃視岩石。「我不到兩小時前把吃過的蟲皮丟在那些岩石上。那些皮呢？」

賈迪爾左顧右盼，神色困惑，發現四周確實只剩下硬殼。「食腐動物？」

就在此時，遠方傳來令他血液凝結的吼叫聲。

山傑特笑不出來了。「我們最好離開這裡，免得戰犬找上門來。戰犬和你的戰士不同，牠們存活了下來，先吃軀殼屍體，然後又吃掉牠們的主人。」

「我們有辦法應付夜狼。」亞倫說。

「不是夜狼，探索者。」山傑特說。

賈迪爾搖頭。「探索阿拉之矛前，我們哪裡也不去。」

「這裡的魔印比我見過的都更爲強大。」瑞娜說。「活的惡魔絕對進不去，我們又不能在外面找個洞把他鎖起來。」

帕爾青恩嘆氣。「你去吧，阿曼恩。但不要獨自前往，帶山娃一起。瑞娜和我留下來看守囚犯。」

安靜的山娃深深鞠躬。「帕爾青恩，你才該和我神聖的舅舅一起去。」

「我不會謊稱不想去。」帕爾青恩哀傷搖頭。「但不該是我去，我在安納克桑就學到這一課了。對你們族人而言，這裡是全世界最神聖的聖地。這麼多年後首度踏足於上的人應該是伊弗佳教徒。」

「會是的。」賈迪爾同意。「你和你的吉娃爲了第一戰爭犧牲奉獻。不管你們怎麼想，你們都是徹頭徹尾的伊弗佳教徒。山傑特也是，就算他的腳是邪惡之父在操縱也一樣。」

阿拉蓋卡嘶吼。「進入你們的大魔印會害死我。前面的路還很長，大敵後裔。你們還需要我。」

賈迪爾微笑。「害怕吧，邪惡之父。我能用卡吉之冠保護你，但要知道你能活著都是出於我的恩典。」

「萬一你不打算開恩，就算只有一瞬間，我也死定了。」山傑特說。「會被大魔印燒死。」

賈迪爾聳肩。「果眞如此，也是英內薇拉。」

吼叫聲在他們走向克沙時逐漸逼近。對方已圍著他們繞圈一陣，確保沒有幫手——他們脆弱無助。接著戰犬陷入死寂。賈迪爾依然感覺得到牠們，就像大迷宮裡的惡魔，但儘管啓動皇冠視覺，戰犬還是無影無蹤。

阿拉蓋卡在他們抵達克沙時嘶吼蠕動。這傢伙的靈氣鮮少透露任何訊息，但此刻他顯然非常害怕。

賈迪爾很興奮。每一步都在強化聖城和他之間的連結。聖城和他說話，宛如沙漠台地的地層般述說著故事。

他轉向帕爾青恩。「你說安納克桑和你交流時，帕爾青恩，就是這個意思嗎？」

他期待朋友跟他一起讚嘆，但帕爾青恩停步側頭，然後搖頭。「在安納克桑，我覺得自己像是某樣東西的一部分。我可以感應出這裡的力量，但它沒有和我交流。」

賈迪爾掃視其他人，很快就發現只有自己有此感應。他感覺皇冠上的寶石脈動，心知克沙的中心部位有著來自同一塊石頭的寶石，透過同一頭惡魔王子的骸骨聚魔，正回應他的寶石脈動。

他們一踏入大魔印，賈迪爾立刻感受到力量宛如衣服般籠罩他全身，供他的意志隨意取用。

「我們要怎麼進去？」帕爾青恩看著緊閉的城門問。「爬牆？」

「沒必要，帕爾青恩。」賈迪爾隨手揮矛，城門開始搖晃，打開讓他們進去。身後的石窟傳來喀拉聲響，聽起來像是爪子抓岩石的聲音。賈迪爾回頭，什麼也沒看到。

惡魔低吼。「快點。」山傑特說。「牠們快殺過來啦！」

賈迪爾不相信惡魔，但他的語氣透露眞相，於是他們衝入城內，阿拉蓋卡在他們穿門而過時痛苦嘶吼。賈迪爾指示關門，但在門關之前看見了戰犬的臉。

狗臉扭曲畸形，但賈迪爾認得。即使在現代，克拉西亞戰士還是偏好這個品種——葛維犬、沙漠跑者——擔任狩獵夥伴和水井、女人的保護者。

但這些狗比克拉西亞葛維犬大多了，像是被丟入格鬥場裡的飢腸轆轆鬥犬般用力咬合流口水。最令人毛骨悚然的部分在於它們沒有身體，只有利爪和利齒，在城門關閉時漂浮於黑暗中。

「看在黑夜的份上，那些是什麼玩意兒？」瑞娜問。

「艾文．卡特會遇上的怪物，」帕爾青恩說，「如果他繼續餵影子吃惡魔肉的話。」

山傑特搖頭。「你們根本不知道那是什麼怪物，探索者。這些怪物已經在太陽照不到的地方獵食繁殖數千年了。你們初窺門徑的力量對牠們而言就像呼吸一樣簡單。」

「無所謂。」賈迪爾說。「牠們在這裡動不了我們。什麼都動不了。」

確實，他渾身充滿魔力，領頭穿越寂靜的巷道。他能透過心眼看見大魔印，知道所有輪廓線，感應出所有門、牆和屋頂的位置。儘管從未踏足此地，他還是像居住多年般熟悉這些街道。他曉得克沙裡面沒有活人，也曉得該上哪裡去找最後的殘骸。

他帶他們前往沙利克霍拉。

他動念開啓巨門。神廟乃是克沙魔力脈動的中心，凝聚著保持街道乾淨、城牆完整的魔力。阿拉蓋卡在他們進入神廟時，在山傑特背上嘶吼扭動，躲到戰士的戰袍裡。

英雄骸骨神廟就和艾弗倫恩惠及沙漠之矛裡的一樣，布滿殞落沙羅姆骸骨。他們的骨頭在牆壁上形成複雜格子。地毯和掛毯，以染色人髮編織成的細緻圖案，似乎已數千年無人動過，但依然鮮艷明亮。長凳、椅子、桌子都是用人骨製成，外面覆蓋人皮墊。

所有東西上都有美不勝收的魔印——刻在骨頭上、編織在頭髮中、沾血書寫。所有魔印緊密結合，與克沙中心——也與他連結在一起。賈迪爾感覺到所有魔力都和自己的靈魂和諧共處。

就連其他人也深感震撼。帕爾青恩左顧右盼，想要把一切盡收眼底——但不可能。他的吉娃，神色和他差不多震驚，但做法截然不同。她在眾多物品間跑來跑去，仔細檢視，出聲讚嘆，然後換下一樣。

但山娃，虔誠的山娃，眼中只有父親。他在她的靈氣中看見山傑特宛如鬼魂般飄在她頭上。她肩負他的榮耀，賈迪爾發現。克制自己，爲父親的行爲負責，即使受制於惡魔也一樣。

「放輕鬆，外甥女。在這裡，就連阿拉蓋卡也傷不了我們。」他看見自己的話，沙達馬卡說的話穿透她的靈氣。她允許自己看了神廟幾眼，但注意力一直保持在她父親和背上的惡魔之上。

英雄的目光自大吊燈灑落在他們身上，吊燈的光芒照亮走道。賈迪爾留意到吊燈，吊燈隨即變亮，不過一個想法又讓它們轉暗。神廟在卡吉之冠接近時甦醒過來，對他的每個想法產生反應，彷彿他的想法就是聖律。

泉水持續噴灑，自空洞的骸骨中噴出弧形的聖水，即使相隔多年，池水依舊清澈純潔。賈迪爾和其他人喝水，立刻精神一振。

皇冠視覺下，賈迪爾看見骸骨的力量，隨著神廟之心及他額頭上的寶石緩緩脈動。這數千名無名英雄心懷艾弗倫和沙拉克卡死去，那種一貫性、純正的目的，深深烙印在他們的骸骨裡。

此處與地表絕大部分這種力量都被陽光曬盡的沙利克霍拉不同，這些骸骨被鎖在地底，累積了數千年的力量。

「一切都和新的一樣。」瑞娜說。「人都上哪兒去了？」

「恐怕都在我們面前。」賈迪爾邊說邊繼續踏著穩定的步伐，走向虔誠信徒齊聚禱告的圓頂大殿。大門外掛著骸骨牢籠，用意是要囚禁等候艾弗倫審判的囚犯。

賈迪爾轉頭看向縮在山傑特戰袍裡的阿拉蓋卡。透過強化皇冠視覺，他以全新角度看待惡魔及他朋友之間的連結——從肌膚交會處向外擴散的感染，讓他們兩個合而爲一。

但身處他的力量中心，賈迪爾毫不費力便動念破除惡魔的控制。他輕甩手指，山傑特的戰袍撩開；他隨手一抓，擔心受怕的惡魔之王宛如髒繃帶般被剝離他朋友身體，在他手指下懸空飄浮。

「你不能進入內神殿，奈的王子，也不能玷污沙利克霍拉的聖地。」賈迪爾手腕一翻，將惡魔拋向吊著的牢籠。牢籠回應他的意念，開啟牢門接納囚犯，然後關上。

「那關得住他？」帕爾青恩問。

賈迪爾彈指。牆上骨頭剝離，形成魔印刺，從各個角度圍住牢籠，致命的刺尖朝內。惡魔嘶吼，但無路可退，只能僵立在牢籠中央。

「阿拉上沒有更堅固的牢籠了，帕爾青恩。」骨刺宛如荊棘叢般緊縮，將惡魔遮到不見蹤影。「邪惡之父感應不到牢籠外的任何東西。倘若他企圖逃跑，我會發現，克沙則會起身對付他。」

帕爾青恩打量他很長一段時間。「幸好我們是朋友，因爲有時候你嚇得我屁滾尿流。」

賈迪爾微笑。「你也是，我的薩凡。」

帕爾青恩在通往禱告大殿的大門開啟時抬頭。「外面，或許。在這裡，你毫無疑問就是沙達馬卡。」

帕爾青恩沒有稱呼賈迪爾解放者，但靈氣微微洩露心思，他開始懷疑所有自己珍惜或不屑一顧的信念。賈迪爾伸手搭上他肩膀。「放輕鬆，我的朋友。如果我在這裡是解放者，那麼毫無疑問，要是沒有你，我絕不可能來到這裡。」

他輕捏一下，然後轉身面對大門。

山娃牽起山傑特的手臂，他雙手依然受縛。「跟我走，父親。」戰士跟著她，而她的雙眼終於看見四周的奇觀。眼睛睜大了，濕了。

隨著克沙繼續與賈迪爾交流，他越來越清楚一切的眞相。他輕易剝離山娃的人生。他看見她在漆黑的地底宮殿——和他一樣——長大；看見她只學習毫無樂趣的戰爭課程。看見他任命她爲沙羅姆丁時的短暫榮耀，隨即又敗在帕爾青恩吉娃手上而失去榮耀。攻擊入侵安納克桑的心靈惡魔時又找回了榮耀，奈的王子搶走她父親後再度失落。

但現在，鎖住阿拉蓋卡後，她臉上再度出現驚嘆之色，賈迪爾暫停片刻，記下那個表情，然後轉身領頭進去。門在他身後關上，把他們封閉在全阿拉最神聖的地方。

這裡的空間足以容納數千人或坐或跪在滑順的骨凳上，從四面八方圍繞聖壇。聖壇上有張與艾弗倫恩惠一模一樣的頭骨王座，鍍以琥珀金，其上的寶石宛如戀人重逢般對他皇冠上的寶石招呼。

就像在艾弗倫恩惠一樣，一張枕床放在王座旁，而床上躺了個老女人，身體好似沉睡般蜷縮，環抱一根骨製卷軸筒，筒頂塞了顆大紅寶石。

賈迪爾踏上聖壇，其他人沒跟上去。他從房間另一端就看出女人早已死去，但屍體卻被這塊聖地保存下來。她皺紋滿布的皮膚呈死灰色，不過沒有遭受歲月摧殘。看起來就像片刻前才嚥下最後一口氣。

她一身白袍，只有頭巾是黑色的，代表她是達馬基丁。這個女人死時乃是此地人民的領袖。或許是最後一個死的。

賈迪爾下跪，恭敬虔誠地伸手取下卷軸。他們的手掌短暫接觸，她的一生閃過他眼前。她在這座克沙裡出生的。從未離開過城牆。從未見過太陽或月亮。她的人生都花在禱告和勞動，建造圍繞他們的紀念館，隨著身旁的人一個接一個死去，痛苦地在沙利克霍拉裡增添骸骨、頭髮和皮膚。人生最後幾年是在孤寂至極狀況下度過，受困在沙利克霍拉美麗的牢籠裡。

他為她的奉獻哭泣，強烈感受到她的存在，一時甚至自認可以伸手貫穿她，從孤獨之道裡拉回她的靈魂。

他腦中傳來母親的聲音。你要把這個女人——艾弗倫的新娘——從天堂拉回人間？

他擁抱這話，任其墜落。是。為了第一戰爭，他甚至願意犧牲一個女人待在天堂的資格。那和他們對瑞娜·安貝爾斯肚子裡的男孩的要求沒有兩樣。

但或許沒必要這麼做——如果他真能辦到這種事。賈迪爾放開她的手，從她手裡拿起卷軸筒。

那是某個高大戰士的大腿骨挖空，打磨光滑，刻上賈迪爾這輩子見過最細緻的魔印。他看見上面的力量線條，知道這個卷軸筒幾乎無法摧毀，寶石鎖入定位，沒人能打開。

沒人，除了配戴卡吉之冠的人。賈迪爾額頭上的紅寶石在他的手指握緊筒蓋，扭動羈絆它的魔法絲線時緩緩脈動。

筒裡只有一張賈迪爾在沙利克霍拉裡司空見慣的皮紙。人皮。

女人在英雄的皮膚上，用血寫下給他的最後遺言。

沙達馬卡，

我是卡夫利娃，你的曾曾孫女。儘管我們素未謀面，但我從小就一直感覺到你在我心裡。

這是這座克沙裡最後一張皮紙。其他都拿去記載阿拉之矛與你分開後的歷史。存放在圖書館裡，保存得宜，就像這最後一封信，等候你突破城牆、取回屬於你的東西的光榮之日，不管此生或來世。

請明白，解放者，儘管我們辜負了你，卻沒有遺棄你，或我們對艾弗倫的職責。

這裡的歷史是在講述你離開期間，留下的一萬名沙羅姆在你兒子沙拉奇及女兒——我名字的由來——卡夫利娃領導之下，駐守阿拉之矛的事跡。

阿拉蓋弄垮地道，擠滿洞穴。沙拉奇一次又一次率兵奪回坍塌的地道，但是挖掘工程困難緩慢，戰士在工作時又難以守護自己。每次出動都有人犧牲，包括你兒子。據說他死在阿拉蓋爪下，解放者，口呼艾弗倫名號。其他人被拖入艾弗倫視線範圍外的黑暗中。我們一直在爲阿拉曼菲禱告。

卡夫利娃下令封城，展開統治時，城裡剩下不到一千人。不到一千名戰士，只有七名達馬丁。她們接納很多丈夫，拚命保留最強壯和最聰明的人的種子，但智慧和骨骰都沒有預見葛維犬攻擊飼主，闖入育嬰室的那天。我母親是唯一存活下來的女性，而我是她唯一的女兒。

我生了很多孩子，解放者，但最後我比他們活得更久也是英內薇拉。現在，兩百一十一年後，就連聖丸子也沒辦法讓我繼續存活下去。

請明白，解放者，我全心全意愛你。

艾弗倫永遠透過你開釋

卡夫利娃・娃阿加西・安卡夫利・安克拉斯

克拉斯。存在於解放者死亡，他的追隨者派系形成克拉西亞各部族之前那個年代的傳說部族。

「艾弗倫祝福妳，祖先，」他輕聲道，「妳在祂的天堂大殿中用餐。妳的犧牲將會爲後人歌頌。」

他將皮紙放回筒中，塞到腰帶裡，起身走向頭骨王座。坐上王座時，卡吉之冠彷彿起火燃燒，讓他感受到克沙全部的力量——大魔印、逝者之靈、艾弗倫本身——在體內流竄。

他釋放魔力，不是沿著分隔卡夫利娃和活人世界的路，而是沿著一條感覺更加遙遠，通往阿拉地表的路徑。通過所有竄流魔力的雜訊，穿越遙遠的路途，突破深淵之口。地表上正値黑夜，而他的力量以思緒的速度前進，轉眼抵達目的地。

「吉娃。」

英內薇拉的聲音立刻傳來。「丈夫，眞的是你嗎？」

「我直到成婚當天才得知妳的名字。」賈迪爾說，「結果卻發現我一直知道是妳。」

「我想你，親愛的。」英內薇拉說。

「我也是，我一生的太陽。」賈迪爾輕聲道。「但我現在得和達馬佳談談。我們和山娃、帕爾青恩，還有他的吉娃卡連結相通。」

「達馬佳。」雖然與這個女人相距千哩，但帕爾青恩鞠躬。「我爲把妳丈夫丟下山崖道歉。」

英內薇拉笑得傷心，但他很高興聽到這個聲音。「你帶著從卡吉陵寢偷走的長矛來找我們那天，帕爾青恩，我求我丈夫讓我在你茶裡下毒。你知道嗎？」

帕爾青恩點頭。「阿曼恩告訴過我。」

「我經常後悔當初沒毒死你，帕爾青恩，」英內薇拉說。「但現在不會了。艾弗倫的意志就是艾弗倫的意志。過去發生的都是應該要發生的事。」

「如果我們沒得選擇，那世界上發生的任何事情又有什麼意義？」瑞娜問。

「妳隨時都可以選擇，瑞娜・安貝爾斯。」英內薇拉說。「那是最終極的力量，是讓無限可能的未來可能無限的力量。但艾弗倫會引領我們做出正確的選擇，就像棋盤上的棋子一樣。」

瑞娜兩眼一翻，不過沒再說下去。

「跟我一起跪在王座前。」山娃對父親輕聲道，他們兩人一起下跪。

「山娃？」英內薇拉問。「外甥女，是妳嗎？」

「『與妳父親同去，』」山娃引述英內薇拉的命令。「『聽他號令，保護他。沒有找到解放者或明確可靠的線索之前不准回來，就算要找上千年也一樣。』」

她雙掌貼地，低頭向前，額頭碰到英雄骸骨。「我一直在執行任務，達馬佳，盡忠職守，就算要花上千年也一樣。」

「妳的榮耀無止無盡，外甥女。」英內薇拉說，山娃開始無聲哭泣。

「還有一個人必須加入連結。」賈迪爾說。

英內薇拉唯一的反應就是緩慢穩定地吐氣。「黎莎・佩伯。」

「有問題嗎？」帕爾青恩問。「這可是沙拉克卡。」

「你的話比你想像得更爲眞實，帕爾青恩。」英內薇拉說。「提沙境內戰火四起，城市淪陷。」

帕爾青恩瞪大雙眼，但賈迪爾不給他時間再度開口。他進一步釋放魔力，在數百哩外找出黎沙熟悉的靈氣，在她身邊製作共鳴力場。

心靈惡魔就是這樣嗎？從來不與其他心靈惡魔分開？這是很陌生的概念。

「佩伯女伯爵。」他盡量讓語氣正式一點。但在心中，他們根本不用如此正式。黎莎・佩伯生下他的孩子。對他而言，她永遠都是他的妻子，這點所有人都知道。

他們都聽見她的驚呼聲。「阿曼恩？」

「對，還有我。」帕爾青恩插嘴。

「還有我和山娃。」瑞娜說。

「及——」賈迪爾開口。

「——英內薇拉。」他的吉娃卡把話說完，語氣宛如剃刀割絲。

「黑夜呀。」帕爾青恩在聽完地表近況後說道。

「沙拉克卡的漫長黑夜。」賈迪爾同意。「如果長夜持續到遮蔽我們力量的核心，安吉爾斯和碼頭鎮的損失就根本算不上什麼。」

「只有一個辦法能阻止它。」瑞娜抓緊獵刀刀柄。

「密爾恩沒有消息？」帕爾青恩難以掩飾沮喪的語調。「連麥酒故事都沒有？」

「惡魔截斷了北方的聯繫。」黎莎說。「短程斥候回報密爾恩山腳下有連串阿拉蓋大魔印。在這種距離下，沒有信使能通過那裡。不管密爾恩的情況如何，他們都得自己應付。」

他們聽見英內薇拉擲骰的熟悉聲響。所有人都安靜下來。

「我看見山中城市。」英內薇拉輕聲道。「奈的力量鼎盛。」

「這還用骨骰說？」瑞娜大聲道。山娃神色震驚，但賈迪爾一輩子都是骨骰的囚犯，他很了解瑞娜的感覺。

他揚起一手。「放輕鬆，瑞娜·安貝爾斯。」

英內薇拉沒有回應瑞娜的不滿，繼續解讀骨骰的祕密。「阿拉蓋攻陷城牆，進入城內。」

帕爾青恩捏緊拳頭，賈迪爾感覺到他本能性地吸收大魔印。他輕鬆抵抗吸力，吸引他朋友的目光。

「呼吸，帕爾青恩。擁抱痛楚。」

他的阿金帕爾點頭，目光空洞，放鬆他糾結的肌肉。

「我看見城市變成沙羅姆大迷宮。」英內薇拉說。「我看見惡魔和人類在角逐王座。」

瑞娜牽帕爾青恩的手。「他們還在打。」

「奈以為他們會輕易淪陷。」英內薇拉說。「但艾弗倫尚未遺棄他們。」

「密爾恩裡有很多圍牆。」帕爾青恩說。「順著山壁層層交疊。全城都有魔印守護。有很多地方適合伏擊和躲藏……」

「相信你的族人。」賈迪爾建議。

「我知道信使不足，黎莎。」瑞娜的聲音細得出奇。「但如果妳能派人去提貝溪鎮……」

「攻擊展開後，我們立刻派人過去。」黎莎說。「但即使馬匹配了魔印蹄，提貝溪鎮仍很遙遠。」

瑞娜嘟噥一聲。「就算拚命趕路，妳也要到下次新月才能得到回音。」

擲骰聲再度傳來，這一次瑞娜・安貝爾斯屏息以待，但英內薇拉有很長一段時間都沒說話。

「怎麼樣?!」瑞娜等不下去，大聲問道。「妳看到什麼？」

「有些未來不能……」英內薇拉開口。

「廢話少說！」瑞娜叫道。「這個連結能接收到的不只是言語。我知道妳在說謊。妳看見結果，只是不想說。」

英內薇拉吸氣。「妳說得對。請原諒我意圖欺瞞，這令我們兩人蒙羞。請妳原諒。」

「我不在乎那些，」瑞娜說。「告訴我們妳看見了什麼。」

英內薇拉再度吸氣。帕爾青恩的吉娃很令人頭痛，但她說得沒錯。「我看見全鎮的人都在惡魔的控制下跳舞。我看見哥哥殺妹妹，父親殺兒子。」

「我看見空搖籃。」

他們繼續開會幾個小時，但儘管黎莎和英內薇拉沒說，賈迪爾還是感覺到地表上黎明將至。此刻魔法中的些微阻力很快就會變成難以抵擋的力量。

「黑夜過去，黎明將至。」賈迪爾終於說。「這或許是戰爭結束前最後一次聯繫，我有點私事想和我的吉娃卡說。」

他們迅速道別，一個接著一個，賈迪爾彷彿吹熄蠟燭般輕鬆截斷連結。

「阿桑和阿蘇卡吉守規矩嗎？」賈迪爾在只剩下妻子後問道。

「兩個孩子清楚自己的地位後，算是不錯的領導人。」英內薇拉說。

「那很好。」賈迪爾說。「看來儘管努力讓妳遠離深淵，我還是把深淵帶到妳面前了。」

「我們會撐到你刺穿奈的心臟，親愛的。」英內薇拉說。

「我成年後任何事情都會與妳討論。」賈迪爾說。「我都不知道自己有多依賴妳。」

「你是這樣表示你想我的嗎？」

「我是在表示我很害怕，吉娃。而妳在附近時，我比較不怕。」

「噢，親愛的。」英內薇拉輕聲道。「艾弗倫親至都說不出更貼切的形容。」

「解放者。」山娃額頭抵地。山傑特在旁邊照做。

「起來，外甥女。」賈迪爾知道她想要求什麼。他眼睜睜地著她鼓起勇氣說話。

「這裡和其他地方不同，我們完全阻隔阿拉蓋卡的影響。」山娃說。

賈迪爾點頭。「沒錯。」

「你的力量也達到前所未有的境界。」

「是。」賈迪爾同意。

「那或許在這裡，獨一無二的此地，你可以治好我父親。」山娃說。

賈迪爾說。「或許。但若這麼做了，我們的計畫怎麼辦？誰能幫阿拉蓋卡說話，為我們領路？」

「我不知道。」山娃說。「我不是解放者。但我知道透過艾弗倫的祝福，什麼事都可能發生。」

「什麼事都有可能，」瑞娜同意。「但不表示該做。」

「他若痊癒，而阿拉蓋卡還需要代言，我可以自願。」山娃說。

「外甥女——」賈迪爾開口。

「那是我的選擇。」山娃大膽打斷他的話。「我父親沒得選擇。他是個偉人。解放者之矛的凱。我是個女孩，沉溺在他的榮耀之海裡。」

「妳的話不對，山娃．娃山傑特。」賈迪爾說。「妳的榮耀與妳父親一樣無止無盡。我不相信他會想要妳代替他犧牲。」

山娃牽起她父親軟癱的手掌。「那就讓他選。」

「不是好主意。」瑞娜說。「山娃知道我們的祕密……」

「什麼祕密，瑞娜．娃亞倫？」山娃問。「我們是掉入無底洞中的蠟燭？我們害怕？惡魔早就知道那些了。他利用那些事嘲弄我們。就讓他得知我的祕密，如果那樣可以解放我父親和這種……半死不活的存在。」

賈迪爾看向帕爾青恩，他的阿金帕爾點頭。「如果你覺得辦得到，我們就得爲山傑特嘗試看看。我們另外想辦法讓惡魔說話。」

「謝謝你，帕爾青恩。」山娃說。

「但那不光是力量的問題，山娃。」帕爾青恩說。「這是拼圖，而我們還沒有拿到所有碎片。」

「但你還會再嘗試？」山娃哀求。

賈迪爾點頭。「起來，山傑特。」

賈迪爾在山傑特起身時觀察他的靈氣。在這種情況下，沒有阿拉蓋卡控制，他的妹夫無法抗拒任何命令。

賈迪爾眼看他的話掃過平靜的靈氣，激起不光只是肌肉記憶的東西。山傑特全身綻放明亮的色彩。

「背誦伊弗佳第四沙丘。」賈迪爾下令。

正常情況下，這種命令對山傑特來說是比任何戰鬥更大的考驗，但沒有意志抵抗，他的心靈一字不露地背誦出該段經文。不過色彩閃過他的內心時也灑落了陰影。

「那裡。」賈迪爾指道。

其他人本來保持距離，但在他這麼說後，帕爾青恩上前檢視。「看到了。」

瑞娜走到他身邊。「有。像是藍天上的烏雲。」

「我沒看到。」山娃說。

「正如我們擔心，」賈迪爾說。「阿拉蓋卡不只擊潰妳父親的意志。他還……感染了心靈。」

山娃鞠躬。「即使在這裡，艾弗倫的力量核心，惡魔的精神依然留在他體內？」

「不是惡魔的精神。」帕爾青恩解釋。「比較像是……留在他心裡的小字條。如果遇上此事，就做那個反應。」

「他把我父親變成葛維犬。」山娃頭上閃過一個影像，她坐在阿拉蓋卡身上，殘暴毆打，膿汁四濺。「聽主人號令耍把戲的狗。」

「這是妳要求的，外甥女。」賈迪爾提醒她。「妳要堅強面對。」

山娃解開面巾，點頭，放鬆靈氣。「我找回中心自我了，舅舅。」

賈迪爾轉向山傑特。「我取得頭骨王座後的宴會上，你和誰角力？」

「魁倫。」山傑特說。他內心閃閃發光，但陰影依然黯淡。

「爲什麼？」賈迪爾問。「如果挑選喝了庫西酒的哈席克，你的勝算比較大。」

「因爲哈席克光打贏還不夠。」山傑特說。「他一定要在眾目睽睽下羞辱我才會收手。我知道魁倫會讓我保持尊嚴。」

這話說得很實在，這個高傲的男人本來絕對不會宣之於口，但此刻他意志全失，就像背誦經文般脫口而出。他心裡的黑影毫無動靜。

「你現在會選誰？」賈迪爾問。

山傑特的靈氣吸收問題，內心一小部分閃過色彩，但在沒有點燃回應前就消失了。

「山傑特，」帕爾青恩說。「你認爲我們該繼續前往地心魔域，還是回到地表？」

山傑特的內心再度考慮問題，然後拋開。

「有了。」瑞娜指，但不管她在指什麼，都在賈迪爾看見前消失。

「父親，惡魔是爲了傷害我才逼你說謊的嗎？」山娃問。

一道光跳過那塊灰色深溝。「不是。」

山娃保持中心自我，靈氣平靜，但賈迪爾知道這個答案會刺痛她很多年。

「你想死嗎？」瑞娜問。

問題發光，但又在灰牆前消散。

「就在那裡。」瑞娜說。「那就是惡魔截斷他意志的位置。」

山娃的靈氣還是搞不清楚狀況。她也能看見魔光，但沒有學過解讀基本情緒的法門。「什麼意思？」

「意思是妳父親的靈魂尚未踏上孤獨之道。」賈迪爾說。「所有組成他一生的要素都還存在。他的記憶，他的技能。惡魔讓他保持完整，方便運用。只是沒有意志。」

「他的身體是他靈魂的牢籠。」山娃把話說完。

「如果此刻阿拉蓋卡身受威脅，你會怎麼做？」賈迪爾問。

這話不光只是在那道深淵上搭橋而已。惡魔的感染網宛如貫穿烏雲的閃電般大放光明。

「撲上前去保護他，除非是你們之一威脅他。」山傑特說。

「你不能傷害我們？」賈迪爾訝異。

「除非他下令。」山傑特說。

「什麼命令？」賈迪爾逼問。

山傑特的回應就是從胸腔深處發出介於嚎叫和嘶吼間的聲音，自其內心產生共振。空氣隨之顫動。

「如果收到那個命令呢？」雖然已經從惡魔之網的爆裂聲響中得知答案，賈迪爾仍問。

「殺死所有擋路的人，帶惡魔逃走。」

賈迪爾伸手觸摸他朋友的頭。他的手指掠過山娃綁的緊實辮子，碰到辮子之間的皮膚。肢體接觸宛如火花，他把意志送入山傑特體內。他感覺到朋友的內心，他的身體，和他想像中阿拉蓋卡的感覺一樣。這是一具可供控制的傀儡。

但賈迪爾對於偷看妹夫的私密記憶沒有興趣，也不想做任何褻瀆他身體的事情。他跳過山傑特內心的裂縫，攻擊惡魔腐化的部分。

他之前不敢嘗試這種事。要是幾小時前，這樣做等於是用矛貫穿他朋友的腦子。但現在他就像拿達馬丁的手術刀般，靈巧地割除腐爛的肉塊。

但惡魔太聰明了。魔法宛如編織籃子的葉子般編入山傑特的內心，賈迪爾才剛開始切，就看出完整切除會造成多大的傷害。他得用其他東西取而代之。

但要用什麼呢？難道他要創造指令，放入山傑特的內心？那樣做和惡魔有什麼不同？要怎麼幫他恢復原狀？

他收手，讓惡魔的腐化保持原狀，將心思放在那道裂縫上。他利用自己的意志力輕易搭橋，透過裂縫邊緣，他看見阿拉蓋卡的影響力，宛如一層油渣般浮在清水上。當山傑特接收指令，或是惡魔設定的條件滿足時，油渣就會開始冒泡噴火，填滿裂縫。

非常複雜的魔法。或許沒有超出賈迪爾的能力範圍，但肯定超越他的技巧。他正嘗試重寫一本用他只認得幾個字的語言撰寫的書。

他希望英內薇拉在場。治療是達馬丁的能力，而全世界最擅長治療的人就是他的第一妻室。但她有辦法告訴他如何創造意志嗎？慾望從何而來，如何轉化爲行動？這些是只有艾弗倫才能解答的問題。

賈迪爾靈光一現，凝聚力量，接觸天堂，雖然不知道天堂何在，又會接觸到什麼。他就只是釋放魔力，盡可能往高處去。

艾弗倫，世間萬物的造主，他哀求。告訴我該如何治療奈在我兄弟身上施加的感染。給我力量驅逐它的邪惡污穢。

但不管阿拉之矛蘊含多少魔力，他還是無法直接聯繫天堂。艾弗倫，受困於奈的永恆交戰中，沒時間理會凡人的禱告。

如果祂眞的在聽。

這想法像賊一樣溜入他的內心，在他轉身面對時又如懦夫般逃離。他想怪到奈頭上，怪到阿拉蓋卡頭上。他想怪罪自己心靈以外的一切，但那一刻裡，他知道自己心中疑慮的眞相。

萬一帕爾青恩說得對呢？萬一天堂是場謊言呢？

他將意志拉回自己體內，轉而面對山娃。

「我幫不了他，外甥女。我可以驅逐惡魔的影響，但缺乏能塡補空洞的東西，他會變得比之前更沒生氣。如果他的意志被困在某地，我找不到，而只有艾弗倫能夠無中生有，創造意志。」

如果艾弗倫存在，這個聲音再度於他心中低語。

他壓低長矛，即使擁有近乎無窮的魔力，依然感覺十分疲憊。「讓我們離開這個空蕩的地方。」

第三十五章　切斷　334 AR

待在人骨牢籠裡的每一刻都是煎熬。太陽居民的宗教信仰是個充滿矛盾的可悲故事，但卡夫利的信徒共同凝聚的強大情緒深深烙印在他們的法器上。

他們的統一者，解放者，乃是所有人類中最強大的信念，凝聚一輩子的希望與禱告。經歷數千年毫無衰減，這就是惡魔從未真正征服這座可惡堡壘的原因。殺死敵人的是時間。時間，還有那些戰犬。多年以來，這地方毫無動靜——距離魔巢近到令惡魔不安的沉睡巨人。

卡夫利的女巫皇后將人民的信仰羈絆在這些強大法器的佩戴者身上，沙達馬卡的矛和冠。現在，大敵後裔抵達此地，喚醒了那股力量。

他在克沙中的力量十分恐怖——甚至比位於心靈宮廷中心的阿拉蓋卡還強。他的軀殼全都毫無意志，無法像人類那樣，將魔力凝聚在同一個使命上。

如果他的力量能影響那麼遠的話，大敵後裔可以從克沙中央的頭骨王座摧毀魔巢。

但即使在這種地方還是有所限制。

待在大魔印裡的每一刻都在折磨阿拉蓋卡，即使有大敵後裔的保護也一樣。

更糟的是，大敵後裔沉溺在力量中，隨時可能會認定不再需要惡魔親王，直接除掉他。又或許在持續理解自己的力量下試圖與惡魔連結心靈。如果身在別處，阿拉蓋卡很歡迎他這麼做，十分肯定人類的心靈力量不能與自己相比。但他在這裡毫無抵抗之力，大敵子嗣可以像魔爪剝皮一樣挖出他的記憶。

但如果他死在這座牢籠裡，那一切就無關緊要。這裡沒有食物、沒有水、沒有空氣。阿拉蓋卡吸收僅存的魔力滿足那些需求，但即將耗盡。四面八方指向他的骨刺十分可惡，像蚊子一樣吸取他的力量。於是阿拉蓋卡，史上執掌心靈宮廷最長久的惡魔親王，終於了解恐懼是什麼感覺。理應只有低等生物才會承受的赤裸恐懼。

最好還是盡快逃亡，去和戰犬賭運氣，也好過承受這種折磨，被低等生物的理想主義緩緩荼毒。

他聽見聲響。阿拉蓋卡渾身僵硬，肌肉緊繃，避免在骨刺前造成足以刺穿皮膚的壓力。

牢牆分開，他微微鬆了口氣，接著又在被人粗魯丟到地上，在光線造成雙眼刺痛的同時再度感到痛楚。

惡魔很難想像這些原始生物爲什麼能在如此有限的光譜中獲取慰藉，只要他們自願遮住眼睛、塞住耳朵，就能感應到更多更多。

阿拉蓋卡咳嗽，貪婪吸氣，以免體內的魔力被進一步吸乾。他的皮膚慘白，肌肉呈膠狀。他無力地掙扎起身，想在囚禁他的人面前維持尊嚴，但這一次他辦不到。

「拉他起來。」大敵後裔下令，山傑特伸手把阿拉蓋卡像剛出生的嬰兒般扛在背上，然後用長袍當成吊帶，把他固定在背上。

一接觸到他的皮膚，阿拉蓋卡立刻嘗試進入人類軀殼的心靈。

有那麼驚恐的一瞬間，他辦不到。阿拉蓋卡懷疑自己是否已經無路可走，只能面對最後的虛無。他懷疑剩下的心靈惡魔會是誰活到最後，然後發現自己毫不在乎。如果不是自己，是誰又有什麼差別？

恐懼給他再度嘗試的力量，這一次，他連結成功，像穿衣服般穿上軀殼的身體。人類試圖改造軀殼的心靈，但造成的損害很小，可以輕易修復。

這種情況讓阿拉蓋卡了解了很多事。他們試圖免除他的協助，但失敗了。他們依然需要他，至少在離開地洞前需要他。

等到他們進入魔巢外圍，規則就會改變。

「不出言羞辱？」大敵後裔問。「不說半眞半假的謊言傷害我們？」

「或許他終於搞清楚自己的身分。」狩獵者說。阿拉蓋卡瞪她。時機成熟時，他第一個就要殺她。

軀殼山傑特在面巾後微笑，目光下移。

她的孩子會先死，惡魔更正，讓她心靈痛苦，成為美味佳餚。

瑞娜沒辦法不去回想山傑特那個表情。純粹的痛恨。還有打量她肚子的目光。她得強忍一股殺了那傢伙的衝動。

但儘管不願承認，他們還是需要他。吃心靈惡魔腦並沒有提供有助於旅程的情報，就連坐在力量中心的賈迪爾也看不出更適合前往魔巢的途徑。

離開沙利克霍拉後，戰犬的吼叫聲再度出現，聽起來十分接近。太接近了。他們距離阻擋葛維犬的城牆很遠，但吼叫聲還是在克沙的街頭巷尾迴盪，令她後頸上的寒毛根根豎起。

「現在動作快。」賈迪爾凝聚大量魔力，帶他們走向城門。

「你打算怎麼做？」瑞娜問。

「妳和帕爾青恩在吃惡魔肉時……擁有足以對抗魔力誘惑的意志力。」賈迪爾看著前方說道。「戰犬沒有，而我的族人為此付出代價。打開城門時，我打算淨化牠們、趕出阿拉，讓艾弗倫審判。」

瑞娜想起影子，艾文．卡特的獵狼犬，因為吃惡魔肉而長到和熊一樣大。那隻狗在戰場上很恐怖，但還是會舔主人的臉，還是以會讓任何犬科動物驕傲的忠誠守護艾文的家人。

她想起魔印之子，在沒人看管的情況下變得暴力危險。想起她當年幾度攻擊亞倫——她一生摯愛——因爲魔法造成的憤怒衝腦。

「或許牠們還沒完全迷失。」她說。「或許還有辦法接觸牠們。提醒牠們曾受過戰鬥訓練。」

賈迪爾搖頭。「如果是最初那批葛維犬，或許。但這些都是後代，在黑暗中出生，從未見過陽光。我們的任務太重要了，不能被牠們阻礙。」

吼叫聲再度出現，似乎來自四面八方，瑞娜不再爭論，一手放上肚子。有時候該展現慈悲，有時候該保護自己。

身後傳來喀啦聲，彷彿爪子刮過石頭。其他人也聽見了，但一轉身，卻什麼也沒看見。片刻過後，側面傳來聲響，還是什麼都看不見。

「我們被包圍了。」亞倫說。「牠們在狩獵。驅趕獵物。」

「怎麼可能？」賈迪爾問。「城牆把牠們擋在外面。」

葛維犬從低矮屋頂跳落，爪子朝他揮落，證明他錯了。即使在他面前，那怪物還是虛實不定。牠沒有吼叫，跳下時屋頂也沒有任何動靜。就像影子一樣無聲無息。

即使遭受突襲，賈迪爾還是及時舉矛擋格，但葛維犬穿透矛柄和魔印，是由煙組成的怪物，但爪子確實存在。戰犬的利爪穿越他的防禦，深深劃過賈迪爾的戰袍。他往後跌開，血染古老的地板。

「我們被包圍了。」山傑特的語氣彷彿在討論天氣。瑞娜聽見四面八方傳來那些堅硬黑爪的敲擊聲。直視很難看見葛維犬，但瑞娜一掃就能察覺牠們的身影。

而且牠們很臭。她透過體味辨明位置。數十隻，宛如在草地上追蹤獵物的大貓。

賈迪爾迅速站穩，舉起長矛，於怪物再度出爪時釋放魔爆。魔力擊中怪物身體中央，但卻毫髮無傷地穿體而過，怪物再度撲上。

另一隻怪物跳出巷子。山娃及時舉盾，怪物的爪子刮過金屬盾牌時發出刺耳聲響。她出矛攻擊，但怪物持續攻擊盾牌，任由矛柄劃過煙霧般的身體。

又有三隻從高處跳下，攻擊瑞娜和山傑特。瑞娜繪製風魔印，拖慢戰犬速度，讓他們有時間閃躲，但怪物的實體部分太少，風一停就再度展開攻擊。

兩隻跳向安然待在大魔印裡的亞倫，他與牠們一起化煙，出手抓住牠們頸子，在這種虛實不定的狀態下，力量毫無意義，一切端看意志。他控制怪物，強迫牠們現形，然後用力甩手，折斷牠們的脖子。

「背對背！」亞倫邊叫邊向瑞娜滑去。山傑特立刻照做，湊上她另一邊。瑞娜寧願左邊的是戰犬。

山娃在葛維犬下一爪擊落時推出盾牌，爭取時間移動到山傑特左側的位置。卡吉之矛化爲殘影，賈迪爾快步來到她和亞倫中間，組成完整的防禦圈。

「卡吉之冠！」亞倫在一邊抓住另一隻狗，迫牠現形、撕爛牠下頷時叫道。「用卡吉之冠驅退牠們！」

「你以爲我是笨蛋嗎，帕爾青恩?!」賈迪爾吼回去。「卡吉之冠無法驅退牠們，就像無法驅退你一樣！」

「那解釋了城牆爲什麼不能阻止牠們。」山娃說。

「牠們神出鬼沒，我警告過你們。」山傑特說。「這具軀殼需要武器。」

「你這輩子別指望。」瑞娜說。

山傑特吐出一口氣，那種反應充滿人性，很容易讓人忘記是惡魔在控制他。「那就給我他的盾。」

賈迪爾皺眉，但從背上取下妹夫盾牌，甩給山傑特。

惡魔立刻讓山傑特使用盾牌，甩開在空中閃爍的黑爪。「砍斷爪子！它們是戰犬與物質界最後的連結。少了爪子……」

「就無法抗拒地心魔域的召喚。」瑞娜把話接完，上前一腳踢出，稍微將腳化煙，阻擋葛維犬。她拿她爸的獵刀一劃，血淋淋的爪子落在石板地上。戰犬在慘叫聲中完全化煙，宛如吸入風箱的灰塵般被吸入地心魔域。

賈迪爾劃開攻擊他的戰犬爪子，眼睜睜看它化煙消逝。更多戰犬衝向他們，除了爪子外沒有發出任何聲音。賈迪爾舉起長矛，街道上的石板回應召喚，飛入空中，形成實際到犬爪無法穿越的石牆。牠們放聲嚎叫，但瑞娜不認爲石牆能拖延多少時間。葛維犬從四面八方聚集而來。

「我們必須出城！」惡魔透過山傑特叫道。「戰犬不敢去更深層的地道狩獵。」

他沒說理由，但答案很明顯。深層地道裡有惡魔——惡魔王子在這種情況下仍有可能影響的軀殼——數量很可能多到超乎地表居民想像。

「要跑到城門就要跑很遠了，更別說要逃出這座石窟。」瑞娜說。

「那個交給我。」賈迪爾咬緊牙關，靈光大作，平時旋轉不休的靈氣在他聚精會神下平靜下來。四周傳來喀啦聲，瑞娜認爲克沙裡起碼有上千條戰犬，緩緩逼近獵物。

聲音越來越雜——鋼鐵撞擊、木頭拍打、空氣流竄。

在賈迪爾召喚下，克沙到處都有門窗開啓、長矛飛竄。長矛在空中旋轉，宛如團團烏雲般掃蕩街道。

「如果魔法殺不了戰犬。」賈迪爾看著旋轉的矛頭切斷一群葛維犬的爪子，把牠們送往地心魔域，

「那就讓牠們死在遭牠們背叛的主人矛下。」

長矛組成的雲牆包圍牠們，賈迪爾開始以穩定的速度穿越克沙。葛維犬大吼大叫，街上躺滿血淋淋的黑爪。爪子敲地的聲音隨著牠們逃竄漸行漸遠。

賈迪爾揮矛開啓城門，步入洞窟。戰犬聚集在門前，慘遭矛雲切開。有些爬到鐘乳石和石筍上，企圖從上跳落，但賈迪爾感應到牠們，長矛轉向在半空中截住牠們，割斷讓牠們待在物質界裡的爪子。

阿拉蓋卡在克沙大門開啓時立刻聽見那個聲音，但並不是戰犬的嚎叫。

女王在哼歌。

人類沒有聽見。沒有察覺。但即使惡魔處於最虛弱的狀態，還是不會弄錯，聲音在所有石頭上反彈迴盪。女王已經開始產卵，持續產下大量軀殼蛋。這尚不足以誘回拚命建造自己魔巢的心靈惡魔，但到下一個階段，她會開始產下少量很有價值的化身魔、一小群心靈惡魔，以及六個一孵化就力量強大的女王。她們會開始吸收女王的魔力，持續增強實力，同時用爪子和刺針爭奪權位。

除非有惡魔親王在場，搶在它們變得過於強大前殺死它們——阿拉蓋卡過去做過很多次——不然他最強大的兄弟就會各自搶走一個女王，然後逃離魔巢。如果事情演變到那個地步，惡魔親王或許要過千年才能重新掌權——如果還能重新掌權的話。

他不能再拖下去。現在就得逃走，趁著心靈宮廷裡沒有其他心靈時趕回去，在兄弟回來前恢復魔力。他最強大的對手已經死了。只要重新掌握大魔印，就沒有任何惡魔能對抗他。

他讓軀殼保持專注，完全沒有透露自己內臟緊繃的跡象。儘管如此，惡魔還是在步出克沙大魔印時鬆了一口氣。昨天一直擠壓他的痛苦消失，片刻前還不能採用的選項又回到掌握中。

但他得小心謹慎。大敵子嗣此刻展現的力量十分恐怖。克沙裡根本不會動的物品都在這股奇特的人類信仰魔法加持下聽從他的命令行事。讓這麼多武器一起轉動，代表大敵子嗣意志堅定，而他的意志已經成長到駭人的地步。轉動的長矛發揮類似魔印網的效用，同時從四面八方保護他們。

地表居民力量越來越強，而力量會讓人膽大妄爲。大敵子嗣沒有詢問方向，領頭穿越石窟，走向能夠最快通往魔巢的通道。他們在人類神殿裡至少學會了一點東西。或許學得太多了。

受傷和逃跑的葛維犬叫聲逐漸消失，而大敵子嗣吸收克沙魔力的能力也逐漸減弱，開始把召喚來的長矛送回克沙城牆內，肯定是放回它們已經躺了數千年的位置。

當最後一把長矛回家後，大敵後裔花了點時間喘氣，其他人則專注在對外防禦上。

就在那一刻，藉由盾牌的掩護，山傑特伸手到戰袍哩，握住他女兒的淚瓶。他用指甲破除封印，將眼淚——灌注了情緒魔法——倒在手指上，在他胸口迅速繪印，還在鎖住他的鎖鏈上繪了幾個魔印。

魔印短暫發光，在眼淚蒸發時變暗。山傑特目光來回察看，但囚禁他的人似乎都沒注意到。他們不太可能注意，因爲此刻他身上散發出的魔力都帶有人類的臭味，充滿愛、情緒和所有骯髒污穢的弱點。他們或許會察覺魔法，但不會認爲是威脅。

確實，不是威脅——對他們不是。那是在釋放邀請和蹤跡，吟唱人類的脆弱，召喚化身魔來攻擊山傑特。

這個計畫並非毫無風險。惡魔親王尚未長出足夠瓦解皮膚上刺青的新皮膚，而且化身魔攻擊有可能會意外揮爪殺死他。

但只要一瞬間肢體接觸，他就可以控制化身魔。透過如此強大的軀殼，他可以逃回安全的場所，剝掉皮膚上的魔印。到時候就沒有東西能阻止他化煙趕往空虛的心靈宮廷。

等這些昆蟲在沒有他的情況下找到路下去——如果他們找得到——惡魔親王已經恢復魔力、傷勢痊癒、並且控制全新世代的軀殼大軍守護他。

在下層地道前進兩天後，阿拉蓋卡才感應到化身魔。兩天之間小心翼翼往下走，利用魔印和歌者卑鄙的嗓音偷偷溜過數百隻獵食在上層通道生活的地底生物——有時淪爲獵物——的軀殼。

大敵後裔緊縮皇冠的魔印力場，以免惡魔察覺它的存在。他們在大量惡魔通過時背貼地道石壁，利用細緻的魔法引誘軀殼轉向，不至於掠過力場。

軀殼的愚蠢在需要支配它們時是優勢，但在和人類作戰時就可能會變成累贅。魔巢防禦能力低落。化身魔在前方等候，裹在一根大石筍外。它的身體完美融入身邊石頭，鉅細靡遺地模仿層層沉澱物和光滑的水滴。它把魔力維持在身體四周，暗藏在表皮底下，就連大敵後裔也無法輕易發現。

它很接近。非常接近。但不知道是出於本能還是運氣，大敵後裔領著他們走向化身魔突襲範圍之外的通道。就連這隻比較聰明的軀殼也沒辦法穿透歌者和囚禁他的人的魔印，只能感應到山傑特身上淚瓶的人類臭味。化身魔察覺獵物接近，但看不見也聽不見獵物。還不能。

惡魔親王放慢腳步，大敵後裔和探索者注意力集中在前方，沒有察覺此事，走出視線範圍。化身魔就躲在幾步之外，但山傑特的女兒走在它們中間。惡魔親王讓山傑特在通過下一根石筍時輕絆一跤，短暫脫離其他人的視線。

他擊碎鎖鏈上被削弱的鍊環，釋放軀殼手腳。山娃立刻反應，但還是不夠快。軀殼的戰鬥技巧和肌肉記憶都沒有變差。

在突襲優勢下，軀殼迅速緊扣山娃，利用空出來的手精準出擊，打碎骨頭和關節。短短數秒間，他拋下她的殘軀，衝向化身魔。

他突然亂動讓隱形魔印失效，但化身魔在他接近時沒有任何反應，繼續安靜等候，宛如蛛網中的蜘蛛。它會在他走近時展開攻擊，惡魔只有短短數秒脫離山傑特的心靈，進入化身魔體內。他準備最後殘存的魔力進行轉移。

狩獵者注意到他衝出掩護。她化身殘影，衝上前去阻止他，無意間背對化身魔。她手持獵刀，靈氣中毫無慈悲。只要殺得了，她就會殺了他。

這個女人很笨，居然以肉體面對他。用她的獵刀。她可以站在原地繪印，啟動他皮膚上的魔印，就能立刻殺死他。這些人擁有力量，但原始的心靈還是比較相信鋼鐵。

她撲上前，但不管魔法加持了多少力量和速度，狩獵者的格鬥技巧都不是這具軀殼的對手。他扣住她的手腕，順勢一扭，獵刀在無力的手掌中顫抖。她把心力耗費在保住獵刀之上，讓軀殼有時間把她固定在原位，翻身踢牆，增加出拳力道，擊中她肚子上那個圓圓的卵囊。

狩獵者尖叫，摔倒在地。惡魔親王拳如雨下，全都瞄準同一個脆弱的要害。

瑞娜低聲咒罵，背部著地，空氣離開身體。山傑特立刻撲到她身上，繼續重拳攻擊。他施展的不是他女兒那種行雲流水般的沙魯沙克。沙羅姆的沙魯金比較粗暴，但效果沒有比較差。瑞娜自認技巧高超，但他就像貓捉老鼠般輕易打倒她。

儘管惡魔完全控制住山傑特的戰鬥技巧，但似乎不太在乎他的痛覺。當他注意到自己犯的錯時，山傑特的手已經碎成肉醬。

「你以為我很笨嗎？」瑞娜利用強大的魔力強化腹部肌肉。她的孩子漂在與魔印玻璃一樣硬的護甲內。「我在克沙就發現你在看我肚子。」

惡魔遲疑讓她有機可趁，瑞娜一拳擊中山傑特胸口，拳頭上的衝擊魔印魔光大作。她感覺到肋骨斷裂。他被擊退好幾步，倒地的姿勢出奇優雅。

瑞娜已經爬起身來，展開進攻。她手中的骨柄堅硬無比，充滿魔力。

「我會說這並非私人恩怨，」山傑特說。「是為了生存，我的種族對抗妳的種族，逼我不得不如此。」

她動作飛快、鋼猛，但山傑特還是接下她所有攻擊，扣住她拿獵刀的手臂，一扭後換他掌控大局。慢慢地，他將獵刀扭向她肚子。這把魔刀是少數瑞娜肚子未必擋得住的東西。

「我本來會那樣和妳說的，」山傑特輕聲道，「但那就是說謊了。」

瑞娜記得第一次被那把刀割傷的情景。當年她五歲，豪爾在殺完獵物後叫她擦刀。獵刀刀刃當年就無比鋒利，彷彿擦刀布不存在般瞬間割穿，在她手掌上割了一條淺傷口。

她母親驚呼，但豪爾只是嘟噥一聲，揚手阻止她衝向女兒。他抓起瑞娜的小手，拉到她面前，逼她正視血紅的傷口。

獵刀就像脾氣暴躁的老獵犬，豪爾以前常說。妳叫它咬什麼就咬什麼，但若不小心，它也會咬妳。

瑞娜咬牙切齒，推開刀刃。他聽見亞倫和賈迪爾趕來的聲音，但他們無法及時趕到。

她吸氣，依照山娃教的，想像她的動作。接著，她突然發難，掙脫束縛，反制對方。

地面才是真正的戰場，姊姊，沙羅姆丁教她。拉倒妳的對手，控制對方，利用血或空氣制伏他。

現在山娃躺在地上昏迷不醒，搞不好死了。就算他們得要自己找路前往地心魔域，仍該是解決阿拉蓋卡的時候了。

但那並不表示山傑特必須和他一起死。瑞娜壓制他不停掙扎的四肢，翻身而起，出腳卡入山傑特和惡魔之間。她用力一踢，扯爛他的戰袍，將惡魔踢到一段距離外，準備在不會害死山傑特的情況下對他的刺青灌注魔力。

「我要像太陽一樣燒死你。」她吼道。亞倫和賈迪爾衝回現場，魔力刺眼。惡魔之王絕對逃不了。

阿拉蓋卡倒地的姿勢沒有山傑特優雅，重重摔在一根石筍上。瑞娜在他不再滾動時準備進攻，但在石筍突然伸長包覆惡魔時吃了一驚。

「化身魔！」她叫，雖然此刻大家都看出來了。

白痴，她咒罵自己。惡魔早就計畫好了。我直接落入他的圈套。

他們三人，瑞娜、亞倫、賈迪爾，全都釋放強大的魔爆，但惡魔全數閃開，石筍炸成碎片。他們毫不遲疑，衝入煙塵碎屑。

「我把他困在卡吉之冠的力場裡！」賈迪爾叫道。「他逃不了的！」

惡魔才脫離他們視線範圍一瞬間，但當瑞娜視線清晰後，化身魔已經變大，出現石惡魔的尖刺外殼和水惡魔的利爪觸角。能把她的腦袋和肩膀一口吞下的血盆大口裡長滿好幾排四吋長牙齒。

「心靈惡魔依然受制於刺青！」亞倫大叫。「他在裡面，把化身魔當盔甲穿。」

他繪製化身魔印，令惡魔重重撞上賈迪爾的皇冠力場。惡魔身體變扁，瑞娜看見它身體中央有塊隆起物。她撲上前去，獵刀在前。她絕對不會再遲疑了。

化身魔以比她更快的速度飄開，揮動觸角逼退他們。瑞娜和賈迪爾早有準備，揮動武器割傷觸角。

化身魔能瞬間療傷，但沒辦法長回被切斷的部分。

阿拉蓋卡也很清楚這一點。那條觸角比她的刀刃還粗，惡魔承受刀傷，甩到後方，擊中她背部。她跪倒在地，透過眼角看見亞倫。

亞倫本來可以躲開，或用魔印震退觸角，但他抓住觸角，徒手固定強大的肌肉，然後以致命的魔力灌注其中。這時他看見她，當場瞪大雙眼。「瑞！」

惡魔抓緊時機。第二條觸角從亞倫抓住的那條分出，迅速繪製魔印，將他打趴在地。第二道魔印打塌了他頭上的洞頂。

瑞娜沒時間觀察後續。惡魔繼續攻擊，觸角不斷融合、分離——變得又硬又尖，然後又變得像果凍一樣軟。她奮力在空氣中繪印，但觸角甩開她的手掌，阻止她的企圖，同時想辦法箝制她。

瑞娜很想化煙，就能輕易逃脫。但在這麼深的地底，地心魔域的呼喚——之前宛如誘人的溪流聲，現已如春季融雪的滾滾激流。她能在那裡面游泳嗎？她有辦法把自己——和孩子——拉回現實嗎？

不。她得維持實體。

賈迪爾的情況似乎也沒好到哪去。他動作很快，擋下攻擊，偶爾還能主動進攻，但他只是克沙裡那個力量無限之人的影子。

現在惡魔冒出了二十條觸角。賈迪爾的矛快如殘影，但不只一條觸角突破他的防禦。卡吉之冠的魔力都用在阻止惡魔逃走，他沒辦法用皇冠來轉移攻擊。他脫掉上衣，皮膚上的魔印疤痕綻放魔光。惡魔傷不了他，但觸角撞擊魔印的力量還是震得他東倒西歪。賈迪爾撐下那些攻擊，但不久後就會感覺到那些攻擊的威力。

接著一條觸角，從牛打一模一樣的觸角中突然現身，於最後關頭後縮，拋出暗藏的石頭。石頭擊中賈迪爾額頭，撞開卡吉之冠。皇冠飛越空中，落在幾呎外的地板上。

卡吉之冠一離開賈迪爾額頭，惡魔立刻不再攻擊。觸角後縮，化身魔跳起，在半空中變爲體型龐大的田野惡魔。惡魔落地，拔腿就跑，衝過地道。

賈迪爾看向卡吉之冠，但沒時間去撿了。他揚起長矛，追趕惡魔而去。

瑞娜抖動身體，以魔力強化雙腳，抓起獵刀，追了上去。

賈迪爾逐漸逼近惡魔，她則逐漸逼近他，但是惡魔背上冒出一條觸角，在空中繪製魔印。一陣爆炸過後，上方的地道坍塌。瑞娜失去賈迪爾的身影，無法確定落石有沒有把他活埋。

「阿曼恩！」她沒想到自己的語氣會如此激動。她還刀入鞘，被灰塵嗆到咳嗽，但毫不遲疑地搬開最接近的落石。然後是後面的落石，接著是下一塊。但隨著搬開越來越多石頭，她心裡越來越怕。惡魔的魔法都很精準。即使加持過力量，她還是要花很多時間才能挖穿。

山傑特和山娃很可能死了，或許亞倫也是。賈迪爾有沒有埋在這下面？她是唯一還活著的人嗎？

「抱歉，我的愛。」她伸手摸肚子，準備化煙。「全世界都靠我們了。」只是短距離跳過這堆落石而已。地心魔域不可能把她吸走。

她化煙。

「瑞，等等！」亞倫抓住她的手臂，她終於鬆了一大口氣。他揚起手裡的卡吉之冠。「我去追他。山娃還活著，但撐不了多久。妳去照顧她，我去去就回。」

「你最好是！」她大叫，但他已經瓦解形體，飄過落石。

瑞娜遲疑。她所有本能都在叫她跟上去幫助亞倫。但孩子在她肚裡翻身，山娃的靈氣又黯淡不定。

要相信他能自救。就像他救我一樣。

瑞娜衝去找山娃，讓她平躺在地，以魔力查探她的身體狀況。到處都有骨折和出血——她能撐這麼久已經是奇蹟。

「我……」山娃喘道。

「別說話。」瑞娜說。

「我已……」山娃再度喘道，「準備好……踏上孤獨……之道……」

瑞娜啐道：「說什麼鬼話。妳還有事要辦，女孩。死亡可不是偷懶的藉口。」

瑞娜希望她受過藥草師訓練，或亞倫的醫療魔法技巧，但她沒時間惋惜那些。她吸收周遭的魔力，緊握山娃的手掌，將魔力灌入沙羅姆丁體內。

她的手隨著魔力而動，將骨頭和肉壓回定位，讓魔力加速身體治療。她先處理山娃的胸口，保住她的心肺，然後修復頭骨裂痕，舒緩腦部腫脹。

接著她開始往外治療，專心到忘了時間。她眨眼，發現眼睛乾燥灼燙，知道停手的時候到了。她見過治療魔法吸乾亞倫的情況。如果她讓自己太虛弱的話……

山娃眼睛緊閉，但呼吸比較順暢了，殘破的身體恢復完整，只是還很虛弱。瑞娜後退，儘管灼燒感已經滲入肌肉，還是在體內保持大量魔力。亞倫、賈迪爾或一千隻惡魔隨時有可能挖開落石過來。

她精神緊繃地等了很久，但什麼都沒有，前方完全沒有生命的跡象。

她被一陣喘息聲嚇到，連忙轉身，握緊獵刀，結果發現山傑特還躺在打鬥中摔倒的位置。沒人命令他起身的話，他可以在那裡躺到死。

不會躺太久的。瑞娜打爛了他的胸板，而且他的拳頭也都爛掉了。心靈惡魔一心只想逃跑，完全不在乎山傑特的傷勢。

即使是現在，她還是能救他。他受傷的地方沒有山娃多。但救他有什麼意義？力量鼎盛的賈迪爾都沒辦法治好他。如果亞倫沒有帶著惡魔回來，山傑特還有什麼用處？就算亞倫把阿拉蓋卡帶回來了，救山傑特不也只是給惡魔另一個逃亡的機會，殺她孩子的機會？

瑞娜的手在獵刀上獲取慰藉。她目光飄向山娃，發現女孩在看她，在頭巾和面巾後瞪大雙眼。她們目光相對，不需要言語交流。

山娃掙扎爬到她身旁，用手肘撐起身體，一條腿跪在地上。「如果一定要動手，姊姊，應該由我來。」

瑞娜要扶她，但女孩揮手拒絕。她站起身來，搖晃片刻，最後站穩。她手中冒出一把玻璃彎刃匕首，迎向前去。

她在父親面前站了很長一段時間，然後跪在他身旁，把他的頭放在大腿上。

「你的靈魂準備踏上孤獨之道了嗎？」她輕聲問。

「只有艾弗倫能審判靈魂。」山傑特的聲音毫無情緒。山娃眨眼，靈氣中浮現痛楚和困惑。她並不期待他會回答。

「你希望踏上孤獨之道嗎？」山娃問。瑞娜看見她在流淚，但是沒有上前幫她接淚。這是非常私人的時刻。她再度將感官向外釋放。亞倫去多久了？幾分鐘？一小時？更久？無從得知，她也沒辦法假裝聽不見父女間最後的對話。

「我已經不希求任何事了。」山傑特依然毫無情緒。

「你之前希求什麼？」山娃問。

「追隨沙達馬卡，他會從奈手中解放所有人。」山傑特說。「保護我女兒，比所有兒子更了不起的女兒。」

他語氣冰冷，但山娃嗚咽，緊抱他。

「姊姊，」山娃哀求，瑞娜立刻跑去。「我無法承擔這個責任。妳必須……必須……」

瑞娜輕輕從山娃無力的手中接過玻璃匕首。她們目光相對，瑞娜將匕首插回山娃袍中的刀鞘。

「妳聽到他的話了。」瑞娜無視全身灼痛，吸收更多魔力治療山傑特。「死亡不是偷懶的藉口。」

瑞娜花了幾個小時才把落石清理到可以擠過去，但另一邊沒有其他人的蹤跡。

如果他們被活埋，肯定會有蛛絲馬跡，她對自己說。我也會感應到。

他們還活著。或至少通過這裡時還活著。但惡魔有沒有殺死賈迪爾？亞倫有沒有被吸入地心魔域？阿拉蓋卡此刻是否帶領惡魔大軍趕回來？

她爬回山娃和山傑特所在的石窟。他們的身體都修復了，但需要食物才能完全康復。

她也需要食物。她孩子就和往常太久沒吃東西時一樣，又踢又扭。她翻開行李，找出賈迪爾用來裝土的碗，塞滿土，撫平表面。

「姊姊，妳做什麼？」山娃問。

「製造食物。」瑞娜說。

「這是達馬丁最困難的法術之一。」山娃警告。「據說如果準備聖食聖飲有絲毫差錯的話，會產生一口就能致命的毒素。」

瑞娜感覺腹部翻滾，但她強迫自己聳肩。「總不能在這下面餓死。」

她繪製看賈迪爾繪製很多次的魔印。魔力在透體而過時感覺很燙，但似乎成功了。其中一個碗裡的土變成蒸丸子，另一碗則是清水。

儘管如此，她還是懷疑地看著它們，心裡反覆浮現山娃的警告。但他們還有什麼選擇？最後她嘟噥一聲，伸手去拿。

「姊姊，讓我來！」山娃叫道。「妳懷孕了。沒必要兩個人一起冒險。讓我先嚐。」

「有什麼差別？」瑞娜問。「如果有毒，我們都會死。」

「如果我走了，妳可以前往阿拉之矛。」山娃說。「那裡記載了食物和水的魔印，而且神廟很安全。」

「太好了。」瑞娜說。「為了老死在被人遺忘的堡壘裡，穿越天知道多少戰犬。」

「除非解放者沒有回來。」山娃說。

「我不要等到戰爭結束。」瑞娜說。「那樣待在家裡就好了。還有其他我不該吃的理由嗎？」

「我比較可以犧牲。」山傑特的聲音平淡，回答這個本不期待答案的問題。

瑞娜和山娃對看一眼。終於，山娃點頭，從背包裡拿出小碗、小杯和筷子。她和之前一樣跪在父親身旁，一起在山傑特面前祈禱，然後山傑特在她的命令下喝光水，拿起筷子，吃了一口蒸丸子。

瑞娜發現自己屏息以待。她吐氣，確認山傑特沒有摔在地上抽搐後，她像惡魔剛殺死獵物般撲上去大快朵頤。

稍晚，吃飽喝足後，他們三人揹起行李，擠過落石，順著地道往下走，來到另一座石窟。地上炸出一個大洞，往下數百呎又是一個地底峽谷。他們是不是都掉下去了？還是亞倫跟賈迪爾避開陷阱？通往地心魔域的捷徑？她無從得知。瑞娜嘗試解讀魔力流，但資訊太多，理不出頭緒。

「惡魔屎。」她低吼，雙腳懸掛在可怕的深洞外。除了這個洞，石窟還有好幾條離開的地道，而她不記得之前看過的地圖。唯一的副本畫在亞倫的筆記裡，但是筆記跟她丈夫一樣沒了。「就算他們沒掉下去，哪條才是通往魔巢的路？」

一陣腳步聲響，山傑特遠離她們。戰士毫不遲疑地挑選左邊第三條通道，開始往下走。

瑞娜和山娃對看一段時間，轉身跟上。

第三十六章　煙與霧　334 AR

黎莎在藥杵背上回頭，看見她母親抱著奧莉芙，在遠方越離越遠。這不是她第一次懷疑自己是否犯下人生最大的錯誤。

汪妲在黎莎搖頭揮開這個想法時注意到她的動作。「沒事吧，女士？」

「我沒事。」黎莎說。「只是浪費時間空想死亡和失敗的事。」

「想那些不是在浪費時間，女士。」蜜佳說。黎莎看向女孩，她向來安靜到令人忘記她的存在。即使是現在，她還是不願解除僞裝，身穿普通戴爾丁袍。她側身坐在坎黛兒身後，矛和盾都藏在行李裡。

「眷戀過去的失敗有什麼好處？」黎莎問。

「我老師教我和姊妹每天冥想時都要想像自己的死亡。」蜜佳說。「光榮死在阿拉蓋爪下、夜裡遭人謀殺、被宿敵下毒、丟下山崖，或被水惡魔抓到水裡溺斃。所有我們能夠想到的死法。」

「太可怕了。」黎莎說。「爲什麼要做這種事？」

「沙羅姆必須隨時準備赴死，女士。」蜜佳說。「經常想像死亡，讓我們隨時做好準備，保持靈魂純淨。要知道生命是艾弗倫的短暫美禮，所有人都要面對死亡。英內薇拉，當孤獨之道爲我開啓，我會毫不回頭地走上去。」

「妳說的話很有哲理。」黎莎謹愼挑選用字，「但我寧願想像成功，努力讓想像成爲現實。」

蜜佳鞠躬。「當然，女士。我們都是妳的工具。刀刃不會質疑雕刻師。」

黎莎眨眼。這就是她現在的身分？命運雕刻師？她回想關於她的骨骰預言，還有基於那把骨骰擬定的計畫。拿數千條人命冒險，成功機會渺茫的計畫。「妳就只想當那個？別人手裡的匕首？」

「當匕首總比當被雕刻的木頭好。」小包爾騎在坎黛兒和蜜佳身邊的小馬上說。「我父親總說眞正的力量來自所有人攜手合作。」

他們從黎莎的堡壘騎到伐木窪地鎭中心時，加爾德，還有妲西院長、蓋蒙隊長及海斯裁判官在那裡等候。

「史黛拉或法蘭克有消息嗎？」黎莎知道答案，但還是非問不可。

「已經好多天沒看到任何魔印之子了。」加爾德說。「營地都荒廢了。」

汪妲啐道：「我就知道他們靠不住。」

「不需要他們。」加爾德說。「我們有兩百槍兵、五百伐木工、近一萬名窪地士兵，還有魔印師和藥草師。我們能應付所有來自惡魔的攻擊。」

「噢，加爾，」汪妲說。「你爲什麼一定要說得這麼明白？」

信使騎馬去安吉爾斯要將近一週，但窪地士兵步行只能跟上補給車隊的速度。他們白天會在〈讓爐火燒〉的歌聲中整齊行軍，晚上則守護營地。

但第一天晚上，惡魔沒有進攻。第二天也一樣。

「時間太趕了。」黎莎在出發一週後的晚餐時說道。「再過四天就是月虧了。」

「我們走得很快。」加爾德說。「旅途平靜。老實說，太平靜了。惡魔在窪地郡外圍集結好幾個月，但當我們離開大魔印時，它們卻不阻止？」

「或許沒料到我們會主動出擊。」妲西說。

心靈惡魔很自私，黎莎想起亞倫的話。永遠不會想到你會冒生命危險去救別人。

「加爾說得有理，女士。」汪妲說。「妳有見過惡魔不攻擊近在眼前的東西嗎？新月時，或許，但已經這樣一週了。」

「有化身魔。」黎莎說。

「那它們在等什麼？」汪妲問。

「我寧願開打也不想這樣等下去。」加爾德說。

「我沒什麼好抱怨的，」坎黛兒說。「我寧願等也不要開打。」

「我想我們很快就會打個夠。」黎莎嗅聞空氣，充滿上萬人生火做飯的刺鼻氣味。

妲西注意到不太對勁。她走去帳簾，在營地開始傳來驚呼聲時瞪大雙眼。「黑夜呀。」

「怎麼了？」黎莎衝往帳簾，看見空氣中煙霧瀰漫，樹林裡傳來邪惡的橘光。「造物主呀。加爾德！它們放火燒林！下令拔營啓程，別讓火勢蔓延！」

加爾德立刻出帳，大聲下令，但黎莎知道這樣不夠。她們一直低估地心魔物狡猾的程度。既然少數火惡魔用煙和火就能達到效果，何必浪費軀殼與他們正面衝突？

「妲西，集結霍拉法師，動作快。」

窪地人跌跌撞撞地逃了大半夜。

黎莎頭昏眼花，肺部灼痛，但不是被煙燻的。她和其他霍拉法師耗盡所有惡魔骨的力量製造防火道和風，阻擋大部分濃煙和火焰。施法量超過很多人的負荷。不只一個人昏倒，其他人在痛到受不了時被迫停止施法。只有黎莎和妲西苦苦支撐，還要幾個小時才會天亮。

油膩的灰燼沾染在所有東西上，削弱隊伍前後的魔印。黎莎路過一隊跟不上部隊的窪地士兵。有些士兵依然在唱〈讓爐火燒〉，但被煙和灰燼嗆到，很難跟上節奏。

坎黛兒演奏羅傑的小提琴，利用腮托裡的霍拉強化千倍音量。她還戴著阿曼娃給她的頭巾，將絲面巾蓋在嘴前，過濾濃煙。

「風惡魔！」汪妲舉弓射箭。一眨眼間她又搭箭拉弓。

黎莎抬頭，看見一群惡魔俯衝而來。領頭的惡魔轉向躲開汪妲第一支箭，還有第二支。第三支命中，惡魔身體一沉，摔在坎黛兒的馬旁。

黎莎舉起霍拉魔杖，繪製強力風魔印，在其他風惡魔撞上力場時大放光明。

但接著坎黛兒大叫，黎莎看見地上的風惡魔變成石惡魔，在她馬前聳立而起。在她或蜜佳有機會反應前，地心魔物轉身揮出沉重的尾巴，打爛她們坐騎的腳。坎黛兒落地時放脫小提琴和琴弓。

化身魔發出一陣特別的叫聲，四面八方的惡魔紛紛衝出濃煙，展開攻擊。有些魔印發光，震退它們，但很多魔印都失效了，惡魔擊潰精疲力竭的窪地士兵防線。

附近脫隊的士兵連忙上前幫助黎莎和其他人，但他們不可能是化身魔的對手。「退開！」她在加爾德衝向惡魔時叫道。

化身魔揮出一手，化為甩動的觸角，但加爾德早有準備，用大刀砍斷觸角，衝鋒速度絲毫不減。他身後，汪妲持續射箭，木製重箭不斷擊中惡魔。

惡魔攻擊加爾德，但他的護甲堅硬，擋開攻擊，欺至近處，一斧砍入化身魔身側。

「女士，小心！」包爾指她身後。

黎莎全神觀戰，沒注意到那群士兵直逼而來，矛尖指向她的胸口。看見他們的臉時，她立刻知道出問題了。她調整魔杖，用衝擊魔印打散他們。

矛、盾在他們倒地時散落一地，他們的制服融化成鱗片硬殼，長出魔爪和利齒。

化身魔。約莫十二隻。它們怎麼接近到這種距離的？

「路上有化身魔！」妲西舉起霍拉杖。「保護女伯爵大人！」她繪製的魔印一絲不苟，化身魔印緊密扎實、威力強大，惡魔都被擋住。

加爾德的私人護衛搶先回應召喚。黎莎認識一輩子的伐木工——山姆．狩和湯姆．魏吉、林德．卡特、艾文和他的大獵狼犬影子，另外還有包括了沉默瓊的十幾個人。一群身穿魔印護甲，專殺地心魔物的壯漢。

但這些並非普通地心魔物。影子跳向其中一隻化身魔，五百磅重的尖牙利齒，和夜狼一樣強壯。惡魔抓住狗頭，摔到地上。影子哀鳴一聲，不再爬起。

艾文和林德趁機逼近，但惡魔的皮肉變厚變黏，抓住他們的斧頭，用長角的觸角甩開艾文，然後像娃娃般舉起魁梧的林德，拋向黎莎。

武裝男子飛過化身魔力場，撞上藥杵的腳。黎莎在摔下馬鞍時聽見骨碎聲。妲西也在摔下研砵時大叫。惡魔繞過妲西的力場，但剩下的伐木工與它們正面交鋒。

山姆能用雙手大鋸幾下便能鋸斷木惡魔腦袋，但是對付化身魔就顯得笨重。他的護甲在手肘處有條縫隙，惡魔的爪子找到那條縫，砍斷手臂，將他擊倒。湯姆．魏吉揮動大錘，但惡魔繞過武器，拔下他一根木樁，插入頭盔眼縫。他幾個兒子大叫衝去。

黎莎自魔杖中吸取魔力，恢復力氣，站起身來。她伸手到腰間的袋子裡，拋下閃閃發光的魔印卡拉幣，阻擋所有接近他們的惡魔。

她繪製衝擊和化身魔印，讓惡魔難以站穩，但是惡魔太多了，而她魔杖的法力幾乎耗盡。一隻化身魔發現空中有道魔印力場縫隙，於是長出翅膀，振翅兩下，飛到力場上方，朝黎莎直撲而下。

她連忙後退，卻沒時間舉起魔杖。惡魔肯定會殺了她，但在陣刺耳叫聲中，一把大鶴嘴鋤撞開化身魔。黎莎呆呆地看著沉默瓊衝過身邊，一鋤一鋤插入化身魔體內。

化身魔尖叫，形體失去凝聚力，但接著觸角繞到巨人身後，將他扯倒在地。黎莎用化身魔印攻擊惡魔，但又有兩隻化身魔發現力場縫隙，飛到她頭上。

坎黛兒和蜜佳趕來，小提琴和歌聲合一。蜜佳手指抵住喉嚨，調整頸鍊上的魔印，強化音量，配合坎黛兒的旋律。

惡魔散開片刻，但他們都很熟悉這種魔法，化身為沒有耳朵的形體，承受大部分音樂的力量。

黎莎四下尋找汪妲，但女孩已經和加爾德聯手抗敵，目光集中在化身魔上。她和加爾德武器都已脫手，汪妲用黑柄汁繪印的指節毆打對方，加爾德則使用沉重的金屬護手。惡魔攻擊一人，另一人立刻進攻。黎莎親手為他們的護甲繪印，惡魔的攻擊都使不上力。儘管難以置信，他們正慢慢把地心魔物毆打至死。

但那還是救不了她，因爲有三隻化身魔衝向黎莎，出爪抓爛道路，朝她丟出大片硬土和灰塵。她沒受傷，但好一時間看不見東西，沒辦法在觸角纏上時及時舉杖。惡魔立刻長出翅膀，奮力振翅，企圖帶她離開。

一陣魔霧竄起，惡魔遭受攻擊，從天上墜落。固定她的觸角變白，被一顆魔印拳頭擊碎。

「唉，抱歉我們來遲了。」史黛拉從黎莎身上扯開還在抽搐的觸角，丟到旁邊。惡魔企圖與其他化身魔會合，但魔霧又起，法蘭克弟兄現身，一拳擊退化身魔。他在空氣中繪印，閃電貫穿惡魔。

魔印之子自四面八方現身。加倫．卡特。基特．音恩。賈莉特和她的沙羅姆。化身魔沒有料到這場突襲，立刻展開撤退，但惡魔之子不給它們半點退路，用化身魔印圍困惡魔，然後展開進攻。

史黛拉伸出一手，黎莎握住，讓女孩拉她起身。「照妳吩咐躲著，但看來妳有麻煩了。」

「妳做得對，親愛的。」黎莎說。「我就是爲了這種情況才要你們跟在後面。」

「火惡魔生火後才解決它們。抱歉。」

「你們阻止火勢蔓延。」黎莎說。「謝謝。」

整條路上的窪地人都逐漸占上風。現在精疲力竭的士兵殺了惡魔、得到黑夜之力，而其他惡魔少了化身魔，陷入混亂，各自作戰。

第二天早上，斥候回報。

「農墩鎮沒了。」加爾德說。「看來有些鎮民逃走，但是鎮本身變成廢墟。惡魔在安吉爾斯河集結，不可能輕易迅速渡河。它們摧毀了橋。我們必須找個渡河點，日落時它們就會進攻。」

「繼續前進。」黎莎說。「讓它們看見你逼近。」

加爾德看著她。「不幹。我要跟妳去。」

「我們已經討論過了。」黎莎說。

加爾德搖頭。「妳討論過了。我什麼都沒說。」

「我不是在和你商量，將軍。」黎莎說。「這是命令。」

「我不在乎妳下令。」加爾德揑緊巨拳。「我遵守命令，把妳留在安吉爾斯，結果羅傑死了。妳想下多少命令都行，我絕對不會讓妳在沒有我斧頭守護的情況下就跑去心靈惡魔巢穴。」

這段眞情流露的言語令黎莎喉嚨緊縮。就她印象所及，加爾德．卡特從頭到尾都在她身邊守護她。不管他對她做過什麼，只要有他在，她會感覺比較安全。

但這次情況特殊。「我不是故意要排除你，加爾德。法娃和我擲過骨骰。只要有男人參與，這次任務就註定失敗。」

「妳帶了包爾！」加爾德叫道。

「他只是小男孩。」黎莎說。「而且與反抗勢力有聯繫。我們需要他偷渡我們進去，但是穿木甲的七呎伐木工肯定會引人注目。我需要你留下來領兵作戰。我要靠你在我惹上太多麻煩前攻破城門。」

汪妲伸手搭上加爾德肩膀。「只要有我在，黎莎女士不會出事的，加爾。」

黎莎聽見加爾德咬牙。「最好不會，不然地心魔域要付出代價。」

第三十七章 潔莎的女孩 334 AR

整整兩天兩夜，黎莎、汪妲、坎黛兒和包爾穿越未開發的樹林，只有在累到走不動時停下休息。她們全都披上隱形斗篷，但幾乎沒有派上用場。在遠離人類聚落處，惡魔數量十分稀少，而遇上的惡魔又被坎黛兒的音樂趕跑。只要不看坎黛兒，黎莎就能假裝是羅傑在演奏，感覺到她朋友保佑自己完成最後這個孤注一擲的任務。

他們在安吉爾斯南方的小溪紮營。黎莎用熱魔印加熱一座小水池，讓他們輪流洗澡，換上乾淨衣服低調入城。

「妳先洗，女士。」汪妲說。「我不會讓任何東西打擾妳。」

黎莎沒有反對，在熱水裡浸泡痠痛的肌肉，同時將奶擠入水池裡。南方許多哩外，奧莉芙在吸伊羅娜的奶，這個想法令她眼眶濕潤。

黎莎換上安吉爾斯的乾淨服裝時，天色已經開始轉亮。坎黛兒換了安吉爾斯吟遊詩人慣穿的七彩表演服，包爾則做街頭小孩打扮。汪妲還是穿著護甲，用安吉爾斯短袖外衣遮住胸甲。

「這裡走，」包爾說。「過了下個山丘就是會合點。」

他們藉由樹林掩護，看著安吉爾斯進入視線範圍，接著黎莎看見她的學徒朗妮倚樹而立，正啃著蘋果。上次見到她不過幾個月前，但朗妮看起來長大了好幾歲。完全不像十八歲的樣子，特別是那套低領連身裙和臉上的濃妝。

「黎莎女士！」朗妮盡量壓低音量，但還是發出一聲尖叫，撲到她懷裡緊緊擁抱。「感謝造物主妳來了。」

「惹上了點麻煩？」黎莎問。

「黑夜呀，這樣講太含蓄了。」朗妮說。

黎莎伸手拉拉朗妮濃妝艷抹的臉頰旁的鬈髮。頭髮被她拉直，然後彈回原狀。「這是怎麼回事？」

「不是很好看嗎，女士？」朗妮擺個姿勢，輕撩秀髮。「潔莎的女孩教我們化妝打扮。」

黎莎轉頭看包爾，包爾縮了一下。「潔莎？給林白克公爵下毒的雜草師潔莎？」

包爾改變站姿。「老公爵夫人料到妳會有這種反應。」

黎莎雙臂交抱。「所以她要你等我們騎虎難下的時候才說？」

「老公爵夫人也不喜歡這種狀況，女伯爵大人。」包爾說，「但在我們偷渡她出城前，妓院就是唯一安全的地方。」

「潔莎女士不是壞人。」朗妮說。「她和吉賽兒在……改變之後就一直照顧市民。」

黎莎吐氣。「我很期待見到她。妳能帶我們進去嗎？」

「能，女士。有幾道小城門——其實只是幾扇大門——守衛不多。」朗妮微笑。「寂寞的男人，在封城後就無所事事。我們送飯給他們，還讓他們有伴聊天。」

黎莎朝朗妮的低領點頭。「趁他們聊天時……」

朗妮輕笑。「我們就輪流溜出城門。今晚帶晚餐去的女孩會把城門打開一條縫，然後我就帶你們溜進去。」

「守衛不會注意到多了三個女人和一個小孩？」黎莎問。

朗妮把手伸入乳溝，拿出一個小木盒。「聞聞看。」

黎莎打開盒子，裡面都是軟軟的紅蠟。有股玫瑰味，但隱約還有……「譚普葉和天花草。又是潔莎的女孩教妳的把戲？」

朗妮眨眼。「有時候聊天不夠。抹在嘴唇上親幾下，他們眼睛就花了。」

黎莎很想譴責這種行為，但她得入城，而朗妮向來對男生很感興趣。她似乎覺得靠挑逗男人出城不算什麼。

「幹得好，朗妮。」結果她說，女孩眉開眼笑。「我以妳爲傲。」

樹蔭在她們於城門旁的小樹林等待時逐漸拉長，讓黎莎有很多時間擔心計畫。太陽會在她們還在城外時下山嗎？當天是月虧首夜，心靈惡魔就像待在蛛網中心的蜘蛛，有可能會在夜裡感應到城門開啓。她想著加爾德和其他人在哪裡——是否平安。如果她的欺敵戰術成功，心靈惡魔沒發現她離開部隊，那他們就會把重心放在她朋友身上。

接著她聽見喀啦聲響，城門開了幾吋。

「時候到了。」朗妮做了一個黎莎看伊羅娜做過無數次的動作，伸手勾住低領，拉得更低，然後用掌根撐高乳房。她拉緊繫繩，迅速打結，把乳房固定在那個位置。「在這等。」

話一說完，她步伐輕盈地穿越城門。

等待的時間感覺很漫長。黎莎注意陰影，心知她進去還不到十五分鐘，但感覺已經過了好幾天。她感到心臟在胸口猛跳。

終於，城門大開，露出一張熟悉的面孔。吉賽兒女士，黎莎從前的老師，她伸出粗壯的手臂，揮手招呼她們過去。「動作快。」

他們迅速進城。吉賽兒鎖上沉重的大門，緊閉魔印鋼城門。她把那扇門也鎖上，將鑰匙塞入乳溝。

有個守衛癱在城門哨所的桌上，朗妮擦拭嘴唇上的口紅。她拿起半滿的麥酒杯，灑一點在桌面和他衣服上，然後把杯子放入他手中。黎莎聽見對面門外傳來笑聲。

黎莎伸手想擁抱之前的老師，但吉賽兒拿起放滿麥酒杯的大托盤，塞到她手上。「安全之後再抱，女孩。」

黎莎反射性接下托盤，吉賽兒趁她雙手沒空時用和朗妮差不多的方法調整黎莎的乳房。黎莎已經幾小時沒擠奶了，不用調整太多就能吸引男人的目光。「一副妳該出現在這裡的模樣，出去上酒。」

黎莎轉頭發現朗妮也如法炮製對待坎黛兒。年輕吟遊詩人胸口的傷太顯眼了，所以她們弄短她的裙子，弄蓬她的頭髮。包爾已經消失了。汪妲神色尷尬，不知道該怎麼做。

吉賽兒捏捏黎莎的屁股，不給她時間考慮。她在被推出門外時驚呼一聲。

黎莎踏步恢復平衡，展顏歡笑，步入守衛室。「有誰渴了？」

男人大聲歡呼，有些人在凳子上搖搖晃晃；潔莎的女孩——黎莎認得好幾個——在房間裡忙進忙出。黎莎從前的學徒凱蒂在角落撐著一個勉強站立的守衛，守衛則懶洋洋地伸手摸她。

「玩得太瘋了點。」她眨眼。黎莎搖頭，開始分發倒滿的麥酒，收走空杯。

吉賽兒走到房間前方。「今晚有個驚喜，各位。她是安吉爾斯最美麗的吟遊詩人，騙你的話我是地心魔物。」

坎黛兒在所有人目光集中在吉賽兒身上時溜出城門崗哨，她優雅漫步，凸顯雙腳和秀髮。她後空翻，然後搭上琴弓，演奏輕快的旋律。男人歡呼。

汪妲正要溜出城門崗哨，但是小隊長轉頭看見她。「喂！」他伸出搖晃的手指。黎莎僵住。她手持沉重陶杯，站在那個男人身後。她可以……

「你還要半個小時才下哨，阿梅斯！」小隊長叫道。「回哨所去！」

「是。」汪妲目光低垂，努力壓低音調，縮回護甲裡。「是，長官。」她退回城門哨所。

小隊長嘟噥一聲，目光轉回黎莎的胸口。「怪胎，那個男孩也他媽長太高了。」

他們從擁擠的市集大街前往吉賽兒的診所。城內乍看一切正常，市民趕在宵禁前做最後幾樁買賣。但細看就能看出人們衣衫不整、神色恐懼。貨車上的貨物不全，只剩下賣相不好的商品，售價卻很高。市民會在林木軍和山矛軍路過時緊張兮兮地改變姿勢。

他們於日落時抵達診所。吉賽兒打開通往私人樓梯間的門。「動作快。地心魔物隨時都會現身，我們可不想等它們現身後還待在街上。」

黎莎聽見樓梯間對面牆壁傳來吵雜的聲響。「我以前可以透過這扇牆聽出有幾床病人，但我從未聽過這麼吵的情況。」

吉賽兒吐氣。「不意外。現在兩人一床，地板上還有躺人。」

「黑夜呀。」黎莎說。

「上次新月死了很多人。」吉賽兒說。「我們知道如何治療惡魔傷，沒損失多少上門的傷患，但必須小心，避免吸引注意，特別是晚上。我們等到天亮才在暗房裡用魔法治療傷勢最嚴重的人。剩下的就等著自然痊癒。我們已經快耗盡霍拉了。」

她打開通往辦公室的門，趕她們進去，然後鎖門。一個女人從辦公桌後起身，繞過來招呼她們。

「女伯爵大人。」就像她旗下的女孩，潔莎濃妝艷抹，頭髮潔淨無瑕。她拉開絲服的裙襬，行完美的屈膝禮。

「非常榮幸——」

黎莎不等她把話說完，一拳擊中她鼻子。

屋內所有人都嚇了一跳。黎莎不怪他們。她本來就知道會在這裡遇到這個女人；本來不打算毆打她，但一看到潔莎得意洋洋的表情就讓她勃然大怒。

是魔法的影響。她對自己說。她最近吸收太多魔力，知道魔力會強化情緒。但真的是因爲魔法嗎？黎莎無法否認潔莎屁股落地時心裡的那股滿足感。

潔莎摀住血淋淋的鼻子，話都說不清楚。「妳幹嘛打我？」

她腦中響起湯姆士的聲音。有時候領袖必須堅持己見，就算錯了也不能讓步。黎莎當時並不同意這種說法，但現在看出話裡的智慧了。「那是爲了差點死在妳手上的貝卡打的，還有所有爲了妳的陰謀付出代價的人。」

潔莎拿出一塊布，擤出一灘血泡，手指熟練地檢查鼻子有沒斷。她捏著鼻梁，阻擋血流。

「妳有種，女孩。如果布魯娜在這裡，她會拿棍子打妳的手。她最討厭妳這種虛僞的女人。」

「喂，不准那樣和黎莎女士說話！」汪妲上前一步。

吉賽兒伸手輕貼汪妲胸甲，光這樣就足以阻止汪妲。「別插手，女孩。這場架早該吵了，得讓她們吵完才行。」

「布魯娜趕走的人是妳，潔莎。」黎莎說。「不是我。」

潔莎攤手。「那些我都承認。我想偷走液態惡魔火的祕密。妳知道爲什麼嗎？」

「因爲妳既自私又渴望權力？」黎莎猜。

「因爲阿瑞安的命令！」潔莎大聲道。「就像她命令布魯娜訓練我。妳以爲那是巧合嗎？」

黎莎眨眼。此事出奇合理，也解釋了阿瑞安如此相信這個女人的原因。「妳對她兒子下藥的時候可沒那麼忠誠。」

潔莎雙手扠腰。「妳想把最近幾個月的事情通通賴到我頭上。我從妳眼裡就看出來了。」

「爲什麼不？」黎莎說。「要不是爲了妳的陰謀，我根本沒必要回到這座可惡的城市。歐可也不會派他的火器部隊南下。羅傑也不會死。」

潔莎用力甩她一巴掌。巴掌聲在黎莎腦裡宛如雷鳴，她臉頰滾燙，連退數步。

「妳別和我提羅傑。那孩子和我情同骨肉。妳以爲我希望他出事嗎？我想要被迫躲起來，不能去參加他的葬禮嗎？」

她怒沖沖地伸出手指。「我下藥讓林白克不孕，沒錯。那個地心魔物養的罪有應得。但羅傑和傑辛的恩怨早在妳從窪地帶他回來前就開始了。歐可從妳出生起就想當國王。」

「但妳，妳讓沙漠惡魔脫掉護甲。妳本來可以毒死他，用匕首插入他肋骨，阻止他入侵。結果妳讓他捲曲妳的腳趾、謀殺半數雷克頓人民，奴役剩下的人。」

「妳以爲妳有資格批判我，黎莎．佩伯？我旗下的女孩？妳和我們一樣都是妓女，至少我的女孩還沒蠢到不喝龐姆茶。」

這些話比潔莎那一巴掌傷人多了；那些全都是黎莎最深沉的恐懼。無數人因她喪命，但還是不會改變她與阿曼恩的關係。現在不會。奧莉芙出生後就不會了。

而且說到底，攻擊雷克頓的是阿曼恩的兒子。那不能算在她頭上。

「選擇都是自己做的，黎莎，我們要面對選擇的後果。」潔莎說。「但那些全都無關緊要。我們的敵人現在是惡魔。」

黎莎說過這話多少次，看過亞倫在音貝棚裡喊過多少次？那是她相信的一切，而潔莎為她解釋了那些話的意義。

她說得對。

「妳說得對。」黎莎說。「我很抱歉。」

「妳離開後，安吉爾斯有些改變。」吉賽兒說。「藥草師和雜草師認定我們之間的共通點比想像中多。我們就是反抗勢力。」

「心靈惡魔催眠了安吉爾斯半數男人。」潔莎說。「讓妳不能信任自己兄弟，但他們沒碰女人。只要不趁白天逃跑，或是太接近男人在宮殿外建造的魔印，他們就不會動女人。」

「晚上呢？」黎莎問。

「惡魔不再進攻城牆。」吉賽兒說。「有些田野惡魔和木惡魔還是會在城內現身，殺死任何夜間出門的人，但不會攻擊魔印或城牆上的男人。」

「他們要留活口。」黎莎說。

「為什麼？」潔莎問。「有何目的？」

黎莎不答。「妳認為加爾德的部隊抵達時，城牆上的守衛會怎麼做？」

「會把你們當作入侵者，用火器朝你們開槍。」潔莎說。「已經有吟遊詩人在散布窪地魔印女巫打算北上搶奪合法王座的謠言。」

「合法？」黎莎問。「比瑟死了。現在王座上是誰？」

「沒人證明他死了。」吉賽兒說。「我們偷渡老公爵夫人出城後，宮殿就一直封閉。他們說是為了保護公爵。傳令使者在城中廣場上宣告比瑟公爵的宵禁和新法，不讓我們接近宮殿圍牆和他們正在建造的大魔印。」

「黑夜呀。」黎莎拿出她的魔杖，繪製寂靜摩印，遮蔽他們的行蹤。「妳的病患裡有人受到心靈惡魔影響嗎？」

「不多。」吉賽兒說。「學徒會問新傷患問題，刺探他們有沒有受影響。幸好心靈惡魔對催眠傷患不感興趣，所以第一次進攻的時候沒有任何受影響的傷患。受影響的都是新傷患，防止人民逃跑的守衛，或是建造新大魔印時木板坍落受傷的工人。我們隔離他們。」

黎莎點頭。「要審問他們。特別是在建造大魔印的那些。」

「妳或許問不出什麼。」潔莎說。「他們看起來一切正常，但絕口不提工作。妳得旁敲側擊。」

黎莎點頭，看向包爾。「你確定你還能幫我們混入宮殿？妓院地道肯定被封住了。」

「是……曝光了，」包爾同意。「但那些通道和其他通道連接，只有皇室家族成員知道，貫穿整個宮殿地底。」

「妳打算怎麼做，女孩？」吉賽兒問。

黎莎不回答。「妳這裡有火器嗎？」

「這裡是診所。」吉賽兒說。

「我有。」潔莎眨眼。「老公爵夫人喜歡有點私人庫存。」

「毫無疑問在她的雜草師叛逃之後就消失了。」黎莎猜。

「妳終於跟上狀況了。」潔莎說。「妳需要多少？」

「全部。」黎莎說。

「那麼多火器會吸引注意。」潔莎警告。

「月虧已經開始了。」黎莎說。「誰知道心靈惡魔此刻在幹什麼？加爾德和窪地軍可能正在拚命。我們不能妄想不被發現。」

吉賽兒雙臂環抱。「做什麼不被發現？」

「天亮時，女孩會炸掉大魔印。」黎莎說。「趁所有人都專注在那上面時，我們入宮殺掉心靈惡魔。」

黎明前天色微亮，惡魔依然肆虐安吉爾斯街道，但黎莎知道心靈惡魔早就在天亮前撤離。他們在坎黛兒的音樂掩護下迅速移動，造訪潔莎藏火器的地點，安排女孩各自的定位。

「離惡魔全部化煙，晨間工人抵達還有約莫十五分鐘。」潔莎說。「有足夠時間放置雷霆棒，點燃引信，然後離開。」

剩下的人前往潔莎廢棄的學校——現在成為林木軍駐地。朗妮和幾個女孩已經到場，帶著摻了大量潭普草和天花草的油酥及咖啡去誘惑守衛。黎莎和其他人加入她們，護甲外加穿安吉爾斯短衫的汪妲則壓低頭盔，裝作衛哨。

「什麼……」其中一名守衛在同伴開始倒地時驚呼。他跌跌撞撞衝向汪妲。「快點，士兵！拉警報！」

汪妲上前假裝扶他，接著拿破布塞住他的嘴，將他壓倒在地。

「動作快。」潔莎拉動祕密門閂，推開一座書櫃，露出向下的旋轉梯。

就在此時，地面震動，雷霆棒在巨響之中炸爛大魔印木棧道。

「上面怎麼了？」有人問。

黎莎在一個瓶子裡丟入兩粒化學藥劑，塞住瓶蓋輕晃兩下。她把瓶子丟下樓梯，落地時摔碎。其中的藥劑冒出不祥白煙。底下傳來沉悶的叫喊和咳嗽聲。

汪妲領頭下樓。她戴過濾面罩，頭盔上的魔印讓她透過魔印視覺看穿濃煙。她出手飛快，黎莎在她清場時聽見許多骨碎聲。就算醒來，這些男人大多沒辦法追趕她們。

黎莎取下腰帶上的魔杖，屏住呼吸，步下黑暗的樓梯間。她繪製空氣魔印，一陣風在她們下樓時吹散濃煙。

「坎黛兒。」年輕吟遊詩人下巴抵住小提琴，開始演奏，潔莎則開啓兩代貴族從皇宮直達妓院用的密道。

黎莎朝潔莎和吉賽兒點頭。「現在出去。集合女孩，保護她們。」

吉賽兒輕輕抱她。「造物主與妳同在，孩子。」

「嗯，」潔莎說。「祝好運。」

接著包爾帶領她們步入黑暗。

坎黛兒的音樂宛如隱形斗篷般罩住她與黎莎、汪妲及包爾，偷偷溜過於地道中巡邏的地心魔物。包爾在一扇毫不顯眼的牆前開啓密門，帶他們離開擠滿惡魔的地道，進入鋪有地毯的狹窄走廊，通往阿瑞安位於皇宮女人側廊的辦公室。

但辦公室跟黎莎印象中大不相同。窗戶全部漆黑，掛滿沉重的布簾，讓他們身處黑暗，只能仰賴魔印視覺。牆壁和地板上的魔印都被深深的爪痕刮花。

「我們要通過大廳才能抵達下一條通道。」包爾說。

在坎黛兒的音樂掩護下，他們溜出辦公室，發現大廳同樣慘遭蹂躪。惡魔在地板上睡覺，黎莎屏住呼吸躡手躡腳通過。包爾帶她們進入另一個房間，通過冰冷的壁爐來到另一條走廊。

「快到了。」包爾說，指向狹窄走廊最底端的房間。

他們身後傳來吼叫聲。黎莎回頭，什麼都沒看見。「動作快。」

包爾點頭，快步來到門口，開門。就在此時，他們身後的牆壁和地板活了過來，塗料和地毯膨脹成堅硬的鱗片，逐漸凝聚惡魔形體。

「跑！」黎莎叫道，衝過門廊，進入王座廳。她感覺到頭上銀網上的心靈魔印變熱，在包圍她們的那圈魔印發光前就知道中計了。

汪妲朝逼近的惡魔射箭，但箭撞上魔印力場，落在他們腳邊。還在跑的坎黛兒撞上魔印網。力場發光，她大叫一聲，向後摔倒，小提琴滑過地板。

黎莎舉起霍拉魔杖，但空中浮現衝擊魔印，擊中魔杖，飛出魔印網。她腰帶被扯，霍拉袋不翼而飛。汪妲大叫一聲，徒手捶打魔印力場。每一拳都痛得大叫。黎莎從空氣中的魔力蛛網看出魔印網沒有缺口。

包爾悠閒晃入王座廳，化身魔開始繞圈，黑暗中若隱若現。

「你這個小混蛋！」汪妲繼續捶打魔印，不把疼痛放在心上。「等我逮到你——」

包爾仰起腦袋，哈哈大笑。笑聲令黎莎背脊發麻。他開口時，聲音十分冷酷——古老。

「平常一副驕傲自大的樣子，結果也和最低賤的石惡魔沒什麼兩樣，只會在魔印前被毆打至死。」

「包爾？」黎莎問。

「就這種年紀而言，這小孩的心靈豐盛美味，」包爾說。「等他失去利用價值，我們就會大快朵頤。」

黎莎側頭。「你怎麼進得去？我親手在他身上繪製心靈魔印。」其中一頭化身魔身體發光，當它走到魔印前時，黎莎的心差點跳出來。她怎麼看都覺得眼前的人就是羅傑。「他們眞是夠蠢的。」

另一頭化身魔發光，化身爲湯姆士，鉅細靡遺到令黎莎眼泛淚光。「即使到了這個地步，還是沒有發現。」

「你一直都在他體內。」黎莎想通了。「第一天晚上開始。阿瑞安不是逃走的。是你放她走的。」

「要讓妳離開妳的力量中心可不容易。」包爾同意。

「拿胡蘿蔔吊在眼前，像騾子一樣引妳出來就容易多了。」羅傑說。

「即使在帶領你們進來時，這小孩依舊不知道他是我們的。」湯姆士說。

「那現在怎樣？」黎莎問。「殺了我們？吞噬我們的心靈？」

包爾露出牙齒。「等你們失去利用價值後。」

「他們還是沒發現。」湯姆士語氣讚嘆。「可悲。」

「我們可悲?!」汪妲大叫。「躲在小孩和化身魔後面的是你！」

因應這句話，王座廳在魔印視覺下變亮，黎莎抬頭看見一頭惡魔躺臥在藤蔓王座上，透過球根般的大眼看著他們。地心魔物魔光刺眼到黎莎必須瞇眼才能看他。

還有兩頭心靈惡魔站在台階下。他們瘦小的身體不比坎黛兒大，撐起圓錐狀大頭，其上有一圈退化的魔角和緩緩脈動的隆起部位。

湯姆士甩出一手，化為觸角，纏住黎莎。

「黎莎女士！」汪妲抓住她，但惡魔力量強大。它使勁一扯，將黎莎扯出魔印圈，汪妲則重重撞上力場，摔回地上。

湯姆士把她拉近，露出他們獨處時特有的笑容。他伸手撫摸她的臉，感覺起來——甚至聞起來——很像湯姆士。他手掌上移，輕輕拔出固定保護黎莎心靈的魔印銀髮網的髮夾。

她掙扎，但湯姆士只是微笑。「別掙扎，我的愛。妳很快就會頭痛欲裂到求我愛撫妳。」他彎腰親吻她，就連口氣都像極了湯姆士。黎莎試圖掩飾厭惡感，但他們肯定能從她的靈氣看出來。

「你們離開時，就會散布我們被擊敗的謠言。」羅傑說。「妳們會相信那些謠言，把它們當成真正發生過的事情。你們會成為救星，再度指揮妳的大軍。」

「你們會行走於陽光下，夜晚則靠魔印守護心靈，不過卻從內部削弱你們的防禦。」包爾說。

「到時候窪地就會落入我們手中。」湯姆士說。

輪到黎莎微笑了。「我不這麼認為。」

「妳無法阻止。」湯姆士拉下最後一根髮夾。*身負血債的男孩將會引領妳們進入蛛網，黎莎的骨骰說。屆時才是出擊的機會。*

「動手，親愛的。」她對她的魔印耳環說。

惡魔僵住，但一時之間什麼事都沒發生。

接著震耳欲聾的巨響震倒在場的人類和惡魔。就連坐在高台上的惡魔都抓緊藤蔓王座。跟著又是一連串爆炸，因為耳鳴聽起來很不真切。

然後，透過令人窒息的煙塵，陽光灑入被炸爛的窗框，在王座廳中照出交錯的光束。心靈惡魔慘叫，連忙衝向黑暗，但即使在暗處，陽光還是無所不在，照得它們肢體冒煙。

蜜佳出現在一扇窗外，投擲魔印玻璃矛，刺穿化身湯姆士的化身魔胸口。

史黛拉・音恩跳出另一扇窗，把羅傑化身魔踢到一道陽光下，瞬間起火燃燒。她抓起奮力掙扎的包爾，不讓他製造麻煩。

黎莎掙脫觸角，坎黛兒撿起小提琴，汪妲衝出已失去作用的魔印圈。

剩下的化身魔和心靈惡魔無法在陽光下化煙逃回地心魔域。它們衝向出口，但史黛拉・音恩動作更快，擋住一條走廊。他們散開，但法蘭克弟兄出現在下一條走廊，第三條走廊則是艾拉・卡特。

「我想向你介紹我的魔印之子。」黎莎對那群一邊慘叫一邊拍打著火皮膚的惡魔叫道。

「我們不喜歡你們對待老媽的方式。」史黛拉說。

第三十八章　沙拉克卡　334AR

「達馬佳。妳神聖的母親到了。」

英內薇拉轉身。她迷失在思緒裡，連賈娃進來都沒聽見。警覺心不足可能會害死她。「帶她進來。」

她轉身面對窗外，曼娃進房，走過去站在她身旁。賈娃關上門，留下她們兩人獨處，凝望雷克頓人和克拉西亞人攜手合作，重建碼頭，盡可能搶救能用的船隻，拆掉剩下的船上能用的東西。

「我作夢也想不到世界上有這麼大的綠洲，這麼龐大的艦隊。」曼娃說。

「如果我們必須在月虧時撤離的話，這些船還不夠。」英內薇拉說。

曼娃看著她。「妳這麼輕易就在奈面前放棄了？」

「不輕易。」英內薇拉說。「如果我戰死能夠守住艾弗倫倉庫，我的榮耀將無止無盡。但如果以我的尊嚴爲代價可以讓人民活下來擇日再戰，我願意接受這筆交易，還當賺到。」

曼娃點頭，轉身面對窗戶。「這才是我印象中的女兒。」

「旅途平靜嗎？」英內薇拉問。

「阿拉蓋測試我們，」曼娃說。「但不是一萬名沙羅姆的對手。」

英內薇拉點頭。現在阿拉蓋知道他們打算守住艾弗倫倉庫，她就可以光明正大派兵支援，但又不敢危及艾弗倫恩惠的防禦。阿曼娃和阿桑回報在城市外緣有零星衝突，惡魔數量增加，領頭的是剛孵化的心靈惡魔，但就和窪地一樣，艾弗倫恩惠的魔印強大到惡魔還不至於造成威脅的地步。

「青恩叛軍怎麼樣？」英內薇拉問。「阿桑和阿曼娃說叛軍沒有動靜，但在大市集裡可以聽到他們聽不到的謠言。」

「阿拉蓋攻擊焚燒魔印，」曼娃說，「加上窪地信使傳來安吉爾斯淪陷的消息，青恩並不打算在這種時候繼續反抗更有能力保護他們的人。」

「沙拉克卡代表沙拉克桑結束。」英內薇拉引述。

「看來如此。」曼娃指向在碼頭上一起工作的克拉西亞人和雷克頓人。「這些青恩資助叛軍，但現在他們是妳的了。」

英內薇拉目光低垂。「這樣講……並不完全正確。」

「呃？」曼娃問。

「阿曼恩不在，我需要有敵人牽制達馬基。」英內薇拉低聲道。「青恩叛軍的代罪羔羊。阿邦鼓吹進攻碼頭鎮，搶奪他們繳交給湖中城的穀物補給品等收成稅，所以我——」

「坐在妳的枕頭王座上說謊。」曼娃把話說完。「利用艾弗倫之名，為了一己利益讓這些人過早參與沙拉克桑。」

英內薇拉點頭。「為此，我失去了長子和多數艾弗倫的兵力，結果只在這座惡臭的沼澤裡取得一個立足地。」

「有時候一個立足地就能讓人一飛沖天。」曼娃說。「我聽得出來妳想要我責怪妳，但我沒資格評論對錯。妳才是艾弗倫賦予力量的人，而在我看來，妳英明睿智地運用了妳的力量，」她轉頭微笑。「大部分時候。誰敢說要是上次月虧時妳沒來艾弗倫倉庫會出什麼事？雷克頓或許無論如何都會被摧毀。至少現在他們的島城有機會復原。」

「我們帶了貨品清單嗎？」英內薇拉問。

曼娃點頭，從袍子裡拿出一疊文件。「食物、木材、焦油，還有其他補給品，足以重建碼頭鎮，還有數千名戴爾丁工程師和女工匠負責動工，如果他們有辦法在妳的帳篷迷宮裡找路出來的話。」

「碼頭鎮的圍牆裡容不下五萬人。」英內薇拉說。「帳篷的位置會形成大魔印，在我們建造新防禦工事時阻擋阿拉蓋。」

「我會辦好。」在他們公開宣布大市集裡某個強勢女生意人是達馬佳母親後，曼娃很快就建立起威望。她是英內薇拉最希望擺在身邊的人。

敲門聲響，賈娃護送阿蘇卡吉進房。他看見曼娃，神色畏縮。「神聖母親，我沒聽說妳來……」

「閉上嘴巴，孩子。」曼娃說。「接下來你會經常遇上我。」

阿蘇卡吉點頭表示了解，然後站直。阿桑綁架她，卡薩德遭殺害是發生在他全身癱瘓時的事，但他們都知道他支持那個計畫。

「時候到了，達馬佳。」阿蘇卡吉說。「漁夫在王座前等候。」

英內薇拉點頭，離開房間，曼娃、賈娃和阿蘇卡吉跟在後面。在與克拉西亞代表團——英內薇拉的妹妻、希克娃、沙魯及魁倫——會合後，英內薇拉走上枕頭王座。

站在克拉西亞人對面的是伊桑公爵、黛莉雅船長及倖存下來的船務官。伊桑等英內薇拉就座，上前站在王座前，輕輕鞠躬。「達馬佳。今日對我們雙方人民而言都是個好日子。」

她看不見他的靈氣，但肯定還在生氣——痛恨她出席此間，痛恨自己對她鞠躬。但無論如何，語氣似乎發自內心。他拿出兩捆字跡工整，同時以克拉西亞及提沙語撰寫的文件。「合約已經備妥。」

「那剩下的就是血了。」英內薇拉站起身來，走下七級台階，拔出腰帶上的彎刃匕首。伊桑神色警慎，自己也拔出鋒利的匕首。賈娃呈上墨水罐，在兩人間的小簽署桌上打開。

「我們一起在夜裡灑血，伊桑．阿蘇．馬登．阿蘇伊沙杜兒。」英內薇拉在雙方領袖劃開手指，往墨水中滴血時說道。「讓我們歃血為盟，為雙方人民踏入全新的年代。」

滴完血後，賈娃將血在濃墨水中攪拌均勻後後退。英內薇拉和伊桑同時提起很像伊桑母親用來戳瞎賈陽的羽毛筆，在墨水裡沾墨。

「我將你的人民命名為大湖部族，克拉西亞第十四部族。」英內薇拉邊簽文件邊說，「任命你為伊桑達馬基。你將統治這片土地及人民，只效忠克拉西亞王座。等沙拉克卡結束，如果我們獲勝，我就會帶大部分人民回艾弗倫恩惠，只留下願意和平共處的人。為此，我以艾弗倫之光及我進入天堂的希望，在艾弗倫面前發誓。」

「英內薇拉．娃阿曼恩．安賈迪爾，」伊桑的克拉西亞語口音很重，但聽得懂。「我稱呼妳達馬佳，執掌克拉西亞枕頭王座。我對妳及職掌克拉西亞頭骨王座的沙達馬卡宣誓效忠。我們會在夜裡攜手作戰。」

他簽下名字，賈娃迅速交換文件讓他們簽名。

簽約完畢後，賈娃在簽名上抹上一層粉末，加快墨跡風乾的速度，然後蓋上墨水罐，收回口袋。英內薇拉和伊桑混合的血液可以擲出強大的預言。

「現在，達馬佳，」伊桑指向大窗，「大湖部族獻上禮物，鞏固我們的聯盟。」

一艘英內薇拉從未見過的大帆船駛入港灣，迅速航向碼頭，船上武裝齊全。英內薇拉看向伊桑，期待他會拿筆刺她眼睛。「這是什麼意思？」

伊桑沒有動手，只是朝窗口退去。他們默默看著那艘船駛入碼頭，停泊至定位。水手開啟船艙，放出數百名沙羅姆戰士。那些人看起來髒兮兮的，但是強壯、健康，適合作戰。

「城市淪陷後，我派船去接監獄島裡的戰俘。」伊桑說。「船務官反對為了入侵我們水域的人派船犯險，但把他們丟給地心魔物會讓我們自己也淪為惡魔。」

英內薇拉感到震驚，需要時間思考。接著她鞠躬，聽內所有克拉西亞人連忙照做，鞠得比她更久更深。「你的榮耀無止無盡，伊桑達馬基。我們在夜晚全都是造物主的子嗣。」

——阿拉蓋卡不會游泳。

英內薇拉看著骨骰沉思。這解釋了雷克頓艦隊為什麼能在城市毀滅後倖存下來。根據伊弗佳丁教誨，水是很糟的魔法導體。心靈惡魔派巨型水惡魔摧毀城市，但沒有親自監督過程。

如果心靈惡魔控制軀殼有距離限制，那麼湖心深處或許比湖岸還要安全。碼頭鎮港灣和雷克頓中間有道心靈惡魔影響力的界線，不然水惡魔應該會摧毀整座艦隊。

碼頭鎮最大的威脅就是巨型水惡魔。即使加上新來的達馬丁和沙達馬搭配霍拉施法，對付阿拉蓋都比對付湖水容易。枕頭王座的力量超越上次月虧，但它無法抵擋巨浪。

「傳魁倫。」

「如妳所願，達馬佳。」賈娃無聲無息地離開房間。

「如妳所願，達馬佳。」魁倫額頭貼地。

「你不認同。」英內薇拉從他靈氣看出。

「英內薇拉輪不到我認同和不認同。」魁倫說。「但是達馬佳沒必要以身犯險。這裡需要妳，指揮鎮上的戰鬥。」

「那個交給解放者的血脈就好了，訓練官。」

所有人都在作戰，但夜復一夜，卡吉娃的孫子都會出現在戰況最激烈或是有阿拉蓋將領出沒跡象的地方，宛如收割穀物般收割榮耀。希克娃、阿蘇卡吉、沙魯和賈娃。解放者的血脈。他們的名號在沙羅姆和青恩間廣為流傳。

但魁倫還是不滿意。「說。」

魁倫顏面貼地。「湖心水域……凶險異常，達馬佳。它不在乎艾弗倫的子民。如果摔入大迷宮，戰士可以呼吸、可以求救，他們分得清楚上下。地面不會要他們的命。湖面就不一樣了。它尋求我們的死亡，達馬佳。」

「阿拉蓋也是。」英內薇拉說。「你的話很睿智，訓練官。我記住你的建議了。但如果惡魔又用巨浪攻擊，我們新建的防禦都撐不了多久。我預見了。」

「讓我代替妳去。」魁倫說。「我率領褐矛號、褐盾號、褐護甲號，艦隊裡最好的船，拖網捕捉巨型水惡魔。我會獵殺它們，把它們送入湖底。」

「我們一起獵殺它們，送入湖底。」黛莉雅船長說。「我自願率領沙羅姆嘆息號出征。」

「還有伊沙杜兒號。」伊桑達馬基說。英內薇拉好奇看向對方。

「我從來就不想當船務官。」伊桑說，「不想當公爵，不想當達馬基。我當船長向來比當那些職務強。如果水惡魔對我的人民威脅最大，我的責任就是面對它們。」

英內薇拉點頭。「那是我們大家的責任。」她轉向希克娃。「妳和阿蘇卡吉達馬基統領陸地上的沙拉克，外甥女。烏沙拉統領達馬丁。我搭魁倫的褐矛號。夸莎搭黛莉雅的沙羅姆嘆息號。賈絲雅搭伊桑達馬基的伊沙杜兒號。」

於月虧黃昏時啓航，走在搖搖晃晃的甲板上感覺很奇特。阿拉蓋不敢浮出水面，但湖水似乎已經開始擾動，腳下船板一直搖晃。要保持平衡很容易，但英內薇拉還是感到噁心想吐。

她閉上雙眼，想像棕櫚樹，在風中搖擺。甲板是不變的常數。她以中心自我迎向甲板，彷彿在上面紮根，與甲板融爲一體。噁心感消退了，她睜開雙眼，四下走動，檢視武器。沙羅姆水手不習慣和地位如此崇高的人同船，在她路過時放下手邊的工作，伏身拜倒。

「叫他們不要那樣。」魁倫點頭，轉身對手下下令，英內薇拉轉向舷緣，看見下層甲板的幾排巨蠍弩刺。那下面就是漆黑的湖水。

湖心水域尋求妳的死亡。

英內薇拉會游泳，但隨著陸地逐漸消失，她開始了解會游泳是件多沒意義的事。任何艾弗倫的子民在夜裡落水都只有死路一條。就連她也不例外。

她把思緒從在黑暗中溺水的陰暗想法抽離出來，目光飄往甲板上的大巨蠍弩，能夠發射她的妹妻專爲今晚獵物親手繪印的多刺弩刺。這種巨矛擁有魔印玻璃核心，矛柄還開有洞眼。洞眼上連著強韌的纜線，纜線連結船員賣力推動的大絞盤。梅寒丁弓箭手站在前後船樓上待命。在船首斜桅下的船喙是由魔印玻璃所製，鋒利堅硬，破浪而行。那裡的魔印是英內薇拉親手處理的。

褐矛號兩側跟著它的護航艦，褐盾號及褐護甲號。這兩艘船的造型和武裝都跟褐矛號一樣，只是少了旗艦的船喙。

前方，大湖部族的人正在等待，伊桑達馬基搭乘伊沙杜兒號，黛莉雅率領沙羅姆嘆息號。他們在一條精心計算過的航線上巡邏，也就是英內薇拉相信剛好超過心靈惡魔控制範圍的位置。

她看著太陽沉入水面，美麗又恐怖的景象。月虧降臨了。

天色一黑，船四周的魔印就開始發光：許多沙羅姆頭巾上的寶石、船身上的水惡魔魔印，以及船員頭盔上的視覺和守護魔印。他們能透過艾弗倫之光視物，晚上和白天一樣輕鬆作戰。

但水面也在阿拉蓋浮出時開始發光。有些動作飛快，幾乎肉眼難察。其他的……

他們沒等多久。敵人迫不及待要一舉粉碎碼頭鎮的反抗。整座湖都開始發光，越來越亮，直到湖面看起來彷彿著火。波浪來襲，甲板翻滾，但魁倫和其他船長老練，船頭直指波浪，在第一頭巨型水惡魔破水而出、躍入夜空時乘著湖水上升。

那景象很美麗也很恐怖，一頭巨大古老的生物綻放強大魔光。巨口可以一口吞下半艘船，尾巴可以將房屋打成碎片，尖銳的骨緣能不減速便割穿船身。

但它看不見他們。船上的隱形魔印防止在下方聚集的惡魔看到他們。水手全都屏息以待。

巨型海惡魔彷彿在空中停留了片刻，接著一甩尾巴，直墜而下。

「發射！」英內薇拉叫道，其他船上的巨蠍弩隊發射，巨大的弩刺從四面八方擊中巨獸。惡魔落水把纜繩扯緊，水位大幅上升，接著船員開始轉動絞盤，一方面固定巨獸，一方面在巨浪中穩定船身。

只有褐矛號沒有發射，沒有揚帆，透過霍拉魔法強化的強壯閹人開始划槳，爬上巨浪。他們抵達浪峰，以極速下降。

英內薇拉在空中繪製切割魔印，削弱惡魔的古老厚皮，以船喙撞上巨獸。

船身猛烈搖晃，船員摔倒在地，甚至有人摔死，不少人落水。他們爲了因應撞擊而把自己綁住，但就連強韌的絲纜和鋼勾都支撐不住。不少纜繩斷了，戰士在尖叫聲中落入湖水冰冷的擁抱。

惡魔的傷口噴出膿汁，灑在前船艛的船員上，但膿汁強化了船喙和船身魔印，讓船變得更強更硬，惡魔則扭動掙扎，發出撼動湖面的高頻叫聲。

船員並沒有閒著，用弓箭和下層甲板的巨蠍弩攻擊惡魔。魁倫親自瞄準褐矛號甲板上的巨蠍弩，發出一根巨刺，射中惡魔黑眼，在一道膿汁中打爆眼珠。

閹人槳手拉槳，但船喙固定在惡魔的硬皮裡。英內薇拉以魔杖施展切割魔印，不斷攻擊傷口，以超越遠古惡魔治療能力的速度擴大傷口裂縫。接著她繪製水魔印，利用禁忌力場推開船身。

怪物再度掙扎，想將其它船拖入湖中。魁倫下達指令，各船砍斷纜繩，但惡魔又在湖面上甩動身體，張開大嘴咬向船身。

英內薇拉吸收充斥甲板上的能量，利用惡魔自己的魔力加持熱魔印和衝擊魔印，射入它喉嚨。

惡魔的肚子脹大，像是裝太滿的囊袋般爆炸，隨即沉入湖底。

船員歡聲雷動，但沒有時間慶祝。在雷克頓和碼頭鎮之間有更多巨形水惡魔躍入夜空，墜回湖面，將波浪推往臨界點。

粗如城市大街的觸腳撞上船身，長刺的吸盤努力尋找吸附處。水魔印大放光明，但船本身像是小孩的玩具般旋轉。英內薇拉努力保持站立，但她腹部翻滾，沒得選擇，只能抓住舷緣，大吐特吐，魔杖靠著琥珀金鎖鏈連在手腕上。

她沒時間擦嘴喘氣。又有三條大觸腳破水而出，透過觸覺而非視覺抓船。弓箭手把觸腳射成針墊，但似乎沒有造成阻礙。巨蠍弩隊不願意把弩刺浪費在迅速移動的目標上，專注攻擊水裡看起來像惡魔本體的位置。

英內薇拉在一條觸腳擊中船身前砍斷它，但沒辦法阻止下一條。主船桅上的魔印在驚滔駭浪中慘遭扯爛的帆布和船索削弱威力，終於失效，主桅折斷傾倒。

船欄上的魔印阻止了那條觸腳，但它沿著禁忌魔印飛掠，橫掃甲板。英內薇拉和沙羅姆在被迫撲倒在地，拚命閃避觸腳上的刺時放脫武器、抓住船索。動作慢的人在叫聲中落水，開始踏上孤獨之道的旅程。

船桅斷折，船帆四落在甲板上，讓場面更加混亂，進一步削弱魔印威力。英內薇拉持續翻滾，試圖在晃動的木板上找回一點控制，但卻被一大塊帆布蓋住。

她拔出腰帶上的匕首，一氣呵成割開帆布，但還是縛手縛腳到讓她來不及在看到第三條觸腳高高聳立、遮蔽星光時舉起魔杖。

艾弗倫呀，祢的新娘已經準備好去見祢了，她心想，但時候還沒到。

沙羅姆嘆息號駛過褐矛號和惡魔中間，以鋒利的船喙切斷觸腳。他們划得很賣力，但只是勉強躲過墜落湖面的巨大觸腳。

英內薇拉看著湖裡的魔光在垂死惡魔沉入湖底時逐漸消失。

四周突然安靜下來。湖面依然擾動，但已經開始平息。一時之間，沒有阿拉蓋威脅他們。

褐盾號毀了，像觸腳惡魔一樣沉入波浪中。褐護甲號及伊沙杜兒號被迫離開戰場，緩緩駛回碼頭鎮，後方跟了許多小型水惡魔。英內薇拉看不到它們，不知道它們後來怎麼了。

魁倫彈到她面前。「達馬佳——」

英內薇拉看了他的靈氣一眼就能解讀他的心意。他想要她下令撤退。「我看得出來，訓練官。」

英內薇拉扭轉耳環，聯絡沙羅姆嘆息號上的夸莎。

「達馬佳。」夸莎立刻回應。

「我們必須撤退。」英內薇拉說。「褐矛號再受一點損傷就要沉了。」

「黛莉雅船長同意，達馬佳。」夸莎片刻後說道。「今晚青恩水手的榮耀無止無盡，但嘆息號也不能在缺乏彈藥和修復的情況下繼續作戰。」

英內薇拉朝魁倫點頭。「下令。」

船長跳走，儘管有條金屬義肢，走起路來還是比兩腿完好的水手更穩，英內薇拉切斷聯繫，把耳環轉動到與希克娃聯絡的位置。

很長一段時間沒有得到回應。終於，英內薇拉中斷聯繫，改找阿蘇卡吉。

「達馬佳。」她的外甥立刻回應。

「我聯絡不上希克娃。」英內薇拉說。

「可以的話請盡快趕來，」阿蘇卡吉說。「希克娃倒下了。」

英內薇拉大聲命令閹人槳手奮力划槳，在船尚未靠岸前就利用霍拉的魔力跳上碼頭。街道在她衝向影之殿時化爲殘影，阿蘇卡吉在那裡等她。「她還活著嗎？」

她外甥鞠躬，但靈氣中隱現怒意。「我們帶她去找達馬丁時，她已經沒有呼吸了，但她們還是對她施法。她的命運……英內薇拉。」

英內薇拉鼓起勇氣，迎上前去。達馬丁和學徒在她進房時都抬頭看她，但沒人敢說話。

英內薇拉看著躺在手術桌上之人的靈氣，立刻看得出原因。神聖希克娃的靈魂——克拉西亞沙羅姆丁卡，已經踏上孤獨之道，但烏莎拉爲了救她體內的孩子而以魔法保存她的肉體。

我要彎腰，英內薇拉暗自發誓，看向她的妹妻；努力治療傷患的達馬丁和奈達馬丁。我是達馬佳。我必須成爲她們腳下的實地。

但就算是最柔軟的棕櫚樹也會在強風下折斷，而還有什麼犧牲更値得達馬佳落淚？「淚瓶。」穿拜多布的女孩送上淚瓶。她嘴唇顫抖，雙眼濕潤，但手掌穩定地刮下英內薇拉臉頰上的眼淚。刮完之後，英內薇拉捧著小女孩的下巴。「妳叫什麼名字？」

「明娜．娃夏賽爾，達馬佳。」女孩說。

「我們都要效法明娜，」英內薇拉大聲說。「會有無數人在沙拉克卡中犧牲。爲所有人落淚，但我們的手還是要穩。」

女人同時鞠躬，英內薇拉走出影之廳，來到阿蘇卡吉等候處。他握著希克娃的矛，染滿惡魔膿汁，綻放耀眼魔光，他凝望著矛尖，彷彿它能透露什麼祕密。

「回報。」英內薇拉說。

「祖林還活著，但艾弗倫之狼所剩無幾。」阿蘇卡吉說。「希克娃倒地後，帳篷大魔印就失守。我接手指揮撤退，在城牆上抵擋阿拉蓋，直到它們攻勢瓦解。現在是沙魯在指揮，但我想惡魔不會在黎明將至的此刻繼續進攻。」

英內薇拉點頭。「你表現得很好，達馬基。在我進一步指示前，部隊交給你指揮。回到牆上，守到天亮，然後回報。」

正要轉身時，她發現他神色不服。她稍停片刻，微微轉身，只讓他看到她的側影，手掌順勢移近她的霍拉魔杖。「還有事嗎，外甥？」

「妳知道嗎？」阿蘇卡吉低聲問。

「知道什麼？」英內薇拉問。

「解放者命令我聽命於妳，舅媽，所以我會照做。」阿蘇卡吉湊近。「但假裝不知道我在問什麼是在羞辱我們兩個。妳下令讓我表妹指揮部隊的時候知道她有身孕嗎？」

英內薇拉抬頭。「我知道。」

「這麼長的時間。」阿蘇卡吉一副難以置信的模樣。「一場又一場戰役，在大迷宮裡、城牆上、魔印力場外。妳在她肚子裡有無辜孩兒的情況下一再讓她身陷深淵邊境，就像妳對我姊姊和卡吉所做的一樣。」

「我們是不是終於該來談談，阿蘇卡吉，談談我們兩個誰比較愧對阿希雅？」

阿蘇卡吉露出牙齒。「我知道我做過什麼，舅媽。我出於忌妒想殺我姊，艾弗倫爲此懲罰我。但解放者治好我。原諒我。而妳還是繼續懲罰我。」

「懲罰你？」英內薇拉難以置信。

「妳不讓我幫姊姊和外甥。妳讓希克娃和她未出世的孩子上前線，而不讓我指揮沙拉克。」

「你太看得起自己了，外甥。」英內薇拉說。「你是在沙利克霍拉裡長大的，懂什麼在大迷宮裡領兵的事？領導沙拉克？只有幾週夜戰經驗，你就以爲能與你姊姊和表姊——在安奇度訓練官手下接受沙羅姆訓練的人平起平坐。你父親是大人物，而你假設自己肯定也是，即使是幫你的愛人謀害他時也一樣。希克娃比你夠格，那就是她率領部隊的原因。」

輪到她湊上前去，阿蘇卡吉向後退縮。「沙拉克卡與你的尊嚴無關，孩子。你表姊和姊姊了解這一點，但看起來你不瞭解。阿拉蓋不光是來殺戰士的。它們也殺腐敗之人和無辜之人。第一戰爭要求我們所有人犧牲奉獻。」

「儘管如此，指揮權還是落在了我頭上，」阿蘇卡吉說。「因爲我們期望能拯救孩子，所以希克娃半死不活。」

「這是英內薇拉。」達馬佳說。「你要站在這裡爲命運哀悼，還是去守牆？」

「如果阿拉蓋再度大舉來襲，就會攻陷多處城牆。」阿蘇卡吉說。「沒有大量修補和援軍，我們多撐一晚都辦不到。」

「盡量修補工事。」英內薇拉說。「不會有任何援軍。我們不能繼續從艾弗倫恩惠調兵，窪地部族又在專心處理北方戰事。我們要相信自己，相信艾弗倫和沙達馬卡會帶來奇蹟。」

第三十九章　漏風者之心　334 AR

唐恩的慘叫聲驚醒在石室硬長凳上的阿邦。

現在每天早上都是這種情形。哈席克看出讓阿邦身體健康的價值。他需要卡非特作帳，但又不要他忘記兩人間尚未償清的血債。阿邦並未掙脫懲罰，只是依照協議轉嫁到唐恩身上，每天懲罰一次。

不久之後，唐恩拿著早餐餐盤進入他房間。她的臉布滿傷痕，鼻子剩下一個大洞，下巴因爲哈席克拔掉的牙齒而腫大。一塊破布蓋在她失去的眼睛上。兩手的小拇指都沒了，她還拖著腳走路，把重心放在一條腿上。

女人目光低垂，阿邦很感激她這樣。她一直對他很好，但他卻背叛了她。哈席克知道如何傷害他，這就是他要她每天幫阿邦送早餐的原因。要讓阿邦看著這個女人，強迫阿邦接受自己寧願讓她代爲受苦的事。

「餓了嗎，卡非特？」哈席克出現在阿邦的辦公室兼牢房門口問道。房間裡有張寫字桌、一張草墊，還有間小廁所——只是有掛布簾的小壁龕，用木板擺在個天知道通往何處的糞坑上。

除非哈席克陪同，不然阿邦不能離開這個房間，而在哈席克割掉一名彎腰聽卡非特低聲說話的沙羅姆耳朵後，他就再也無法影響門口的守衛。

哈席克和他一起用餐，確保阿邦只能接觸到他一個人。

這對阿邦來說當然就是最大的折磨。

唐恩放下餐盤，迅速拖著腳離開房間。

「如果我繼續割她，她就沒辦法當僕人了。」哈席克說。

「你是這裡的主人。」阿邦說。「你可以大發慈悲。」

「去！」哈席克說。「直接殺了她，挑個女兒重新開始還比較簡單。」

阿邦發抖，哈席克大笑，把餐盤推向他。「吃飯，卡非特！你現在已經不算胖了！」

食物沒什麼好提的。一杯湯、摻水的紅酒、一塊含沙的硬麵包。在冷藏室裡放太久的肉塊，過早採收的綠蘋果。不過阿邦還是吃得比修道院裡大部分人都好，如果他的帳沒算錯的話。

哈席克吃的像是綠地王子，他的盤子裡疊滿淋奶油的貝殼。那股香味在粗暴的戰士狼吞虎嚥下簡直要把阿邦逼瘋。

「奈的奶頭呀，卡非特吃得多好永遠都能讓我大開眼界。」哈席克說。「達馬說你們身受詛咒，但這些世紀以來，你們一直在吃豬和食底魚，喝庫西酒，嘲笑比你們高級的人。」

「達馬要控制你們。」阿邦說。「還有什麼比不讓他們的信徒享樂，只能享受他們宣稱艾弗倫允許的東西更容易取得控制？」

哈席克打嗝，又丟一枚吃光的貝殼到盤裡。他們只剩下一艘船——其他都被雷克頓人和惡魔摧毀——但哈席克不派船出去打探消息、擴張實力，反而要船員灑網捕捉食底魚。

「你的探子找出了青恩的密道嗎？」阿邦問。哈席克的戰士殺了攻擊地下室的青恩，但沒查出他們是怎麼進來的，只說修道院底下有座天然洞穴迷宮。

「我不信任他們，」哈席克說。「控制地道的人就等於是控制了我的堡壘。我要親自去找。」

阿邦抬頭，忘記他的食物。「你獨自搜索堡壘底下的地道？」

「我覺得……獨處有種寧靜感。」哈席克說。

阿邦眨眼。「寧靜是好事，如果能找到的話。但地道裡可能會有很多阿拉蓋。」

「如果有，也還沒蠢到來挑釁我。」哈席克說。

「阿拉蓋本來就不太聰明。」阿邦說。

「你管這幹嘛，卡非特？」哈席克問。「如果惡魔殺了我，你就能重獲自由。」

阿邦嗤之以鼻。「請原諒我不相信你的凱會輕饒我。」

哈席克大笑。「你不該相信！最好的情況是他們會把你留在這裡，和帳本鎖在一起，但是有些人被閹之後培養出新的癖好。我聽過他們猜測在卡非特大餐上淋人油味道如何。」

阿邦努力壓抑顫抖，但哈席克看出來了，於是笑得更開心。他吸出貝殼裡最後一點肉，然後在房內踱步，等阿邦吃飯，伸出油膩膩的手指翻閱文件，彷彿他看得懂上面的符號代表什麼意義。

阿邦假裝沒注意，盡快吃早餐。哈席克很喜歡把食物推到地上，只爲了折磨瘸腿的卡非特。吃完飯後，哈席克搖鈴，唐恩一拐一拐進屋收餐盤。一名守衛推著阿邦的輪椅出現在門口。

哈席克接過輪椅，推到阿邦身邊。「來，卡非特，帶帳本來。我們要開會。」

阿邦知道不能隨便提問，只是慶幸能夠暫時離開石室。他將裝了寫字工具的袋子扛在肩上，拿起拐杖支撐起身，一跛一跛地走向哈席克故意讓他搆不到的輪椅。

殘酷的戰士曾在阿邦就座時突然拉開輪椅，但今天沒耐心玩。阿邦慢慢坐下，還沒坐穩，哈席克已經把他迅速推出房間。

天晴氣朗，幾乎令人心曠神怡，如果沒有堡壘居民身上那股永不消散的臭味就好。其中最臭的就是尿味。一千五百個不停尿褲子的男人待在圍牆裡就會造成一股難以忍受的臭味。哈席克保證阿邦會習慣那股味道，但每次短暫離開房間都會讓他再度感受到那種衝擊。

但閹人修道院的臭味不光發自尿液。戰士隨時都在訓練，保持武器鋒利，但哈席克並不在乎手下的紀律。由於失去性慾的關係，沒幾個男人願意費心洗澡、修剪頭髮指甲或洗衣服。沙羅姆和奴隸差不多髒，在補給越來越少的情況下眼眶深陷。

哈席克霸占修道院時從凱維特達馬手中奪走牧者的房間，把阿邦鎖在一間小辦公室裡。凱維特被趕到對面一間有小禮拜堂的房間居住。

前往凱維特的勢力範圍時，阿邦看到一些類似紀律的行為。閹人沒工作做時還是會目光空洞，瞭望遠方，但凱維特強迫戰士穿好代表秩序的制服，雖然制服很髒。

守衛立刻開門，在哈席克推阿邦進入凱維特辦公室時鞠躬，達馬跟解放者之子伊察在裡面等待。

阿邦趁哈席克沒在看時摸摸他褲子上一條暗縫，裡面藏著一小張紙。如果夠膽傳遞的話，他動作必須迅速。幾個月來他一直想要鼓起勇氣。但他一直沒有勇氣動手。

最近，哈席克都在小事上折磨羞辱阿邦，最慘的還是唐恩。阿邦有用處，尤其是對不會讀、不會寫、不會算超過手指腳趾數目的領導人而言。但如果凱維特背叛他……

阿邦開始冒汗，天知道那個殘暴的戰士會砍下什麼。

凱維特看阿邦一眼。這個達馬向來令他害怕，看阿邦的眼神宛如看著爬在大便上的甲蟲。只要他喜歡，隨時可以踩扁的昆蟲。

但自從哈席克砍掉他的陽具後，凱維特眼中就再也看不到那種高傲輕蔑的神色。

修道院裡所有男性，從達馬到奴隸，從老人到小孩，全都遭受最終極羞辱是最強大的平等象徵——永遠提醒大家哈席克大權在握。對大多數人而言，尊嚴都是遙遠的記憶。只有最殘暴的沙羅姆能調適——正是哈席克想要招募的那種野獸。

「感謝你接見我們，闇卡。」凱維特禮貌鞠躬。

哈席克饒富興味地嘟噥一聲。他小時候也被凱維特管過，他永遠看不膩這個男人順從的模樣。「當然，達馬。有什麼我能幫忙的？」

「你聽過派去碼頭鎮的斥候回報，」凱維特說。「阿拉蓋大舉進攻。」

「怎麼樣？」哈席克嘲弄道。「他們位於南方數天的路程外。我們這裡很安全。」

「我不那麼肯定。」凱維特說。「但無論如何，他們需要援手。」

「他們有援手。」哈席克說。「達馬佳親自趕往艾弗倫倉庫，阿曼恩死了，她就邀請漁夫進入她的枕廳。」

凱維特咬牙切齒，頸上冒出青筋。這話是褻瀆，但哈席克是故意挑釁的，老達馬知道不能上鉤。

「我們遭受青恩襲擊時，碼頭鎮幹了什麼？」哈席克問。「卡非特在解放者宮廷裡羞辱我時，達馬佳無盡的慈悲又在哪裡？我們不欠他們。」

「就算不爲了效忠王座，我們還是該考慮……傭兵交易。」凱維特的聲音很緊繃。「他們物資充足，闇卡，我們冬天會用得到。」

不久之前，達馬會破口大罵，聲稱哈席克是笨蛋，然後以言語威脅。

被閹後，沒人會再蠢到對哈席克大叫。

「去！」哈席克吐口水。「冬天還有好幾個月！情況沒那麼糟。告訴他，卡非特。」

凱維特氣得指節發白，因爲他的意見竟然比不過卡非特。阿邦知道自己要小心行事。他刻意將寫字工具攤在凱維特書桌上，用時間瓦解緊張的氣氛。他擺好墨池，舔舔筆尖，沾墨水，打開帳本。

即使到了此時，儘管全都記得滾瓜爛熟，他還是假裝翻閱帳本。慢慢地，房裡的人逐漸冷靜下來。

「尊貴的達馬說得有理，哈席克。你的手下已經把這片土地洗劫一空。剩下的青恩村落生產的作物只能勉強餬口，更別說要養活我們。」

「我會和手下談。」哈席克吼道。「青恩不能比我們先吃飯。」

凱維特閃過惱怒的神色，但保持語調平靜。「如果奴隸挨餓，我們就沒東西吃，哈席克。」

哈席克瞇起雙眼，或許在考慮要不要爲了對方直呼他姓名動怒。「我不會把閹人的命浪費在達馬佳身上，也不要拜倒在枕頭王座前，哀求她賞賜食物。」

阿邦清清喉嚨。「或許離這裡更近的地方就有答案。」

哈席克伸手摀住額頭。「我已經淪落到身邊只剩下卡非特的聲音了嗎？來吧，阿邦，告訴我們你的妙計。或許你認爲我們應該再次攻打安吉爾斯？」

阿邦深吸口氣。在他一生中眾多失算裡，攻打安吉爾斯是損失最慘重的，不論對他還是克拉西亞帝國而言都一樣。

「不是那麼大膽的計畫，閹卡。我只是發現，不必擔心安危的健康奴隸，生產力遠大於喝稀粥又被鞭打的奴隸。」

「世界上沒有任何不用擔心安危的地方，卡非特。」哈席克說。「對男人沒有，對奴隸當然也沒有。」

「我相信阿邦是指阿拉蓋。」聽見凱維特用他的名字而非階級稱呼他感覺很奇怪。

「呃？」哈席克問。

「現在是夏天。」阿邦說。「青恩的田地裡理應有成熟的作物，但你的閹人搶走所有作物，還燒掉他們的農舍。」

「他們還可以再種。」哈席克說。

「沒錯。」阿邦同意。「但少了遮風避雨的地方，青恩就得忙著撐過黑夜，不能專注在耕種上。」

「關我什麼事？」哈席克問。

「他們是你的奴隸。」凱維特說。「伊弗佳裡說我們得像守護自己一樣在阿拉蓋前守護我們的奴隸。」

「伊弗佳?!」哈席克大笑。「伊弗佳讓我們落得什麼下場？阿曼恩打著伊弗佳的旗號率領我們踏上殺惡魔的愚蠢使命。現在他被丟下山崖，兒子在青恩領土上被人射殺，剩下的人沒了老二，骯髒污穢，煩惱冬天會讓睪丸結冰——如果我們有睪丸的話。我已經受夠阿拉蓋沙拉克了。」

「你說得對，當然，」阿邦說。「光為了艾弗倫而去追隨聖典無利可圖。但聖典裡還是暗藏智慧。如果能吃飽飯的話，派我們的閹人出去清理青恩田地裡的惡魔又不是什麼難事。」

「你的肚子夠飽了。」哈席克吼道。

阿邦鞠躬表示順從。「只是一點建議。」

「不准。」哈席克說。「自從我們停止攻擊阿拉蓋後，阿拉蓋就沒來騷擾過我們。」

「但數量越來越多。」凱維特說。「它們現在攻擊小村落和碼頭鎮，但誰知道數量持續增加會發生什麼事？你也見過它們對漁夫做了什麼。」

「那又怎樣？」哈席克笑道。「我要為敵人遭受殲滅表示遺憾嗎？」

「對，」凱維特說。「如果奈能因而獲利的話。」

「奈！」哈席克叫道。「艾弗倫！你們祭司就會這兩個字，然後把所有事都和它們扯上關係！世界上沒有奈！沒有艾弗倫！沒有光明與虛無在永恆交戰。阿拉蓋是動物。如果有什麼值得一提的，我該為它們燒光漁夫的船摸頭嘉獎它們。」

這話聽來十分瘋狂。阿邦不瞭解在見識過惡魔以那麼冷酷有效的方式攻擊雷克頓人後，哈席克怎麼還能不怕它們。

凱維特同樣目瞪口呆。他揚起雙掌。「那好吧，闍卡。我們要怎麼應付食物短缺的問題？」

「我會派出更多掠奪行動，」哈席克說。「然後告訴傑森、歐曼和其他凱，戰利品最少的人將會失去左手。」

「聰明。」阿邦想吐。

「睿智。」凱維特咬牙。

哈席克微笑。「我們派斥候往南走。如果達馬佳管不住碼頭鎮，或許我們該從她手中搶走它。」

「艾弗倫的鬍子。」伊察低聲道。

「別這麼吃驚，孩子。」哈席克說。「你哥哥派梅蘭和阿莎薇去殺那個不知羞恥的希莎時，不就是為了幹一樣的事嗎？如果你問我，現在該是輪到達馬佳學學謙卑的時候了。或許我該縫上她的陰部，留下來當奴隸。」

凱維特和伊察聽得臉色發白，哈席克站起身來，不耐煩了。

阿邦伸手收拾寫字工具，假裝手滑，撞翻墨水瓶。黑色液體灑在桌上，弄髒達馬老舊的白衣袖。

「小心點，笨蛋！」凱維特大叫，抽走他的手。

「請見諒，達馬。」阿邦拿出看起來還算乾淨的手帕，擦拭凱維特的衣袖。他趁機把小紙條塞到老祭司手裡。

凱維特肢體微僵，但沒有出賣他。他接過紙條，手掌消失在聖袍裡，假裝檢視弄髒的袖口。「滾吧，卡非特。我自己來。」

哈席克輕哼一聲，拉著阿邦的輪椅遠離書桌。「一如往常，我的榮幸，達馬。」

阿邦在輪椅轉向前對上達馬的目光時，彼此露出心照不宣的神情。

「我很驚訝。」阿邦在回去的路上謹慎說道。

「驚訝什麼，卡非特？」哈席克問。

「你竟然能信任手下外出掠奪，而不親自指揮。」阿邦說。

哈席克大笑。「急著想擺脫我，阿邦？別以爲我會留你下來策畫陰謀。我會把你掛在馬背上一起去，就和我們一開始一樣。」

「我懷念那段時光，」阿邦說謊，哈席克輕笑。「但很高興不必餐風露宿。我只是覺得你向來……能在征服中獲得滿足。」

「我現在也從吃豬裡獲得滿足了。」哈席克說。「吃食底魚，還有折磨令我不悅的人。記住這一點，卡非特。」

阿邦點頭。「永生不忘，閹卡。」

卡吉吃飽喝足，在阿希雅背上打盹，她則與布萊爾一起看著戰士騎馬離開修道院。

「掠奪隊。」阿希雅說。「他們的存糧不足。」

「他們會空手而回。」布萊爾說。「已經沒東西可搶了。」

阿希雅開始解開卡吉揹架上的絲繩。布萊爾困惑地接下揹架。「卡吉還會睡幾個小時。帶他回荊棘叢。」

「妳要幹嘛？」布萊爾問。

「堡壘裡的人從來沒有這麼少過。」阿希雅說。「現在是混進去查探的好機會。」

布萊爾沒有動手綁揹架。「我去就好了。」

「你的榮耀無止無盡，布萊爾．阿蘇里蘭。」阿希雅說，「但我在裡面有聯絡人，你沒有。一定要我去才行。」

布萊爾遲疑，阿希雅在他開口爭論前幫他背上揹架。「如果被他們抓到……」

「抓不到的。」阿希雅說。「我可以趁著騷亂爬牆進去，天黑前就回來。」

「小心點。」布萊爾說。

阿希雅親他臉頰。「我保證，堂弟。」她拍他屁股，男孩往懸崖上的隱密山洞跑去。他們布置過山洞，三個人都已經開始把那裡當家，不急著執行任務。

但達馬佳把任務託付給她，事關沙拉克卡的成敗。阿希雅從袍子裡取出一條黑絲巾，裹在白頭巾外，假裝男人的頭巾，脖子上掛著黑色面巾。

透過妳父親的父親找出卡非特。

這句的意思非常明顯。哈席克出現前統治此地的凱維特達馬，至今依然健在。

她輕鬆繞到面湖的西側爬上圍牆。利用晨光灑落的陰影掩護，所有人的目光都放在離開大門的戰士身上。鞋子和無指手套上的霍拉讓她像蜘蛛般爬上陡峭的外牆。

她利用陰影翻過圍牆，轉動項鍊上的霍拉，在身邊形成寂靜力場，身體融入周遭景色，化為一道模糊的殘影。

她根本沒必要如此謹慎。值班守衛以為圍牆夠高夠厚而非常懶散。她輕易溜過守衛，抵達下方庭院。

到處都是垃圾，充滿尿騷味和體臭，但雜亂的環境提供大量的藏身處，讓她可以搜索堡壘。需要穿越陽光下時，她看起來就像吃不夠的戴爾沙羅姆，而塗抹阿拉蓋維倫的衣物也和所有人的衣服一樣髒。

她沒過多久就找到她爺爺的禮拜堂，溜過守衛，但找到他時房間裡還有其他人。她表弟伊察和他在一起。她靜靜偷聽，打算等表弟離開再現身。

「他是卡非特。」伊察說。「你信任他嗎？」

「當然不。」凱維特說。「只要有好處，阿邦什麼謊都說得出口。」

「那你就不知道這是不是眞的。」伊察說。

「但我相信。」凱維特說。「你哥哥，解放者長子，在安吉爾斯之役中不是遭人射殺。他是被那個……那個……」

「就算是又怎樣？算得上是逼得我們起身反抗的罪行嗎？」伊察苦笑。「哈席克有一件事說得沒錯。我們很久前就離開艾弗倫的看顧了。誰殺了誰又什麼意義？」

「確實沒意義。」凱維特嘆道。

聽這些身心殘破的人說話令她心痛。爺爺在她一生中都是高大可怕的形象。家族族長，最後的仲裁者。他的話神聖不可侵犯。

現在他只是個男人，白袍正面染黃，布滿尿漬。看來傳言是眞的。哈席克閹掉了堡壘中所有男人。

此事帶來的羞辱讓她想哭，但爲活人灌注淚瓶並非榮譽之舉。此事結束前，她要找出哈席克，讓他付出代價。

伊察沒多久就離開了，她跟蹤爺爺進入內室。正要露面時，她聽見他嘆了口氣。「如果妳打算殺我，沙羅姆，或許會發現沒有那麼簡單。」

阿希雅眨眼。他發現她了？難以想像。

「爺爺。」她解開黑絲巾，露出白頭巾和面紗。

「阿希雅？」凱維特轉身驚呼。「艾弗倫的鬍子呀，孩子，妳來這裡做什麼？」

「達馬佳派我來的。」阿希雅說。「骨骰說『透過妳父親的父親找出卡非特』。」

稍微恢復活力的凱維特再度變得意志消沉，他靈氣黯淡，垂頭喪氣。「我不知道艾弗倫派妳來這個被人遺棄的地方有什麼意義。」

「他們說修道院落入奈的掌握。」阿希雅說。「這個理由就夠了。」

「我不否認。」凱維特說。「哈席克放棄了阿拉蓋沙拉克。他或許沒有幫奈作戰，但也沒有反抗。他像綠地懦夫般任由奈擴張勢力。」

「卡非特呢？」阿希雅問。「骨骰說他在沙拉克卡還有用處。」

「活著。」凱維特說，「但要見他不容易。哈席克把他帶在身邊，親自看管。他很看重卡非特。除非和哈席克一起，不然他不會出現在外面。」

「我是來救他的，如果辦得到。」阿希雅說。「你願意幫我嗎？」

「骨骰派妳來，要我幫妳救卡非特？」凱維特靈氣再度閃爍。「我服侍艾弗倫一輩子，但是對達馬佳來說，哭哭啼啼的阿邦更有價值？」

「阿邦是卡非特。」阿希雅說。「漢奴帕許把他歸類成哭哭啼啼的懦夫，所以他就是。告訴我，爺爺，你的藉口又是什麼？」

凱維特瞪大雙眼。「妳大膽，小鬼……?!」

「我大膽?」阿希雅問。「哈席克殺了我表哥。他閹割你，遠離艾弗倫，在沙拉克卡已經展開的此時放棄阿拉蓋沙拉克。而你什麼都不做，只是畏畏縮縮服侍他。」

「反抗哈席克只有死路一條。」凱維特說。

「你不是告訴過我，通往天堂的路只有一條，就是以艾弗倫之名死去?」阿希雅問。

凱維特吐出一口氣。「就算我想幫妳，妳也不可能救出阿邦。卡非特很肥，一腿瘸了，另外一隻腳掌爛了。就算妳能靠霍拉扛起他，也會發現那傢伙……礙手礙腳，而哈席克會緊追在後。」

「那或許該是解決哈席克的時候了。」阿希雅說。

「哈席克很強，孩子。」凱維特悲傷地攤開雙手。「而我……不比從前了。」

「從前你是我們家裡——我們部族裡，代表對和錯的聲音，」阿希雅說。「現在你要因爲自己怕死，而放著殺害解放者之子的男人不管?」

「我希望妳永遠不必了解世界上有比死亡更可怕的命運，孫女。」

阿希雅朝地上吐口水。「我是安奇度親手調教出來的，我主人的靈魂可沒有因爲少了陽具就黯淡無光，他的沙魯沙克也沒有因而變慢。如果你沒有鬥志解決瘋狗，那就讓我來。」

凱維特的靈氣再度復活。「不要拿安奇度來壓我，孩子。妳還沒出生我就已經認識妳的老師了。他還是穿褐拜多布的瘦小子的時候，我就認識他了。我親自挑選訓練官在漢奴帕許裡訓練他，等他脫掉拜多布後，我帶他進沙利克霍拉，親自訓練。我認識在大迷宮中與長矛兄弟出生入死的他，每殺一頭惡魔就對月亮嚎叫，享受榮耀。當他榮耀漸失、內心空虛時，是我輔導他。」

他突然迅速出手，抓住阿希雅手臂。她試圖格擋，但她爺爺比想像中更強，而他壓制住她，抓她的臉去撞禮拜堂石牆。「所以相信我，小心闇卡。如果小看他，就算只有短短一瞬間，妳都會死。」

阿希雅腳頂石牆，用力踢出，擊中她爺爺手臂上的匯流點，削弱他的力量，趁機掙脫。

「那就幫我。」她說。

她印象中的爺爺逐漸回來。「青恩有條從地底進入堡壘的密道。哈席克一直想在地道迷宮裡把它找出來。如果達馬佳的骨骰能算出它的位置……」

阿希雅搖頭。「骨骰幫不上忙，但我知道有個人可以。」

有那麼一小段時間，荊棘叢裡充滿歡笑。布萊爾和卡吉或許只是遠親，但他們已經把彼此當作兄弟。布萊爾很寵卡吉，在山洞裡追著他跑，教他新字，沉浸在他的天眞純潔裡。

但他知道阿希雅在修道院裡多待一刻都很危險。當卡吉終於又睡著後，布萊爾宛如夜狼般在洞裡踱步，不斷緊握拳頭又鬆開。

這就是黛莉雅在他出外打探消息時的感覺嗎？瑞根和伊莉莎提過的擔憂？很痛苦。難以忍受。他不瞭解他們怎麼熬得過去。他看向沉睡的卡吉。他可以丟下男孩嗎？一下就好，等他確定……

「確定什麼？」他對自己低吼。阿希雅和他很像。她動作飛快，無聲無息，知道如何掩飾行蹤。她和他一樣強，更懂打鬥。她要不就是沒事，不然就是陷入布萊爾自己都有可能被抓的處境——留下卡吉孤苦無依——不太可能救她出來。

於是他踱步。

天色變暗時，他聽見豬根藤蔓傳來聲響。他瞬間趕到洞口，看見阿希雅垂降下來。

「布萊爾。沒事吧？」

布萊爾點頭。「有什麼發現？」

「我爺爺還活著。」阿希雅說。「還有我表弟伊察。他們會幫助我們，但要盡快行動，因爲月虧就要到了。卡非特坐輪椅、關在牧者輔祭的房間裡。你知道在哪裡嗎？」

布萊爾點頭。「要通過庭院才能到圍牆。推輪椅不容易。妳爺爺能開小門嗎？」

「一定會吸引不必要的注意。」阿希雅說。「他說堡壘裡有密道。」

「有。」布萊爾說。「我知道。有些地方推輪椅不方便。或許可以通過，但如果有追兵就不行。」

「爺爺說他們一直沒找到密道。」阿希雅說。「如果能掩飾行蹤，在沒人發現的情況下抵達地道，他們就抓不到我們。」

布萊爾皺眉。「不合理。地道是有點複雜，但既然沙羅姆知道那裡有密道，他們早就該找到了。密道唯一不被發現的原因就是沒人知道它存在。」

「哈席克似乎不想讓人知道密道在哪裡。」阿希雅說。「他不讓他的戰士搜索地道。」

「又或許他找到地道了，妳爺爺要把妳引入陷阱。」

阿希雅張口想捍衛家族榮耀，隨即閉上嘴，神色遲疑。她雙臂交抱。「明天就是月虧。布萊爾。如果明天太陽下山前不救出卡非特，或許就沒機會了。」

布萊爾聳肩。「那又怎樣？要不是因爲他，我們也不會惹上這種麻煩。他的命爲什麼比我們三個重要？」

「我的任務——」阿希雅開口。

「去妳的任務！」布萊爾叫道。「我們可以——」

「可以怎樣？」阿希雅打斷他。「逃去窪地？逃去山裡的密爾恩——製作武器屠殺我族人的地方？

沒有地方可以躲過沙拉克卡，布萊爾。就算逃到阿拉盡頭，它還是會找上門來。你也看到惡魔怎麼對付漁夫和他們的船了。他們遲早會找到我們的。你可以躲在荊棘叢裡等他們燒掉身旁的世界，但我不是那種人。達馬佳說救出卡非特會重創阿拉蓋，那就值得我以身犯險。還有卡吉。」

卡吉聽見有人叫他。「媽媽？」

阿希雅走過去，解開袍子，露出乳房，但目光沒有離開布萊爾。「你要自己決定值不值得以身犯險。」

黎明曙光趕跑阿拉蓋，阿希雅和布萊爾爬下山崖。卡吉待在阿希雅背上的揹架裡，她瞄向下方令人頭昏眼花的山壁，維持穩定的呼吸。

只有一個人的話，她不在乎這種高度，但揹著兒子，她很慶幸崖壁位於漆黑的陰影裡，而她可以利用鞋子和手套裡的霍拉攀附在岩壁上。

崖底有一小塊沙灘，而在灌木和阿拉蓋維倫藤蔓後面隱藏著一座山洞。

「就在這裡？」她問。「我們一直住在離密道這麼近的地方？」

布萊爾搖頭。昨晚交談過後，他變得比平常更安靜。他拉開藤蔓，露出一艘藏在小山洞裡的小船。

他把船拖到沙灘上，仔細檢查，然後推入水中。

「上船。」他穩住船身，讓阿希雅靈巧上船，船身一震，但她的腳站得很穩。

布萊爾推船離岸，然後跳上去，儘管他不像阿希雅一樣受過訓練，動作依然無比靈巧。她教他沙魯沙克，而他學得很快，但他從黑夜身上學到很多驚人的東西。

他拿起船槳，開始划船，節奏輕鬆，破水而行。阿希雅知道白天的水面下沒有惡魔，但她還是謹慎地看著船緣，為了布萊爾順著湖岸划船暗自讚美艾弗倫。

「遠嗎？」她問。修道院聳立在懸崖頂上，但他們距離很遠，又緊貼湖岸，上面不容易看見小船。

布萊爾搖頭。「快到了。剩下的路會弄濕腳。」

阿希雅好奇地看布萊爾把錨丟入深水，沒有流露出內心恐懼之情。

「這裡走。」布萊爾跳入水中，阿希雅停止呼吸。他期待他們能從這裡游到岸上？但布萊爾落水時沒有沉入水裡。水深只及腳踝，而且他還站著。

「這是什麼魔法？」阿希雅問。

「不是魔法。」布萊爾說。「山洞附近沒有地方停船。牧師建造水底石道通往深水。只要知道該踩哪裡，就可以從這裡走上岸。如果踩錯……」他拔出長矛，插入幾吋外的水面，長度超過他身高的矛柄整個沒入水中。「踏我踏過的地方。」

阿希雅點頭，保持呼吸沉穩，讓恐懼襲體而過，脫掉鞋子，跟布萊爾走。水很冰，但腳掌穩當地踏著隱藏在深色湖面下的石造道路。布萊爾動作迅速，她跟隨他的腳步，仔細觀察，落腳精準。只要一步踏錯，她就可能揹著卡吉一起落水。

這條路曲折蜿蜒，為了讓追兵落水而設計，但布萊爾落腳毫不遲疑，迅速接近懸崖。崖邊沒有湖岸，只有岩石，凹凸崎嶇，上面有些淤泥和灌木。布萊爾一躍而起，指尖在岩縫上一點，爬上岩壁上一道裂縫裡。

阿希雅跟上去，發現那道裂縫比從水裡看還深。他們沿著陡坡爬入黑暗。這裡看起來像是天然生成，但是通道牆壁上隱現保護魔印的微光。

她在通道底端追上布萊爾，那裡有塊沉重的魔印石擋著。布萊爾背頂石塊，奮力推擠。即使他的力氣很大，石塊還是移動得很慢。阿希雅也動手幫忙，慢慢移動石塊。石塊後方是個大山洞，渾然天成，岩面上沒有魔印。

他們把沉重的石塊推回定位。阿希雅得承認石塊完美貼合在岩壁上，完全看不出加工過的跡象。

當時是白天，但黑暗的地道令她緊張。她從卡吉揹架旁取出玻璃矛柄，甩動手腕彈出矛尖。她開始吟唱月虧之歌，在布萊爾帶路時透過艾弗倫之光尋找阿拉蓋。

「早餐，卡非特！」哈席克叫道，用力打開門。

阿邦驚醒，在哈席克端著餐盤進房時一臉撞上硬長凳。

「唐恩呢？」阿邦甩開睡意，撐手起身。

哈席克丟出一樣東西，撞上阿邦胸口，發出濕淋淋的撞擊聲。他本能性接下那個東西，低頭看到一塊血淋淋的頭皮，上面有他絕對不會認錯的灰黑頭髮。

唐恩的。

阿邦嚇得連忙丟掉頭皮，哈席克仰頭大笑。

「你的青恩朋友不像你這麼貪生怕死，卡非特。」哈席克說。「她在自己房裡上吊自殺。」

阿邦神色哀傷地看著頭皮。艾弗倫，生命與光的賜與者，我向來不是祢最忠實的僕人，但我也不是眼前這種阿拉蓋。賜我操弄他生死的力量，一瞬間也好，我絕對不會再像上次那樣蠢到留他活命。

但如果艾弗倫在聽，祂也沒有表現出來。「來吧，卡非特。」哈席克招呼。「你的早餐要涼了。」

「我很驚訝你竟然自己帶頭皮過來。」儘管五內翻滾，阿邦還是語氣冷淡。「我認識的哈席克會派她女兒送來。」

「我暫時不想動她女兒。」哈席克說。

阿邦揚起一邊眉毛。「心軟了？」

哈席克輕笑，從腰帶上拿出小鎚頭。「當然不是。我只是覺得你偶爾也要自己接受懲罰。」

阿邦臉都涼了。「闍卡。如果你饒過我，我就……」

「你又開始哀求開條件了！」哈席克大笑。「噢，卡非特，我眞懷念這個！不管那女人在你心裡引發什麼情緒，她都不値得你開任何條件賄賂我！」

阿邦吞嚥口水。這話令他難受，偏偏又難以否認。他自認比哈席克高尙，但眞的是這樣嗎？

哈席克舉起鎚頭。「所以，卡非特。你要用什麼來交換你的拇指？」

「我……」阿邦遲疑。用什麼換？他什麼都沒有，受困在這小房間裡。他的財富與詹莫瑞留在克拉西亞、和莎瑪娃留在窪地。就算他能動用那些，阿拉上又有什麼東西能滿足這個只會在阿邦慘叫聲中獲得滿足的男人？

「來嘛，卡非特，你一定要玩這個遊戲。」哈席克抓起阿邦手腕，緊緊壓在桌面上，鎚頭在他手指上晃來晃去。

「拜託！」阿邦尖叫。他的腳、腿，他可以忍受。但是少了手，他算是什麼？「如果……你饒過我的手，我就告訴你解放者的琥珀金礦在哪裡。」

哈席克抬頭。「你說謊。」

阿邦搖頭。「是我把神聖金屬的事情告訴阿曼恩的，哈席克。礦坑很偏僻，守衛不多。你的闍人可以輕鬆攻下，只要少數戰士就能長期守住那座峽谷。」

哈席克坐起，把鎚頭放回桌上。阿邦心中浮現希望。琥珀金武器能讓闍人成爲濕地上最強的勢力。

「多遠？」

「騎馬約莫十四天。」阿邦聳肩，彷彿距離不是問題。

哈席克吐口水。「太遠了，我不能輕信你這番話。我不會爲了卡非特想要保住手指所說的話，就派兵前往那麼遠的地方。」

「如果我說謊就殺了我。」

哈席克再度放鬆。「這倒新鮮。」

「我不是在敷衍你，哈席克。」阿邦說。「如果不能靠摧殘青恩奴隸擺脫折磨，那就用貴金屬。」

哈席克打量阿邦，拿小鎚頭輕敲下巴。他側頭彷彿聽取看不見的人提供建議。最後他起身，將蒸貝殼早餐拋到腦後。「拿卡非特的輪椅來！」

「我可以畫地圖——」

哈席克打斷他說話，將他一把拉起，推到輪椅裡。戰士眼中的神情比鎚頭更令他害怕。

「我們要——」

這一次哈席克拍他後腦打斷他說話。

「安靜。」戰士低吼。「我有辦法測試你說的是不是實話。」

阿邦懷疑自己是否犯了大錯，但他知道不能繼續抗議。他被推出石室，穿越幾條走廊，來到一扇有人看守的門前。哈席克把阿邦當成一袋穀物般扛上肩膀，丟下輪椅。門後是道彷彿通往深淵的階梯，深入修道院下的地下墓穴。

最後他們來到階梯底，一群閹人看守著一扇沉重的門。他們在哈席克和阿邦進來時立正站好，然後舉起長矛，彷彿擔心深淵惡魔傾巢而出般打開那扇門。

守衛警覺地看著阿邦，但在哈席克通過時一言不發。遠方人工梁柱和地板在守衛室的陰暗光線中轉爲天然地道。梁柱和地板上本來有魔印，現在全都殘破不堪。接著守衛關上門，他們身處黑暗中。

「哈席克。」阿邦開口。

「過去幾個月來，我已經聽夠你的話了，卡非特。」哈席克頭巾上的寶石隱隱發光，讓他能在黑暗中視物，但阿邦完全被黑暗呑沒，只能看見哈席克在微光下的臉。「現在輪到你聽了。」

「我在聽。」他在忍受不了死寂時說道。

「不是聽我說。」哈席克把阿邦重重丟在硬地板上。「聽這裡眞正的主人說。」

「你是指？」阿邦問。

天花板的光魔印開始發光。阿邦在強光下瞇眼，看見面前還有一抹身影。在發現那個人就是自己時，他變得更加害怕。「艾弗倫拯救我們！」

並非一模一樣——眼前的阿邦身材壯健，兩腳完好地在房內走動。那是阿邦如果沒有摔下大迷宮的話應該擁有的樣貌。

不是阿邦的阿邦圍著他繞圈，以貓打量老鼠的眼光打量他。阿邦發抖，感覺自己冷汗直流。他伸手在空氣中繪印。

哈席克一把拍開他的手。「再那麼做，卡非特，我就砍斷你的手。主人不需要身體，只需要心靈。」

「主人？」阿邦抬頭，隱約看見另一頭惡魔，在陰暗的石室中若隱若現。

「阿拉蓋卡。」哈席克下跪，在惡魔步入魔光時額頭貼地。

惡魔身材矮小，甚至比阿邦還矮，手腳細長，身體像是骷髏外包一層黑皮。圓錐大頭的巨眼上方長有一圈退化的魔角。

惡魔頭上突起部位鼓動。

不是阿邦的阿邦變形，宛如石頭砸入水面時的倒影般融化。片刻過後，它變成哈席克的外型——或是哈席克想像中被閹割前的自己。不是哈席克的哈席克赤身裸體，陽具宛如小孩手臂般在兩腳間搖晃。

「我想你弄錯了，」阿邦說。「哈席克的軟矛在被我妻女壓住切掉前沒這麼大。」

哈席克瞪他，但正如阿邦所料，他不敢未經允許就起身。

「你膽子不小，卡非特。」不是哈席克的哈席克說，聲音和姿態都像到詭異的地步。

「有什麼差別？」阿邦笑道，很驚訝自己的恐懼和慌張都消失了。這場戰鬥不需要肉體，只需要智取。他看著不是哈席克的哈席克，假裝在和真身說話。「既然我在這裡，哈席克，那就表示你的主人需要我，而我的命運已經不再操控在你手上。」

「不要這麼肯定，卡非特。」不是哈席克的哈席克吼道。「主人利用完你後，你還是有可能回到我手裡。」

「可能。」阿邦點頭。

「如果他奪走你的想法後沒有吞噬你的心靈。」不是哈席克的哈席克微笑同意。

阿邦聳肩。「那已經都無所謂，哈席克。你或許幻想自己是主人，但我們都知道你一直是條狗。我在沙拉吉裡和訓練官及凱維特都看出來了。傑森夜父。阿曼恩。只要房間裡有更大根的陽具，你的野心就侷限於滿足淫慾。」

「說謊，卡非特！」不是哈席克的哈席克下巴貼到他面前，但阿邦毫不退縮。「我效忠阿拉蓋卡，我會獲得獎勵。」

阿邦面對他的目光。「什麼獎勵？食底魚和豬？折磨我？兩腳中間長出新矛？你向來缺乏想像力，哈席克。」

眞身會爲了這種話毆打他，但化身魔再度變形，恢復成不是阿邦的阿邦。

「母親要是聽到你還沒開始談判就羞辱顧客的話會怎麼說？」

「你顯然和我母親不熟。」阿邦說。

化身魔再度變形，成爲阿邦年老的母親歐瑪拉。與不是哈席克的哈席克和不是阿邦的阿邦不同，這個幻象十分完美，眼角的皺紋和偏好的香水一應俱全。

「要自豪，我兒。你比任何沙羅姆狗更有價值。」她開口就是歐瑪拉的聲音，她的表情、語調。

但歐瑪拉離此千哩，阿邦確保哈席克沒有機會接近她。惡魔怎麼能模仿得如此維妙維肖？接著他感覺到了，惡魔的意志貫穿他的心。他不是來此發言質疑的。審問已經開始了。

但既然感覺到惡魔的意志，外在環境便逐漸消失，他開始專注在內心。他跟隨惡魔前往自己的記憶，過去的影像栩栩如生，彷彿又重新經歷過一遍。從歐瑪拉手中被人拉走，丟入沙拉吉。那天哈席克那頓毒打，還有之後那段日子。那些羞辱，那些痛楚。

惡魔彷彿把那些情緒當成庫西酒暢飲，對他的心靈發出一陣滿足的嘆息。

那是一種無法言喻的侵犯，阿邦推擠阿拉蓋的意志，企圖把他趕出自己內心。

阿拉蓋卡幾乎毫無所覺，彷彿小時候哈席克甩開他的反擊般輕易拍開他拙劣的反抗。

惡魔再度深入記憶，這次看見摔下大迷宮牆、導致他腿骨粉碎的記憶。緊接而來的羞辱、身體辜負他、他一再辜負自己唯一的朋友、強迫阿曼恩在友誼和職責間抉擇，直到無法繼續下去。

如果阿邦沒有摔下大迷宮，現在會是什麼情形？阿曼恩此刻會在他身邊嗎？如果他從未回大市集，從未把地圖交給帕爾青恩……

旋轉不休的意志彷彿在他心裡僵住，在惡魔突然專注於那些記憶時集中凝聚，強行拉扯阿邦的記憶，讓他頭昏眼花。他的身體在阿拉蓋吸走關於帕爾青恩記憶的所有氣味聲音、所有紋理結構時間歇抽搐。

阿邦這才知道這次會面不只是琥珀金礦，還與某件更加危險的事情有關——對他，對全阿拉而言。惡魔想要了解阿曼恩，想了解帕爾青恩。而他靈魂——如果靈魂眞的存在——的某處，知道絕不能允許，就算他得爲此送命。

這個想法在他凝聚意志時解放了他。阿邦深愛妻兒，深愛財富和安逸的生活，但他最愛的還是自己的命；如果他願意在談判桌上犧牲性命，那就沒有理由不窮盡所有力量反抗。

那一刻裡，他透過從前無法了解的方式了解了阿曼恩和帕爾青恩。

噢，我的朋友，我眞是錯怪你們了。你們一直以來都是對的。

透過最後那個想法，阿邦窮盡所有意志對抗心裡的外來存在。

惡魔沒有料到他這波攻勢會如此強勁。它以爲阿邦很軟弱，很害怕。阿邦突破它的防線，將它趕出自己的記憶。接著，慢慢地，他開始強迫惡魔的意志離開身體。

怪物驚訝地看著他。不是採用歐瑪拉形象的化身魔，而是阿拉蓋王子本身，側頭透過那雙大眼打量他，難以想像怎麼會有螞蟻以爲可以踩到他頭上。

阿邦在那雙大黑眼裡看見自己的倒影，渾身顫抖，口水直流，但那無所謂。重點只有那頭惡魔，和他的意志。

你想怎樣？他的心問，突然間他隨著怪物回到怪物體內。

透過怪物奇特的內心，他看見了她——阿拉蓋丁卡——惡魔之母。他聽見她的嗚嗚聲，聞到濕熱空氣中的賀爾蒙。她在下蛋，很快就會產下新女王——孵化後就會瘋狂進食、迅速長大，成爲獲得力量的女王。

她們需要人類，唾手可得，數量龐大，才能滿足需求。

就像幾千個受困於修道院的笨蛋。

所有有城牆的城市。全都不是安全的堡壘。都是糧倉。

惡魔反擊，阿邦發現剛剛得知的情報令他分心。他被趕出怪物的心靈，但戰鬥尚未結束。他們的意志在中間角力。現在阿邦了解他的敵人，就像是大市集裡的目標，他解讀惡魔的慾望。當你知道顧客要什麼後，就能輕而易舉地收線成交。

惡魔掙扎，不是輕易得手的目標。他也知道他的弱點，而且他的意志超級堅強。

但阿邦享受困難的交易。

他們繼續交手，阿邦發現自己節節敗退。惡魔的意志更爲強大。阿邦沒有什麼可輸，但惡魔能贏的東西太多了。再說，他很擅長心靈格鬥，而阿邦才剛開始了解格鬥規則。慢慢地，惡魔勢不可擋地攻占了他們之間的空間，強迫阿邦的意志回到體內。

他甚至不需要擊敗阿邦。只要阿邦給怪物任何空檔，他就會指示哈席克或化身魔把阿邦掐昏，然後趁他昏迷不醒時入侵。

但接著阿邦聽見一首熟悉的歌曲，發現他也不用擊敗惡魔，只要讓惡魔繼續待在原位片刻就好。

阿希雅保持穩定的嗓音，利用月虧之歌隱形，和布萊爾及卡吉慢慢接近阿拉蓋卡。

安奇度教過她在戰場上要保持超然，要與情緒分割，讓戰士的心靈隔絕於戰鬥之外，透過所有角度加以審視。阿希雅可以冷靜自信地迎向一群石惡魔。但眼前的是阿拉蓋卡——惡魔之父——曾對抗卡吉本人的惡魔。她可憐的歌聲和短矛要怎麼對付這種對手？

無論如何，她還是緩緩進逼，手持短矛，惡魔將全副精神放在阿邦身上。哈席克手腳貼地。老女人——不管是誰——四肢無力地站著，彷彿懸線都被剪斷的傀儡。

布萊爾跟在她身後一步，從數條於此洞窟匯集的地道之一偷溜出來。惡魔還是沒注意到他們。迅速動手，阿希雅用手語告訴布萊爾。接著她展開衝刺，武器在前。

哈席克聞聞氣味，抬起頭來。「主人！」

惡魔在阿希雅雙矛刺出時瞥見她的身影。惡魔轉身，她的矛尖刺空。他在空氣中繪印，像反手打小孩般把她甩開。她差點摔在布萊爾身上，但男孩動作迅速，繞過她的身體，揚起他的水袋。

惡魔以為對手會施展物理攻擊，完全沒料到布萊爾會用豬根茶噴他。怪物慘叫後退，皮膚和眼睛在灼傷中滋滋作響。

惡魔背部著地，瞪視他們，接著雙眼驚訝地轉回阿邦。他們之間的連結尚未破除，卡非特開始步步進逼。

阿希雅趁機撲上，但還沒碰到惡魔就被那個老女人抱住，動作比沙羅姆丁快，力量比石惡魔強。他們著地翻滾，女人像甩娃娃般將阿希雅甩去撞牆。

布萊爾又用水袋潑茶，吸引女人注意。她皺紋滿布的皮膚融化，變成一頭田野惡魔，靈活的形體適合在地底洞穴活動。怪物噴一口氣，長出石惡魔的硬殼，尖銳鋒利。眼睛和嘴巴冒出火光。

化身魔撲向布萊爾，布萊爾及時閃避，在惡魔吐出火唾液時翻身滾開。

化身魔臉部融化，變成長有鳥喙的閃電惡魔，對布萊爾發射閃電。

布萊爾及時舉盾擋下大部分閃電，但阿希雅看見他的靈氣閃過痛楚。他大叫，阿希雅怒吼，衝向化身魔。

她先以嗓音攻擊，一陣她能長久維持的抖音尖叫，透過項鍊上的霍拉石強化。嗓音貫穿石室，化身魔摔倒在地，痛苦大叫。就連心靈惡魔也揚起骨瘦如柴的手掌遮住耳洞。

她將兩支短矛末端卡在一起，快速旋轉，變成六呎長的鋒利魔印玻璃矛。她對化身魔的手腳連削帶砍，盡可能在對方恢復行動能力前砍斷最多肢體。

但斷口處沒有流血，化身魔融化身體，變成更大更可怕的形態。

阿希雅不在乎它的外表，專心攻打怪物靈氣中的魔力。治療和變形會吸收大量魔力。唯一的機會就是盡快耗盡它的魔力。

惡魔在半空中對她甩出觸角，速度快到宛如皮鞭。本來會擊中她，但布萊爾用盾牌上的化身魔印猛撞上它身側。

阿希雅趁機刺中怪物心臟，搖晃兩下，逼它再度吸魔製造新心臟。

接著布萊爾出手，刺穿新的心臟，兩人同時放開武器，讓它們持續在怪物體內釋放殺戮魔力。

阿希雅施展自幼學起的沙魯金，出指戳向惡魔靈氣中的匯流點。她的指甲繪有魔印，並以亮漆保護，宛如鎚頭擊中堅果殼般擊中它的硬殼。每一擊都有反饋魔力灌注她體內，在惡魔靈氣轉弱時強化力量與速度。就連卡吉也吸收了一部分，正開懷大笑，完全不知道他們正面臨什麼危險。

布萊爾也開始徒手搏鬥，他的壓力和衝擊魔印在架開惡魔攻擊時，就和任何矛盾一樣強大，近距離快速運掌反擊。只要一眨眼就有可能受傷，但阿希雅從惡魔靈氣中看出它的傷勢越來越嚴重。

他們一次接著一次攻擊虛弱昏眩的怪物，直到阿希雅看見契機。她從它身上拔出她的矛，轉身劃出一道弧光，擊中惡魔腦袋。

她繼續轉滿一整圈，對準心靈惡魔拋出長矛。但在擊中目標前，一面盾牌突然出現，將矛撞到石室對面的地板上。

哈席克插手了。

「艾弗倫賜給我新生，」哈席克說。「沒人能夠阻擋我。」

「你已經離開艾弗倫的看顧了，姨丈。」阿希雅從卡吉的揹架上取下另一根支架，達馬佳親手鍍上琥珀金的魔印玻璃。她甩開其中的刀刃，變成一把短鐮刀，玻璃盾牌滑入另一手。「祂不會賜給你這種人任何東西。」

「走著瞧，小女孩。」

哈席克一開始就展開猛攻。阿希雅能用盾牌接下他的攻擊，也能用鐮刀勾開他，但沒料到他的攻勢如此殘暴。好一段時間裡，她唯一能做的就是阻擋他超快的刺擊和揮砍。因為揹著卡吉，所以她不能施展任何會讓男孩暴露在攻擊下的動作，於是她後退，拚命在閹人的防禦架式中找尋破綻。

布萊爾看見她身陷困境，於是衝向哈席克背後。阿希雅不動聲色，但哈席克還是在最後關頭矮身避開，順勢一腳踢倒布萊爾。

阿希雅進逼，但哈席克並未分心，沒有在擊倒布萊爾時放鬆戒備。他們武器交擊，他用額頭撞她的臉，在她往後跌開時哈哈大笑。

她矮身避開他下一擊，對他拋出盾牌，著地翻滾，扯開鐮刀柄末端，拔出刀柄內的細鍊。她拋出刀柄，在他閃躲盾牌時勾住他的腳踝。

阿希雅奮力拉扯，但哈席克應付得宜，利用她拉扯的力道展開攻擊，重重踢中她的臉。他穿護甲的腳踝輕抖，將鐮刀扯脫她的掌握，落在一旁。

阿希雅在他翻身找回平衡時拋出玻璃鏢，但哈席克盾牌在手，只有一鏢沒擋到。最後那一鏢碰地一聲擊中他的戰袍，墜落地面，被他的玻璃胸甲擋下。

沒時間準備其他武器，阿希雅擺開沙魯沙克架式，迎戰哈席克下一波攻勢。

這個動作令閹人停步。他看向布萊爾，但男孩還躺在地上呻吟。她從他靈氣中看出哈席克摔斷了布萊爾的髖骨。他將斷骨固定在定位，讓體內的魔力修補傷勢，但恢復的速度太慢，她不能靠他幫忙。

「放下孩子。」哈席克說。「和我公平決鬥。」

「不幹。」阿希雅說。

哈席克扯掉喉嚨上的領巾。「放下孩子，我就放下我的矛和盾。」

「爲什麼？」阿希雅問。

「因爲我想看看安奇度把妳調教得多厲害。」哈席克說。「他把我女兒調教成什麼樣子。」

「你女兒以你爲恥。」阿希雅說。「早在卡非特閹你之前，希克娃就說過你每天都爲家族帶來羞辱，就連解放者長矛隊的薪水都不夠你賭博嫖希莎。你從奴隸到吉娃卡通通都打。」

哈席克丟下他的矛。「在我赤手空拳殺掉妳之前，讓我看看安奇度把妳調教成什麼樣子。」

「我兒子呢？」阿希雅問。

哈席克微笑。「如果妳輸了，他和妳那個臭氣沖天的朋友就會面臨同樣的命運。」

「那我不會輸。」阿希雅緩緩繞向滾在牆邊的盾牌。她用腳翻過盾牌，將卡吉的揹架放入盾牌的保護魔印中。她不想和他分開，但哈席克提出了很大的優勢。她不能拒絕這種機會。

「不要亂動，我兒。」她輕聲道。「讓我的盾牌保護你直到我回來。我永遠愛你。」

阿希雅直到一滴眼淚落在兒子臉上，才知道自己在哭。她瞇緊眼睛，淚如雨下。

卡吉只是在笑。「媽咪打打。」

阿希雅點頭，趁擦眼淚時將卡吉揹架最後一根架柱塞入袖子裡。「好，我的愛。要勇敢。」

「媽咪勇敢。」卡吉說。

她離開兒子身旁，哈席克踢開他的矛和盾，擺開沙魯沙克架式。阿邦和惡魔在他身後對瞪，於某種邪惡衝突中持續對抗。靈氣透過阿希雅從未見過的方式在他們之間激盪。她沒辦法解讀，也猜不出卡非特能牽制怪物多久。

她自己也擺開架式，上前面對他。

哈席克露出缺牙的牙縫，吹了聲口哨。「開始。」

布萊爾眼看阿希雅走去面對哈席克，很想放聲大叫，但他知道斷骨癒合錯誤會出什麼事。他必須保持不動，對髑骨施壓，直到骨頭癒合。

開打之後，兩人的動作快到幾乎肉眼難察。他們看起來像是踏著熟練舞步的舞者，很多動作的架式和出手方位都一模一樣——精準有效。

哈席克占據身高、體重、攻擊距離的優勢。阿希雅速度快、平衡感佳、肢體柔軟，但不足以取得足夠優勢。她不落下風，但哈席克擊中的次數比較多；雖然大部分都被她戰袍下的護板擋住，但那些攻擊還是會痛、會麻、會瘀青。傷勢遲早會拖垮她。

布萊爾聽見一聲嚎叫，轉頭看見有頭沙惡魔從通往地下的通道探頭出來。他一手放開髑骨，拿起他的矛，奮力拋出，插入它護殼較薄的腹部。惡魔哀聲倒地，叫聲往地道深處傳開。

他以兩腳一手爬行，盡量不動到髖骨，解開一小袋豬根粉的繫繩。他把布袋丟進地道口，揚起一陣會讓惡魔難以通過的毒霧。效果會逐漸減弱，而從地道中的吼叫聲聽來，後方的惡魔有可能利用前方的惡魔擠過毒霧。「時間不多了，阿希雅！」

阿希雅忙著對付哈席克，沒有時間回應。爬到他的矛前時，布萊爾已經恢復了些力氣。他抓起矛柄，矛尖依然插在奄奄一息的沙惡魔身上，他感到一股魔力透過手上的魔印貫入體內。

他握住矛，插下矛尖，自惡魔背後破體而出，加速它的死亡，同時把矛當拐杖撐起自己。他測試髖骨受傷的那條腿，發現自己站得起來。

他的目光從阿希雅和哈席克轉向卡非特和心靈惡魔，接著拔出長矛，準備投擲。

他揮矛同時，手臂突然被擊中。布萊爾試圖放脫矛柄，卻發現矛被看起來像是蜘蛛絲的東西黏在手上。他抬頭，剛好看見一頭洞穴惡魔從天而降。

阿希雅手臂接下一拳，隨即轉動大腿，沒有失去重心地擋下一腳。這個動作讓她無法防禦哈席克緊接而來的攻擊——正中肋骨的強力勾拳。

阿希雅戰袍裡的玻璃護板擋下這一拳大部分力道，但逼出了她體內的空氣，肌肉瘀青，骨頭碎裂。這已經不是哈席克第一次攻擊那個部位了。

儘管如此，片刻過後她又露出破綻。她趁哈席克出擊接下那一拳，扭轉他的手腕，跑上他大腿，雙腳夾住他喉嚨。

這一招施展得非常完美，但哈席克很重，又壯得和石惡魔一樣。他奮力掙扎，站穩腳步，連出勾拳。阿希雅對他腦袋打了幾拳，但在無法完全控制對方時被迫放手。

「我從未見過傳說中的安奇度，」哈席克說。「至少在他割掉自己老二和舌頭前沒見過。但即使在那之後，人們依然敬重、畏懼他。」他朝地板吐口血。「他會以妳爲恥。」

阿希雅大叫一聲，再度進攻，但她開始害怕他說得對。她看向布萊爾，發現他在應付一隻外型類似長有硬殼巨型蜘蛛的惡魔。

她與哈席克再度互毆。哈席克的胸甲是刀槍不入的玻璃，不會像她的那樣吸收攻擊。攻擊它就像是攻擊牆壁，而哈席克則在牆後大笑。

但他的護甲有縫隙，關節也有缺口，讓他可以自由行動。她攻擊那些位置，削弱他的能量線，但這種做法比不上他那些讓她咬牙切齒的重擊，尋找——和她一樣——能把對方打到殘廢的機會。

他終於逮住機會了。哈席克一手沿著她的手臂而上，拉住她手肘，扣緊，然後轉身拋出。阿希雅肩膀脫臼，重重落地，一時間難以行動。

哈席克本來可以趁機殺她的，但通往堡壘的門外突然傳來打鬥聲。阿希雅在混亂中聽見爺爺的叫聲。

趁哈席克分神，阿希雅抖出衣袖中的鐮刀。她甩開刀刃，崁入哈席克護甲腰間的縫隙。

哈席克肚破腸流，手掌無力，阿希雅掙脫手肘，轉身揮出鐮刀，這一次瞄準他喉嚨。

「不要！」一個熟悉的聲音大聲道。阿希雅看見卡吉站在數呎外，手持另一把鐮刀抵住自己喉嚨。

阿希雅驚呼，自哈席克身前退開，沒有動手殺他。她一手癱垂，肩膀像樹枝般折斷，但她握緊武器。

「放下武器，媽咪。」卡吉說。「不然我就動手。」

「放下鐮刀，我的愛。」她哽咽道。

「不。」那是卡吉最喜歡的字。他的字彙裡最強而有力的字。

「卡吉．阿蘇．阿桑．安賈迪爾．安卡吉。」阿希雅語氣轉硬。「立刻放下那把刀。」

男孩遲疑，阿希雅慢慢上前。

「不。」卡吉舉高鐮刀，刀鋒抵住皮膚。

阿希雅連忙停步，距離近到能在男孩臉上看見自己剛剛滴落的淚水，但又遠到沒辦法及時阻止他割開自己喉嚨。她壓低自己的鐮刀，哈席克一手摀住他的腸子，撐地而起。

「拜託，我兒。」她哀求。「要勇敢。」

她觀察他的靈氣，看見純潔的光和感染它的黑暗。惡魔的控制不是用言語就能破除的。

但接著卡吉臉上的線條開始發光，阿希雅的淚水透過她的意志羈絆環境魔力，保護他的安全。光芒擴散，驅退惡魔的陰影。

風暴來襲時，即使棕櫚樹也會哭泣。安奇度曾對她說。艾弗倫的長矛姊妹很少哭，所以她們的眼淚非常寶貴。

卡吉轉頭看向心靈惡魔，小手放開鐮刀。「不。」

這話似乎對惡魔造成實質上的效果。它開始顫抖，鼻孔和耳朵流出膿汁，就像與它對瞪的阿邦耳鼻流血一樣。

哈席克突然手持長匕首襲來，但阿希雅早有準備，用鐮刀鉤開他的手腕，一腳踢中他腹部的傷口。他繼續上前，將她撲倒在地，兩人奮力壓制對方。

布萊爾左翻右滾，扭來扭去，避開洞穴惡魔那滿布讓它攀岩附壁的利鉤的快腳。惡魔人立而起，出腳攻擊，在地板上打出擂鼓般的節奏。

布萊爾及時拿起護盾。現在能比較輕鬆地接下惡魔的攻擊，但地心魔物的攻擊距離較遠，而他很難打中它圓鼓鼓的腹部。

他看見石室另一邊的卡吉舉刀抵住自己喉嚨。布萊爾身體一僵，差點被惡魔擊中。他及時躲過對方下一波攻擊。惡魔察覺優勢，開始撐大嘴旁的粗鉗咬他，滴下會在盾牌魔印前冒煙的毒液。

「不。」卡吉說著丟下鐮刀，轉頭看向惡魔。布萊爾順著他的目光看去，發現惡魔在發抖。布萊爾用持盾的手拿起腰帶上的水袋，丟向洞穴惡魔嘴巴。地心魔物鉗嘴夾住水袋，噴出豬根茶。它慘叫後退，布萊爾衝向前去，用盾牌的禁忌魔印撞倒它。

接著他轉身使盡全力朝心靈惡魔的腦袋拋出長矛。

他沒有等待長矛擊中目標，直接尾隨武器而上。矛尖貫穿心靈惡魔的厚頭蓋骨，布萊爾瞬間趕到，以掌心的衝擊魔印拍中惡魔喉嚨。他壓在惡魔身上，用膝蓋頂住惡魔，抓住惡魔頭顱兩側的矛。他使勁一扭，像轉動絞盤般轉矛，聽見惡魔頸部折斷的聲響。

心靈惡魔發出最後一聲慘叫，頭顱鼓動，身體抽搐。洞穴惡魔放聲尖叫，倒在地上，所有長腳都縮在一起。

哈席克也大叫一聲，一瞬間手腳無力，讓阿希雅有機會壓制他。阿邦呻吟，一手摀住他的臉。片刻過後，凱維特和伊察破門而入，袍子上染滿鮮血。

哈席克搖頭晃腦，被凱維特、伊察和手下團團圍起。他跪倒在地，一手撐地，另一手摀住腸子，但他還是危險人物，所有人都知道這一點。

阿希雅上前撿矛。她的手依然痠麻，癱在身側。卡吉搖搖晃晃朝她走去，雙手抱住她的腳，毫不在意絲袍上的血。「媽媽。」

「你很勇敢，我兒。」阿希雅說。

「像媽媽一樣。」卡吉同意。

阿邦癱在地上。布萊爾走向他，把他拉到牆邊，靠牆而坐。「你還好嗎？」

阿邦嗅嗅味道，皺起鼻頭。「你是那個間諜。」

「我救了你的命。」布萊爾提醒他。

「這是在幹嘛?!」哈席克大聲道。「去找青恩藥草師。我需要……」

阿希雅矛尖抵上他的後頸。「你什麼都不需要，奈的僕人。」

更多人擁入石室，並非都是凱維特的戰士，很多人一副要繼續作戰、解救領袖的模樣。

但接著布萊爾抓起惡魔王子的屍體，丟到哈席克身邊。所有人都驚恐地看著怪物——象徵著他們從出生到進入沙拉吉所恐懼及痛恨的一切的怪物。

「我是阿希雅．娃．阿山，克拉西亞沙羅姆丁卡！」阿希雅喊道。「你們遭人欺瞞，艾弗倫的戰士，但我來提供各位贖罪的機會。此刻，阿拉蓋正進逼達馬佳在艾弗倫倉庫的部隊。你們之中不少人都有朋友在那裡。家人。現在就和我一起趕去，你們的罪就能獲得赦免。留下來的話，等沙拉克卡結束，凱旋歸來的解放者部隊會來獵殺你們。」

「如果他們獲勝，」哈席克輕蔑冷笑。「解放者死了。他兒子……」

「死在你手上！」凱維特吼道。

阿希雅點頭。「哈席克，家族之恥，你謀殺我表哥賈陽王子，自解放者部隊棄職潛逃，我宣判死刑。」

哈席克一直等待機會。他迅速轉身，但還不夠快。阿希雅刺出一矛，截斷他的頸椎。閹人身體癱軟，摔倒在地。在任何人採取行動前，她拔矛平揮，斬斷他的腦袋。

「帶著。」她下令，「還有惡魔的頭。讓上面的人做決定前先看看他們在追隨誰。」

第四十章　阿拉曼菲　334 AR

只要空間允許，化身魔就能長出腳來，在不斷坍塌的洞頂下拚命奔跑。那些石塊只能拖延追兵一點時間，但足夠讓心靈惡魔在地底迷宮中擺脫他們。

然而大敵後裔動作飛快。衝過坍塌最嚴重的部分，打飛最後的石頭，擊中化身魔後背。軀殼的硬殼撐住，但被打得摔倒。

惡魔親王回頭看。大敵後裔孤身一人，受困在坍方這一側。他帶著矛和斗篷，但沒有那可惡的頭冠。這是除掉心靈殺手的大好機會。

大敵後裔沒有料到化身魔會從岩壁上反彈，利用他攻擊的力量回頭撲來。正如惡魔親王預料，大敵後裔沒辦法在飛行途中分心應付突如其來的攻擊。他降落地面，方便施展人類格鬥的基本招式。

惡魔親王透過人類軀殼的心靈研究過沙魯沙克，知道它的優勢和缺點，並仔細觀察大敵後裔的戰鬥模式。

對方只能勉強招架化身魔的攻擊。他的靈氣侵略性十足，但沒有混淆焦點。他知道與夥伴分開等同實力削弱。他在化身魔進逼時後退，脫掉護甲戰袍，露出皮膚上的魔印疤痕。

化身魔對大敵後裔的臉吐出又濃又黏的沼澤軀殼唾液。防禦魔印本來應該保護他的，但正如所料，他縮身閃躲，一時失去專注，讓軀殼長出很多條肢體，每一隻末端都有銳利的尖刺。惡魔親王從那些尖刺中吸收魔力，讓它們魔力耗竭，不受防禦魔印影響。

大敵後裔躲過酸液，身側中了一刺。他翻身滾開，傷口太淺，不足以致命，而且他不知怎麼擋住了接下來三次攻擊，直到第四次攻擊才被刺穿了大腿。

他繼續作戰，砍斷下一根尖刺，繪製化身魔印，讓軀殼狠狠撞牆，拉開適合格鬥的空間。大敵後裔疾衝而出，擋住逃亡路線，把惡魔親王困在他和坍塌地道之間。

他的矛充滿切割魔印的力量，甩向化身魔，這一次拚命防禦的是惡魔親王。所有接近卡吉之矛的肢體都被砍斷，削弱軀殼的魔力，惡魔親王能夠取用的魔力越來越少。

但儘管卡吉之矛勢不可擋，大敵後裔少了頭冠只能盲目出矛。惡魔親王改變軀殼外殼，融入地道裡，蜿蜒迂迴地沿牆而上，來到洞頂，取回地形優勢。

看不清的大敵後裔本該無法應付這種局面，但他本能反應，猜出計畫，朝洞頂繪製大型化身魔印。軀殼撞上洞頂，抓不住岩壁，摔回地面。

惡魔親王將化身魔喉嚨裡的腺體轉變成某種水惡魔的腺體，製造出一種濃黏的黑色墨汁。他吸收墨汁的魔力，直到完全吸乾，然後吐出。

這一回大敵後裔沒有退縮，盲目墨汁噴得他滿臉都是。震驚貫穿他的靈氣，但他沒有失去專注，長矛刺穿化身魔腹部，離惡魔親王藏身處只有幾吋。

大敵後裔已經不打算囚禁他。而是來殺他的。

惡魔親王發現自己有多愚蠢，多自大。沒錯，大敵後裔實力遭削弱，孤身一人，但依然是心靈殺手，而惡魔親王還沒有恢復力量。

他釋放一陣波動，解讀四周岩石。他感應到下方不遠處有個石窟，占地廣大，地形複雜。那裡有很多地方可供躲藏，讓惡魔親王剝離皮膚上的魔印，以瓦解形體、回到力量中樞。

大敵後裔睜開雙眼，眼睛魔力滿盈，在滋滋聲中燒乾墨汁，傷口已經開始癒合。他透過長矛釋放一道魔力，衝擊化身魔和心靈惡魔，然後拔出長矛，準備再度出擊。

惡魔親王擋下那一矛，開始進攻，用沒有魔力的尖刺逼退大敵後裔。拉開足夠的空間後，惡魔親王長出一條彎曲的手臂，在其他肢體攻擊時吸收魔力，繪製魔印。沒有魔力可以浪費，每個魔印都要安排精準，才能在支撐地面的岩石裡製造裂縫。

但在他完工前，探索者化煙穿越灰塵尚未完全落地的坍方處。這是很危險的舉動。魔法在地底波濤洶湧，能將不夠警覺的生物吸入地心魔域，而那是個有去無回的地方。

更有甚者，虛實不定的狀態有可能會讓探索者遭受心靈攻擊——如果惡魔親王還保有力量的話。化身魔能迅速複製低階軀殼的技巧，但無法複製惡魔王子的複雜心靈。

探索者毫不冒險，一越過坍方立刻凝聚形體，手裡拿著那可惡的頭冠。如果探索者戴上頭冠，惡魔親王很可能就死定了，但人類的弱點救了他。

「阿曼恩！」探索者把頭冠拋向大敵後裔，另一手繪製魔印牽制惡魔。大敵後裔接住頭冠，但還來不及戴上，惡魔親王已經畫好最後一個魔印，地面直接坍塌。

惡魔親王早有準備，伸出化身魔的雙手，變成風惡魔的翅膀，身體同時拉長成流線型。它在敵人墜落時順著上升氣流滑翔進入洞窟。

亞倫隨著碎石墜落，勁風撲面而來，石頭不斷打在身上。他看見賈迪爾與他一起墜落，惡魔則展翅高飛。

他第二次冒險瓦解形體。地表上，環境魔力飄在地面附近，形成陣陣小型渦流，很像腳邊的霧氣。在那裡地心魔域的呼喚聽來十分遙遠，像是提貝溪鎮的大號角聲。但這裡的呼喚震耳欲聾，魔法奔流強到宛如暴風巨浪，隨時可以把他捲入水中拖往深處。

他看著魔流，找出一條上升氣流，然後將意志搭入其中。他順著魔流而上，稍微凝聚一點實體，保持凝聚力，抗拒地心魔域的呼喚，同時讓身體輕到能夠浮起。

賈迪爾放開卡吉之矛，在努力戴卡吉之冠時迅速加速。最後他終於把頭冠戴上額頭，順手繪印召喚長矛。長矛彷彿迫不及待地回到他手中，然後他也開始飛。

亞倫掃視空中，看見化身魔飛越石窟。他伸手一指，看見賈迪爾轉向追過去。亞倫二話不說，凝聚魔力集中噴射，宛如黎莎的火器火箭般朝惡魔疾射而出。

賈迪爾在追趕阿拉蓋卡時不顧一切地耗費魔力。卡吉之矛和卡吉之冠能夠儲存的魔力有限，但如果惡魔逃脫，過去幾個月的努力就會白費，阿拉將會面對末日。

但現在帕爾青恩在他身邊，頭冠也回到額頭上。他在情況失控時處變不驚，現在艾弗倫再度與他們站在一起。

他們追趕了好幾哩路，慢慢拉近距離，直到惡魔即將進入頭冠的影響範圍。化身魔察覺他們逼近，突然收回翅膀，宛如石頭般墜入一道深谷，一時不見蹤影。

帕爾青恩俯衝而下，賈迪爾則順勢轉入峽谷，持續加速，而不是任由地心引力作用。帕爾青恩飄在半空中，迅速轉身搜尋惡魔之父。環境魔法在距離地表這麼遠的地方十分濃密，賈迪爾知道惡魔像觀察兵隱身陰影般藏身其中。

或許阿拉蓋卡能躲過帕爾青恩，但卻避不開賈迪爾的皇冠視覺。賈迪爾假裝沒發現他縮在峽谷岩壁旁，化身魔的身體完美融入石頭。他轉頭，讓怪物燃起一線希望，接著突然轉身，用禁忌魔印將化身魔和心靈惡魔撞在岩壁上。

惡魔受驚，反應過慢，賈迪爾則迅速逼近，終於用皇冠力場圍住他。帕爾青恩在半空抱住惡魔，十分樂意在皮膚上的心靈魔印和化身魔印發光時抓住他們。他們拳打腳踢，一起墜入峽谷。

賈迪爾跟隨而下，在力場中吸魔。墜落地面後，惡魔沒有多少轉圜的空間。帕爾青恩鬆開雙手，翻身退開，身上被惡魔不含魔力的尖刺刺出的傷口不停冒血。

但他阿金帕爾的傷口已經開始癒合，而賈迪爾慢慢靠近。虛弱的化身魔不是他們兩人的對手。帕爾青恩抓住一條有尖刺的觸角，扯離惡魔身體。賈迪爾架開尖刺，旋轉長矛，割下它背上一大塊肉。膿汁濺在兩人身上，但只有讓兩人更加強壯。賈迪爾在激戰中忘記時間，一點一滴耗盡敵人的精力。

終於，化身魔虛弱到難以完成變形，受困在兩種形態之間。接著完全失去凝聚力，身體瓦解，化爲地面上一灘惡臭黏液，露出體內的心靈惡魔。

賈迪爾進攻，長矛在前，但接著惡魔做了件意想不到的事。他依克拉西亞禮節下跪，雙掌貼地，目光低垂。

「夠了。」他聲音粗啞地說。「我投降。」

「你什麼時候會說話了?!」帕爾青恩驚呼，在賈迪爾停止攻擊時停下來。

惡魔做出類似人類聳肩的動作。「我在你們塔裡瓦解形體，但沒逃出去時，就重新凝聚出能夠模仿你們原始嗓音的喉嚨和舌頭。」

賈迪爾提起矛。「所以山傑特……」

惡魔又聳肩。「是很有用的軀殼。」

賈迪爾勃然大怒，吸收魔力，打算灌注惡魔皮膚上的殺戮魔印。

「你難道不會那樣做嗎，卡夫利後裔？」惡魔問。「你們族人什麼時候對我們大發慈悲過？」

賈迪爾搖頭。不要讓阿拉蓋卡說話，伊弗佳教誨，因爲他是謊言之父，他的銀舌能令人相信白天是黑夜，朋友是敵人。

但帕爾青恩上前一步。「計畫沒變，阿曼恩。想完成此事，我們還需要他。」

「或許。」賈迪爾說，「但我們眞的想這麼做嗎，帕爾青恩？」

「嗯？」綠地人問。

「他是謊言之父，帕爾青恩。」賈迪爾說。「從頭到尾都在騙我們，根本沒有外表看來那麼無助。

他把山傑特像甜瓜皮般掏空，殺了山娃……」

帕爾青恩搖頭。「山娃沒死。瑞娜和她在一起。」

「她們人呢，帕爾青恩？」賈迪爾問。「說到這個，我們又在哪裡？我們距離開打前的通道已經很遠了。」

帕爾青恩回頭看他們來時路，靈氣中浮現跟他相同的疑慮。「或許可以透過魔流找路回去……」

「如果可以的話呢？」賈迪爾問。「慢慢遠離我們的目標，走上百哩路回地表？」

帕爾青恩皺眉。「所以我們更有理由留他一命。」

「我還是可以帶你們去心靈宮廷。」惡魔說。「就在附近。現在你們的女性軀殼只會拖慢速度。」

惡魔的靈氣沒有撒謊的跡象。賈迪爾發現惡魔親口說話而非透過山傑特發言時，靈氣較容易解讀。

「他還會想辦法逃走的。」賈迪爾說。

「我當然會。」惡魔同意。「如果你跟我易地而處也會。但我會帶你們去魔巢。」

「踏入路上的陷阱。」賈迪爾說。

「心靈宮廷不是毫無防禦。」阿拉蓋卡說。「你們能不能活下來，就像你說所說，乃是英內薇拉。」

賈迪爾揚起手指，釋放魔力進入惡魔的刺青，直到他慘叫扭動。「不准說那個字，奈的奴隸。」他停止釋放魔力，惡魔抬起頭，瞪大巨大的黑眼看他。「我不是任何人的奴隸。」

「如果我們沒回去，你的吉娃會怎麼做？」賈迪爾在他們穿越峽谷，進入更深層通道時問。

亞倫用拇指觸摸婚戒上的魔印。「不知道。她會大發雷霆，一方面是擔心，一方面生我的氣。我希望她會帶山娃回頭，但……瑞很固執。」

賈迪爾笑道：「這是你們兩個的共通點。」

「你說得容易。」亞倫說。「又不是你的孩子有危險。」

「別向我擺架子，帕爾青恩，」賈迪爾吼道。「我的長子已經死於沙拉克卡，而你在窪地和我長女並肩作戰。你的犧牲比我大嗎？」

「賈陽和阿曼娃都成年了。」亞倫說，喉嚨卡卡的。「為他們自己的人生做決定。我兒子……」

賈迪爾伸手搭上他的肩膀。「父親擔心孩子的感覺不會因為他們成年而減弱，帕爾青恩。」

亞倫點頭。「嗯，我想也是。我沒有不……」

賈迪爾捏他肩膀。「當然，帕爾青恩。」

「你們的情感很可悲。」阿拉蓋卡邊用纖細雙腳跟上他們步伐邊說。「會害死你們。」

這話本意是要傷害他們，但亞倫覺得聽起來並不刺耳。「我看過你的族人打鬥。每當有惡魔死在我手上時，它的弟兄完全不會幫忙。我寧願被情感害死，也不要活在沒有情感的世界裡。」

環境魔力隨著他們前進逐漸增強，直到亞倫覺得自己像在游泳。刺青會持續吸魔，讓他體內充滿力量。賈迪爾也綻放魔光，只有惡魔魔光黯淡——他努力壓抑體內的魔力，以免啟動皮膚上的魔印。

亞倫肆意消耗魔力，邊走邊在空中繪製魔印——寂靜、困惑、隱形——在沿路眾多惡魔面前掩飾他們的行蹤。

靈氣的魔光不是唯一光源。亞倫開始發現不管光線多黯淡，他仍可以透過自然光看見東西。牆壁散發淡淡綠光，仔細檢視後，他發現是潮濕岩石上的地衣充滿魔力、散發微光。

隨著光線慢慢變亮，惡魔的臭氣逐漸變淡，但很快就被更糟糕的氣味取而代之。

「啊！」亞倫說。「那是什麼天殺的臭味？」

「我們抵達糧倉了。」心靈惡魔說。

「阿拉曼菲。」賈迪爾低聲道，回想起卡夫利娃的信。這個詞的意思是「艾弗倫目光之下的人」。「卡吉的戰士，五千年前遭受俘擄。」

「那是多少世代前的事？兩百？」亞倫搖頭。「光是在大魔印裡居住一年，就連沒有戰鬥的窪地人都變得比正常人強壯。在距離地心魔域這麼近的地方住上五千年會對人造成什麼影響？」

「你很快就會知道了。」惡魔嘲弄。「我們太接近外圍部族之一的獵場。他們已經包圍我們了。」

「你可以警告我們。」亞倫喃喃道。

「你知道會遇上這種事。」惡魔說。「沒有準備是你的問題。」

「你就不擔心在交戰中被殺？」亞倫問。

「這些牲口知道抗拒我們族人沒有意義。」惡魔說。「但我們很少干涉他們對付其他牲口。他們會殺死你們，然後吃掉。」

「他們吃同類？」賈迪爾問話的同時，一支箭破風而來，射中亞倫肩膀。

「可惡！」亞倫叫道，拔出箭矢。箭身是某種堅硬植物，箭頭是鋒利如刃的黑曜石。

四周的岩石後跳出許多彎腰駝背的生物，雙足和四足行走的各半。上方岩石有人像猴子般跳躍攀爬，牙齒和指甲又厚又利。他們一絲不掛，骯髒噁心，身上只有皮帶和小袋子，有些攜帶骨頭和腸線製作的弓，其他人則拿黑曜石矛頭的矛和木棒。

他們的肌肉發達堅硬，靈氣魔光滿溢。

賈迪爾擴大魔印力場，但那些生物毫髮無傷通過力場。同樣地，亞倫的隱形魔印也毫無作用，戰士朝亞倫和賈迪爾步步進逼。

亞倫看他朋友的靈氣一眼。難以抉擇和罪惡感相互糾結。這些眞的是卡吉部隊的後裔？他虧欠他們什麼？如果是眞的，要救他們嗎？還是讓他們榮耀戰死？還是說，這些生物永遠都身處艾弗倫的目光之下？

亞倫上前站在領頭位置。「你留意惡魔。這些我來處理。」

「帕爾青恩……」賈迪爾的聲音隱約帶著警告的意思。

「我不會殺人。」亞倫說。「但也不會遭人脅迫。我得掌控局勢。」

「好吧。」賈迪爾的靈氣依然翻騰。他很樂意單純當個旁觀者一段時間。

身材最高大的地底人大吼挑釁亞倫，舉起一根鑲有黑曜石塊的巨大骨棒。部族整體靈氣顯現出此人就是他們的領導人，而他的靈氣顯示要在新來的人面前建立領導威信的原始需求。他敲打胸口。

亞倫保持魔印黯淡，也敲打自己胸口，上前一步。挑釁有效，領袖展開攻擊。他比亞倫重，長手臂的攻擊範圍很危險，力量和速度幾乎可以與亞倫相提並論。

幾乎。地底人的攻擊就和武器一樣原始。亞倫輕易躲過並動手反擊，一記勾拳擊中地底人的肋骨。這一拳足以擊倒地表人，但地底人只是悶哼一聲，反手對亞倫揮棒。

再一次，亞倫閃過攻擊，手臂繞過對方毛茸茸的粗壯手腕。他扣住手臂，控制對方的武器，膝蓋對準地底人的腹部頂了一下、兩下、三下。

地底人承受那些攻擊，彎腰咬他肩膀。亞倫大叫，在利齒撕裂皮膚時不再拉扯。地底人用銳利骯髒的指甲抓他，但亞倫甩開它們。他的上勾拳打碎地底人下巴。出腳踢開壯漢，撞上岩石。

地底人絲毫不把傷勢放在心上，只對嘴裡的血腥味感興趣。他擦掉嘴唇上的鮮血，宛如動物般嗅聞。他靈氣困惑，但認得血腥味。他們的原始武器從未染過惡魔血。

他舉起手掌，一聲令下，一陣箭雨射向他們。亞倫在空氣中繪印，震開所有箭。

上方傳來喊叫聲，一名地底人跳向賈迪爾，長矛在前。賈迪爾本能閃躲，在空中刺中對方，轉身摔在地上。

賈迪爾的靈氣充滿恐懼。對方是個女孩，只比小孩大一點點而已。他拔出矛，想要救她，但他的攻擊精準。女孩咳血，靈氣宛如蠟燭般熄滅。

「艾弗倫的鬍子。」賈迪爾伸出顫抖的手指。「是眞的。」

地底人女孩有著過大的耳朵和眼睛。擅長抓握和適合在黑暗中摸索的長手指、長腳趾。但在靈氣消失後，亞倫隱約可以從她的五官中看出克拉西亞人的影子。

領袖已經開始復元，他的魔力十分強大。他放聲大吼，族人跟著一起吼。整族的男性及女性都拿著棒、矛、弓逼近。

好幾個人背上揹著孩子，但他們的眼睛也和戰士的同樣冷酷。有個女人一手抱著小孩在身前吸奶，另一手揮舞鑲有黑曜石碎片的棒子。

「夠了！」賈迪爾轟然吼道，矛柄敲地，發出雷鳴巨響。他的頭冠綻放魔光，照亮整座石窟。地底人僵住，大眼在強光前落淚。他們轉向賈迪爾，亞倫精神緊繃。

「艾倫。」領袖呼嚕一聲，直接下跪，雙掌及額頭貼地，行克拉西亞大禮。

「艾倫。」其他人立刻跟進，全族人五體投地，高呼那個名字。

「艾倫？」亞倫問。「你覺得會不會是……」他看他們的靈氣一眼，這句話就說不下去了。

「他們以為我是艾弗倫。」賈迪爾低聲道。

心靈惡魔饒富興味。「這就是你的信仰，大敵後裔。一直以來都是動物在黑暗中崇拜他們無法理解的東西。」

女性開始走近，有些還帶著孩子就過來聞亞倫的味道，依然害怕到不敢接近賈迪爾。她們開始嬌喘，亞倫聞到她們興奮的味道。其中一人彎下腰露出陰部。

「好，夠了、夠了！」他讓皮膚上的魔印發光。

「艾倫。」部族再度跪倒。「艾倫。艾倫。」

「唉，太好了。」亞倫喃喃說道。「這下我們都是艾弗倫了。」

「或許都不是。」賈迪爾輕聲說道。亞倫看向他的靈氣，開始擔心。

他是謊言之父，賈迪爾提醒自己。

但若伊弗佳只是本書，那代表了什麼？

戰爭的關鍵在於欺敵，凱維特達馬教過他。偉大的領導者必須欺敵到連他自己都在攻擊展開前不要多想那些欺敵戰術的地步。

而阿邦教過賈迪爾，最好的欺瞞幾乎全部都是事實。惡魔想要傷害他，沒錯，但那並不表示對方在說謊。

「艾倫。」阿拉曼菲齊聲念誦，賈迪爾好奇他那些原始祖先是不是也曾這麼做過——編造出天上的神祉，再講些夜裡能安慰自己的故事。

賈迪爾知道要先讚美艾弗倫，然後再踏出第一步。有時候他會懷疑英內薇拉的骨骰透露的是否爲艾弗倫的旨意，但他從未質疑過全能之神的存在。

造物主。永遠不要質疑祂在天堂看顧祂的子民，指引他們的道路，於孤獨之道盡頭等候他們。

直到阿拉蓋卡開始荼毒他的想法。

賈迪爾掌握阿拉之矛的力量時曾搜索過天堂，但一無所獲。

「艾倫。」那群動物唸誦。

「艾弗倫怎麼能允許這種事情，帕爾青恩？」他問。「祂的子民，幫祂打仗，被阿拉蓋拉到祂看不見的地方。遭受遺棄數百世代，自生自滅，就像……」

「……牲口。」帕爾青恩聳肩。「我們認識前，我就已經就在和人們爭論這個了。」

「或許你是對的。」賈迪爾說這話時感到一陣寒意。他從來沒有如此孤獨、如此脆弱過。

帕爾青恩看著他，靈氣中沒有任何滿足之情，沒有自鳴得意。「有什麼關係，阿曼恩？」

「你怎麼能這麼問？」賈迪爾問。

「這樣會改變我們要做的事嗎，」帕爾青恩問，「不管我們是代理神祇打仗，還是打算消滅一群想要吃光我們的動物？」

這句話是救生索，賈迪爾緊抓不放。「確實不會。」

「而那表示我們現在要做個決定。」帕爾青恩說。

「什麼意思？」賈迪爾問。

「我們現在沒時間拯救這些人。」帕爾青恩說。「但可以教他們自救。」

亞倫指向上方岩石，礫惡魔開始聚集而來。

「牧者看見魔光，跑來檢查羊群。」

「我們要立刻殺光它們。」賈迪爾說。「不能走露風聲。」

亞倫搖頭，打量惡魔靈氣。「它們看不到我們。我們的魔印對地底人沒用，但惡魔只能看見一道光。」

他和賈迪爾消除魔印光，賈迪爾縮小帕爾青恩和阿拉蓋卡身邊的魔印力場。

亞倫走到率領地底人部族的高大領袖面前，伸出手掌。「把矛給我。」

一開始對方似乎不瞭解，但亞倫用另一手指向那把武器。「矛。」

族長試探性地上前一步，迅速將武器放入亞倫手中，然後回去跪下。整族的人都凝神觀看。

「穿刺魔印。」亞倫揚起發光的手指，在空中繪製魔印。魔印綻放銀光，飄在空中。他用魔力把指甲變硬，將魔印刻到黑曜石矛尖上。

他在魔印中灌注魔力，舉起來讓所有人看，魔印反映在他們的大眼睛裡。「穿刺魔印。」

接著他轉身將矛拋向前來調查部族的小礫惡魔。武器在一道魔光中刺穿惡魔，讓它摔在他們腳邊。

亞倫啓動他腳上的石魔印，壓制蠕動的惡魔，拔出那把武器。

現在魔印在惡魔膿汁中滋滋作響，不再需要他的力量。亞倫將矛塞回族長手中，然後指向惡魔。

「殺。」

地底人呆了。亞倫看得出儘管對方聽不懂，還是了解他的意思，但就連這個野蠻的壯漢也知道不能攻擊惡魔。他看著在亞倫腳下扭動的惡魔。膿汁血。地底人碰碰矛尖上的液體，將手指伸向嘴巴。

「殺。」亞倫又說，這一次用克拉西亞語。

地底人的眼睛浮現野性，他將矛插入惡魔體內。魔印黑曜石刺穿他們認定無堅不摧的外殼，地底人則在魔力灌注雙臂時放聲大叫。

亞倫轉向一名女性，指著肩膀後方突起的三支黑曜石箭頭箭。她交出箭，亞倫在她面前用指甲刻印。

「穿刺魔印。」他再說一次。

「穿魔。」她恭恭敬敬說道，看著他在箭頭上畫的銀色線條。

他交還一支箭，她看懂了他的意思，掃視上方岩石，發現另一頭惡魔。她謹慎拉弓，發射魔箭。惡魔大叫一聲，從身處的位置摔落。

「穿魔！」其他人蜂擁而上，拿出他們的武器，一再念誦那兩個字，看著亞倫在黑曜石上刻印，數千年來首度擁有能對抗獄卒的武器。

「你們想幹嘛？」心靈惡魔嘶聲問道。「教這些動物在石頭上繪製簡陋的魔印並不足以擊敗魔巢的守護者。」

亞倫微笑。「或許不能。但肯定能吸引注意。」

「穿魔！」老女人高舉長矛，新部族大聲吼叫，舉起他們的簡陋魔印武器。

「艾倫！」他們唸誦。「穿魔！」

阿拉曼菲的年長女性像青恩吟遊詩人般幫部族編造故事，用一連串手勢、模仿聲音和賈迪爾依稀聽得懂的殘破古克拉西亞語溝通。

隨著遭遇越來越多部族，散布艾倫帶著神聖魔印降臨的女人就越來越多。已經有數百名地底人在武器上蝕、漆、刻上魔印。

他們很快就開始使用那些魔印，每殺一隻阿拉蓋就變得更加強大。

阿拉蓋卡變安靜了，不高興出現這種變化，但賈迪爾依然態度保留。

「他們不可能戰勝敵人，」賈迪爾說。「我們要拯救阿拉曼菲，還是要害死他們？」

「如過我能知道就好了，」帕爾青恩說。「我從不相信天堂，但我總希望握著長矛死去。我欠他們這種死法。或許那是艾弗倫的旨意，或許不是。」

「你以前很肯定祂不存在。」賈迪爾說。

帕爾青恩嘆氣。「現在我不肯定很多事情。這些人能幫助我們——在我們行動時分散魔巢的注意。我們成功，他們的生活就會改善。我們失敗，他們很可能會在產卵結束後死亡。」

賈迪爾看著他，覺得存在於兩人之間多年的縫隙似乎合上了。「確實，艾弗倫有沒有在看又有什麼差別？」

「你以前很肯定祂在看。」亞倫說。「肯定到願意動手殺我。」

「現在我不肯定很多事。」賈迪爾重複帕爾青恩的話。「但我知道我虧待了你，我眞正的朋友。」

「對，或許。」帕爾青恩偏開目光。「又或許是我虧待你。過去都過去了。不用過於執著。」

第四十一章　群山之光　334 AR

公爵堡壘的大火從內部熄滅，但大門沒有隨著天亮而開啓。山矛軍拿火器守在圍牆上，攻擊任何接近的人。魔印師用吊繩垂下圍牆，將魔印更改成奇特的排列。瑞根毫不懷疑有大魔印在堡壘庭院裡成形。

下水道裡都是惡魔，除了監視它們的動靜，密爾恩人束手無策。越接近歐可堡壘，下水道裡的惡魔就越多。

瑞根應該前往上千個地點，處理上千件事務，但卻和一群看彼此不順眼的人在等候廳內踱步。

德瑞克和布來楊伯爵透過十歲大的傑夫腦袋對瞪。他們今天會決定他的命運，不管是哪種命運，但男孩看起來並不想跟任何一方走。

布來楊和他孫子及歐可的孫子——海帕緹雅公主的兒子托馬在一起。朗奈爾牧師看顧小西蒙——艾莉雅公主的長子。這兩個男孩才十幾歲，但已經開始到處惹麻煩，現在他們冷靜坐著，凝望地毯。

房間裡擠滿地位夠高的貴族，擔憂地等候。今天是他們日夜期盼的日子，但現在卻變成噩夢。

「為什麼要天殺地這麼久？」瑞根拳掌交擊。「我有比在這裡空等更重要的事要處理。」

「傲慢。」布來楊噘起嘴。「你以為贏定了。」

「我不在乎誰贏。」瑞根說。「密爾恩中心出現通往地心魔域的通道時，主母議會投票到底有什麼重要性？」

會議廳的門打開。奇林目光低垂，拒絕正視瑞根。「她們現在要接見你，大人。」

瓊恩主母站在議會廳中。她向來不喜歡瑞根，瑞根也不喜歡她。海帕緹雅和艾莉雅站在面無表情的瑟拉主母身旁怒目而視。伊莉莎坐在母親輪椅旁的板凳上休息，臉色蒼白。翠莎半身不遂，靠向輪椅一側。另外半身看起來得意洋洋。

「議會做出決定。」瓊恩宣布。「瑞根．信使將繼任密爾恩公爵。」

「瑞根一世，晨郡公爵，群山之光，密爾恩守護者。」

數千人前來參加儀式，擠滿大教堂和外面的山丘。人們神色陰鬱，很多人很髒，大多很害怕，屏住呼吸聽著那些頭銜。

德瑞克的缺席十分顯眼。

瑞根跪著讓朗奈爾牧師為他戴上皇冠——由瑞根自己的魔印師打造，一個魔印玻璃頭盔，頭部兩側各有一角，象徵密爾恩的兩座大山。

輔祭送上第二頂皇冠，比較細的魔印頭環。由於伊莉莎無法下跪，圖書館員來到座位前幫她戴上。

「伊莉莎主母，晨郡公爵夫人，群山之光，密爾恩宮廷總管。」

「造物主拯救晨郡公爵和公爵夫人！」有人大叫，陰鬱的群眾爆出如雷掌聲。掌聲隨著一排排長凳傳出門外，聚集在街上的人也繼續鼓掌。

瑞根起身，讓人民享受片刻的希望，但時間並不站在他們這邊。

「密爾恩的兄弟姊妹。」大教堂將他的聲音清晰反射到群眾耳中。人們再度安靜下來，聽他說話。

「過去三百年來，密爾恩堡一直都是自由城邦最偉大的城市。我們的城牆堅固，也以同等的決心守護大圖書館——大回歸以來收集最多人類知識的場所。密爾恩乃是不讓人類返回黑暗時代的光。」

「但這道光逐漸黯淡。邪惡的黑心在密爾恩中央滋長，彷彿運輸細菌般將惡魔送入我們城市的血管。想要存活下來，就得割開黑心，加以清除。我們不能——絕對不能——任由我們的光熄滅。」

伊莉莎揚聲加入他。「危機過去前，守護者和大圖書館園區不會再拒絕需要的人避難。大教堂歡迎所有小孩、老人、病患和照顧他們的人，造物主會透過強大的教會魔印看顧他們。」

「但所有有能力舉矛的人，」瑞根說，「或能穩穩握住曲柄弓的人，或能演奏任何樂器、唱歌，手夠穩、能繪印，想要再見到白晝的話，密爾恩就需要你。」

瑞根在很多人眼中看見恐懼，於是揚手要大家安靜。「我不會坐在王座上命令各位作戰，不會站在高處眼看其他人以我之名死去。」他舉起他的矛。「我會爲了密爾恩而戰，但我一個人打不贏。」

瑞根矛柄抵住高台，單膝下跪。「我懇求各位加入，唯有齊心合力，我們才有機會。」

現場一片死寂，每一秒感覺都像一分鐘。瑞根發現自己屏息以待。

接著一個男人大叫：「好，我們與你並肩作戰！」其他散布在大教堂四周的人出聲附和。

瑞根站起身來。「你們願爲密爾恩而戰嗎？」

這一次叫好的聲音比之前快，還伴隨著歡呼和跺腳聲。

瑞根高舉長矛，聲音宏亮。「你們願爲彼此而戰嗎？」

群眾的歡呼聲淹沒了這個問題的答案。

在他身後，楊輕哼一聲。「不擅長演說個鬼。」

伊莉莎從前很愛他們家大廳的大理石台階。所有訪客都會被迫經過台階底下，讓她居高臨下和他們說話，或是快步下來擁抱他們。只有家人和某些僕人可以前往最高樓層，疲憊時用來逃避的場所。

但現在，每一階都是折磨。她努力在其他人面前掩飾自己的傷，但瑞根和最親近的僕人都知道。沒人攙扶，她根本無法上樓。

「放輕鬆。」瑪格莉特撐著伊莉莎摸起來像石頭的手臂。「不趕時間。」

但在伊莉莎心裡，很趕時間。此事拖延太久，幾乎已經太遲了。終於，他們來到頂樓，瑪格莉特撐住她大部分重量，一起走向訪客側廊。

「但我不想住在魔印店裡！」傑夫叫道。「我想回家！」

「我就是你的家。」德瑞克說。「我是你爸。」

「我要媽媽！」傑夫說。

「噢，你以為我不要嗎？」德瑞克大聲道。「但她回不來了，我們也不能去找她。」

伊莉莎轉過轉角，男孩抬頭看見她。他轉向他父親。「我恨你！」然後衝出房間，把門甩在德瑞克臉上。

「沒事了，主母。」伊莉莎說。

「我不認為——」

「沒事了。」伊莉莎壓低音調，而她不用說第三遍。瑪格莉特確保她能靠拐杖站穩，在德瑞克抬頭注意到她時離開。他看起來一副也想跑進房甩門的樣子，但他面無表情地站著，等她一拐一拐走到面前。

德瑞克低頭行禮。「公爵夫人。我為大聲吼叫道歉。」

「你不用這麼正式，德瑞克。如果誰有權直呼我的名字，肯定就是你了。」他朝傑夫的房間揮手。「而且你們也不必住在魔印店後面。這裡隨時歡迎你和傑夫。」

德瑞克還是不願正視她。「妳很好心，但傑夫和我在別人家借住已經太多年了。該是我們自立門戶的時候了。」

「德瑞克……」她伸手搭他肩膀，但他縮身後退。伊莉莎失去平衡，必須用拐杖撐住自己。「我很抱歉。」

德瑞克抬起雙手，避免看她。「我知道此事對妳壓力有多重。我知道妳盡妳所能幫助妳要守護的人。」他朝她的腳、她的拐杖揮手。「我也知道妳付出沉重的代價。」

最後他抬頭，面對她的目光。「但我也知道主母議會所有人在主母學校都學過魔印學。瑟拉家裡有雇魔印師。而妳還是把筆交給史黛西。」

「我知道。」伊莉莎覺得眼眶濕潤。「我一直在問自己爲什麼要那麼做。或許當時有更高強的魔印師，但我只認識她，我只信任她。或許那樣很自私，但我不認爲有人能做得比她更好。要不是她，我會死，或許那棟屋子裡所有人都會死。」

德瑞克大吸口氣，微微顫抖。「我了解，基於我倆多年交情，我原諒妳。但傑夫有權不要在害死他母親的女人家以客人身分長大。」

「沒用。」楊朝石板地吐口水。「打了好幾週，我們還是節節敗退。」

「今晚是月虧。」德瑞克提醒，好像瑞根有可能忘記。男人面容憔悴，不過所有人都一樣，而他每天晚上都和大家一起賣力作戰。太賣力了，有人說那是冒不必要的風險。

「我打算在日落前攻破堡壘。」瑞根說。

「怎麼做？」楊問。「沒辦法接近到攻擊距離，也沒辦法不受干擾地進行防禦工事，地道裡擠滿惡魔，就算白天也一樣。」

「我向布萊爾學過一個把戲。」瑞根帶他們沿著街道走向藥草師和學徒正在監看的沸騰大鍋。

「所有密爾恩的孩子都出門去採集豬根了。」瑞根說。「我們要把豬根茶倒入下水道，從地底攻入堡壘。」

德瑞克上前，神色迫切。「我去。」

惡魔在豬根茶倒入古老溝渠、流入小水道時大聲尖叫。豬根茶宛如強酸般腐蝕惡魔皮膚，瑞根聽見惡魔逃跑時濺起水花的聲音。

山矛軍不給它們機會逃脫，帶著在狹窄通道裡威力強大的火器和魔印子彈，緊追而去。奇林的吟遊詩人提供支援，在隊伍後方演奏，樂器都鑲入霍拉，在地道中遠遠傳開。

一時之間，計畫似乎奏效。惡魔數量變少，他們逐漸接近堡壘圍牆附近的地道。

但接著他們轉過一處轉角，發現歐可的山矛軍平舉火器，擋在前方。

「撤退！」瑞根大叫，但太遲了。山矛軍開火，本來讓他的火器部隊占盡優勢的狹窄通道突然變成對他們不利。

數百人在剛開始交戰的混亂中死亡。子彈擦過瑞根的魔印護甲，還有一顆擊中他的頭盔，差點把他打昏。

「好，我來了。」楊抓住瑞根的手臂，把他拉回來，在逃回來的士兵人潮中保護他。

他們在天黑時回到街上。瑞根的部隊本來在等下水道部隊開啟圍牆門，現在神色驚恐地看著他們逃出下水道。

接著堡壘四周的街道崩塌，彷彿全地心魔域的惡魔都跑出來，散入城內街道。

＊

「院長！她窒息了！」藥草師學院裡負責傷勢分類的學徒大叫。

「怎麼回事？」安奈特衝向一名躺著抽搐喘氣的女守衛，臉色發藍、掙扎吸氣。伊莉莎咬緊牙關，忍住不叫，拄著拐杖快步跟上。

「我們在月亮街上作戰，」一名年輕守衛說。他臉色發白、冷汗直流、渾身骯髒，但看起來沒受傷。「礫惡魔打中小隊長胸口，她的護甲撐住了。我們以為她沒事，但她剛剛突然開始喘氣，還咳血……」他嗚咽一聲。「拜託，妳一定要救她。」

伊莉莎舉起魔印筆。「我可以……」

「不行！」安奈特說。「治療那個女人只會害她死得更快。脫下她的護甲。」學徒割斷胸甲皮帶，脫下胸甲，然後剪開上衣和裡面的內衣。守衛驚呼，轉過身去。

「只是乳房，孩子。」安奈特說。「你小時候有吸過。看一看。你要看看就算護甲撐得住，惡魔還是能造成這種傷勢。」

年輕守衛轉身看著小隊長，接著伸手摀住嘴巴，跑出去吐。

現在女守衛抽搐得更加厲害，臉色發紫，努力透過漆黑的胸口吸氣。

「壓好她。」安奈特主母在一個位置塗抹酒精，然後拿出一把細長的刀，插入女人胸口。鮮血噴灑過後，女人終於吸入一口氣。

「那一擊打斷肋骨，插入她的左肺。」安奈特說。「如果妳對她施法——」

「她的肺就會在肋骨還插在裡面時癒合。」伊莉莎摀住嘴巴，一臉驚恐。

「我得剖開她的胸，清理傷口，然後妳才能開始治療。」安奈特說。「妳能幫她保命嗎?給我時間動手術?」

「我不確定。」伊莉莎說。「我試試看。」

「我也不確定我救不救得了她。」安奈特說。「藥草師能做的向來都是試試看。」

學徒用唧筒幫助女人呼吸，安奈特動刀，伊莉莎則繪製魔印強化女人的靈氣，讓她心臟持續跳動。安奈特用鉗子拔出肋骨，放至定位，讓伊莉莎由內而外，一層一層治療傷口。

「太神奇了。」安奈特說。「掌握生死的力量，全都在小小一支筆裡。」

「相信我，藥草師，」伊莉莎放下拐杖，咬牙忍痛，站直身子，「魔法有極限。」

安奈特僵住。她曾親自檢查伊莉莎的腳，做出和瑟拉藥草師同樣的結論。「我道歉，公爵夫人。我的意思不是……」

「不要執著在那上面。」伊莉莎轉身面對年輕守衛。「回到崗位上。」

「是，公爵夫人。」男人鞠躬，扛起他的山矛，返回前線。

更多屍體從四面八方送來，還有更多吼叫。空氣中充滿濃煙和血腥味，弄得伊莉莎頭昏眼花。她吸收魔印筆的魔力維持力量，儘管魔力能夠舒緩腳上的痛楚和疲軟，但那兩種感覺不曾完全消失。

「公爵夫人，妳還好嗎?」安奈特的語調從懇求轉爲命令。「妳上次吃飯是什麼時候?妳有喝足夠的水嗎?」

「我沒事。」伊莉莎說。「我只是……需要新鮮空氣。」

「當然，」安奈特說。「我去叫學徒——」

「沒關係，」伊莉莎打斷她的話。「我需要獨處片刻。」

「如妳所願，公爵夫人。」

伊莉莎迅速轉身，期待藥草師沒有發現她伸出拐杖踏出痛苦的第一步時臉上疼痛的神情。後來她找到節奏，踏著緩慢穩定的步伐，維持些許尊嚴。

她離開藥草師學院，進入大圖書館園區。時值夏季，但是夜風吹過還是吹得她髮絲根根豎起。

等在外面的女人立刻圍上。她們全都在等她出現，吵吵鬧鬧地想要占用一點公爵夫人的時間，通過這份或那份清單，回應信息、平息紛爭、解決問題。

「現在不行，各位。」伊莉莎恢復之前的語調。「去大圖書館找玫莉主母。我過一會兒就去輪流接見各位。」

女人互看了一段時間，但接著瓊恩主母出現，雙掌交擊。「妳們聽見公爵夫人的話了！」

所有女人手忙腳亂地行屈膝禮，快步走向大圖書館，希望在請願隊伍中搶個好位置。她們已經開始爭論誰的問題比較重要，爭奪優先順序。

「謝謝妳。」伊莉莎說。

瓊恩點頭，伸出手臂。「當然。」

伊莉莎心懷感激地扶著她的手，靠著女人走向守護者。這些圍著大圖書館和大教堂丘頂園區而建的巨大石像，形成了城內最強大的魔印網。

圖書館守衛緊張兮兮地巡邏外圍，聽得見惡魔尖叫聲、奇林手下樂師的音樂，還有大街小巷傳來的戰鬥聲響。

戰鬥的聲音很近。惡魔盡量遠離園區，害怕守護者的力量，但當晚是新月，伊莉莎比任何人都了解那是什麼意思。

這個念頭才剛剛浮現，她就看見一隻火惡魔從街上朝著禁忌力場跑來。一名守衛用魔印曲柄弓射倒它。在它停止抽搐前，一隻礫惡魔又出現在另一條街上，朝魔印網大步走來。

守衛對它射擊，但它的石殼很厚，箭矢只能激怒它而已。它擊打守護者的魔印網，然後像小孩一樣被彈回去。

四面八方都有惡魔現身。它們和第一隻一樣無法穿越禁忌力場，但伊莉莎突然開始懷疑守護者的力量究竟有多強。只要有弱點，惡魔王子都會找出來。

她的手很想去拿魔印筆，炸飛禁忌力場前的地心魔物，但那已經不是她的工作了。如果惡魔突破魔印力場，她——瘸腿——將會變成守軍的累贅，幫不了多少忙。

現在她是公爵夫人，她在大圖書館裡回答那些女人問題會比親上前線拯救更多人命。

「請求支援。」她對瓊恩說。「讓守衛發武器給所有拿得動矛的人。」瓊恩點頭，領命而去，伊莉莎慢慢走回大圖書館，從私人走廊前往玫莉主母的辦公室。

她轉過轉角，聽見叫聲，看見玫莉和她丈夫傑克。伊莉莎已經多年沒見過傑克，他和玫莉及亞倫年輕時是形影不離的朋友。他們吵得太投入，沒有發現她走近。

「我有幫忙！」傑克大聲道。「我整晚都在幫傷患倒水。」

「瑞根公爵不是要有能力的人倒水。」玫莉說。「他要大家拿起武器作戰。圖書館守衛在找人支援。」

「我，對抗惡魔？」傑克難以置信。「妳瘋了嗎？我必死無疑。」

「年齡不到你一半的男孩都在排隊自願上陣，而你卻躲在我父親的聖袍底下。」玫莉說。「你甚至不肯加入吟遊詩人。」

「我的音樂不比矛術高明。」傑克說。「你知道那對我來說有多難。」

玫莉雙手抱胸。「對，因爲你從來沒有費心練習。」

「妳說得容易！」傑克叫道。「不是所有人一出生就能在大教堂裡學管風琴。」

「你總是怪東怪西，」玫莉說。「我開始了解……」

「什麼？」傑克大聲問。「妳開始了解什麼？」

「亞倫沒看錯你。」玫莉說。「你毫無野心。你只是露露面，然後盡可能少做事。」

傑克畏縮。「每次都要提起那個，是不是？拿我去和完美的亞倫·貝爾斯比。黑夜呀，眞慶幸妳以前太聖潔，不肯脫他褲子。」

玫莉冷笑。「我摸過很多次，我知道你連那根也沒有他長。」

傑克露出牙齒。「對，而他還是離開妳了。那表示妳是什麼人？」

「夠了！」伊莉莎大喝，用拐杖敲地。玫莉和傑克連忙轉身。「公爵夫人！」玫莉提起裙子，屈膝行禮，傑克則笨手笨腳地彎腰。

伊莉莎指著傑克。「如果你只擅長端水，傑克，藥草師學院裡有很多傷兵需要水。」

「是，公爵夫人。」傑克鬆了口氣，連忙跑開。

「很抱歉，公爵夫人。」玫莉說。「那實在……太不得體了。」

「聽起來像是早就該吵的架。」伊莉莎說。「但最好還是等月盈再說。」

走廊另一端傳來尖叫聲，伊莉莎不得已抓住玫莉，咬緊牙關避免自己痛到叫出聲來，以最快的速度趕去查看。

她們在俯瞰圖書館館藏的大樓座趕上傑克。底下有幾名輔祭正上樓逃命。

「惡魔！」一個身穿聖袍的男孩大叫。「地下墓穴有惡魔！」輔祭、主母、學者連滾帶爬，慌亂中紙張飛散、墨水濺灑。動作靈巧的火惡魔衝出下層走廊，把人趕入館藏區。

「黑夜呀。」伊莉莎覺得心臟被鉗子夾住。聚集在守護者力場外的惡魔根本不用突破力場——只要在心靈惡魔從內部展開攻擊時防止人類逃脫就行了。

火惡魔吐火，但亞倫多年前刻的魔印發光，將火唾液變成寒風。田野惡魔撲向逃跑的人，但亞倫的魔印網再度發光，從躲在書櫃之間或桌子底下的人面前震退它們。亞倫的魔印讓惡魔像球一樣在書櫃間彈來彈去，撞得它們頭昏眼花，讓學者有時間脫身。

室外比室內還要危險，但伊莉莎拿出魔印筆，凍結火惡魔，用衝擊魔印讓田野惡魔撞成一團。

「動作快！」她對最近的地下墓穴入口施展禁忌魔印。「去大教堂！」聖堂的魔印乃是密爾恩最強的魔印之一，但是羈絆在石頭裡的不光是魔印。信仰也給石牆帶來力量。

伊莉莎看向玫莉，在她身上看見史黛西的影子，但還是從袋子裡拿出霍拉筆，交給玫莉。年輕的主母大叫退縮。「我不能碰惡魔骨！造物主明令禁止。」

「造物主也禁止妳因爲自己神聖到不肯碰筆，而任由這些人死去！」伊莉莎把筆塞進玫莉手中。

「閉嘴，繪印。」

玫莉神色恐懼看著她，但她接下筆。圖書館員的女兒在她們下樓途中證實她是能力優秀的魔印師，集中嚇壞了的圖書館人員，跟著伊莉莎逃往大教堂。

有更多惡魔跑上來，在伊莉莎和玫莉臨時製造的禁忌力場中找出空隙。它們沒辦法生火，但可以繞道衝向逃命的人，企圖攔截他們。

一隻惡魔從樓座跳下，玫莉及時繪製禁忌魔印，防止它落在伊莉莎肩膀上。惡魔被力場彈開，落入人群中央。它像屠宰母牛般把一名老主母開膛剖肚，然後撲向落後人群中縮成一團的傑克，一口咬住他的肩膀。

伊莉莎用衝擊魔印擊中惡魔，但它被震開時咬下了傑克肩膀一大塊肉。

「女士！」玫莉大叫。「他要……！」

「要繼續跑！」伊莉莎吼道。「所有人！不去大教堂，我們就會死！」

或許去了大教堂也一樣會死。她沒有說出這個想法，玫莉拉起傑克，傷口血流如注。他們兩人跌跌撞撞，速度比伊莉莎還慢，地心魔物在他們身後聚集。

現在不光只是火惡魔，還有色彩鮮艷的雪惡魔、暗灰色的礫惡魔、綠鱗片的田野惡魔。田野惡魔快步上前，截斷他們通往大教堂的路。

但接著大教堂的門開了，朗奈爾牧師和一群長袍飄逸的信徒站在一起。唱詩班。

「跑！」大圖書館員叫道，在唱詩班開始唱歌時比向另一條通往大教堂的路徑。惡魔專心追殺伊莉莎那群人，絲毫沒有防備月虧之歌。它們尖聲慘叫，抱頭逃竄，能雙腳站立的就摀住耳朵。

「別停！」伊莉莎在幾名學者目瞪口呆時叫道。「進中殿！」

唱詩班繼續高歌，但來到近處，伊莉莎看見男男女女額頭冒汗，在大批惡魔面前不確定自己的歌聲有多少力量。對大部分人而言——如果不是全部——這是他們第一次近距離面對惡魔。

歌聲勉強擋下了大批惡魔，但伊莉莎不認爲能撐多久。樓座上有雪惡魔往下吐冰寒唾液，擊中一名歌者的大腿。他嚇得絆了一跤，腳踏大理石地板時發出骨碎聲。

該名歌者慘叫，打破唱詩班的合聲，惡魔立刻進攻。冰火唾液如雨落下，田野惡魔利爪在前撲來。有些唱詩班歌者聖袍上的魔印救了他們，但其他人沒有那麼幸運。有名輔祭身上著火，摔到同伴身上，火勢擴散開來。又有兩個人被地心魔物開膛剖肚，其他人在血淋淋的大理石地板上滑倒。

「撤退！」朗奈爾大叫。伊莉莎在歌者頭上繪製聲音魔印，強化他們的音樂，然後想辦法把大部分傷者拖回大殿，關上大教堂的門。

一排排長凳間已經擠了數千人，在家園和鄰居撤離後尋求庇護。他們神色驚恐，但魔印暫時還撐得住。

傑克躺在地板上，玫莉在逐漸擴散的血泊中摟著他哭。伊莉莎跪倒在他們身邊，繪製魔印加持傑克的力量，但他失血過多，伊莉莎沒辦法憑空製造血液，或是長回被惡魔咬掉的肉。她減緩失血，但傑克呼吸越來越急促，越來越迫切，然後不再動作，雙眼無神。

玫莉痛哭失聲，緊抱著他。大教堂門在惡魔撞擊魔印時巨響搖晃。下方灑落灰塵，朗奈爾抬頭看見管風琴的大管。

「繼續唱歌！」他奔向樓梯，前往管風琴室，伊莉莎看出他想做什麼，撐起拐杖，跟了上去。

大門再度於看不見的力量下震動。魔法擋得住地心魔物，但它們還是能拿大理石塊砸門，直到門被砸爛。

朗奈爾坐在管風琴演奏臺前，三邊都是控制器。大教堂管風琴有上千根琴管，由五個鍵盤控制，每個鍵盤都有自己的停止踏板。

他揉揉顫抖的手掌，弄響指節，放鬆手指。羅傑的樂譜攤在他面前的譜架上。伊莉莎看過樂譜，但完全不懂吟遊詩人記錄音樂的符號。

慢慢地，牧師喚醒了大管風琴，演奏出類似月虧之歌的曲調。但這是給歌者和弦樂器用的樂譜，不是有數百枚琴鍵的大管風琴。這個樂器威力強、射程遠，但朗奈爾彈奏不夠靈活，比不上奇林的魯特琴或唱詩班的嗓音。

儘管聽得出他在演奏月虧之歌，琴音對於正在撞大教堂門的惡魔似乎沒有任何影響。

伊莉莎看向窗外，只見惡魔衝出大圖書館，攻擊園區裡的市民，圍攻防守外圍的圖書館守衛。街上正在交戰，地板血跡斑斑。

朗奈爾稀疏的頭髮被汗水弄濕。他雙手顫抖，但持續演奏，希望能透過不順手的樂器激發羅傑音樂的魔力。

玫莉出現在樓梯頂，連身裙上染滿鮮血，眼淚在染紅的臉頰上刷出兩道淚痕。

「妳還好嗎？」伊莉莎問，但玫莉不理會她，擠過去伸手搭著父親的肩膀。

朗奈爾轉頭，目光含淚。「我辦不到，女兒。我技巧不足，沒能力運用解放者的禮物。」

玫莉傷心地看著他。「萬一亞倫不是解放者怎麼辦，父親？」

「那地心魔物就會贏。」朗奈爾說。「所以這一次，妳得相信他是。相信他會在最深沉的黑夜看顧我們，賜給我們一道光。」

「他都死了怎麼當解放者？」玫莉問。

伊莉莎上前，嘴唇湊到玫莉耳邊。「他還活著。此刻還在爲我們而戰。所以如果妳能演奏這首天殺的歌，現在就是最好的時機。」

玫莉看著她，不確定她的話是真是假。最後她點頭，在朗奈爾感激地站起身來時把霍拉筆交給父親。玫莉踢掉鞋子，坐在琴座前，拿起羅傑的樂譜。她在樂譜上留下血淋淋的指紋，湊頭聽唱詩班的歌聲。

大門再度巨響，伊莉莎聽見碎裂聲。「它們要來了。」

「那就擋住它們。」玫莉吼道，彷彿研究魔印寶典般研究樂譜。年輕主母不該用這種語氣和密爾恩公爵夫人說話，但這話中的決心令伊莉莎欣慰。朗奈爾在管風琴座四周繪製保護魔印，伊莉莎則走到琴室邊緣，看著大殿中的景象。

數千群眾擠在大圖書館門對面的牆前，竭盡所能遠離惡魔。貼在牆上的人呻吟大叫，快被無腦暴民的壓力擠爆。

「後退！」伊莉莎強化音量，而大教堂的圓頂設計又進一步強化效果。「壓扁其他人救不了你！退回來加入唱詩班！好像不唱就會世界毀滅那樣用力唱歌，因爲今晚就是世界存亡之秋！」

剩下的唱詩班遍體鱗傷，鮮血淋漓，已經回到唱詩台，透過拱頂強化刺耳的歌曲。

慢慢地，群眾開始唱歌，含糊不清地唱著不熟悉的歌詞，試圖跟上專業歌者的曲調。

幾名手持魔印矛盾的園區守衛在門前拉開半月形的防禦陣勢，等待惡魔攻破大門。

伊莉莎在另一塊巨石擊中大門時用壓力魔印加以支撐。魔印發光，擋下衝擊，但是強化過的木門依然出現裂痕。它們撐不了多久的。

接著管風琴起死回生。玫莉一開始聲音很輕，彷彿在透過空氣感受到共鳴，而不是眞的聽見聲音。她先是配合唱詩班的歌聲演奏，但在逐漸累積力量後，管風琴的音樂開始蓋過唱詩班。琴管強而有力，在所有人心中產生共鳴，令牆內所有石頭隨之震動。

雖然歌聲也逐漸加強，但玫莉主導音樂，唱詩班和信徒變成管風琴的合聲。外面，伊莉莎聽見地心魔物痛苦尖叫，接著聲音開始遠離。撞門聲停了。

伊莉莎一拐一拐走回窗口，看著地心魔物宛如逃離火場的老鼠般竄入園區街道。它們衝向盯著力場外的惡魔、沒有料到有惡魔從後方來襲的守衛。

但守護者石像發光，地心魔物被甩開。魔印圈是雙向的，留下一塊能夠保護守軍的空間。

直到此時，那些惡魔才回過頭來，驚恐地看著大教堂，原始的腦袋慢慢了解自己受困陷阱。

隨著玫莉信心大增，音樂的力量持續增溫。傑克的血染紅琴鍵和樂譜，她則演奏到能夠粉碎石惡魔、融化雪惡魔心臟的段落。她分別使用兩組琴管，同時演奏兩組鍵盤，雙腳用踏板控制音符。

四面八方都能看見惡魔跪倒或摔倒，抖動慘叫。

伊莉莎看見它們眼、耳、鼻中滲出膿汁。這樣要搞很久才會死，但就和長矛穿心一樣肯定會死。

力量越來越強。密爾恩建於兩座高山交會處的山谷裡。就像大教堂的拱頂天花板，兩座山也接收到音樂，反射而出，將聲音傳到城內每個角落。

遠方傳來號角聲，在男男女女的吼叫聲中下令進攻。惡魔的叫聲在街道上迴盪。

第四十二章　魔巢　334 AR

「十分鐘。」瑞娜在附近最適合防守的地點停下。地道牆壁上長滿會發光的蕈菇，這表示這是她離開阿拉之矛後首度能用肉眼視物。而儘管身穿魔印斗篷，還有山娃的歌聲守護，但仍讓她有種曝光的感覺。

「當然。」山娃伸手拉住她父親，兩人面對外側跪下，在瑞娜準備蒸丸子時負責守衛。

「要來點嗎？」瑞娜在碗裡傳來蒸丸子的香氣時問。

「謝謝，不用。」山娃立刻說道，沒有錯過任何隱形之歌的音符。

「我什麼都不用吃。」山傑特語氣冰冷。

他們兩個只要一口丸子、一口水就能撐一整天，但儘管在努力追趕亞倫和賈迪爾──如果他們還活著──瑞娜還是無法忽略迅速膨脹的肚子的需求。

她們越深入，環境魔力就變得越強，她兒子就長得越快。瑞娜曾懷疑過惡魔女王怎麼那麼能生，現在她開始了解了。

瑞娜需要停下來進食的次數是山娃和山傑特的三倍，而且每次要吃兩碗蒸丸子。粗略計算下，打從山傑特默不吭聲地領著她們深入地心，至今已經超過一週。

有人提問時，山傑特可以約略回答路線的問題，彷彿心靈惡魔在他腦中畫過一張地圖。他不知道發光的苔蘚是什麼、生長的範圍，或是還要多遠才會抵達魔巢。

如果他們還沒抵達的話。

瑞娜安靜吃東西，感覺肚子裡的孩子也大快朵頤。她爲了保護孩子形成的堅硬肌肉完全無法減弱他拳打腳踢造成的衝擊與不適。他推擠她的膀胱，瑞娜連忙跑到石頭後面解決。他已經長太大了，她擔心他隨時都會出世。

*撐住，再撐一陣子，*她哀求。如果孩子現在出世會怎麼樣？她有能力保護他嗎？

她吃完後，他們繼續趕路。前方傳來熟悉的打鬥聲——惡魔慘叫，戰鬥魔印滋滋作響。會是亞倫嗎？她拔出獵刀，沿著地道朝騷動處跑去。

「父親，跟上！」山娃邊跑邊叫。「如果受到攻擊，保護我們和自己！」

沙羅姆輕易趕上瑞娜，因爲她只能搖搖晃晃地跑步。她利用魔法增加速度，三人化爲殘影，衝入傳來騷動的地道交會處。

一群野人包圍一隻洞穴惡魔，從各個方向伸出魔印黑曜石矛刺它。他們的靈氣充滿地心魔法，武器綻放戰鬥魔印的光芒。

瑞娜一眼就認出亞倫的字跡，心跳加速。「他們曾路過這裡。」

山娃點頭。「沙達馬卡和帕爾青恩賜給阿拉曼菲武器。」

數呎外躺著另一隻洞穴惡魔，腳被砍斷，肚破腸流。旁邊躺著兩名地底人，靈氣冰冷，只有血管裡的毒液還在發光。另一人被黏絲黏在牆上，半顆腦袋不翼而飛。

地底人大呼小叫，解決第二隻惡魔。武器上的魔力滋滋作響，他們渾身顫抖，吸收更多力量。

看見瑞娜、山娃和山傑特時，阿拉曼菲瞪大眼睛。他們從四面八方逼近，和剛剛包圍惡魔很像，怒氣沖沖地敲打胸口。

但接著他們看見瑞娜的肚子，敵意立刻消失。他們圍成一圈，用隱約有著克拉西亞語影子的原始語言交談。人群分開，走出一名年長女性。她身強體壯，但頭髮花白，瑞娜在她靈氣中嚐出歲月的重量。

女人對她伸手。瑞娜很想後退，但她看得出這個老人沒有惡意。她手上長繭，但是撫摸瑞娜肚子時出奇溫柔。她貼上耳朵傾聽，然後哈哈大笑，地底人隨著她的笑聲歡呼。

她從腰帶上的袋子裡拿出一把發光蕈菇混在水裡，然後在地道石板上薄薄一層泥土上繪製熱魔印。

「瑞娜。」山娃在老女人的出熱騰騰的茶杯時謹慎說道。

「保持冷靜。」瑞娜說。「他們沒有惡意。根據我的判斷，他們認為我會帶來好運。」地底藥草師的藥茶非常難聞，但她憋住氣，一飲而盡。

女人點頭，嘟噥一聲表示認可。

接著阿拉曼菲目光轉移到山傑特身上。毫無疑問，身強體壯的男性代表最嚴重的威脅，但當一名男地底人走到他面前，大呼小叫還帶敲矛時，山傑特毫無反應。那個男的甚至動手戳山傑特胸口。只要瑞娜或山娃一聲令下，他就會折斷地底人的手臂，但沒有收到命令，他就只是面無表情地站著，而地底人很快就對他失去興趣。

不過山娃吸引了好幾個男性的注意。他們指節著地在她身旁繞圈，嗅聞空氣，咕嚕咕嚕叫。瑞娜看向他們，隨即瞪大雙眼。

「可惡！」她偏開目光。不只一名男性明顯勃起。

其中一名地底人伸手摸山娃，而她受夠了。她抓住他的手腕，轉身施展沙魯沙克拋擲招式，把他頭上腳下地丟出去。她一腳踢中旁邊另一個地底人勃起的地方，他直接摔倒，放聲哀號。

下一名男性在山娃嘶吼時後退。被她打倒的兩個爬起身來，所有男性都退回人群。

瑞娜看向其他人——女人、小孩和比較不具攻擊性的男人，許多人手持亞倫和賈迪爾繪印的武器

——不知道自己該說什麼。

在她開口前，一名男性帶著一塊不知名地底生物的肉回來。他把肉交給藥草師，比向山娃咕嚕咕嚕。

山娃驚呼。「這是……」

「結婚聘禮？」瑞娜在藥草師帶著肉塊轉身展開協商時問道。「看來和太陽一樣明確。她一定以爲我是妳媽。」

「我很榮幸。」山娃的語調平淡。「但請妳拒絕。」

瑞娜正要開口，又有個男人上前，交給藥草師一塊有鱗片的皮，也是指向山娃。

「想不想等著看出價有多高？」瑞娜問山娃。

「不好笑，姊姊。」山娃說。

「對，我想也是。」瑞娜對皮膚上的魔印灌注魔力。魔印立刻發光，照亮地道。她轉頭看向那些男人。「她不是用來賣的，你們這些色鬼！」

男人畏縮，連忙跪倒，其他地底人也跟著跪下。

「艾倫，」他們開始念誦。「艾倫。」

地底人整體的靈氣出現變化，瑞娜吸收靈氣，開始解讀。亞倫和賈迪爾的影像出現在她心裡，她知道他們距離不遠。她可以感應到他們走的地道。

但現在空氣裡出現一股新氣息。一種類似聲音的震動，大聲到她懷疑之前怎麼會沒有察覺。接著她回想起自己吃掉的那顆心靈惡魔腦，本能性地了解震動來源。

「姊姊，怎麼了？」山娃問。

「我知道要往哪裡走了。」瑞娜輕聲說道。「我聽見女王產卵的呻吟聲。」

賈迪爾和帕爾青恩看著阿拉曼菲高高躲在石牆上，靜靜等候像蜘蛛的洞穴惡魔接近。洞穴惡魔是心靈惡魔最常派來當成糧倉牧羊犬的阿拉蓋，把賈迪爾的遠親像駱駝一樣放養。現在惡魔提高警覺，因爲阿拉曼菲的領土突然變危險了。駱駝開始踢牧羊犬了。

儘管如此，阿拉蓋還是沒有料到地底人會從天而降，在吼叫聲中刺出長矛。

地底人很強壯，取得能夠傷害阿拉蓋的武器後，就掀起了強烈的戰鬥熱情。無數世紀以來，惡魔一直放牧、殺害他們，把他們的夥伴抓去屠宰。那種情況不會繼續下去了。

洞穴惡魔扭動掙扎，但它們的節肢長腳並不擅長在背部貼地時攻擊敵人。阿拉曼菲動作太快，在惡魔出腳前跳開，吸引注意，讓族人衝上前去進攻。男人、女人和小孩都加入戰鬥，簡陋的魔印刻在他們的黑曜石利刃和賈迪爾教他們用皮和骨製成的盾牌上。

地道中棒起棒落，魔光四射。這些武器和精心製作的魔印武器不能相提並論，但那並沒有讓阿拉曼菲卻步。力量小的人讓惡魔失去平衡，力量大的部族成員就打斷肢體，慢慢敲碎頭顱。

他們的榮耀無止無盡。

一頭惡魔找到機會跳走，攀附在地道岩壁上，跳到攻擊範圍外。黑曜石箭頭在惡魔硬殼上擦出火花，直到一支箭命中目標，然後是另一支。

惡魔知道自己逃不出去，於是轉身作戰，準備跳回部族之中。他們還是有辦法殺死它，只是會付出代價。

賈迪爾舉矛打算炸死惡魔。

「阿曼恩，不要！」帕爾青恩叫道，抓住他的手。

賈迪爾皺眉。「放手，帕爾青恩。我得幫他們。」

「不能幫。」帕爾青恩收手。

「爲什麼？」賈迪爾看見惡魔落在一群阿拉曼菲中間。

「因爲，笨蛋，女王知道軀殼的一舉一動。」阿拉蓋卡語氣不屑。「她不會在乎不守規矩的牲口。但是會在乎卡夫利後裔。」

「他說得對，阿曼恩。」帕爾青恩說。「現在，卡吉之冠和我的魔印遮蔽了我們的存在。但如果顯露眞正的力量，一定會被發現。」

賈迪爾握矛握到手痛，惡魔嘶聲笑道：「犧牲軀殼令你痛苦，就連這些可悲的野蠻軀殼也一樣。」

「他們從前是我的族人。」賈迪爾看見地道岩壁上染上鮮血，知道已經來不及幫忙了。

「女王能在距離魔巢這麼遠的地方感應到軀殼的想法？」帕爾青恩問。

惡魔側頭凝視帕爾青恩。賈迪爾知道那神情比較偏向嘲弄，而非好奇。彷彿阿拉蓋卡不瞭解他們怎麼會蠢到這種地步。

「我們已經進入魔巢好幾天了，探索者。」惡魔說，賈迪爾感到血液結冰。「女王會把糧倉設在附近。產卵結束後，她會吃掉數千人來恢復元氣。這場微不足道的起義損失的人數根本毫無意義。」

「不是毫無意義。」帕爾青恩說。「意義重大。」

「是嗎，帕爾青恩？」賈迪爾問。

「你老是把命運掛在嘴上。」帕爾青恩說。「艾弗倫的計畫。或許祂終究還是有計畫的。或許祂並沒有遺棄這些人。或許祂讓他們待在這裡，在我們最需要的時候提供幫助。」

「代價是什麼，帕爾青恩？」賈迪爾問。

「代價無所謂。」帕爾青恩說。「勝利高於任何代價。你不是一直都這樣說嗎？這不是你一路殺進提沙的藉口嗎？而現在，勝利近在眼前，你卻突然良心發現？」

綠地人的話令賈迪爾思考。他看著老友，試圖剝開歲月，在這個冷酷的魔印人體內看見當年那個純眞的年輕綠地人。

「你還記得我們第一次吵架嗎，帕爾青恩？」賈迪爾問。

傑夫之子點頭。「在大迷宮。」

賈迪爾點頭。「深坑魔印師被阿拉蓋卡打成殘廢，準備要面對孤獨之道的時候。」

帕爾青恩目光閃爍。「他有名字，阿曼恩。薩吉・阿蘇方卓・安海薩斯・安卡吉。他是我朋友。教我單向魔印和深坑魔法的人。我本來可以救他，但他死在你手上。」

「不要對我擺架子，帕爾青恩，」賈迪爾說。「我和薩吉遠比你熟。他想要所有戰士夢寐以求的東西——光榮戰死；但你想要奪走那個機會，不顧他的意願，強迫他變成從前自己的殘廢空殼，度過接下來數十年餘生，因為亞倫・阿蘇傑夫不肯把任何東西送給惡魔。」

帕爾青恩靈氣反應猛烈，賈迪爾知道他說到痛處了。

亞倫覺得被甩了一巴掌。

絕對不給惡魔任何東西。童年的誓言成為界定他一生的透鏡。

他曾違背過這個誓言。

亞倫看著地底人打倒最後一隻洞穴惡魔。有些人摀住的傷口已經開始癒合，但有兩個人冰冰涼涼地躺在地上，靈氣熄滅。

賈迪爾說得對。從前他絕對不會袖手旁觀，把任何人留給惡魔——去他的大局爲重。把別人留給惡魔可不是他媽教他的處世之道。

「那天你告訴我天堂不是眞的。」賈迪爾說。

「不是。」亞倫反射性地回答，但想法不如語氣堅決。他有什麼資格說這種話？「如果我們只有這個世界，我就要不擇手段拯救它。」

「包括犧牲阿拉曼菲的性命進行佯攻。」賈迪爾說。

「我們沒有強迫他們作戰，阿曼恩。」亞倫說。「他們出於自由意志決定要戰。」

「因爲他們以爲我們是神。」賈迪爾說。

亞倫笑。「你自稱解放者這麼多年都不覺得諷刺了，阿曼恩！這些人不是爲我們而戰。他們作戰是因爲不想繼續當奴隸。」

「他們是野人，」賈迪爾說。「我們是強化他們反抗的意志，還是操弄他們達成我們的目的？」心靈惡魔嘶嘶笑了——黑暗詭異的聲音。「你們也只比他們文明一點而已。都把希望寄託在你們不瞭解的虛構故事上。」

「我以前也是這麼想。」亞倫說，「但我們越是深入地底，我越覺得本來以爲是虛構的故事像是眞的。」他面對賈迪爾的目光。「惡魔親口說過。我們要是不成功，這些人大多會被吃掉。他們最好還是手持長矛戰死。」

「如果我們指引他們去地表的路，沒叫他們去魔巢中心，他們或許根本不會死。」賈迪爾說。「如果你有勇氣犧牲他們的性命，就該承認這一點，賦予他們榮譽。」

他沒料到老朋友會說這種話。確實，他們的角色互換了，他朋友向來能在任何事物上看見造物主的計畫，亞倫則每天都在質疑。

但現在……現在他全身都隨著地心魔域的召喚顫動，宛如颶風席捲而過的歌曲。那是一股實質的力量，全世界所有生命的源頭，而它與他交談，喃喃述說宇宙的眞相。世界已經失衡，只有一種方式能撥亂反正。

「對。」亞倫啐道。「你就想聽這個？我知道他們不可能戰勝魔巢，但可以吸引惡魔注意，讓我們完成來此的目的。這可不是在搶水井，阿曼恩。這是天殺的沙拉克卡。不是我們贏，就是所有人都輸。」

賈迪爾哀傷地看著死者，但他點頭。「當然，你說得對，帕爾青恩。」他的靈氣充滿疑慮。

亞倫看著他，神色困惑。「你聽不到嗎？」

賈迪爾側頭。「聽到什麼？」

「地心魔域。」亞倫說。

賈迪爾閉眼片刻。「我什麼都聽不到。」

再一次，心靈惡魔嘶嘶笑了。

「不要用耳朵聽。」亞倫說。「不是眞的用聽的。不光是聽。用我們尙未命名的感官。轉換到魔法流過你身體時的魔法感應，那能告訴你很多難以言喻的訊息。」

賈迪爾調節呼吸，靈氣平靜，利用卡吉之冠釋放感應。「我感覺到深淵——力量強大。我可以吸收它的魔力，靠意志力控制，但它並沒有……和我溝通。」

「或許你只是沒在聽。」亞倫說，「因爲它有很多話要說。」

賈迪爾雙手抱胸。「深淵究竟在和你說什麼，帕爾青恩？」

「說它不是深淵，」亞倫說。「生命源起於此，阿曼恩，不是反過來。所有生物體內都有它的魔力，而太陽會燒乾魔法。」

「什麼意思，帕爾青恩？」賈迪爾問。

「或許世界上眞的有造物主，」亞倫說，「只是我們找錯地方了。」

他們無聲無息地跟著阿拉曼菲，躲在就連地底人也無法看穿的隱形和寂靜魔印中。

賈迪爾沉浸在寂靜裡，依然在思索帕爾青恩的話。

會是眞的嗎？艾弗倫和奈，天堂和深淵，全是謊言？這是褻瀆。是瘋狂。但話說回來，他搜尋天堂，卻一無所獲，而惡魔又對奈一無所知。

越來越多部族在他們前往通向魔巢中心的地道加入他們。地底人適應力很強，帕爾青恩和賈迪爾教他們的簡單有效魔印，宛如雪崩的石頭般迅速出現在糧倉裡所有黑曜石利刃上。

賈迪爾無法否認他們榮耀非凡。這些靈魂飽受折磨，經歷數百世代生來就是囚犯又難以理解原因的日子，終於起身反抗獄卒。

他們一開始十分順利。軀殼沒有料到如此強勢的抵抗，也沒想到他們能這麼快速取得武裝。先來的惡魔數量不多，很快就被屠殺殆盡。

他們進入一座大洞窟，地上有很多石筍。有些只有數呎高，有些比沙利克霍拉的高塔還大。全都充滿魔力。這些是深淵的魔力宣洩孔嗎？

阿拉曼菲似乎沒有留意，直接進入洞窟，彷彿他們來過很多次。

「帕爾青恩。」他說。

「對，」傑夫之子同意。「這地方不對勁。」

藏身在石筍後面的惡魔突然現身，攻擊地底人。礫惡魔出現在他們身後，阻擋任何撤退行動。

「阿拉蓋丁卡注意到他們了。」賈迪爾說。

「那裡。」阿拉蓋卡向上指著一個位於對面岩壁上的小山洞。「我的兄弟利用那個制高點監視糧倉，挑選野人。」

「你是說挑來吃。」帕爾青恩說。

惡魔嘶聲道。「不要假裝清高，探索者。你也吃我的同類。」

「對，你可別忘了。」帕爾青恩看向賈迪爾。「在這裡等。心靈惡魔死後再跟上來。」

賈迪爾點頭，眼看帕爾青恩的身體飄散，體重變輕。他的隱形魔印在他飄起來時鼓動，像箭一樣飛向洞口。

那座山洞太遠，心靈惡魔的死亡影響不到正在與阿拉曼菲交戰的惡魔，但可以明顯看出惡魔失去心靈指引，再度恢復成動物本能作戰。即使地底人已經重新站穩陣腳，石惡魔仍離開守護出口的位置展開攻擊，迫不及待要加入殺戮。吶喊聲加上魔光，人類的慘叫和惡魔的吼叫。

賈迪爾一時難以推斷戰果，但他沒有時間多想。他握矛升空，皇冠力場帶著阿拉蓋卡隨後而來。

他們落在山洞口，看到帕爾青恩手裡拿著年輕心靈惡魔的腦袋。看起來他是徒手扯斷的。

「這裡走。」阿拉蓋卡彷彿沒注意到兄弟的屍體。他指向黑暗的山洞，糧倉岩壁上青苔和地衣的微光照射不到的地方。「我們現在可以快速移動。」

賈迪爾在步入狹窄地道時提高警覺。他還能聽見阿拉曼菲作戰——死亡——的聲音，爲他們吸引了惡魔的注意。

他們的犧牲令他心痛，再度懷疑艾弗倫怎麼把他們留在深淵裡受苦數千年。如果艾弗倫當眞存在；如果深淵不光只是地表下一堆熔岩，而是充滿魔力，就像帕爾青恩和惡魔深信不疑的情況。

地道岩壁平滑，彎道角度很大，有時候窄，有時候又突然變寬。賈迪爾感應到魔力流竄其中，和無數其他地道一起形成三度空間的大魔印。

不是防止人類接近的禁忌魔印——不是賈迪爾在對付艾弗倫恩惠心靈惡魔時遭遇的那種大魔印。惡魔不能禁止牲口進入。這個魔印只是凝聚魔力，宛如漩渦般將魔力吸入女王產卵的魔巢中心。

一如謊言之父承諾，他們快速前進了一段時間，但賈迪爾開始注意到不對勁。巡邏地道的化身魔不再動作，嗅聞空氣。尋找它們無法完全察覺的東西。

「我們被發現了。」帕爾青恩說。

「怎麼可能？」賈迪爾問。卡吉之冠和黎莎的斗篷能保護他，而帕爾青恩的隱形魔印也大放魔光。阿拉蓋卡受困在皇冠力場中，無法聯絡外界。

「你們的魔印目標都是低階惡魔。」阿拉蓋卡說。「即使我和我兄弟的力量與女王相比都只是搖曳不定的反光。」

「卡吉之冠上沒有女王魔印？」帕爾青恩問。

「就連卡吉也沒有面對過女王。」賈迪爾說。

「所以她隱隱有感覺，但不清楚是怎麼回事。」帕爾青恩說。「而化身魔只曉得她知道的事情。或許我們可以悄悄溜過去。」

「你們每走近一步，她的力量就越強。」阿拉蓋卡說。「你們很快就會無法掩飾行蹤。」

確實，沒過多久，一條看起來空蕩蕩的走道上冒出許多長有不含魔力尖刺的觸角。觸角撞上皇冠力場，但尖刺穿越力場，像箭一樣激射而出。賈迪爾轉動長矛，打散尖刺，但有一支刺中他大腿。

帕爾青恩赤手空拳，用難以想像的速度移動，在空中接下兩根刺，其他盡數閃開。他把接下的刺丟向觸角附近的岩壁。尖刺擊中目標，濺出兩道膿汁。化身魔脫離牆壁，聳立在他們面前。

賈迪爾擁抱痛苦，拔出大腿上的尖刺、凝聚魔力療傷。他試圖用卡吉之冠的禁忌力場推開化身魔，但花太多力量不讓阿拉蓋卡逃脫，沒有餘力強行撐大力場。惡魔聚集地道末端，皇冠力場讓他無法通過。

「我可以除掉它們。」帕爾青恩說。

「不，」賈迪爾說。「我們得一起動手。」

「你要是分心解除了力場，阿拉蓋卡就會逃走。」帕爾青恩說。

「那或許謊言之父已經帶路夠久了。」賈迪爾說，矛尖指向惡魔。

「你不可能找到——」阿拉蓋卡開口。

「我想你說得對。」帕爾青恩冷冷轉向惡魔。「我想接下來我們自己走就行了。」

惡魔親王解讀他們的靈氣，心知遊戲已經玩不下去了。他鼓起勇氣凝聚最後的魔力，從內向外燒掉自己的皮膚，消滅皮膚上的殺戮魔印刺青。

一陣劇痛來襲，火熱、強烈，他蛻去燒燬的眞皮，終於自由了。

自由，但半殘。那麼做差點害死他。他的身體迫切需要治療，靈氣比糧倉岩壁上的地衣還要黯淡。他太過虛弱，無法作戰。

惡魔親王立刻進入虛實不定的狀態，肉體消散，不會受到物理攻擊影響。他依然受困於大敵後裔的力場，但他們已經碰不到他。

這樣做風險很高。因爲缺乏魔力，惡魔親王沒有足夠力氣重建身體。但只有探索者能化煙追他，而那樣做就會失去保護意志的魔印守護——惡魔親王希望探索者蠢到這個地步，但就連人類的愚蠢也有極限。

惡魔親王飄到力場對面，投射出陰影，製造他在那裡凝聚形體的假象。敵人上鉤了，朝那個位置釋放強力魔爆。大部分能量都沿著禁忌力場擴散，不過有一部分在劇痛中貫穿惡魔親王。

他的敵人爲了這次攻擊付出極高的代價，終於在化身魔面前完全現身。看得見目標後，惡魔重新展開攻擊，射出大量石頭和不含魔力的尖刺。

再一次，探索者和大敵子嗣動作快到沒受重傷，但他們因爲害怕失去惡魔親王的蹤影而不能專心應敵。

不過他們應該留意的並非惡魔親王。在如此接近女王的地方，她可以直接控制護衛。化身魔在空中繪製衝擊魔印，擊倒對手。它們持續進逼，加入熱魔印和壓力魔印，把人類打得東倒西歪，直到大敵後裔的頭冠終於被打歪，禁忌力場搖曳片刻。

惡魔親王的第一個反應就是去找軀殼，但接觸它們的心靈就等於是聯絡女王。她會在他的記憶中看見失敗、變節、背叛魔巢等行爲。最重要的是，她會感應到他很虛弱。那樣他就死定了。

他不能在力量恢復前回到魔巢。於是他前往通向地表的路徑，先不考慮它通往何處。數千哩路轉眼而過。他找了另外一條向下的通路，然後又一條向上，沿著地表前進，直到連他自己都不知道自己身在何處，確保探索者永遠不會跟來。

「可惡，他跑了！」亞倫大叫。

「不專心應敵的話，我們就玩完了。」賈迪爾說。

他說得對。他無從得知惡魔逃往何處，但步步進逼的化身魔力量強大，不能等閒視之。單打獨鬥，化身魔都不是亞倫或賈迪爾的對手，但群起圍攻時就占有優勢。

眾化身魔趁著禁忌力場消失時一擁而上，拉近幾呎距離後，賈迪爾扶正頭冠。現在他啓動的力場比之前小，只比長矛的攻擊範圍寬一點點。

亞倫品嚐空氣中的魔力，如同翻譯卷軸般解讀魔流。女王就在附近。他感應到她的力量，聽見她在嗚嗚叫。她想抹除他們的心靈魔印，強行突破，但魔印的力量依舊強大。這些惡魔就是她的最後防線。

「快到了，阿曼恩。」亞倫說。「只要加把勁，我們還有勝算。」

賈迪爾舉起矛。「那我們就全力以赴，我眞正的朋友。」

他用魔印力場撞飛一隻化身魔，然後取消力場，衝向前去刺穿怪物，透過卡吉之矛釋放陣陣殺戮魔力。惡魔渾身噴火，在尖叫聲中化爲灰燼。

一隻化身魔在他面前人立而起，亞倫繪製切割魔印，將它砍成兩半。化身魔幾乎可以治癒任何傷勢，甚至能長回被砍斷的肢體，但半個身體就長不回來了。一時間，兩半身體企圖重新黏合，但亞倫踢開半身，又用化身魔印將另半身朝反方向震開。兩半身體相距太遠，終於失去凝聚力，融化殆盡。

沉重的石頭擊中他胸口，但亞倫抱住石頭，站穩腳步，向後滑開。他把石頭朝拋來的方向丟回去，在惡魔中間清出一條通道。他衝向缺口，賈迪爾緊跟在後，跑出數碼外後才有惡魔再度擋路。

不含魔力的尖刺疾刺而來。亞倫竭盡所能閃避格擋，但還是有一根刺中他身側，一根刺中肩膀。化身魔欺身而上，將他裹在體內，想讓他窒息。

亞倫啓動皮膚上的化身魔印，將惡魔炸成碎片，膿汁和內臟噴在其他化身魔身上。

賈迪爾在一頭化身魔衝來時取消皇冠的禁忌力場，然後趁惡魔一腳跨入時重新啓動，將它半身卡在力場外。他透過長矛發射魔爆，燒掉困在力場內的半具軀體。

亞倫吸收越來越多魔力，但這裡的魔力似乎無止無盡。他覺得像是阿拉之矛裡的賈迪爾，宛如大刀砍斷藤蔓般橫掃擋路的強大惡魔。

因爲不必再管阿拉蓋卡，賈迪爾開始實驗皇冠的魔印力場，將化身魔困在裡面，不用擔心其他化身魔支援地摧毀它們。

一開始很慢，但他們逐漸深入通道。亞倫可以透過耳朵聽見女王的聲音——部分是動物生產時的嗚聲，部分是對他們逼近感到驚慌恐懼的呻吟聲。

發現再也抵擋不住他們後，兩頭化身魔轉身繪製熱魔印和衝擊魔印，企圖弄垮地道。亞倫用魔印反擊，將坍塌的石頭變成泥巴，而他和賈迪爾則展開最後的推進。他們擊潰最後一波守衛，衝過地道，來到一座巨大的石窟。

女王就在裡面，身體鼓脹蠕動。

她圓錐形的頭顱和她的王子很像，但是頭很大，嘴巴和穀倉門差不多，大到足以一口吞下黎明舞者。她的身體塡滿整座石窟，看起來就是一個膨脹的腹部，長有鱗片，覆有黏液，不停生產惡魔蛋。她的腳很短，肌肉退化，顯然已經很多年沒使用過，無法撐起龐大的身體。

身體後方有條長長的網格紋路尾巴，末端有兩根分岔刺針，滲出綻放魔光的毒液。和手腳不同，刺針看起來靈活強壯。女王會用刺針殺死女性後代，避免她們取代自己。

亞倫不想知道那種攻擊會對人類造成什麼影響。

體型小的工惡魔在旁撿蛋，帶往其他地方孵化。工惡魔不是戰鬥型惡魔，沒有硬殼和利爪，但它們在亞倫和賈迪爾進入時僵住，隨即轉身攻擊。

惡魔撞上皇冠的魔印力場，在那一刻裡，亞倫感覺到女王的心靈尖叫透體而過，釋放出去。惡魔立刻回應。魔霧從四面八方飄入石室，心靈惡魔和他們的化身魔保鑣成形，總數將近一打，魔巢中最後的惡魔王子。

心靈惡魔天生都是懦夫。完全沒有英勇作戰或利他主義等概念，但看來就連他們也無法抵抗女王和魔巢存亡的召喚。

他們從虛實不定的狀態凝聚成形時，就是最虛弱的時刻，於是亞倫和賈迪爾同時出手。亞倫在指節上的衝擊魔印灌注魔力，打穿一頭心靈惡魔胸口，賈迪爾則用長矛砍斷另一頭惡魔的腦袋。

之前心靈惡魔死亡總是會釋放痛苦的心靈衝擊波，殺死附近其他惡魔，但在女王強勢支配的領域裡，那種效果完全被抵銷。亞倫殺死的心靈惡魔身旁的化身魔使勁反擊，不含魔力的觸角邊緣在他胸口劃開深溝，將他擊退。

亞倫順勢翻滾，一邊治療傷口，一邊啟動全身的心靈魔印和化身魔印，還在空中繪製更多，朝四面八方釋放。

賈迪爾的魔印力場宛如心跳般擴張收縮，完美搭配他的長矛招式。他推開惡魔，製造攻擊空間，然後拉近惡魔，武器穿透力場刺殺惡魔，手和身體則安然待在力場中。

整個激戰過程中，女王都在嗚嗚，甩動她的短腳，抖動鼓脹的身體，繼續下蛋。

一隻化身魔朝亞倫拋擲巨石，但亞倫接下石頭，打算反擲回去。結果有個心靈惡魔繪製衝擊魔印，炸爛他手中的石頭，把他震倒在地。

一隻化身魔撲上前去，長出不含魔力的厚殼，讓他不能用化身魔印震開。亞倫身體後縮，舉起腳掌，啟動腳跟上的衝擊魔印踢開化身魔。但惡魔長長的觸角陷入石地，身體宛如弓弦般拉長。

當亞倫那一腳的力道消逝、惡魔開始反彈時，它長出尖刺，刺穿他強化過的層層肌肉，擦過堅硬的骨頭。

他知道自己在叫，但幾乎沒有聽見，只是往身上的化身魔印灌注魔力，找出位於不含魔力硬殼下的惡魔，震飛它。它再度拉長身體，但這一次亞倫迅速繪製切割魔印，割斷固定在地上的觸角。惡魔飛回它的主人身邊。

亞倫沒有時間喘氣，立刻在地面爆炸時翻身跳開。他落腳的地面突然結冰變滑，他失足摔倒，必須在一道酸液襲背灼燒時再度滾開。

賈迪爾的情況只比他好一點。惡魔無法穿越他的魔印力場，但力場在它們的魔法和投擲武器前用處不大。四面八方都有小石頭來襲，目標全是頭冠。

賈迪爾伸出一手護臉，一邊承受攻擊，一邊抓緊頭冠。他解除力場，然後重新啟動，困住一頭心靈惡魔和他的化身魔。他用長矛釋放強力魔爆，在他們逃走前燒死他們，但這麼做讓他背部遭重石擊中。

他倒地時，化身魔以尖刺刺穿他的前臂，逼他放開卡吉之矛。他在惡魔抽回觸手，割斷他的手掌前打斷那根刺，但在他拔出刺前，一道衝擊魔印炸飛卡吉之矛。賈迪爾撲向矛，但另一隻心靈惡魔繼續進攻，將武器炸到石室對面，派化身魔阻擋他的去路。他試圖用魔印喚回長矛，但惡魔反制他的魔法，長矛拒絕他的召喚。

那就徒手對付化身魔吧，亞倫和賈迪爾將魔力集中在拳、腳、膝蓋、手肘上的魔印，閃躲、吸收、消耗心靈惡魔的魔爆。過程中亞倫腦裡一直有種發癢的感覺，惡魔試圖繞過他的防禦，攻擊他的意志。

慢慢地，雙方開始分出高下。亞倫氣喘吁吁，動作變慢，防禦鬆散。他被擊中的次數比擋下的攻擊多，而傷勢越來越難治療。即使在如此接近地心魔域——魔巢大魔印中央，魔力流無比強大的位置——的地方，他的魔力還是越來越弱。惡魔從四面八方吸魔，女王也持續吸魔，而他體內的魔力逐漸枯竭。

他看出賈迪爾的靈氣也逐漸黯淡，布滿魔印疤痕的皮膚上有十幾處傷口正在流血，胸口起伏，大口喘氣。

一頭化身魔如同毯子般包覆亞倫，他任由它這麼做，壓抑他的化身魔印擁抱怪物，用刺青直接接觸它緊貼而來的皮膚。在它有機會長出不含魔力的硬殼困住自己前，他奮力透過魔印吸魔，把惡魔當成橘子般吸乾它的魔力。他恢復力量，撕裂它毫無生氣的空殼。

在心靈惡魔有機會反應前，亞倫轉向那堆布滿黏液的蛋。惡魔幼蟲在半透明的蛋殼內蠕動。亞倫必須壓抑噁心感，繪製一排衝擊魔印，灌注大部分僅存的魔力。

蛋碎了，朝四面八方濺出熱熱黏黏的液體和扭來扭去的幼蟲。在重力將那些東西拉回地上前，亞倫又添加了一排威力強大的熱魔印。魔印的溫度超越火唾液，點燃液體和幼蟲。幼蟲尖叫扭動，在火焰中狂踢猛抖。油膩的濃煙衝上石室天花板。

心靈惡魔放聲尖叫，但女王的反應更強烈。她的嗚嗚變成怒吼，力量大增，用短腳撐起身體，爬到她尾刺足以攻擊人類的位置。

亞倫試圖閃躲，但女王的攻擊快得難以想像。他啓動皮膚上的禁忌魔印，但完全抵擋不住女王和插入身側那兩根朝他體內灌注火熱毒液的刺針。

那感覺像是吞噬滾燙的酸液。他的內臟在毒液威力下翻滾融化。他雙腳無力，摔倒在地。

「帕爾青恩！」賈迪爾瞬間趕到他身旁，手掌宛如斧頭般砍入刺針下的網狀組織。小指側面的切割魔印釋放魔力，砍斷女王尾巴。他將刺針拔出亞倫身體，毒液滴落地板，滋滋冒煙。

亞倫利用體內僅存的魔力中和毒液，但毒液抗拒他，釋放本身的黑暗魔力。

他在賈迪爾的靈氣中看出對方不顧一切想要幫自己，但他朋友的注意力分散，奮力在逐漸縮小的惡魔圈前守護他們。

「反抗，傑夫之子！」賈迪爾大叫。「阿拉的命運取決於此！」

但亞倫感到力量離開身體。他強迫毒液離開傷口，但黑暗的液體宛如火唾液般深入他體內，將血肉融化成腐敗的黏液。還有更多毒液流過血管，利用他的心臟將毒散播到全身。

亞倫一手撐起身體，賈迪爾放開他，專心驅退包圍他們的惡魔。亞倫試圖起身，但四周天旋地轉。他只能勉強分辨上下，心知自己已經站不起來。

「現在安靜。」瑞娜拉上隱形斗篷，隨山娃和山傑特無聲潛入生產室。

山娃已經歌唱好幾個小時了，但聲音依然純淨渾厚，讓他們融入地道、融入黑暗、融入石頭。惡魔專心應付亞倫和賈迪爾，完全沒注意到他們貼牆繞過龐大的石室。

她全身上下所有一切都在呼喊著她去幫忙，但瑞娜知道對付這麼多惡魔必輸無疑。她和兩個沙羅姆都很厲害——與亞倫及賈迪爾聯手或許能在心靈惡魔面前多撐一陣子——但卻無法扭轉戰局。

她在女王的刺針擊中亞倫時忍不住發抖，但默不吭聲，繼續前進，眼中只有唯一重要的目標。

卡吉之矛躺在地上，遠離戰場。賈迪爾拿不到，惡魔又不能碰，於是它就在激戰中被雙方遺忘。

瑞娜吞嚥口水，逼自己不要用跑的。女王和心靈惡魔都專心對付亞倫和賈迪爾，但隱形斗篷和山娃的歌聲在魔巢中心只能提供微不足道的保護。魔力在站著不動時，或用非常緩慢慎重的步調前進時，效果最好。

孩子在她肚子裡扭動，她不知道自己會不會爲了把握愚蠢的機會，而害死孩子、她自己、她丈夫和朋友。

長矛距離十餘碼外。十碼。五碼。一碼。

瑞娜撿起矛，感覺力量從這支強大法器湧入體內。她不再緩慢移動，以魔法加持速度，狂奔，躍起。

女王的雙眼在最後關頭轉向她。她甩出尾巴——好快。尾巴擦過瑞娜，要不是刺針已斷，這一下就能要了瑞娜的命。斷尾打得她很痛，噴得她滿身膿汁。她在空中轉身，目光持續盯在目標上。

瑞娜將卡吉之矛插入女王眼中，她的叫聲撼動整間石室。

眼珠炸裂濺濕瑞娜。女王腦袋猛轉，大口狠狠咬下。瑞娜抓住她頭上眾多魔角之一，拚命踢她嘴裡的大牙，另一手將卡吉之矛越插越深。

卡吉之矛似乎活了過來。矛上的魔印越來越亮，吸收女王的力量，轉換成殺戮衝擊波。矛柄變燙，瑞娜被迫放手，矛上的魔印在她皮膚上留下烙印。

「英內薇拉！」賈迪爾大叫，但瑞娜不知道他是在叫他妻子，還是他的神。他拋出皇冠，利用禁忌力場撞飛眾惡魔，隨即連跑三步，奮力躍起。他狠狠擊中矛柄末端，宛如釘釘子般將卡吉之矛釘入女王的頭顱。

女王全身劇震，瑞娜感應到她的心靈尖叫，石室內的心靈惡魔和化身魔也放聲大叫。他們企圖後退，但山娃和她父親早有準備，出矛刺穿漆黑冰冷的心臟。瑞娜跳離女王抽搐的範圍，伏身落地，繪製熱魔印和衝擊魔印，驅散剩下的地心魔物。

賈迪爾也開始繪印。他擊碎了主地道的入口，截斷驚懼難當、無所適從的惡魔逃生路線，讓瑞娜和他的沙羅姆屠殺它們。亞倫依然以一手撐地，但瑞娜看出他在吸魔，努力燒光女王的毒液。

有一瞬間，她以為他們已經贏了。

但接著女王呻吟最後一聲，癱倒在地。她子宮頸大開，宛如洩洪般噴出大量魔蛋。它們隨著黏液滾到地上，散發惡臭、冒出白煙。看起來不具威脅——直到最後。

六顆宛如夜狼大小的蛋滾出子宮，一接觸到空氣直接裂開。瑞娜立刻曉得這些就是阿拉蓋卡提過的新生女王。和瑞娜殺死的那隻成年鼓脹女王不同，這些女王體型壯健，適合作戰，四肢強壯，網狀尾巴靈活甩動，彷彿擁有自己的意志，刺針滴出毒液。

剩下的心靈惡魔斷聲歡呼。其中之一比其他兄弟勇敢，立刻衝上前去，伸出爪子，彷彿要搶一隻女王逃走。

結果她刺他。心靈惡魔腦袋後仰，口吐白沫，摔在地上，猛烈抽搐。

新生女王體型還小，只比瑞娜大一點點。突然孵化讓她們搞不清楚狀況——脆弱。

瑞娜拔出獵刀，上前打算徹底了結一切。

但接著女王開始發光。

新生女王靈氣綻放魔光，宛如吸奶的嬰兒般吸收母親的魔力。這麼做的同時，她們開始長大。短短數秒間，她們體型已經和馬差不多，接著是礫惡魔大小。而力量持續注入她們體內。

她們同時轉頭面對瑞娜，而她在突如其來的恐懼中後退。她們眼中的智慧能與靈氣中的力量媲美。阿拉蓋卡說過新生女王出生第一件事就是自相殘殺，直到剩下一隻，但看來當魔巢裡出現威脅時，自相殘殺可以等等再說。

一隻女王撲向她，背上撐開濕黏的翅膀，奮力振翅，拉近距離。瑞娜吸魔反擊，但肚子裡的孩子開始狂踢，她絆倒，魔力離體而去。

「殺！」山娃用矛一比，山傑特撲上前去，在女王擊中瑞娜前展開攻擊。

山傑特的矛在新生女王身側刺了個洞，但她似乎毫不在意。他的盾牌是用又厚又硬的魔印鋼打造，但女王把它像紙一樣撕爛，順勢扯斷他的手臂。她大口一張，咬起戰士，連嚼三口，吞入腹中。

山娃大叫，不是哀悼至親的叫聲，而是以魔法加持的嗓音全力出擊，企圖驅退女王，欺身而上。但她嗓音的效果不及山傑特的盾牌，無法威嚇新生女王。如果有任何影響，大概就是進一步激怒她們。一頭女王飛向她，瑞娜只能眼睜睜看著山娃被撕成兩半。

第四十三章 地心魔域 334 AR

亞倫感到另一陣噁心來襲，於是清清喉嚨，試圖順暢呼吸。他喉嚨裡卡了一樣東西，灼燙阻塞。他劇烈咳嗽，吐出一攤濃黑液體，在地上滋滋冒煙。一切都開始旋轉。瑞娜、賈迪爾、剩下的惡魔。

「過來！」賈迪爾大叫，啓動皇冠的魔印力場。瑞娜摔入力場的保護範圍，但亞倫知道皇冠的魔力不會比山傑特的盾牌、山娃的歌聲有效。

沒有女王魔印。只要有一隻心靈惡魔帶著一隻女王逃走，或是在這裡建立新秩序，全提沙都會受苦。如果逃掉的不只一隻，所有他認識、深愛的人都將死去。

阿拉蓋卡依然不見蹤影。這是那個惡魔的計畫嗎？他知道他們殺了女王會發生這種情形？他是不是本來就打算終結前任女王的統治，建立新王朝？亞倫環顧四周，滿心以爲惡魔之王會現身，但這場亂局中完全沒有他的蹤跡。

時間彷彿拉長。世界在身邊飄浮，宛如他已不用心欣賞的吟遊詩人表演。這就是結局嗎？

他大力搖頭，試圖回到現實，結果思緒卻飄回過去。

我不會假裝了解造物主的安排，約拿牧師在伐木窪地之役前對他說，但我知道造物主確實有祂的安排。有一天，我們會回首從前，想不透爲什麼當初無法猜透祂的安排。

亞倫以前覺得這種說法很蠢，但現在，回首從前，他一生中所有行動都在朝向此時此刻邁進，彷彿是命運的安排。他母親的死、找到卡吉之矛、賈迪爾的背叛、伐木窪地的紛擾。每一刻都是引領他走向此時此地的階梯。

如果他們沒打贏，那一切都毫無意義。

一隻女王以鼻子刺探賈迪爾的魔印力場。力場宛如水面上的陽光般閃閃發光，在她口鼻部通過時釋放同心圓光圈。她後退，依然在和其他姊妹從老女王腫脹的屍體中爭奪魔力，但要不了多久古老的女王就會完全被吸乾，然後就沒機會阻止她們了。

「瑞。」

瑞娜單膝跪倒，伸手摟著亞倫，扶他坐好。「撐著。會沒事的。」

「不會。」他握著她手臂，手掌顫抖無力。「這毒太厲害了。」

瑞娜伸出另外一手抱他。「想辦法阻止它。阻止一切。你總是有辦法。」

亞倫再度咳嗽。他的身體開始抖動，肌肉緊繃，但他咬緊牙關，奮力說話。「有辦法。我還能聽見呼喚。」

瑞娜僵住。「地心魔域？」

「對，」亞倫喘道。「該是去一趟的時候了。」

賈迪爾轉向他。「帕爾青恩……」

「少瘋了。」瑞娜說。「去了就回不來。」

「我知道。」亞倫說。

瑞娜捏他，但他已經麻痺得幾乎察覺不到。「你去，我就跟。」

「不。」他哀求。

「我發誓我會跟。」瑞娜吼道。「你不能丟下我，亞倫．貝爾斯。」

「妳不是一個人。」亞倫動作不靈活地拍她肚子，他的手腳已經不聽使喚了。他看見自己的手碰到她肚子，但沒有摸到的感覺。「妳無權幫我們兒子做這種決定。」他視線模糊，淚水在流到嘴唇，接觸毒液時滋滋作響。

「不能失去你。」瑞娜說。「不要失去你。」

「沒有失去。」亞倫說。「等時候到了，地心魔域也會吸走妳，我會在下面等妳。在那之前，妳要幫我一起愛我們兒子。」

他在說謊。亞倫對於死後世界的了解不比瑞娜或賈迪爾多。但或許他說的就是事實，而那一刻裡，他們都選擇相信。

瑞娜啜泣，雙手捧起他的臉。「我會幫世界上所有被他父親拯救的人一起愛他。」

「如果你說得對，帕爾青恩，」賈迪爾說，「天堂在地下，而非天上，你很快就會見到艾弗倫，在祂的大餐桌上用餐。」

「撥亂反正。」亞倫大吸口氣。「答應我。」

「我保證，帕爾青恩。沙拉克桑結束了。」

亞倫感覺自己慢慢消失。他失去感官，瞎了。痲了。聾了。

但還是能感覺到地心魔域衝擊他的身體，與他體內的魔力共鳴。

眞正的亞倫．貝爾斯，而非他所占據的軀體。

地心魔域呼喚他，提供他一切，又什麼都不給，就只是一股溫暖、安全、無限可能的感覺。

多年以來，地心魔域每天晚上都在呼喚他，而每一次都比之前更難抗拒。

現在，終於，他放棄抵抗，回應呼喚，瓦解形體，任由地心把自己吸了下去。

往下，繼續往下。他們在地下走了好幾週才抵達女王的生產室。現在它像天空一樣逐漸升高，而他則墜入地心，在快被扯碎的同時吸收地心魔力。

他沒有感到痛苦，只有一股想要放鬆的渴望，任由魔流捲走他，變成整體的一部分。

那一刻裡，亞倫一心只想融入那股美麗和諧的力量。那是生命的本質，原始純淨、無所不能，朝上面的世界釋放而出。

他釋放感知，解讀來去地表的魔法流——阿拉的生命之血。世界比他想像中更廣大。他一輩子到過的地方只是整個世界的一小部分。海洋、島嶼、更廣大的大陸。一時間，他的心靈同時出現在所有地方。

他感覺到地心魔域的召喚，進一步吸取他的意識，企圖將意識融入全知全能的單一整體中。一切在那瞬間豁然開朗。他了解了生命的本質、生命開創的單純美感、生命存在的脆弱。魔力乃是純淨的能量，但卻沒有意識，加以羈絆的意志。它流出地心，尋找那些東西，發現找不到時，它就開始創造。

一開始是小到看不到的簡單生命，然後是複雜的生命，最後是真正具有意識，能長時間影響世界的生物。

造物主並沒有賜給人類魔印。人類基於共通的需求創造出魔印。那些符號單獨存在沒有力量。力量源自於創造它們的人的決心，聚集在決心之後的希望與禱告。

那個整體意志吸收魔力，賜給它架構，接著受到影響的魔力回到地心，變成整體的一部分。有任何意志能形成如此龐大的東西嗎？拿草耙打造克拉西亞沙漠還比較容易。用水桶去舀光海洋還比較容易。

女王的毒液在他瓦解形體時消失，但亞倫還是在融化。地心從四面八方拉扯他的意志，冷酷無情，永恆不滅。反抗是沒有意義的。

這裡沒有痛苦，沒有折磨。亞倫一輩子都在對抗死亡，努力不讓自己和其他人踏上孤獨之道。現在他走在孤獨之道上，心情無比輕鬆。地心占有他，帶他舒舒服服地前往阿拉之心。

不要離開我，亞倫・貝爾斯！

這句話撼動他的意識，一巴掌摧毀地心完美的誘惑。

他眞的在沒有耳朵的情況下聽見瑞娜的聲音嗎——在沒有身體的情況下感覺到？那是從魔流中解讀出來的，還是純粹出於記憶？

有差別嗎？

片刻前他還準備好要踏上孤獨之道，準備迎接艾弗倫，或造物主，或全知全能的化滅虛無。但就像回想起醒來就忘掉的夢境般，他的思緒轉回瑞娜身上。賈迪爾身上。他兒子身上。

他瓦解形體多久了？幾秒鐘？幾天？幾年？

他聚精會神，拉回自我。單一個體，飄浮在浩瀚無垠之中。無路可走。他或許可以繼續抗拒一段時間，但之後他就歸地心所有。

他釋放感官，這一次比較謹慎，解讀從魔巢而來的魔流。時間才過一瞬間，彷彿透過窗戶往外看，他能看見數哩外生產室裡發生的情況。

賈迪爾再度繪製魔印召喚卡吉之矛，但武器受困於女王屍體中，沒有回到他手上。

新生女王吸光了母親屍體裡所有魔力，聳立在其他惡魔之前，逼近皇冠的魔印力場。她們從四面八方通過力場，力場刺痛、激怒她們，但卻無法拖慢她們。

一隻女王撲向賈迪爾，他雙手抓住她的前爪，轉身借力反擊，同時勉強避過刺針。他的拳頭威猛強勁，但女王承受攻擊，甩動尾巴掃開他。

賈迪爾順勢滾開，在尾針再度來襲時躍起避開。

艾弗倫呀，他開口，但卻發不出聲。禱告有什麼意義？造物主要不就是存在，不然就是不存在。祂要不就是會在他們需要時出手相助，不然就是不會。

亞倫吸收女王的魔力，解讀——了解她們。

現在她們的本質在他眼中無比清晰，無比基本。他覺得自己像是瞎子，竟然至今才看穿。

他不能回到朋友身邊，但保有足夠的自我，能影響從地心往上飄的魔流。

沒有女王魔印。但那並不表示不能創造出來。

瑞娜擲出獵刀，插入一隻女王眼中。刀柄與卡吉之矛一樣魔光大作，吸收女王的力量，轉化為殺戮魔法。

但那一刀並不足以拖慢女王速度，而她甩出尾針。瑞娜閃過攻擊，用魔印溪石項鍊纏住那條有毒的尾巴。項鍊沉入網狀紋路，她用力拉扯。

但女王的力量絕非瑞娜．貝爾斯能夠比擬。項鍊的線纏住了拳頭，瑞娜被摔倒在地，惡魔張開血盆大口。

突如其來的光芒吸引了女王注意，空氣中形成一個符號，冒出銀火線條。線條一開始宛如化身魔般變動不休，但接著逐漸凝聚成型。女王大叫一聲，後退一步。

更多奇怪的魔印出現，環繞石室。與心靈及化身魔印連結在一起，製造出殺戮魔印圈，向內縮小。

亞倫緊縮魔印圈，惡魔尖叫、扭曲、焚燒。就像用拳頭捏扁螞蟻般，他殺光了石室中所有惡魔，從蛋到女王，一個不留。

瑞娜和賈迪爾暫時安全，但這樣還不夠。

他將力量擴張到整個魔巢，淨化所有軀殼，然後進入孵化室，殺掉還在蛋裡的整個惡魔世代。

儘管如此，還是不夠。在那無限的時刻裡，亞倫與提沙上所有在對抗惡魔的人連結起來。他再度釋放感知，找出朋友、敵人，用他的意志影響地心無窮無盡的魔力。

在密爾恩，惡魔躲入地底，避開大管風琴的力量，他用魔印淨化下水道。

安吉爾斯河畔，加爾德·卡特的部隊激戰惡魔大軍，魔印憑空出現，燒光戰場上的惡魔。

在窪地，惡魔聚集於大魔印外圍，他像割草般除掉它們。在提貝溪鎮，他掃蕩所有地區的惡魔。

亞倫摧毀碼頭鎮的惡魔時，英內薇拉正在街道上作戰。

就連在艾弗倫恩惠，阿曼娃和阿桑率領沙羅姆對抗惡魔王子召集的大軍，他也釋放力量，製造出地心魔物無法忍受的魔印。它們摔在地上，身體蜷縮，皮膚冒煙，血液沸騰。

依然不夠。世界上還有其他惡魔。他進一步擴展感知，試圖摧毀所有惡魔。

但這麼做的同時，亞倫發現自己擴展得太遠了。隨著他的存在越變越薄，他的本體持續稀釋到地心，現在他幾乎一無所有。

又忘記呼吸了。

他最後一次吸收魔流，感應瑞娜的存在、感應他尚未出世的兒子，然後任由魔法占據自己。

第四十四章 黑暗中出生 334 AR

「亞倫！」石室中的魔印圈開始消失，在瑞娜的眼瞼中留下殘影。「亞倫．貝爾斯，你給我回來！我不能沒有你！」

腎上腺素還在體內作用，讓她感到頭昏噁心。石室空蕩蕩的，只剩下她、賈迪爾、朋友的屍體及敵人的殘骸。氣味很臭。

賈迪爾走向遠古女王，手掌伸入她爆裂的眼珠裡。到肩膀都陷進去才拔出卡吉之矛，沾滿膿汁，魔光四射。

他回到瑞娜身邊，伸手搭她肩膀。「傑夫之子光榮戰死。妳丈夫的榮耀無止無盡。」

「我不在乎榮耀。」瑞娜說。「我要他回來。」

「我不認爲他回得來。」賈迪爾說，「而我們不能留在這裡。」

瑞娜知道他說的對，但地板似乎傾斜了，頭上無數噸重的石頭彷彿都壓在她身上。她跪倒在地，噁心想吐，胸口緊縮。她奮力呼吸。

她大腿內側潮濕。

「造物主，不，」她輕聲道，觸摸體液，看著它在地上積成一灘。「不要在這裡。不要現在。」

賈迪爾看著她，皇冠上有顆珠寶微微發光，賈迪爾知道了。他再度啓動被女王粉碎的魔印力場，封住生產室。

他跪在她身邊，放下卡吉之矛，握起她雙手。

「放鬆，瑞娜・娃亞倫・安貝爾斯・安提貝溪。妳丈夫是我的阿金帕爾，我的血誓兄弟。我不是他，但我很榮幸能代替他站在這裡。妳不孤獨。」

他的話很溫柔，靈氣很誠懇。他會把她當成自己的妻子般保護，把她的兒子當成自己兒子。

她想要回應，但接著第一次眞正的陣痛來襲，她咬牙呻吟，說不出話。

他捏捏她的手，一言不發，等待陣痛過去，不過他以穩定的節奏大聲呼吸，鼓勵她照著做。

「你有很多小孩，對吧？」她在陣痛過後問。「接生過？」

賈迪爾搖頭。「沒有。生產是達馬丁的權限。但我不相信艾弗倫和解放者會看顧我們度過黑暗，卻在此刻遺棄我們。」

瑞娜捏他的手。「能夠通過這一關，你就是天殺的解放者，阿曼恩。」

數週後，賈迪爾步出深淵之口。瑞娜跟在他身後，達林・貝爾斯包在胸前，喝飽母奶，滿足沉睡。長期以來頭上頂著巨石的壓力終於卸下，被遼闊的天空取而代之，太陽高掛天際。

賈迪爾站得更直，深深吸了一口睽違好幾個月的新鮮空氣。

瑞娜也站直身子，瞇起雙眼，伸展雙手擁抱陽光。「希望地底人能見識這種景象。」

賈迪爾想起那幾千名阿拉曼菲，數千年來首度身獲自由。「卡吉部隊失落的靈魂尚未準備好面對陽光，但那天遲早會到來。我一回頭骨王座就會派兵收復阿拉之矛，並派遣使節迎回阿拉曼菲。」

瑞娜點頭，輕撫達林的頭。「慢慢來。」

「妳要去哪裡？」

「回家，我想，如果家還在的話。我兒子有急著想見他的家人。然後……」瑞娜聳肩。「我本來打算在窪地和亞倫一起重新開始，但我不知道現在那裡還有沒有我的容身之地。」

「我永遠歡迎妳。」賈迪爾說。

「什麼身分，你的第十六妻室？」瑞娜問。

「如果妳願意。」賈迪爾說。「根據我們的習俗，迎娶阿金帕爾的妻子是很光榮的事。妳不必擔心我會碰妳，但婚誓能提供終身保護，還讓妳在我們族人間占有一席之地。」

「我不擔心你碰我。」瑞娜說。「你已經見識到足以讓任何男人軟掉的景象。但你向我提親難道不用經過你的吉娃卡允許嗎？」

「英內薇拉一直知道帕爾青恩很特別。」賈迪爾說。

「對，所以她才要你殺了他。」瑞娜同意。「我不認爲她能坦然面對我成爲她妹妻的情況，而我也不想成爲任何人的吉娃森。」

「無所謂。」賈迪爾說。「妳是解放者的第一妻室，妳將卡吉之矛插入阿拉蓋丁卡的眼中。我們族人會敬妳重妳，永世不忘。」

「我還是不相信解放者的傳說。」瑞娜說。「亞倫做了非做不可的事情，但那並不表示他是天堂派來的。」

「或許。」賈迪爾同意。「天堂。艾弗倫。解放者。這些名詞現在意義不同了，但我沒辦法用巧合去解釋所有發生的事情。」

「對。」瑞娜點頭。「你的提議對我意義重大，阿曼恩，但我想該是我獨立生活的時候了。」

「當然。」賈迪爾伸手，輕輕撩開嬰兒臉上的棕髮。「但我希望妳未來的路還會不時與我交錯。我想看妳的孩子長大，盡我所能幫助妳，不管是現在，還是多年以後。」

「你覺得結束了嗎?」瑞娜問。魔巢都淨空了,在回到地表途中遇上的少數惡魔一看到他們就逃之夭夭。

「光明總是會對抗黑暗。」賈迪爾說。「物質永遠都是虛無的敵人。但我們有機會強化我們的聯盟、擴展守護範圍,迎接全新的和平時代。」

第四十五章　協定　335 AR

人們從提沙和克拉西亞各地前往窪地，通往黎莎宮殿的路上滿滿都是貴族車隊。

最先抵達的是安吉爾斯代表。阿瑞安公爵夫人、梅兒妮及她剛出生的孫子——林白克四世。

「這孩子不分晝夜都在哭。」阿瑞安抱怨道，但黎莎看得出來她只是嘴裡說說。阿瑞安氣色比過去幾個月都好，安吉爾斯也在她的統治下慢慢復甦。包爾一如往常跟在公爵夫人身邊，想起男孩在惡魔控制下所說的話，黎莎就覺得不太自在。

接下來抵達的是雷克頓人，伊桑及他最得力的船務官，加上黛莉雅船長及魁倫。

「歡迎，伊桑公爵。」

「伊桑達馬基。」伊桑糾正。「至少在新協議簽訂前是。」

瑞根公爵和伊莉莎公爵夫人於數日後抵達。黎莎知道伊莉莎的情況，但即使有瑞根扶著，伊莉莎走路的模樣還是令她心痛。

「我可以叫人拿輪椅來。」黎莎擁抱她時在她耳邊輕聲道。

「不用，謝謝。」伊莉莎說。「最近我坐太多了。」

「如果妳允許，我希望能在儀式結束後幫妳檢查。」黎莎說。「或許我會一些妳的藥草師不會的療法。」

伊莉莎捏她手臂。「或許。但我逐漸了解有些痛楚就連魔法也無法治療。」

阿邦趕在主人之前抵達，幫賈迪爾先行打理。現在胖卡菲特要拄兩根駱駝杖才能走路，但他笑容滿面。「艾弗倫的鬍子呀，很高興見到妳，厄尼之女！」

黎莎十分不滿阿邦造成的苦難，但他在她面前向來眞誠以待，而且他也爲所作所爲付出了慘痛代價。

「我很高興看到你康復了，查賓之子。」她用克拉西亞語說。

阿邦以枴杖允許範圍深深鞠躬。「我很佩服妳竟然這麼快就把我們的語言說得這麼流利。」

黎莎眨眼。「我常練習。」

「我要警告妳。」阿邦說。「達馬佳會隨我主人一起來。」

「當然。」在黎莎意料之中。「沙達馬卡沒有他的吉娃卡陪同就來找我，那可不太恰當。」

阿邦再度鞠躬。「看來妳對克拉西亞習俗的了解不亞於我們的語言。」

剩下的克拉西亞人沒多久就到了，加爾德率領與他們的戴爾沙羅姆榮譽護衛同樣數量的窪地軍迎接他們。黎莎在她的接待廳迎接克拉西亞代表團，但她走下王座，以接待朋友的方式招呼他們。汪妲和史黛拉隨侍在側，神色警覺。

布萊爾也和他們一起來，身穿沙羅姆黑袍，清洗乾淨，細心打扮，幾乎認不出來。他肩膀上坐了個孩子，身旁跟著戴白頭巾的沙羅姆丁。

「她是誰？」史黛拉問。

黎莎沒有回答，在阿曼娃抱著女嬰出現時，嚥下喉嚨中形成的硬塊。坎黛兒和她一起，抱著男孩。最後，英內薇拉和阿曼恩現身。達馬佳目光冰冷，但點頭時充滿敬意。賈迪爾看起來英俊嚴肅，在英內薇拉的瞪視下笑著擁抱她。

「意中人。」

「你可以不要那樣叫我嗎？」黎莎問，但她也在笑。

「當然。」阿曼恩鞠躬。「只要妳答應我的求婚。」

「你可能要等很久。」黎莎說。「你此行要簽的文件比婚約重要多了。」

賈迪爾感到這話令英內薇拉不滿。

「除非我們同意最終——」

「好了，吉娃，」賈迪爾說。「不要繼續協商。這是我送給今天的禮物。」

「你放棄太多了。」英內薇拉聲音很輕，窪地人都沒聽見。

「我同意達馬佳的話。」阿邦說。

「我承諾過帕爾青恩。」賈迪爾大聲說。「我要信守承諾，不再拖延。」

儀式很簡短。黎莎的總管取出五份新擬定的自由城邦協議，正式結束白晝戰爭。簽約雙方承認彼此的統治實權，包括新近獨立的窪地公爵領地，以及收復主權的雷克頓公爵領地。艾弗倫恩惠割讓爲克拉西亞領土，但通過新法管理青恩的交易與待遇。

協議中還有承諾會聯合對付惡魔，但看來暫時還不用擔心的項目。僅存的少數惡魔缺乏領導，被持續擴張的大魔印趕離它們的地盤。

所有文件都在見證人見證下簽署完畢後，卡特將軍迎上前去，以綠地人過度熱情的方式拍賈迪爾的背。賈迪爾的保鏢神色警覺，但他沒有命令他們干涉。

「男人都要去客廳喝酒抽菸，」加爾德說，「你和阿邦一起來。」

賈迪爾看向英內薇拉。

「去吧，丈夫。」她的聲音透過他耳環傳入耳中，但他透過半透明的面紗看見她在笑。「我不會趁你不在時殺死厄尼之女。」

阿邦觀察兩人交流，看到賈迪爾輕輕點頭後，他轉向加爾德。「當然，史帝夫之子。我們的榮幸。請帶路。」

綠地人不拘禮節；所有階級的男人一起混在客廳的煙霧裡。但即使在青恩中，眞正的貴族還是很容易辨識。瑞根公爵和伊桑公爵宛如人群中的孤島。

伊桑在他們上前時後退一步，但瑞根在賈迪爾依照北地習俗伸手握手腕時回禮。

「很榮幸，瑞根公爵。」賈迪爾說。「帕爾青恩常常提起你。如果你的榮譽有他讚美的一半，你在天堂的地位就很穩固了。」

「我才榮幸。」瑞根的靈氣警覺，但提起帕爾青恩令他鬆懈下來。

加爾德比個手勢，有人送上一盤北地麥酒。

「我想爲貝爾斯先生乾杯。」

賈迪爾揚起一手。「請見諒，史帝夫之子，但伊弗佳禁止我們……」

「奈的黑心呀，阿曼恩！」阿邦大叫，嚇到所有人——尤其是賈迪爾。阿邦從來不敢在別人面前這樣和他說話。

「你是沙達馬卡。」阿邦的語氣有點像在教訓小孩。「你只要一聲令下就能修改伊弗佳。如果你讚美帕爾青恩的榮譽有一點點是眞的，那至少可以破例一次，用他族人的習俗向他致敬，爲他的名字乾杯。」

賈迪爾眨眼，目瞪口呆地看著阿邦從背心裡拿出一個小陶瓶，還有一只小瓷杯。「而我剛好有帶適合致敬的東西。」

瑞根眼睛一亮。「想不起上次喝庫西酒是什麼時候了。」

「可怕的東西。」加爾德嘴裡這麼說，但還是一副很想喝的樣子。

阿邦發杯子，倒滿庫西酒。「帕爾青恩經常造訪我的帳篷，我們會在開始交易前先喝三杯。」

賈迪爾默不吭聲地讓阿邦倒酒。上次喝庫西酒的後果不怎麼樣。他多年滴酒不沾主要是因爲那件事，而不是伊弗佳律法。

阿邦揚起酒杯。「敬傑夫之子，從來不曾嘗試詐騙我的協商專家。」

所有人大笑，碰杯一口喝乾。賈迪爾在酒宛如滾水般燙到舌頭和喉嚨時皺起眉頭。旁邊的男人全都一樣反應。

阿邦再度倒滿酒杯，瑞根舉杯。「敬亞倫・貝爾斯，我視如己出，和親生兒子一樣親的兒子。」

他們再度碰杯，一飲而盡。這一次沒有灼燒感了，因爲賈迪爾的嘴巴被第一口酒燙痲了。他放鬆，知道朋友說得沒錯。他欠帕爾青恩的不光只是那份協議。

阿邦三度倒酒，這次賈迪爾第一個舉杯。「敬解放者，光榮坐在天堂餐桌前的解放者。」

賈迪爾不管其他人男人張口結舌，毫不遲疑地碰碰旁邊的酒杯，仰頭喝光第三杯庫西酒。

這一次，酒裡浮現肉桂的味道。

安然回到女性側廊後，黎莎立刻去抱她的孩子。奧莉芙現在很少喝奶了，和之前狂喝母奶一樣大啖固體食物。她現在已經一歲多，達林才十個月，但他們兩個已經和小卡吉一起在屋裡追逐。

不過羅傑的兒子艾利克不到六個月大，還在到處找乳頭。黎莎在他一口咬上她的乳頭時不禁哽咽，低頭看著長得和她朋友一模一樣的孩子。艾利克的膚色比父親深，但那頭蓬鬆的紅髮絕對錯不了。他滿足地閉上雙眼，開始吸奶。

阿曼娃把她女兒羅傑娃交給英內薇拉，取出淚瓶，輕輕刮下黎莎臉頰上的淚水。「妳的奶水爲我丈夫增添榮耀，女士。」

黎莎搖頭。「我的榮幸。」

「如果希克娃能目睹這一刻，一定會很驕傲的。」阿曼娃說。「或許她能在天堂目睹。」

「扶養兩個孩子一定很辛苦。」黎莎說。

「剛開始。」阿曼娃同意。「但有阿希雅幫忙。」

「我至少能爲長矛姊妹的孩子做到這些。」阿希雅說。

黎莎彎腰親吻艾利克的頭。「由達馬基丁和沙羅姆丁卡養大，你的前途無可限量。」

「更別提窪地女公爵。」伊羅娜邊說邊搖剛剛才睡著的瑟蓮。

英內薇拉目光銳利地看著其他人，但接著阿瑞安對她小聲說了句話，達馬佳發出低沉又眞誠的笑聲。

「看著小孩玩在一起感覺眞——！」瑞娜話說到一半，瞬間衝到房間另一邊，接住被小孩撞倒的花瓶。

「喂，小混蛋！小心點！」

「對不起，瑞姨！」奧莉芙叫道，但接著達林戳了卡吉一下，卡吉尖叫，三個人又追了起來。

「我向造物主發誓。」瑞娜在走回沙發時喃喃說道，「那個小鬼比他爸更有辦法讓我心臟病發。」

「當然，他那股野性都不是從媽媽身上遺傳到的。」黎莎說。

瑞娜對她眨眼。「當然不是。」

「卡吉也沒多乖，」阿希雅說。「現在嬰兒床都關不住他。那孩子爬竿和觀察兵一樣，晚上會偷溜出去找布萊爾。」

「奧莉芙最近才打斷床欄。」黎莎說。「不到十五個月大，壯得像騾子似地。」

「如果她遺傳到了她爸，那還會加倍固執。」英內薇拉說，黎莎大笑。她和阿曼恩的吉娃卡或許永遠當不成朋友，但她們已經不是敵人了，這也算是個開始。

「達林根本不用打床欄。」瑞娜說。「那孩子晚上已經會化煙了。把我嚇得半死，怕他會一路滑到沙漠裡，或是跑去地心找他爸。」

「他能瓦解形體?!」黎莎試圖掩飾擔憂。瑞娜的擔心是有道理的。她看向奧莉芙，希望女兒永遠學不會那種技巧。

「一次瓦解一點，」瑞娜說。「就像老鼠擠牆縫那樣。還不會完整化煙，但那是遲早的事。」

「黑夜呀，」伊莉莎說。「我還以爲亞倫很難搞呢。」

她們全都大笑，在嬰兒的哭聲和小孩搗蛋聲中，黎莎終於覺得和平有可能持續下去。

《地心魔域》全書完

《魔印人》系列完

致謝

自我首度賣出《魔印人》這十年來，幫忙打造「魔印人」系列的人多到難以計數。編輯、經紀人、出版商、行銷和公關、書商，還有你——讀者，我不知道該如何完整表達感激之情，但若可以特別提出幾個人的話……

特別感謝比爾・葛林博士提供藥草知識，還有羅倫・葛林在這本書交付出版社隔天帶著一個完美小女孩走入我的生命。席琳娜讓之後的每一刻都宛如珍寶。卡珊卓・布雷特，她本人已經成了很厲害的小作家。

麥克・柯爾，最早相信我作品的人，還逼我去找喬書亞・畢姆斯，他在JABberwocky Literary Agency 的團隊中提供大量支持。

我的編輯群，特別是崔希雅・納華尼和娜塔莎・巴頓，他們大戰一千零四十三頁厚的初稿，把書潤飾成一顆寶石；還有蘿拉・喬斯塔，我的校對編輯，她隱身幕後所做的工作超乎你的想像。

賴瑞・羅斯坦的封面吸引書店裡的目光，還有封面模特兒，以及雕出一隻真實阿拉蓋卡的 Millennium FX 公司。感謝羅倫・K・卡南設計魔印和多明尼克・布朗尼克那些令人難忘的圖像。有聲書說書人彼得・布萊德貝瑞、柯林・梅斯，還有 GraphicAudio 的工作人員。將我的書介紹給世界各地讀者的各國出版社和譯者。

我的助理凱倫——幫我打理一切，讓我專心寫作的人。

還要感謝出現在之前的致謝文裡，現在沒有空間再提一遍的人。感謝大家——沒有你們，我不可能走完這段旅程。

魔印寶典
Ward Grimoire

防禦魔印 Defensive Wards

防禦魔印會從惡魔身上吸收魔力，形成惡魔無法通過的防禦力場（禁忌力場）。魔印在對付其對應惡魔時效果最好，最常見的用法是與其他魔印一起組成魔印圈。當魔印圈啓動時，所有惡魔的軀體都會被驅離魔印圈。一群不同的惡魔聚集在一起稱之爲「群（host）」。

淺灘惡魔 Bank Demon

人稱青蛙惡魔或蛙魔，這些惡魔外表很像常見的飛蛙，但體型大到能把人一口吞下。它們躺在淺水中靜靜等候，待獵物進入攻擊範圍才會跳起攻擊。只要跳一下就能上岸，然後吐出又長又強的舌頭，裹住受害者的身體或肢體，扯入地心魔物的大嘴。接著淺灘惡魔會回到水中，溺斃掙扎的獵物。人類以「軍（army）」爲單位表示一群淺灘惡魔。

洞穴惡魔 Cave Demon

洞穴惡魔又稱蜘蛛惡魔，擁有八條節肢腿，奔跑速度飛快。洞穴惡魔分泌一種不含魔力的黏絲——魔印視覺看不見，也不受魔印力場影響。它們會設置陷阱，靜靜等候大意的人送上門來。這些惡魔很少會浮出地表，除非接受心靈惡魔召喚；比較常出現在很深的洞穴和惡魔魔巢地道裡。它們是糧倉守護者。一群洞穴惡魔的單位是「喀啦（clutter）」。

土惡魔 Clay Demon

克拉西亞沙漠外圍硬質黏土區土生土長的惡魔。體型類似中型犬，全身肌肉結實，還有層層厚殼。爪子短而堅硬，可以攀附任何岩石表面，甚至能頭下腳上地倒掛。它們橘棕色的外殼可以與泥磚牆或土床完美融合。土惡魔的大頭能夠撞穿多數物體，擊碎岩石，撞凹鋼鐵。一群土惡魔通常被稱作「碎（shattering）」。

田野惡魔 Field Demon

表皮光滑，矮身貼地，擁有長而有力的四肢和伸縮自如的利爪，在開闊地形奔跑時，田野惡魔是世界上速度最快的四腳生物。它們的四肢和背上長有堅硬的鱗片，能夠抵擋大部分武器，但腹部——如果暴露在外——就比較柔軟。一群田野惡魔的單位是「割（reap）」。

火惡魔 Flame Demon

眼睛、鼻孔、嘴巴會綻放熱氣騰騰的橘光。它們是體型最小的惡魔，大小介於兔子和大型貓之間。就與所有惡魔一樣，它們擁有長長的鉤爪，以及數排利齒，外殼上布滿又利又硬的鱗片。火惡魔可以噴出一口口火焰。它們的火唾液具有黏性，接觸到空氣就會猛烈燃燒，幾乎可以點燃包括金屬和石頭在內的所有物質。一群火惡魔被稱作「焰（blaze）」。

閃電惡魔 Lightning Demon

儘管外表與它們的表親風惡魔幾乎一模一樣，唾液裡卻蘊含能夠麻痺獵物的電流。它們會在俯衝時吐出唾液，抓起無助的獵物生吞活剝。一群閃電惡魔的單位是「雷雲（thundercloud）」。

化身魔 Mimic Demon

化身魔是心靈惡魔的菁英保鑣。畏光程度稍微比它們主子好一點，智力高於低階惡魔，乃是心靈惡魔的副官，能召喚地心魔物軀殼、指使它們聽命行事。沒人見過它們的天然型態，但有辦法化身爲幾乎所有接觸到的東西，從不會動的物體，到生物、衣服和裝備。它們最愛的把戲之一，是弄清楚獵物名字，化身爲對方朋友，假裝落難，叫喚受害者，說服他們離開魔印守護範圍。一群化身魔的單位是「團（troupe）」。

心靈惡魔 Mind Demon

又被稱作地心魔物王子，是惡魔大軍將領。身爲唯一具雄性繁衍能力的惡魔。心靈惡魔的肉體十分脆弱，缺乏其他地心魔物的天然防禦機制，但擁有強大的心靈和魔法力量。它們能夠解讀並控制心靈，透過心靈溝通植入永久性暗示。它們可以憑空繪印，以體內蘊涵的魔力灌注能量。地心魔物軀殼會毫不遲疑地聽從它們的心靈指令，也會以性命守護它們。由於對光敏感到連月光都無法承受，心靈惡魔只有在爲期三夜的新月期，也就是最漆黑的夜晚出沒地表。一群心靈惡魔的單位是「宮（court）」。

石惡魔 Rock Demon

最大型的地心魔物，身高從六到二十呎都有。渾身是結實的肌肉和銳利的邊緣，厚重硬殼上隆起尖角，帶刺尾巴一甩就能擊碎石頭。它們靠雙爪躬身站立，多節的手臂末端長著屠刀般利爪，嘴裡則有數排刀刃般利齒。無任何已知的實際力量傷害得了石惡魔。一群石惡魔被稱爲「震（quake）」。

沙惡魔 Sand Demon

石惡魔的表親，體型較小，動作靈巧，不過在地心魔物中仍屬於外殼最厚也最強壯的品種之一。它們長有鋒利的小鱗片，體色是與砂礫相差無幾的髒黃色。它們四肢著地奔跑，但於格鬥時能以雙足直立。短短的吻部裡長有數排利齒，沒有眼瞼的大眼下有兩條鼻縫。額頭上粗角貫穿鱗片，向上向後彎曲隆起。它們會不斷甩動額頭，抖落不停吹拂的風沙。當沙惡魔集體獵食時，人稱「風暴（storms）」。

雪惡魔 Snow Demon

體型酷似火惡魔，生長在冰冷的北方氣候和高海拔地區。它們的鱗片純白，受到光線照射會閃閃發亮。雪惡魔在雪地中近乎隱形，口吐的唾液冷到足以凍結接觸到的任何物體。遭受冰唾液攻擊的鋼鐵會脆化當場粉碎。一群雪惡魔通常被稱爲「暴雪（blizzard）」。

礫惡魔 Stone Demon

石惡魔——只會從岩石表面出現——體型較小的表親，這些礫惡魔的外殼看起來像一團有斑點的石頭集中在一起。它們習慣蹲伏，動作緩慢，但是最強壯也最難以摧毀的惡魔之一。

由於不用太特定的環境就能現身，所以較石惡魔更爲常見。一群礫惡魔被稱爲「團（conglomerate）」。

庇護魔印 Succor

用來教導孩童的通用型保護魔印。沒有針對特定種類惡魔的魔印強大，但會製造出一道通用的不適力場，除非獵物近在眼前，不然足以驅趕大部分地心魔物。非常大或威力夠強的魔印可形成禁忌力場。這個魔印被用在提沙骰子遊戲「沙克」上，也會用在克拉西亞類似的骰戲「沙拉克」上。

沼澤惡魔 Swamp Demon

沼澤惡魔生長在沼澤及濕地，是木惡魔的兩棲型態，能輕鬆活動於水中及樹上。沼澤惡魔身上有綠色及褐色斑點，藉以融入周遭環境，常常藏身在樹上、泥巴或淺水裡，以便跳到獵物身上。它們黏稠的唾液能腐蝕任何接觸到的有機物質。一群沼澤惡魔被稱爲「泥（muck）」。

水惡魔 Water Demon

極少現身。外表和體型多樣。有些是人類大小，長有濕滑鱗片，手腳長蹼、尖端有爪。有些體型大到能以布滿粗角的觸腳將三桅大船拖入水底。另外還有更龐大的巨獸，能夠躍出水面製造巨浪。水惡魔只能在水中呼吸，不過可以浮出水面一段時間。一群水惡魔被稱爲「波（wave）」。

風惡魔 Wind Demon

風惡魔直立時肩膀約莫六呎高，不過加上高高的頭冠，身高足足有八到九呎。大大的吻部像鳥喙般尖銳，藏有一排排利齒。它們的皮膚是堅韌的護甲，足以抵擋任何矛尖或箭頭。皮膚自身側沿著手骨向外延伸，形成巨大堅韌的膜翼，展開時的雙翼長達身長的三倍。風惡魔在地面上時動作笨拙緩慢，升空後則威力無窮。細細的翼骨於關節處長有勾爪。它們偏好無聲俯衝，能在落地前展開雙翼，切斷受害者頭顱。它們以後腳爪抓住屍體，然後飛走。一群風惡魔稱之爲「飛（flight）」。

木惡魔 Wood Demon

是土生土長於森林中的惡魔。它們的體型與力量僅次於石惡魔，以後腳站立時平均身高五到十呎。後腿短而有力，前肢較長，肌肉結實，適合爬樹及在樹枝間跳躍。它們的爪子短小，爪尖銳利，專用以貫穿樹皮。木惡魔的外殼不論顏色或紋路都與樹皮十分相似，擁有大大的黑眼。普通火焰傷不了木惡魔，不過遇上更高溫的火焰，比如說火唾液或液態惡魔火，就會起火燃燒。木惡魔一看到火惡魔就格殺勿論，通常以「樹叢」（copses）爲單位成群狩獵。

攻擊（戰鬥）魔印 Offensive (Combat) Wards

戰鬥魔印將魔力轉化爲各種效果。有些直接從擊中的惡魔身上吸收魔力，其他則透過儲存魔力的媒介供魔，像是又名霍拉（hora）的惡魔骨。

冰寒魔印 Cold

冰寒魔印降低熱能量，迅速將目標區域的溫度降到冰點以下。強大的冰寒魔印能夠凍碎鋼鐵，甚至是岩惡魔的外殼。

切割魔印 Cutting

切割魔印刻蝕在刀刃面上會強化鋒利度，讓武器乾淨俐落地砍穿地心魔物的外殼和血肉。切割魔印從擊中的惡魔身上吸收魔力，弱化外殼，強化刀刃，將鋒利度提升至分子層面。

火／冰唾液魔印 Firespit / Coldspit

這些魔印用於防禦火惡魔，將火唾液轉化爲一陣冷風。反向繪製時，能將雪惡魔的冰寒唾液轉化爲暖風。

玻璃魔印 Glass

刻蝕在玻璃上並灌注魔力後，這些魔印能產生永久性改變，把玻璃變得比鑽石更硬，比鋼鐵更強，但不會改變重量和外型。魔印玻璃廣泛使用在製造幾乎無法摧毀的窗戶、藥瓶、武器和護甲上。

熱魔印 Heat

熱魔印強化熱能量，將魔力直接轉換爲熱。除非能夠抵抗極端高溫，繪以熱魔印的物品在魔印啓動時會被燒光。

衝擊魔印 Impact

這些魔印將魔力轉化爲衝擊力道。可單獨使用，或提高鈍器威力。用來攻擊惡魔時，衝擊魔印會像切割魔印吸收魔力，一面削弱魔殼，一面強化力量。一開始衝擊的力量越強，產生的力量就越強。

電魔印 Lectric

這些魔印將魔力直接轉爲電力，能導向物品或生物。魔印也可以連接起來形成電路。

磁魔印 Magnetic

磁魔印影響目標區域，宛如強力磁鐵將鐵吸引而去。有時候會用來增加鐵砲彈的準確度。

潮濕魔印 Moisture

潮濕魔印吸收空氣中的濕氣或附近生物體內的水分。可以讓植物在無人照料下持續獲得必要水分、填滿小水庫，或吸乾火惡魔。強大的潮濕魔印可以溺斃受害者，或是逆轉讓受害者脫水。

穿刺魔印 Piercing

穿刺魔印自惡魔身上的衝擊點吸收魔印，削弱地心魔物外殼，將魔力凝聚在武器的尖端，形成最大的穿刺力。

壓力魔印 Pressure

壓力魔印製造壓碎的力量，接觸惡魔越久就會持續增加溫度和強度。魔印人兩掌各有一個，曾用以擠壓惡魔腦袋至其整個被壓爆。

感知魔印 Perception Wards

感知魔印製造能夠改變惡魔感知的魔法效果，有時也能影響人類。

融入魔印 Blending

融入魔印吸收周遭環境，僞裝目標區域。與只對惡魔有效的隱形魔印不同，融入魔印也能在人類感知前隱藏存在。突如其來或快速移動會取消融入魔印的力量。

困惑魔印 Confusion

困惑魔印釋放困惑力場，令目標頭昏眼花、失去方向感。除非獵物近在眼前，否則受影響的地心魔物軀殼往往會忘記之前在做的事，自顧自地晃開。

光魔印 Light

光魔印將魔力轉化爲純白光。依照魔力源不同，產生的光線可以從微光到刺眼強光。

預知魔印 Prophecy

刻在達馬丁的阿拉蓋霍拉上，預知魔印能解讀魔法流，進而預見未來。它們的魔法能影響惡魔骨骸的自然滾動，回答對艾弗倫禱告提出的問題。製造骨骸和解讀骨骸的方法，都受到克拉西亞女祭司嚴密守護；洩露祕密只有死路一條。

隱形魔印 Unsight

隱形魔印是由黎莎·佩伯重新研究出的魔印，能讓物品在惡魔面前隱形——只要該物品不要亂動。能在裸夜裡保護人類的隱形斗篷上有數百個，甚至數千個隱形魔印。

魔印視覺 Wardsight

畫在眼睛附近並灌注魔力後，這些魔印可以讓地表生物透過魔法光譜視物。因此，讓目標生物在完全黑暗的環境中也能像白天一樣清楚視物，看穿環境魔力流動，判斷相關魔印力量，並看見所有生物都有的靈氣。熟悉這種力量的生物可以「解讀」靈氣，分辨其他人的感覺和想法，有時候能體驗他們的過去，甚至未來。

The Core

國家圖書館出版品預行編目資料

地心魔域（上）／彼得・布雷特（Peter V. Brett）著；戚建邦譯
.——初版.——台北市：蓋亞文化，2018.12
冊；公分.——（Fever）
譯自：The Core
ISBN 978-986-319-370-8（上冊；平裝）.——
ISBN 978-986-319-371-5（下冊；平裝）.——
ISBN 978-986-319-372-2（全套；平裝）

874.57　　107017798

Fever 066

地心魔域 下　THE CORE

作者　彼得・布雷特（Peter V. Brett）
譯者　戚建邦
封面插畫　Larry Rostant　封面設計　莊謹銘
總編輯　沈育如
發行人　陳常智
出版社　蓋亞文化有限公司
地址：台北市 103 赤峰街 41 巷 7 號 1 樓
電話：02-2558-5438　傳真：02-2558-5439
電子信箱：gaea@gaeabooks.com.tw
投稿信箱：editor@gaeabooks.com.tw
郵撥帳號 19769541　戶名：蓋亞文化有限公司
法律顧問　宇達經貿法律事務所
總經銷　聯合發行股份有限公司
地址：新北市新店區寶橋路二三五巷六弄六號二樓
電話：02-2917-8022　傳真：02-2915-6275
港澳地區　一代匯集
地址：九龍旺角塘尾道 64 號龍駒企業大廈 10 樓 B&D 室
電話：+852-2783-8102　傳真：+852-2396-0050
初版一刷　2018年12月
定價　新台幣 840 元（上下冊不分售）
Printed and Published in Taiwan

ISBN／978-986-319-371-5